Kathinka Engel

Where the Waves Rise Higher

KATHINKA ENGEL

Where the Waves rise higher

Roman

PIPER

Mehr über unsere Autorinnen, Autoren und Bücher:
www.piper.de

Wenn Ihnen dieser Roman gefallen hat, schreiben Sie uns unter Nennung des Titels »Where the Waves Rise Higher« an *empfehlungen@piper.de*, und wir empfehlen Ihnen gerne vergleichbare Bücher.

Von Kathinka Engel liegen im Piper Verlag vor:

Finde-mich-Reihe:
Band 1: Finde mich. Jetzt
Band 2: Halte mich. Hier
Band 3: Liebe mich. Für immer

Shetland-Love-Reihe:
Band 1: Where the Roots Grow Stronger
Band 2: Where the Waves Rise Higher
Band 3: Where the Clouds Move Faster

Love-is-Reihe:
Band 1: Love is Loud – Ich höre nur dich
Band 2: Love is Bold – Du gibst mir Mut
Band 3: Love is Wild – Uns gehört die Welt

Unser Versprechen für mehr Nachhaltigkeit
• Klimaneutrales Produkt
• FSC®-zertifiziertes Papier
• Hergestellt in Europa

FSC® www.fsc.org MIX Papier aus verantwortungsvollen Quellen FSC® C083411

ISBN 978-3-492-06292-3

Dieses Werk wurde vermittelt durch die
Michael Meller Literary Agency GmbH, München.
Stiefel Seite 373: © shutterstock/Andri Kurniawan
Redaktion: Michelle Gyo
Satz: Tobias Wantzen, Bremen
Gesetzt aus der ITC Legacy
Druck und Bindung: CPI Books GmbH, Leck
Printed in Germany

Für Julia. Weil ich ernsthaft nicht weiß,
wie's ohne dich gegangen wäre.
Und um gleich der Diskussion vorzubeugen:
Wer ein Stück von Boyd abhaben will,
muss also bei ihr, aka Lilly Lucas, nachfragen.
Auch beim Ohrläppchen?
Ja, auch beim Ohrläppchen.

Boyd Tulloch, mit Ihren siebenundzwanzig Jahren sind Sie Schottlands jüngster Geschäftsführer einer großen Whiskydestillerie. Sie sind so etwas wie der Shootingstar der Whiskyszene aus dem Norden. Wie gehen Sie mit der Verantwortung und der Publicity um?

Boyd Tulloch: Ich weiß nicht, ob Shootingstar in unserer Branche der richtige Begriff ist. Aber ja, es stimmt, ich bin ziemlich jung in diese Position gekommen. Die Leidenschaft für Whisky ist allerdings nicht ans Alter geknüpft – solange man volljährig ist. *(lacht)* Ich bin mit Whisky aufgewachsen. Mein Vater, Bryson Tulloch, erzählt gern die Geschichte, wie ich im Alter von zwei Jahren eine Flasche Tulloch von seinem Barwagen im Arbeitszimmer stibitzt und in mein Zimmer geschleppt habe. Natürlich habe ich sie nicht aufbekommen. Ein paar Monate später fand unsere Haushaltshilfe die Flasche in meiner Spielzeugkiste. »Im Kinderzimmer gereift«, hat mein Vater auf das Etikett geschrieben. Die Flasche steht immer noch in seinem Arbeitszimmer. Bis heute ungeöffnet. Das Familienunternehmen, die Tulloch Distillery, die auf eine jahrhundertealte Tradition zurückblickt, bedeutete mir schon immer alles. Familie bedeutet mir alles. Ich denke, das ist die Antwort auf Ihre Frage. Im Sinne der Familie zu handeln bedeutet, der Verantwortung gerecht zu werden. Solange ich das Familienwohl im Blick behalte, treffe ich überlegte Entscheidungen.

1

Ich habe einen wiederkehrenden Traum. Darin wate ich ins Wasser, ein Mädchen an der Hand. Manchmal sind es zwei. Und seltener ist es ein Junge. Ich wate einem Ziel entgegen, das ich nicht kenne. Aber ich weiß, ich muss es erreichen. Meine Kleider saugen sich voll Wasser, ziehen schwer an meinem Körper, die kleinen Finger klammern sich fester an mich. Es ist kalt, es ist nass, ich rutsche auf den Steinen aus, fange mich wieder, halte die Hand. Ich darf sie nicht loslassen. Wind zerrt an meinen Haaren, Wellen rollen auf uns zu. Erst sind sie klein und zu bewältigen. Doch je weiter wir waten, desto höher wachsen sie, steigen, schwellen an. Sie reichen mir bis zur Hüfte, dann bis zur Brust, bis zu den Schultern. Das Mädchen neben mir schluckt Wasser, ich muss schneller sein. Muss schneller waten, sie in Sicherheit bringen. Doch der Widerstand des Wassers ist groß, zu groß. In der Ferne sehe ich ein Ruderboot. Ein Mann sitzt darin, und ich will schreien, winke ihm hektisch. Aber er hört mich nicht, weil ich keinen Laut von mir gebe. Wenn ich genauer hinsehe, kann ich erkennen, dass es mein Vater ist, doch er rudert nicht einmal, sondern ergibt sich vollkommen den Fluten. Wieder versuche ich zu schreien, wieder ist kein Laut zu hören. Das Wasser steht mir bis zum Hals, Wellen schwappen in meinen geöffneten Mund, schwappen über mich, hohe Wellen, mächtige Wellen. Sie sind mächtiger als ich, und ich habe ihnen nichts entgegenzusetzen. In dem Moment, da die nächste Woge mich und das Mädchen an meiner Hand unter Wasser drückt, hinunterzieht, bis auf den Meeresgrund, erwache ich.

Früher war ich jedes Mal schweißgebadet, hatte das Gefühl zu ersticken, keuchte nach Luft. Inzwischen ist der Traum Gewohnheit. Noch während ich schlafe, weiß ich, dass ich träume, und wenn es mir zu viel wird, zwinge ich mich, aufzuwachen. Das funktioniert meistens. Weil es eben nur ein Traum ist.

In der Realität lassen sich Probleme leider nicht so einfach lösen. Obwohl mir auch in wachem Zustand das Wasser bis zum Hals steht. Geldprobleme, Übermüdung (aufgrund einer unnachahmlichen Mischung aus zu wenig Schlaf dank wiederkehrender Träume und Überarbeitung), ellenlange To-do-Listen.

Neben kleinen Aufgaben wie »Medikamente für Mrs Henderson abholen« und »Marigold Whiskynachschub bringen« steht seit einigen Tagen »Vorbereitung Banktermin« auf meiner Liste. Denn ich brauche für meine Mikro-Destillerie Golden Plover Whisky dringend einen kleinen Kredit. Unsere Abfüllanlage ist kurz davor, endgültig den Geist aufzugeben, ich schulde Henry, meinem einzigen Mitarbeiter und besten Freund seit der ersten Klasse, ein Monatsgehalt (und mir selbst mindestens drei) und eine längst überfällige Gehaltserhöhung. Außerdem will ich in neue innovative Finishing-Fässer investieren. Seit über einem Jahr suche ich nach den perfekten Fässern. Jetzt habe ich sie gefunden, kann sie mir aber nicht leisten. Und dann ist da noch die ungeplante Ausgabe für die Whiskymesse, an der wir aufgrund einer Unüberlegtheit meinerseits teilnehmen müssen. Normalerweise treffe ich überlegte Entscheidungen. Aber wenn Boyd Tulloch, Erbe und Geschäftsführer der größten Destillerie der Shetlands und meine Nemesis, seit ich vor Jahren ein Praktikum bei der Tulloch Distillery absolviert habe, in der Nähe ist, lasse ich mich zu leicht provozieren.

»Verflucht noch mal, du Mistding, jetzt geh endlich an!« Henry kniet mit einem Schraubenzieher in der Hand neben unserer Abfüllanlage und versucht seit geschlagenen zwei Stunden, sie wieder zum Laufen zu bringen. Ich sitze am Schreibtisch neben der Küchennische und starre auf meinen Bildschirm. Auf die Verläufe unserer Finanzen. Einnahmen, Ausgaben. Zwei Ordner mit den Unterlagen liegen aufgeschlagen daneben.

Bis vor anderthalb Jahren hatte ich das Glück, von einer staatlichen Förderung für junge Unternehmerinnen zu profitieren. Die Kurve ging stetig bergauf. Doch leider zu langsam, sodass wir seit einiger Zeit keine schwarzen Zahlen mehr schreiben. Aber die Differenz wird geringer – wiederum stetig, wiederum zu langsam.

Ich seufze, nehme einen Schluck von meinem inzwischen lauwarmen Schwarztee. Ich hasse Finanzen. Hasse Excel. Hasse Kurven, vor allem, wenn sie so flach sind wie diese hier. Deswegen öffne ich die Website mit den Fässern. Fünf verschiedene Holzarten – vier Eichenarten und Kastanie. Jahrzehntelang wurde Mezcal in ihnen gelagert. An solche speziellen Fässer zu kommen, ist schwierig, aber Henry und ich würden gern ein Experiment mit schnell gemaischtem, dreifach destilliertem Whisky wagen. Mit einer sehr kurzen Gärung wollen wir so einen Whisky kreieren, der über drei Jahre die Würze der Sherry- und Bourbon-Fässer mit starkem Malzcharakter verbindet und durch den kurzen Maischprozess die Getreidenoten behält. Das Finishing in diesen Fässern würde dem Whisky in unserer Vorstellung die perfekte Rauchnote verpassen.

»Schaust du dir schon wieder die fancy Fässer an?« Henry kennt mich einfach zu gut.

»Sie sind jedenfalls noch da. Aber der Preis leider auch … Was wärst du bereit zu zahlen?« Ich bin zwar die Geschäftsführerin von Golden Plover, sehe Henry aber als vollkommen gleichberechtigt an. Golden Plover, das sind er und ich. Henry und Nessa. *H + N,* so wie ich es uns in der ersten Klasse mit schwarzem Filzschreiber auf den Arm malte, als wir endlich beide Buchstaben gelernt hatten. Jede Entscheidung treffen wir gemeinsam. Ein paarmal wollte ich ihn schon überreden, Teilhaber zu werden, doch bislang hat er immer abgelehnt.

»Mehr als dreihundert pro Fass ist Wahnsinn«, sagt Henry, und ich gebe ihm recht. Allerdings könnten wir uns im Moment nicht einmal das leisten, geschweige denn den Wucherpreis von fünfhundert Euro, den Ariel82, der Verkäufer auf der Plattform, dafür haben will. Das absolute Maximum sind eigentlich tausend für alle vier Fässer, obwohl sich die Investition sicher lohnen würde. Nur eben erst in drei Jahren, wenn der Whisky fertig ist. Bei Whisky braucht man einen langen Atem, sowohl finanziell als auch geduldsmäßig. Letzteren habe ich. Ersterer fehlt, seit unsere Nachwuchsförderung ausgelaufen ist.

»Aber du willst diese Fässer, oder? Vielleicht solltest du sie einfach kaufen.«

»Ich will sie dringend, weil ich glaube, dass der Whisky spektakulär wird. Aber ohne den Kredit wird das nichts.«

»Hoffen wir, dass sie nach dem Termin mit der Bank noch

da sind«, sagt Henry und schlägt einmal fest mit der Faust gegen die Abfüllanlage, die daraufhin sofort anfängt zu rumpeln. »Ernsthaft?«, fragt er. »Stundenlang versuche ich es mit Liebe, aber ein einziger Faustschlag genügt, um sie wieder zum Laufen zu bringen?«

Ich lache. Aber innerlich bin ich einfach nur erleichtert, dass Henry jetzt weiter abfüllen kann. Denn ohne Abfüllanlage keine abgefüllten Flaschen. Und ohne abgefüllte Flaschen keine Verkäufe. Und ohne Verkäufe kein Kredit und ohne Kredit keine neue Abfüllanlage. Keine Fässer. Ein weiterer Monat ohne Gehalt. Ich muss diesen Kreislauf durchbrechen. Für unseren Traum, die schottische Whiskylandschaft mit unseren Kreationen zu bereichern. Sie bunter zu machen, vielfältiger, mutiger. Die Innovationen in den letzten Jahren kamen aus den USA, aus Japan, aus der ganzen Welt. Aber hier, wo der Whisky seinen Ursprung hat, haben es kleine Destillerien wie meine schwer. Mit neuem Elan wende ich mich wieder Excel zu.

Glücklicherweise habe ich Erfahrung mit schwierigen Situationen dieser Art, weil ich mich seit meinem fünfzehnten Lebensjahr um die Finanzen der Familie kümmere. Fiona war damals elf, Effie neun und unsere Mutter seit ebenso vielen Jahren verstorben – und unser Dad versuchte, seinen Kummer im Pub hinunterzuschlucken.

Während Henry Flaschen abfüllt und etikettiert, suche ich die letzten Jahre meiner peniblen Buchführung zusammen und erstelle eine Bestandsaufnahme der Ist-Situation der Destillerie. Dann wage ich mich an eine Prognose. Eine optimistische Prognose, denn Henry hat vor Kurzem eine kleine Getränkemarktkette in Nordschottland überzeugt, unseren Whisky ins Sortiment aufzunehmen. Ich setze Zahlen ein, lasse Excel kalkulieren, korrigiere, setze optimistischere

Zahlen ein, bin immer noch nicht zufrieden. Ich kratze an der Grenze des Realistischen, aber jetzt sieht die Prognose deutlich besser aus. Deutlich kreditwürdiger. Einige Schönheitskorrekturen werde ich noch durchführen müssen, aber für ein paar Stunden Arbeit bin ich ziemlich zufrieden mit dem Material. Ich hoffe nur, dass Mr McGill es auch sein wird.

Bevor ich Marigold Whiskynachschub bringe, muss ich noch einen Punkt meiner To-do-Liste hinter mich bringen. Das Telefonat mit der Immobilienfirma, die für die Pacht der Halle zuständig ist. Mein Vater hatte den Pachtvertrag vor Jahren in einer seiner manischen Phasen zu einem Spottpreis abgeschlossen, was der Grund war, warum ich ihn sofort übernahm. Den Pachtvertrag und den Traum einer eigenen Destillerie, den ich im Gegensatz zu ihm allerdings wirklich in die Tat umsetzte.

»Guten Tag, mein Name ist Nessa Linklater. Ich rufe an wegen der Erneuerung einer Pacht«, sage ich ins Telefon, das ich mir zwischen Schulter und Kinn geklemmt habe.

»Einen guten Tag wünsche ich *Ihnen*. Bitte warten Sie einen Moment, ich verbinde Sie.« Die freundliche Frau am anderen Ende der Leitung verschwindet zugunsten einer nervtötenden Warteschleifenmusik. Ich stehe auf, beginne unter Henrys Blicken, unruhig durch die kleine Halle zu laufen. Vorbei an unserer kupferfarbenen Brennanlage mit der glänzenden Brennblase, nach hinten, wo auf Edelstahlregalen unsere Fässer lagern, und wieder zurück, bis ich am anderen Ende der Halle zu unserer altersschwachen Abfüllanlage komme. Dieser hundert Quadratmeter große Raum ist mein ganzer Stolz, und ich liebe einfach alles daran. Ganz besonders das winzig kleine *H + N,* das ich an unserem ersten Tag in der Halle, als sie noch vollkommen leer war, in den Betonboden geritzt habe.

Die Musik verstummt, und eine Männerstimme meldet sich.

»Nessa Linklater hier. Ich rufe an wegen der Verlängerung der Pacht von 17 Cunningham Way.«

»Lassen Sie mich mal eben ... ah ja, da haben wir es. Die Pacht läuft aus.«

»Ja, das weiß ich, deswegen würde ich sie gerne verlängern.«

»Sind Sie sicher?«, fragt er und lacht. »Ich schaue mir gerade Bilder an ...«

»Meine Existenz hängt davon ab, also ja, ich bin mir sicher.« Es ist schön, dass ihm nach Witzen zumute ist. Aber für mich steht hier eine Menge auf dem Spiel. Meine Lebensgrundlage beispielsweise. »Denken Sie, die Pacht wird erhöht?« Ich kann nichts dagegen tun, dass man mir die Sorge anmerkt.

Ich höre, wie der Typ auf einer Tastatur tippt. »Wenn es nach mir ginge, könnten Sie die Halle einfach geschenkt haben. Aber leider bin ich ein zu kleines Licht, um das zu entscheiden. Und wenn ich mir ansehe, wie wenig Sie im Moment zahlen, könnte ich mir schon vorstellen, dass ...«

»Okay? Und wer kann es entscheiden?«, unterbreche ich ihn, weil ich nicht hören muss, dass ich mir die Pacht demnächst nicht mehr werde leisten können.

»Ich leite Ihr Anliegen weiter.« Wieder klappert die Tastatur. »Wir melden uns dann bei Ihnen.«

»Können Sie mir sagen, wann ungefähr?«, frage ich mit einem mulmigen Gefühl.

»Ich will Ihnen keine falschen Versprechungen machen. Wie schrecklich finden Sie es, wenn ich zeitnah sage? Vermutlich nicht so schrecklich wie ich ...«

Ich versuche mich an einem wenig überzeugenden Lachen, dann verabschieden wir uns, und ich lege auf.

»Mach dir keine Sorgen«, sagt Henry. »Wir finden für alles eine Lösung. Haben wir immer. Hast *du* immer. Du bist unser aller Fels in der Brandung, Nessa.« Und das weiß ich, doch was, wenn die Wellen zu hoch werden?

»Ich helfe dir beim Einräumen«, biete ich Marigold am frühen Abend an. Ihr gehört der Geschenkladen im Zentrum Lerwicks, in dem Fiona ihre Keramik anbietet, Effie ihre Strickwaren und ich meine Whiskykreationen. Die dreijährige No 1 steht neben der fünfjährigen No 2 und der dreijährigen No 3. Die No 1 ist solide, interessant, ein Scotch mit Edge. Die No 2 ist ein sanfter, beinahe vanillig-fruchtiger Whisky, den ich sehr liebe. Aber unsere No 3, die das Finishing in Chardonnay-Fässern erhält, ist mein ganzer Stolz.

»Du hast sicher genug zu tun, meine liebe Nessa.« Marigold erhebt sich von ihrem Sessel hinter dem Kassentresen, wo sie bis zu meinem Eintreffen ihren Tee geschlürft hat.

»*Du* hast genug zu tun, Marigold«, erwidere ich, denn Marigold wird nicht jünger, und ich will versuchen, ihr unter die Arme zu greifen, wo ich kann.

»Ich habe die Flasche aus dem Schaufenster gestern verkauft. Wenn du willst, kannst du die auch gleich ersetzen.« Marigold zeigt auf das große Fenster zur Straße hin.

In der rechten Ecke des Schaufensters schläft Red Leg Greaves, ein dicker, rotgetigerter einäugiger Kater, von dem niemand so genau weiß, woher er kommt. Er stand eines Tages vor Marigolds Ladentür, und seither lebt er hier – zu seinen Konditionen. In der linken Ecke stehen verschiedene Whiskys, unsere, ein paar vom Festland und zwei Tullochs. Die Tulloch Distillery ist die einzige andere Destillerie der Shetlands. Ein Familienunternehmen mit jahrhundertealter Tradition, aufgrund derer Boyd Tulloch sich für die Krone der Schöpfung hält. Gleichzeitig ist die Tulloch Distillery der größte Arbeitgeber der Inseln, so riesig ist das Unternehmen inzwischen. Ich verziehe das Gesicht und stelle kurz entschlossen die No 3 ganz nach vorne, so, dass sie die konservativ aufgemachten grünen Tulloch-Flaschen verdeckt. Ich könnte mich schlecht fühlen, es könnte mir peinlich sein, dass ich zu solchen Mitteln greife, aber es ist noch nicht lange her, da versuchte Boyd Tulloch Marigold davon zu überzeugen, meine Whiskys aus dem Sortiment zu nehmen. Deshalb hält sich mein schlechtes Gewissen in Grenzen, wenn ich nun Boyds Whiskys mit meinen verdecke. Vor allem, weil es Boyd Tulloch egal sein kann. Seine Whiskys werden weltweit vertrieben. Ich bin froh, wenn Golden Plover Shetland-weit und in ein paar ausgewählten Läden auf dem Festland verkauft wird.

Ich stelle mir vor, wie der großkotzige Boyd demnächst an Marigolds Schaufenster vorbeikommt und ihm sein arrogantes Grinsen vergeht, wenn er sieht, dass sein Whisky in die hinterste Reihe verbannt wurde. Und für einen kurzen Moment drängt dieser Gedanke all meine Sorgen in den Hintergrund. Die Erneuerung der Pacht, die defekte Abfüllanlage, die Fässer, die ich mir nicht leisten kann, den Banktermin mit Mr McGill. So groß ist die Befriedigung über meine kleine Racheaktion.

2

Die vorderen Reihen in der Aula des Rathauses sind bereits voll besetzt. Die leisen Gespräche vereinen sich zu einem lauten Summen. Hier und da werden Stühle gerückt. Jacken rascheln. Effie steuert auf eine noch ziemlich leere Stuhlreihe im hinteren Drittel zu.

»Nein, warte, nicht hinter Mr O'Toole«, sagt Fiona. »Letztes Mal hatte er ein so penetrant riechendes Sandwich dabei, dass mir beim Gedanken an geräucherten Fisch immer noch übel wird.« Und tatsächlich liegt ein eingepacktes Sandwich auf dem Stuhl neben Mr O'Toole.

»Dann hier?«, frage ich und zeige auf die Reihe dahinter. Sie ist zwar schon gut besetzt, aber am Rand sind noch Plätze frei. Effie und Fiona rutschen rein, und ich nehme auf dem Stuhl direkt am Mittelgang Platz.

Ein paar Leute sehen uns, kommen vorbei, um uns zu begrüßen, machen Small Talk. Vor uns sitzt Henrys großer Bruder Benjamin und dreht sich um.

»Habt ihr auch ein Thema für die Stadtversammlung?«

»Nein, wir sind nur zur Unterhaltung hier«, erwidert Effie grinsend.

»Ihr müsst euch ja wirklich langweilen …« Ben lacht.

»Hi, Effie!« Erwin, einer von Effies engsten Freunden, klettert über die Stuhllehne und setzt sich neben sie. »Hi, ihr.« Doch er wartet nicht ab, bis wir seine Höflichkeit erwidern, sondern verwickelt Effie gleich in ein Gespräch. Fiona und ich sind uns ziemlich sicher, dass er in Effie verschossen ist, sie streitet es jedoch vehement ab.

In allerletzter Sekunde gesellt sich auch noch Connal zu uns, Fionas Ex-Freund und seit Neuestem Wieder-Freund. Erwin und Effie rutschen einen Platz weiter, damit er neben Fiona Platz findet. Er küsst sie, dann nimmt er ihre Hand. Es ist so normal, so verblüffend alltäglich. In solchen Situationen kommt es mir beinahe komisch vor, dass sie über drei Jahre lang getrennt waren. Räumlich und als Paar. Vor allem, weil ich mir ebenfalls diese Art von Alltäglichkeit mit meiner Schwester zurückwünsche. So wie es war, bevor sie vor dreieinhalb Jahren ohne ein Wort, ohne eine Erklärung uns und die Insel verließ, weil sie annahm, Connal würde unter einer Kinderlosigkeit mit ihr mehr leiden als unter einer Fionalosigkeit. Aber die Fionalosigkeit war schlimmer als alles. Für Connal. Und für Effie und mich ebenso. Und während es Connal und Effie gelungen ist, Fiona zu vergeben, hinke ich noch ein bisschen hinterher.

»Guten Abend, liebe Bürgerinnen und Bürger Lerwicks!«, ruft Bürgermeister Scolley ins Mikrofon und reißt mich damit aus meinen Gedanken. »Ist das an? Test, Test, TEST!« Er wird immer lauter, obwohl wir ihn wunderbar durch das eingeschaltete Mikrofon verstehen. »Hallo? Hören mich alle?« Er tippt mit dem Finger dagegen.

»Ja, Munro, alle hören dich«, ruft seine Frau Edith laut aus der ersten Reihe. »Das Mikrofon ist an. Wie jedes Mal.«

»Guten Abend, liebe Bürgerinnen und Bürger Lerwicks!«,

wiederholt Munro Scolley, vollkommen unbeeindruckt von der Tatsache, dass er schon die ganze Zeit wunderbar zu hören war. »Ich freue mich, dass Sie alle hier sind.« Aus seiner Hosentasche zieht er einen Stapel Karteikarten, ohne die man ihn noch nie bei einem öffentlichen Event angetroffen hat. »Neben einigen allgemeinen Informationen«, liest er ab, »wird der Haupttagesordnungspunkt heute die nordschottische Whiskymesse sein, die wir dieses Jahr in unserer wunderschönen Stadt ausrichten. Danke noch einmal an Boyd Tulloch, dem wir diese Ehre zu verdanken haben.«

Ich stöhne und rutsche tiefer in meinen Stuhl, um nicht mit ansehen zu müssen, wie sich Boyd Tulloch in der zweiten Reihe erhebt. Natürlich sehe ich ihn dennoch. Er ist groß, breitschultrig, trägt ein bis zu den Ellenbogen hochgekrempeltes weißes Hemd, das über seinem Bizeps spannt. Dieser elende Angeber deutet ein paar alberne Verbeugungen Richtung Saal an, grinst selbstgefällig. Und ich verdrehe die Augen.

»Das wird dein Abend heute, Nessa, was?«, flüstert mir Effie an Fiona und Connal vorbei zu.

»Hör bloß auf.« Ich wende mich mit einer genervten Grimasse ab.

»Wir haben Sponsoren für die Tischtennisplatten auf dem Schulhof der Lerwick High School gefunden. Mein Dank gilt hier vor allem dem engagierten Lehrerkollegium und dem Elternbeirat, die Hand in Hand gearbeitet haben.«

Er redet noch darüber, dass wir ab nächstem Monat endlich die neuen Recyclingtüten bekommen, die alten aber bis Jahresende auch noch abgeholt werden. Der Termin der Beisetzung von Stuart McAdam, einem ehemaligen Fischer, und weitere allgemeine Bekanntmachungen folgen. Ich merke, wie meine Augen schwer werden. Wie sich mein Atem vertieft. Ich denke an mein warmes Bett, an das Gefühl, die Socken erst unter der Decke auszuziehen. Ich will mich komplett ausstrecken, bis mein Rücken knackt. Und das wird er, das tut er jeden Abend. Vielleicht noch ein paar Seiten in einem Krimi oder in *The World of Whisky* lesen. In einer dieser kurzen Phasen, in der es unserem Dad besser ging, schloss er ein Abonnement ab. Noch heute ist er der offizielle Empfänger, obwohl ich längst selbst für das Magazin zahle. Aber ich habe mir nicht die Mühe gemacht, ihnen mitzuteilen, dass er verstorben ist. Whisky war immer sein Traum, auch wenn er nur ab und zu die Kraft aufbringen konnte, zu träumen. Abgesehen von der Trauer um unsere Mum und den Pints im Pub, konnte er für ziemlich wenig Kraft aufbringen, sodass ich mit fünfzehn den Entschluss fasste, erwachsen zu sein, und die Verantwortung für die Familie übernahm. Mit sechzehn übernahm ich das Abo von *The World of Whisky,* mit achtzehn die Pacht der Halle. Und mit zwanzig übernahm ich seinen Traum, der schon lange zu meinem Traum geworden war.

Auf einmal ertönt Gelächter. »Was ist passiert?«, frage ich Fiona.

»Munro hat versucht, einen Witz zu machen.«

»Und deswegen lachen die Leute?« Ich runzle die Stirn.

»Der Witz war unfreiwillig zweideutig.« Und das macht schon mehr Sinn.

»Und jetzt übergebe ich das Wort an Boyd Tulloch«, verkündet Munro Scolley. »Boyd?«

Erneut erhebt er sich, drängelt sich durch die Reihe. Er hätte sich durchaus auch an den Rand setzen können, aber auf diese Weise kann er länger zeigen, von welch enormer Bedeutung seine Anwesenheit hier ist.

»Du wirst immer größer, mein Junge«, sagt Munro, als Boyd mit einem behänden Satz auf die Bühne springt. Boyd ist locker anderthalb Köpfe größer als Munro, und dessen Blick wandert nun ehrfürchtig an ihm hinauf.

»Ich danke Ihnen«, sagt Boyd und schüttelt die Hand des Bürgermeisters ein bisschen länger, als nötig wäre. »Ich freue mich über die Möglichkeit, heute zu euch zu sprechen, meine lieben Freunde.«

»Er hält sich für den Messias«, murmle ich, und Fiona kichert neben mir.

»Die Vorbereitungen für das Event des Jahrzehnts gehen ab nächster Woche in die entscheidende Phase, und wir freuen uns über jeden Freiwilligen, der Zeit und Lust hat, sich zu engagieren. Ich als Mitveranstalter und Whiskyaushängeschild Shetlands ...«

»Noch«, murmle ich. »Aber ich werde der Welt zeigen, dass shetlandischer Whisky mehr ist als deine öde Plörre.«

»That's what he said«, sagt Effie, und Fiona und ich sehen sie etwas ratlos an. Zu den unpassendsten Gelegenheiten versucht sich Effie an *That's what he/she said*-Witzen, und wir kommen nicht dahinter, warum eigentlich.

»Du weißt schon, wie diese Witze funktionieren, oder?«, fragt Fiona grinsend. »Die sind immer zweideutig. Und immer versaut.«

»Aber er hat es doch gesagt!«, verteidigt sich Effie, und ich mache mir nicht die Mühe, diesen Moment zu nutzen, um ihr zu erklären, dass selbst Munro Scolley die Zweideutigkeit, die für diese Art von Witzen nötig ist, verstehen würde.

»Genau genommen hat er Öko-Plörre gesagt«, mischt Fiona sich ein.

»Danke für die Erinnerung«, sage ich.

»Es gibt verschiedene Kategorien«, fährt Boyd fort, »Aufbau, Öffentlichkeitsarbeit, Organisation und so weiter, bei denen eure Talente gefragt sind.« Sofort schnellen ein paar

Hände in die Höhe. Ausnahmslos weibliche Hände. »Danke, danke, ich weiß eure Begeisterung sehr zu schätzen. Meine kleine Schwester hat hinten einige Listen ausgelegt, auf denen ihr euch eintragen könnt.«

Alle Köpfe wenden sich um. Dort, hinter einem Tisch, sitzt ein Mädchen im Teenageralter, das gelangweilt auf einem Kaugummi herumkaut.

»Jamielee?«, fragt Boyd, und sie blickt auf, winkt lustlos.

»Ich glaube, die habe ich noch nie gesehen«, flüstert Fiona.

»Sei froh. Ein verzogenes Ding«, sagt Effie. »Habe einmal für die Tullochs gebabysittet.«

»Hast du?«, frage ich entgeistert.

»Schhhhh«, macht jemand vor uns.

»Ja, aber ist schon ewig her. Und so gut, wie das Mädchen schrecklich ist, können die einen gar nicht bezahlen. Sie ist so ein richtiges Rich Kid. Mit eigenem Pony und so.« Effie fängt sich ein weiteres »Schhhhh« ein, und ich wende mich wieder dem Geschehen auf der Bühne zu.

»Jeder, der hilft, bekommt einen kostenlosen Tagespass für die Messe sowie Verzehrbons im Wert von zehn Pfund«, kündigt Boyd gerade an.

»Wie großzügig. Hoffentlich übernimmt er sich nicht«, murmle ich.

Nachdem Boyd noch gefühlt eine halbe Stunde über den geplanten Ablauf, hohen Besuch, verschiedene große Destillerien, die ihre Teilnahme angekündigt haben, und seine eigenen Erfolge schwadroniert hat, übernimmt Munro wieder und löst offiziell die Versammlung auf.

Ein kollektives Stühlerücken und Jackenrascheln geht durch den Raum. Die Leute erheben sich, drängen in die Gänge und nach draußen. Als unsere Gruppe den Ausgang ansteuert, ertönt hinter uns eine Stimme.

»Nessa Linklater.«

Ich wende mich um und blicke direkt in sein Gesicht. Fünftagebart, blaue Augen, dunkelblonde Haare, sein linkes Ohr steht etwas weiter ab als das rechte. »Boyd Tulloch.«

»Kein Interesse an einem Tagesticket? Hast du mit dem Whiskypanschen aufgehört?« Er grinst dämlich.

»Falls es dich interessiert, ich habe bereits vor einer Woche einen Stand angemietet.«

Boyd runzelt die Stirn. »Ist dir das nicht peinlich? Jeder wird wissen, dass du für diesen Witz von Whisky verantwortlich bist ...«

»Ist dir dein Benehmen nicht peinlich?«, frage ich zurück, und Effie applaudiert glucksend.

Ohne auf meinen Konter einzugehen, fährt er fort: »Hast du dir nicht auf die Fahnen geschrieben, dich für den schottischen Whisky zu engagieren? Auch wenn es natürlich ein etwas zweifelhaftes Engagement ist ...«

»Was meinst du?« Ich kann nichts dagegen tun, dass ich giftig klinge.

»Na ja, das hier wäre deine Chance, um wirklich mal einen Beitrag zu leisten, oder?«, fragt Boyd und wedelt mit einer der Namenslisten.

»Ich habe leider keine Zeit. Manche von uns müssen einen Messeauftritt ohne Hundertschaften von Angestellten auf die Beine stellen, weißt du?« Sein arrogantes Gelaber treibt mich zur Weißglut. Dass er dabei äußerlich so ruhig bleibt, als würden wir eine normale Unterhaltung führen, macht die Sache nur noch schlimmer. Denn ich für meinen Teil koche innerlich. Am liebsten würde ich einfach abhauen. Aber diese Genugtuung gebe ich ihm nicht.

»Nessa, Nessa, Nessa«, sagt er und schüttelt den Kopf. Ich hasse es, wie er meinen Namen sagt. Dass er ihn überhaupt sagt. Fiona und Effie sind einen Schritt zurückgewichen, als hätten sie Angst, gleich in einen Faustkampf zu geraten. Und im Moment wäre mir wirklich danach, auf ihn loszugehen. »Ich hoffe, du übernimmst dich nicht.«

»Lass das mal meine Sorge sein«, gebe ich zurück und recke den Kopf, um mich etwas größer zu machen. Aber natürlich wirke ich neben dem Hünen Boyd bestenfalls zerbrechlich.

»Ich würde nicht so weit gehen, zu sagen, dass ich mich sorge«, sagt er. »Ich wünsche mir nur, dass sich auf meinem Event niemand blamiert.«

»Du hast Angst, dass deine Messe zur Blamage wird, wenn ich die Organisation nicht übernehme? Ach so!«, sage ich. »Jetzt verstehe ich. Aber es tut mir leid, das hast du dir selbst eingebrockt, Boyd.«

Er lacht verächtlich. »Ist vielleicht das Beste so.« Er tätschelt meine Schulter auf eine pseudo-verständnisvolle Weise. »Wenn deine organisatorischen Fähigkeiten genauso ausgeprägt sind wie dein Talent zum Whiskybrennen, sind wir ohne deine Hilfe wohl besser dran.« Er zuckt mit den Schultern und will sich abwenden.

Ich habe das Bedürfnis, ihm wüste Beschimpfungen an den Kopf zu werfen. Richtig ausfallend zu werden. Doch in diesem Moment kommt eine Mutter mit zwei kleinen Kindern vorbei, und um ihretwillen schlucke ich die Worte hinunter, die mir auf der Zunge liegen.

»Nur, damit du Bescheid weißt, die Anmeldegebühr entfällt für alle, die helfen.« Er macht Anstalten, zu gehen, und ich will nichts lieber, als dass er endlich verschwindet. Aber ich erinnere mich noch zu gut an meine Kurzschlussreaktion, in der ich ankündigte, es Boyd bei der Messe *zu zeigen*. Damals dachte ich nicht an die finanziellen Implikationen.

Und als Henry fragte, ob wir uns die Teilnahme überhaupt leisten könnten, war es für einen Rückzieher zu spät. Jetzt habe ich die Chance, ein bisschen Geld zu sparen.

»Weißt du, was, du Großkotz?«

Boyd dreht sich langsam wieder zu mir um. Mit einem wissenden, triumphierenden Ausdruck im Gesicht. O Gott, wie ich ihn verabscheue! Ich muss mich wirklich zusammenreißen, damit meine Stimme nicht vor Wut zittert.

»Schreib mich ruhig auf deine alberne Liste. Das Event soll schließlich ein Erfolg werden. Na los! Schreib!«, weise ich ihn an.

Ein süffisantes Grinsen umspielt seine Mundwinkel. »Nessa Linklater«, wiederholt er meinen Namen, während er schreibt. »Hier bitte noch deine Telefonnummer und E-Mail-Adresse eintragen.«

Er hält mir die Liste hin, und ich kritzle beides neben meinen Namen.

»Bist du dir sicher, dass das eine gute Idee war?«, fragt Fiona, als wir uns endlich auf den Weg nach draußen begeben. »Ich meine, du hast wirklich viel zu tun und ...«

»Weißt du, Fi«, sage ich und sauge gierig die kalte, feuchte Abendluft ein. »In meinen fünfundzwanzig Lebensjahren habe ich eine Sache gelernt. Wenn du willst, dass etwas gut wird, musst du es selbst machen.« Dass mich eher die Aussicht überzeugt hat, ein paar Hundert Pfund zu sparen, behalte ich für mich.

Dennoch habe ich das Gefühl, als hätte Boyd gewonnen. Als hätte er mich ausgetrickst. Aber er kann mich nicht ausstehen, warum also sollte er mich absichtlich dazu provozieren, meinen Namen auf diese alberne Liste zu setzen?

»Ich geh mit Erwin noch auf ein Pint in den *Hideout*«, ruft Effie und winkt.

»Aber wenn es dir zu viel ist, sagst du es, oder?«, fragt Fiona. Sie ist ein paar Schritte gerannt, um zu mir aufzuschließen, und man sieht ihre Atemwölkchen im Schein der Straßenlaterne. »Ich könnte dir ein bisschen unter die Arme greifen …«

»Danke«, sage ich, weiß aber, dass es besser ist, sich auf niemanden zu verlassen. Und schon gar nicht auf die eigene Familie, die einen immer genau dann hängen lässt, wenn man sie am dringendsten braucht. Und die einen immer dann am dringendsten braucht, wenn man selbst eigentlich schon auf dem Zahnfleisch geht.

3

»Es tut mir leid, Nessa, aber du kommst für einen Kredit nicht infrage.« Mr McGill, der Bankangestellte, blickt unglücklich von seinem Computer zu mir und wieder zurück. Ich kenne ihn, seit ich in der Grundschule mit seiner Tochter auf dem Pausenhof in einen Streit geraten bin, der in Haareziehen, Kreischen und jeder Menge Tränen gipfelte. Nun schüttelt er betroffen den Kopf.

»Aber meine Zahlen sind gut. Sie steigen. Sehen Sie? Langsam zwar, aber seit einem Jahr stabil.« Ich deute auf meine Unterlagen, die ich ihm in den letzten zehn Minuten vorgestellt habe. Meinen Plan, meine Jahresabrechnungen, meine optimistischen Prognosen.

»Wäre es meine Entscheidung, Nessa, ich würde dir jeden Kredit der Welt geben. Aber wenn das System Nein sagt, dann sind mir die Hände gebunden.«

»Okay, ja, das verstehe ich. Aber was, wenn wir die Raten erhöhen? Wenn ich …« Ich fühle, wie Hitze meinen Hals hinaufkriecht, wie sich langsam Panik breitmacht.

»Wie willst du denn noch höhere Raten zurückzahlen?«, fragt er.

»Ich finde eine Lösung?«, schlage ich vor. Auf einmal spüre ich den kratzigen Bezug des Stuhls, auf dem ich sitze, überdeutlich durch meine Bluse hindurch. Mir ist so warm. Ich *brauche* diesen Kredit.

»Wir können noch einmal sprechen, wenn du sie gefunden hast.« Mr McGill tätschelt meinen Arm, und ich habe das Gefühl, als würde mir eine riesige Welle voll ins Gesicht klatschen, mich umwerfen, zurück an Land spülen, dorthin, wo ich angefangen habe. Zurück auf null.

»Und wie wäre es mit einem kleineren Kredit?«, frage ich wenig hoffnungsvoll. Im grellen Licht wirkt die hellgraue Farbe der Büromöbelgarnitur nur noch deprimierender. Alles an diesem Raum ist deprimierend. Die Raumtrenner, der Teppichboden, das Zerplatzen von Träumen.

»Ich kann dir höchstens anbieten, das Haus als Sicherheit anzugeben.«

»Unser Haus?«

Er nickt. »Ja.«

»Nein.«

»Das ist die einzige Chance, die ich sehe.«

»Danke, aber ich bleibe dabei. Das ist keine Option.«

»Dann, fürchte ich, kann ich heute nichts mehr für dich tun, Nessa.«

Ich erhebe mich. Gebe ihm die Hand. Denn es kommt nicht infrage. Das Haus, in dem wir wohnen, unser aller Zuhause, ist tabu. »Danke, Mr McGill, für Ihre Zeit.«

»Es tut mir wirklich leid, Nessa.«

»Ich weiß«, sage ich, aber weil ich kurz davor bin, die Nerven zu verlieren und loszuheulen, muss ich zusehen, dass ich hier herauskomme. Ich will nicht das nächste Stadtgespräch werden. *Habt ihr gehört? Nessa Linklater hat in der Bank einen Nervenzusammenbruch gehabt. Nessa Linklater steht das Wasser bis zum Hals. Nessa Linklater hat sich verkalkuliert. Nessa Linklater hat versagt.* Ich sehe Boyds Gesicht vor mir, wie er sagt: »Nessa Linklater, ich wusste, du würdest es nicht schaffen.«

Aber ich *will* es schaffen. Ich habe es schon so weit geschafft. Ich brauche nur noch ein halbes, maximal ein Jahr. Dann werfen wir genug ab. Dann ... Aber ich habe kein Jahr. Nicht einmal ein halbes. Ich habe nur Jetzt.

Ich treffe Effie und Fiona im *Hideout* auf ein Feierabendpint, das ich heute dringend nötig habe. Henry hat mir zwar erneut versichert, dass ich eine Lösung finden werde, wie ich es immer tue, aber das Gefühl, einfach überrollt zu werden, bleibt.

Im *Hideout* ist viel los, es riecht nach Kaminfeuer und herb-urigem Bierdunst, lautes Männerlachen vermischt sich mit Stimmengewirr. Ein paar Satzfragmente übertönen die allgemeinen Unterhaltungen. »Jahrhundertfang, ich sag es euch!«, »Investoren vom Festland«, »Noch eine Runde!« Das Gedränge an der Bar ist so dicht, dass es ein paar Minuten dauert, bis ich bei Joseph Garrioch, dem Besitzer des Pubs und Lerwick-Urgestein mit schütterem rotem Haar, ein Shetland-Ale bestellen kann. Von allen Seiten begrüßen mich Leute, freuen sich, mich zu sehen, aber mir ist nicht nach Small Talk. Ich bin müde. Ausgelaugt. Und so bin ich erleichtert, als ich endlich an unserem Tisch direkt am Kamin ankomme.

»Wie war der Termin?«, fragt Fiona, nachdem ich mich mit einem etwas theatralischen Ächzen hingesetzt und einen Schluck Ale getrunken habe.

»Nicht gut.«

»Sind die Raten zu hoch? Vielleicht können wir was beisteuern«, schlägt Effie vor.

»Das ist so lieb von dir, Effie, aber erstens will ich euch da nicht mit reinziehen. Es ist mein Problem. Und zweitens geht es nicht um die Höhe der Raten.«

»Dein Problem ist unser Problem«, sagt Fiona.

Ich lächle sie müde an, weiß, dass sie es nur gut meint. Aber ich kann mich auf Fiona nicht verlassen. Diesen Fehler habe ich einmal gemacht, und sie ist einfach abgehauen. In dem Moment, da sie endlich so etwas wie eine Unterstützung hätte sein können. Ich kann mich nur auf mich selbst verlassen.

»Ich weiß, du denkst, du kannst dich nur auf dich verlassen«, fährt sie fort, als wäre sie in der Lage, meine Gedanken zu lesen. »Und ich weiß, dass es auch meine Schuld ist, aber wir sind hier, Nessa.«

»Ist schon gut.« Aber ich weiß, dass sie weiß, dass ich noch Zeit brauche.

»Also was hat er denn nun gesagt?«

»Ich kriege keinen Kredit.« Mein Tonfall ist so nüchtern, wie es mir in diesem Moment möglich ist.

»O nein.« Effies Stimme ist ganz leise geworden. Sie sieht mich bestürzt an.

»Nur wenn ich das Haus als Sicherheit angebe.«

»Dann mach das!« Sofort ist Effie wieder ihr lautes, fröhliches Selbst.

»Sicher nicht.« Ich schüttle vehement den Kopf.

»Warum nicht?«

»Weil es unser Zuhause ist. Weil ihr da wohnt. Weil ich das nicht riskieren will.«

»Aber wir glauben an dich«, sagt Fiona. »Es ist kein Risiko. Du wirst das Geld zurückzahlen.«

»Du kannst dir nicht sicher sein. Deswegen werde ich es nicht tun«, beharre ich.

»Doch, du musst.« Effie nickt, vollkommen überzeugt.

»Hört ihr mir nicht zu? Das wird nicht passieren.«

»Aber was willst du denn sonst machen?«, fragt Fiona besorgt.

»Eine andere Lösung finden.« So wie Henry es prophezeit hat.

»Aber wenn es eine andere Lösung gäbe, bräuchtest du doch gar keinen Kredit«, sagt Fiona, und obwohl ich genau diesen Gedanken auch schon hatte, versuche ich, es Henry gleichzutun und ebenfalls an mich zu glauben.

»Es ist Nessa.« Effie nimmt einen Schluck von ihrem Ale. »Nessa findet immer eine Lösung. Für uns hast du auch immer alle Probleme in den Griff gekriegt. Dann sind jetzt eben mal deine dran. Und wenn wir helfen können, sagst du Bescheid.«

Ich nicke müde und blicke an ihr vorbei in die tänzelnden Flammen des Kaminfeuers, von dem eigentlich eine so tröstliche Wärme ausgeht. Doch heute Abend fühle ich sie nicht. »Danke, Effie.«

»Ist auch einfach eine blöde Zeit gerade. Wenn der Frühling erst kommt, wird alles besser. Wirst schon sehen. Wenn es wieder heller wird und wärmer ...«

Und vielleicht hat sie sogar recht damit. Vielleicht sieht die Welt anders aus, wenn die Tage länger werden und die Temperaturen zweistellig. Vielleicht eröffnen sich neue Möglichkeiten. Bislang habe ich es noch immer geschafft, da haben Effie und Henry jedenfalls recht.

Und so versuche ich in den nächsten Tagen, nach vorne zu blicken. Denn schließlich ist wenigstens die Whiskymesse eine Chance für Golden Plover. Sie wird Henry und mir neue Motivation geben. Vielleicht neuen Input und Ideen, die ohne Investitionen auskommen. Vielleicht kriegen wir den Boost, den wir für das nächste halbe Jahr brauchen. Vielleicht können wir uns auf diese Weise nach vorne hangeln, immer weiter. Schließlich *sind* unsere Zahlen eigentlich gut. Schließlich *steigt* unser Umsatz. Schließlich *habe* ich noch für jedes Problem eine Lösung gefunden.

4

»Irgendwas stimmt mit der Tattie Soup nicht«, sagt Effie traurig.

Ich bin gerade nach Hause gekommen, meine Haare sind nass und zerzaust, weil es draußen stürmt und wie aus Eimern gießt.

»Und die Bannocks waren zu lange im Ofen.« Sie sieht ein bisschen verzweifelt aus. »Oh, und da ist ein Päckchen für dich gekommen.«

»Gib mir fünf Minuten, dann schau ich, was ich tun kann«, sage ich, entledige mich meiner Gummistiefel und laufe die Treppe hoch in den ersten Stock, wo sich unsere Schlafzimmer und das Bad befinden. Unser Elternhaus ist ein einfaches, shetlandisches, graues Steinhaus mit wenig Luxus. Aber seit Effie und ich die alten Möbel und die Wandverkleidung entsorgt haben, entspricht es wenigstens von innen unserem Geschmack. Wir haben den beigefarbenen Teppichboden herausgerissen, die Holzdielen freigelegt. Haben die massiven Möbel unserer Großeltern durch helle Holztische und -stühle ersetzt. Nur in meinem eigenen Zimmer habe ich nichts verändert. Mein Zimmer, das früher das Schlafzimmer unserer Eltern war. In dem Dad nach dem Tod unserer Mutter allein wohnte und dann irgendwann nicht mehr, weil er es zu Hause nicht mehr aushielt. Und als ich eines Tages verstand, dass er nicht wieder zurückkommen würde, entschied ich, dass jede von uns nun ihr eigenes Zimmer haben sollte.

Deswegen ist mein Bett alt und knarzt, die Matratze durchgelegen. Von der Kommode in der einen Ecke platzt die dunkelgrüne Farbe ab, und die unterste Schublade klemmt. Der Spiegel an meinem schiefen Schrank ist fast blind, und das, was man noch erkennen kann, wird seltsam verzerrt. Kleine gerahmte Landschaftsaufnahmen von den Inseln in Schwarz-Weiß sind die einzige Wandverzierung. Obwohl »Verzierung« in diesem Fall ein Euphemismus ist. Normalerweise stört es mich nicht. Das ist der Raum, in dem ich schlafe. Ich halte mich hier nicht auf. Nicht länger als nötig. Aber in diesem Moment, da es draußen stürmt und die Regentropfen gegen die dünne Scheibe prasseln, stört mich alles an diesem Zimmer. Ich bin müde, mir ist kalt, ich bin hungrig. Mein Tag war anstrengend, und aus meinen Haaren tropft Regenwasser auf den Boden. Die Handtücher sind in der untersten Kommodenschublade, an der ich mit all meiner Kraft rütteln muss, um sie aufzukriegen. Und so lasse ich mich einfach auf mein Bett sinken, schließe für einen Moment die Augen, atme.

Ich höre, wie Fiona nach Hause kommt.

»Hier riecht's irgendwie angebrannt«, sagt sie.

»Ja, streu du nur Salz in die Wunde. Dabei hab ich definitiv heute schon genug Salz gestreut …« Effie lacht hilflos, und ich erhebe mich wieder. Zerre an der Schublade, rubble meine Haare mit einem frischen Handtuch trocken, ziehe mir eine warme Strickjacke über, gehe nach unten, helfe. Bin der Fels in der Brandung.

»Was ist denn das Problem?«

»Die Bannocks sind oben schwarz, die Tattie Soup ist versalzen, ich habe auf ganzer Linie versagt. Dabei habe ich alles so gemacht, wie es im Rezept stand!« Sie wedelt mit dem Notizbuch, in dem ich vor Jahren angefangen habe, meine Rezepte idiotensicher aufzuschreiben.

»Dann lass mal sehen.«

Effie blickt mich schuldbewusst an. »Hab mich nicht getraut, sie rauszuholen.«

Seufzend öffne ich den Ofen, und ein Schwall verbrannter Rauch kommt mir entgegen. »Okay, wie lange hast du sie drin gehabt?«

Sie blättert im Rezeptbuch. »Fünfundzwanzig Minuten bei zweihundertfünfundsiebzig Grad.« Sie pustet auf die Seite. »O nein! Da steht hundertfünfundsiebzig, aber es sah aus wie eine Zwei, weil irgendein Dreck drauf geklebt hat!«

»Wir schneiden einfach die oberen Hälften ab. Der Rest sieht okay aus.«

»Und die Suppe habe ich versalzen«, sagt sie und verbirgt das Gesicht in den Händen.

»Dann schneiden wir noch mehr Tatties rein. Kein Drama. Außerdem kannst du Salz mit Zucker neutralisieren. Dauert halt noch ein bisschen, bis die restlichen Tatties gar sind.« Ich nehme mir ein paar Kartoffeln und beginne sie zu schälen.

»Ich wusste, du würdest eine Lösung finden«, sagt Effie und hüpft auf die Anrichte. Während ich die Suppe rette, baumelt sie mit den Beinen und erzählt mir – wieder vollkommen vergnügt – von ihrem Tag.

»Fiona, kannst du schon mal den Tisch decken?«, frage ich, doch ich erhalte keine Antwort.

»Ich glaube, sie ist im Schuppen und töpfert«, sagt Effie. »Ich kann den Tisch decken.«

Und während Effie Geschirr holt, schneide ich die oberen Hälften der Bannocks ab.

Im Kamin prasselt ein gemütliches Feuer. Das Wohnzimmer ist mollig warm, und aus dem Suppentopf dampft es. Wir sitzen gemeinsam an unserem großen Esstisch, tunken die trockenen Bannocks in die süß-salzige Suppe, und ich denke daran, dass ich nun noch etwas anderes kochen muss, um es Mrs McAdam, der Witwe des verstorbenen Fischers, morgen vorbeizubringen, so wie es hier gang und gäbe ist.

»Ich mache den Abwasch«, sagt Fiona. »Musste noch etwas ausprobieren.« Wie zum Beweis hält sie ihre mit Ton beschmierten Hände hoch.

»Du weißt, dass wir ein Waschbecken haben, oder?«, frage ich.

»Ja, aber ich hatte so einen Hunger …« Sie zuckt entschuldigend mit den Schultern.

»That's what she said«, sagt Effie und zeigt auf mich.

»Ernsthaft, Effie, so funktionieren diese Witze nicht.« Ich lache.

»Aber du hattest Hunger. Und außerdem lachst du trotzdem. Obwohl es nicht mal ein Witz war«, erwidert sie und strahlt. »Also habe ich doch mein Ziel erreicht.« Sie nickt zufrieden, als wäre damit die Beweisführung abgeschlossen.

Ich liebe diese Schwesternabende. Besonders, seit wir wieder zu dritt sind. Fionas Abwesenheit wurde zwar irgendwann zur Gewohnheit, aber es war die Gewohnheit an eine Lücke. Eine Lücke, die spürbar war bis zum Ende. Bis sie wiederkam. Und auch wenn wir noch nicht wieder an dem Punkt sind, an dem wir waren, bevor sie gegangen ist, bedeutet für mich Dreisamkeit Heilsamkeit.

Mein Blick wandert zu ihr, zu ihren dunkelroten langen

Haaren, die sie zu einem Knoten in ihrem Nacken geschlungen hat, zu ihrem sommersprossigen Gesicht. Sie stapelt behutsam die leer gegessenen Suppenteller aufeinander.

»Was?«, fragt sie lächelnd, als sie meinen Blick bemerkt.

»Nichts. Es ist nur, manchmal kommt es mir unwirklich vor, dass du wieder da bist.«

Sie nickt. »Ich weiß, was du meinst. Genauso unwirklich kommt es mir manchmal vor, dass ich je weg gewesen sein soll.«

Wie Effie angekündigt hat, steht auf dem Beistelltisch im Flur ein kleines Päckchen, das an mich adressiert ist. Ich nehme es mit ins Wohnzimmer und erkenne im Licht der Deckenlampe sofort das Logo der Tulloch Distillery.

»Was soll das denn?«, frage ich mit gerunzelter Stirn.

Effie sieht von ihrem Strickzeug auf. »Hm?«

»Die Tullochs schicken mir ein Päckchen?«

Ich öffne es, und zum Vorschein kommt ein kleines Geschenkset und eine Karte.

»Was zum Henker …?«

Fiona und Effie unterbrechen ihre Arbeiten und beugen sich interessiert über den Inhalt, während ich die Karte lese.

Nessa Linklater,

hier eine kleine Aufmerksamkeit als Dankeschön für dein Engagement. Im Gegensatz zu deinem Whisky genießt man den Tulloch am besten nicht auf Eis mit zugehaltener Nase. Nur so als Tipp.

Hochachtungsvoll,
Boyd Tulloch

Angewidert werfe ich die Karte zurück in die Kiste. »Dieses Aas!«

»Was schreibt er?«, fragt Fiona.

»Das Übliche.« Ich nehme das Geschenkset in Augenschein. Zwei kleine Fläschchen Tulloch-Whisky, ein Glas, dazu billiges Shortbread. »Das kann ich nicht mal weiterverschenken, weil ich mich so sehr dafür schäme«, sage ich. »Pfui Teufel.«

»Pfui Teufel«, erwidert Effie.

»That's what she just *said«,* sagt Fiona, und Effie und ich sehen sie ungläubig an. Dann beginnen wir zu lachen. Erst ist es nur ein leises Glucksen, aber es steigert sich zu einem ausgewachsenen Lachanfall.

»Fängst du jetzt auch noch damit an«, bringe ich unter größter Anstrengung hervor und merke, wie gut es mir tut, mich einfach mal über all das lustig zu machen.

»Ich schätze, wir backen dann wohl bald mal wieder einen Whiskycake«, sagt Effie, als wir uns beruhigt haben. Denn Tulloch-Whisky taugt in diesem Haushalt maximal als Backzutat.

»Das könnt ihr gern machen«, sage ich. »Ihr müsst nur drauf achten, dass die Backtemperatur auch wirklich die Backtemperatur ist und nicht irgendein Brösel, der aussieht wie eine Tausend oder so.«

»Auf diese Weise würden wir den Whisky aber auch unschädlich machen«, sagt Fiona, und in diesem Moment spüre ich, wie ich ihr ein bisschen mehr verzeihe, so sehr liebe ich sie für ihren Kommentar. »Wie wäre es, wir backen den Kuchen, und du kannst ihn dann morgen der Fischer-Witwe bringen?« Und jetzt verzeihe ich ihr sogar noch mehr.

»Dann kommst du endlich mal früh ins Bett«, sagt Effie und nickt. »Das hast du nötig.«

»Willst du mir schmeicheln?«, frage ich lachend. »Wenn ja, ist das ziemlich in die Hose gegangen.«

»Du bist auch mit Augenringen wunderschön«, sagt Effie und zuckt mit den Schultern. »Aber ich glaube, für deine Laune könnte es ganz gut sein, oder?«

Wie sehr sie damit recht hat, ahnt sie wahrscheinlich nicht einmal. Und so mache ich mich auf den Weg in den ersten Stock. Sehe mir mit müden Augen beim Zähneputzen zu. Fahre mir einmal durch die schulterlangen roten Haare. Wasche mir das Gesicht mit kaltem Wasser. Ziehe mir mit schweren Bewegungen mein Schlafshirt über. Und lasse mich in mein Bett fallen. Es knarzt unter meinem Gewicht, doch ich höre das Geräusch kaum noch, so sehr habe ich mich daran gewöhnt.

Aus der Küche dringen leise Geräusche an mein Ohr, und ich beschließe, dass ich sogar zu müde bin, um noch etwas in *The World of Whisky* zu lesen. Vor meinem inneren Auge sehe ich meine Schwestern gemeinsam an der Anrichte vor sich hin werkeln. Die fröhliche, quirlige Effie mit ihrem Nasenpiercing und den fast orangerot gefärbten Haaren, die grüblerische, melancholische Fiona, die die Dinge immer erst einmal mit sich selbst ausmacht. Wir sind alle drei so unterschiedlich und dann doch wieder so ähnlich. So tief verwurzelt auf Shetland, so sehr Teil dieser rauen, wilden, schönen Welt. So sehr aufeinander angewiesen, auf Effie für die gute Laune, auf Fiona für die tiefen Gedanken, auf mich für die Beständigkeit, als Fels in der Brandung. Ich hoffe von ganzem Herzen, dass keine von uns je wieder auf die anderen verzichten muss.

Ich knipse meine Nachttischlampe aus, merke, wie sich mein gesamter Körper entspannt. Wie mein Rücken lang wird, wie die Wirbel knacken. Dann streife ich mir unter der

Decke mit meinen Zehen die Socken von den Füßen. Ich kuschle mich tief in meine Kissen. Sie duften nach zu Hause. Nach Wärme. Nach Geborgenheit. Nach Familie. Und die ultimative Gemütlichkeit überkommt mich. Die ultimative Müdigkeit. Und dann der Schlaf mit Träumen von Mädchenhänden in meiner Hand, von Wellen, die mir gegen die Brust schlagen, von einem Ruderboot in der Ferne, das davongetragen wird, von Salzwasser in meinem Mund, in meiner Nase.

Sind Sie denn ein Familienmensch? Und inwieweit gehören für Sie Familie und Whisky zusammen?

Boyd Tulloch: Ich komme von den Shetlandinseln. Familie steht bei uns über allem. Meine Eltern, meine kleine Schwester, sie sind die wichtigsten Menschen in meinem Leben, und ich würde alles für sie tun. Der Whisky wiederum hat uns als Familie über Generationen geformt. Wir führen die Tradition unserer Vorfahren fort wie unsere Nachkommen die unsere. Der Name Tulloch ist mit dem Whisky so eng verbunden wie die Shetlander mit ihren Familien. Aber nicht nur uns hat der Whisky zusammengebracht. Whisky eint Menschen in ganz Schottland, in ganz Großbritannien, inzwischen auf der ganzen Welt. Wir kommen zusammen, wir genießen gemeinsam. Wenn ich an Familie denke, habe ich sofort ein Bild aus meiner Kindheit im Kopf. Ein heimeliges Kaminfeuer, meine Holzeisenbahn auf dem schweren Teppich vor dem Sessel, in dem mein Vater einen Whiskytumbler schwenkte, während meine Mutter las. Der karamell-goldene Glanz des Whiskys im Schein des Feuers. Das ist für mich der Inbegriff von Gemütlichkeit, von Beisammensein, von Familie.

5

Die Whiskymesse wird auf dem Gelände der Tulloch Distillery in einer großen Halle stattfinden, die extra für die Messe in Windeseile aufgebaut wurde und später wohl zu Lagerzwecken verwendet werden soll. Ich melde mich bei einer jungen Frau mit Klemmbrett, die ich vom Sehen kenne, und frage sie, wo ich gebraucht werde. Denn es ist schwierig zu erkennen, was eigentlich gerade vor sich geht, so hektisch ist das Gewusel im Inneren.

Ashley, so heißt sie, erklärt mir, was hier passiert. Die Halle muss in Vierecke aufgeteilt werden. Je größer die Destillerie, desto mehr Fläche wurde gemietet und desto größer wird das Viereck. Nummern auf dem Boden werden mithilfe der Teilnehmerliste zugewiesen. Ich versuche, einen Blick darauf zu erhaschen, aber Ashley setzt sich in Bewegung, während sie weiterspricht.

»Hier neben dem Eingang verkaufen wir Tagestickets und Verzehrbons. Dort drüben werden die Essensstände aufgebaut. Sobald die Flächen markiert und zugewiesen sind, kümmert sich jede Destillerie selbst um den Aufbau. Ich und vier andere« – sie sucht die Halle ab, jedoch ohne Erfolg – »sorgen dafür, dass alles nach Plan läuft. Das Marketingteam arbeitet an den Programmen und Flyern. Plakate sind bereits im Druck und werden auf den Inseln und auf den Fähren aufgehängt.«

»Und was soll ich machen?«, frage ich, weil es eigentlich so aussieht, als wären genug Helferinnen und Helfer vor Ort.

»Wie heißt du noch mal?«

»Nessa Linklater.«

Sie überfliegt die Liste auf ihrem Klemmbrett. »Ich habe dich hier als Mädchen für alles drinstehen.«

»Und was bedeutet das jetzt?«

»Das Beste wäre, du hältst dich auf Abruf bereit.« Ashley strahlt mich an.

»Wie bitte?« Das ist doch ein Scherz. Warum bin ich dann überhaupt hierhergekommen?

»Gibt's ein Problem?«

Ich wirble herum. Boyd ist hinter uns aufgetaucht. Er lächelt Ashley an, dann blitzt sein Blick zu mir.

»Nein, kein Problem«, sage ich spitz. »Ich frage mich nur, was ich hier mache.«

»Du kannst meiner Schwester dabei helfen, die Flächen zu nummerieren. Sowohl auf dem Boden als auch auf dem Lageplan. Du hast dich schließlich freiwillig gemeldet, oder bist du dir jetzt doch zu fein?«

Dass ich mich kaum freiwillig gemeldet habe, behalte ich für mich. Ebenso, dass Ashley bis vor ein paar Minuten noch nicht einmal wusste, was sie mit mir anfangen soll.

»Kommst du?«, fragt Ashley, die nun Boyds genervten Tonfall nachahmt, und ich trotte ihr nach in die hintere Ecke der Halle, während um uns herum Männer Klebeband auf dem Boden befestigen.

»Jamielee, das ist …« Doch sie scheint meinen Namen erneut vergessen zu haben.

»… Nessa«, sage ich. »Nessa Linklater.«

Jamielee blickt auf und sieht mich wenig begeistert an.

»Nessa wird dir helfen.«

»Meinetwegen«, sagt Jamielee, drückt mir Kreide und ein Klemmbrett in die Hand und setzt sich auf einen Transportwagen. Sie ist klein für ihr Alter. Klein und schmächtig, was durch die schwarzen Leggings und den übergroßen Strickpulli noch betont wird. Die langen, dunkelblonden Haare hat sie zu einem Zopf geflochten, der ihr über die Schulter hängt.

»Also soll ich …« Ich drehe mich zu Ashley um, doch sie spricht schon ein paar Meter weiter mit zwei Helfern.

Jamielee hat ihr Smartphone gezückt und hört sich kichernd eine Sprachnachricht an. Keine Ahnung, wer auf die Idee gekommen ist, einem Teenager irgendeine Art von Verantwortung zu übertragen. Ich blicke auf das Klemmbrett, drehe es einmal, weil ich mir nicht sicher bin, wo auf dem Lageplan oben und unten ist. Vor meinen Füßen prangt eine große Vier, doch ich kann sie auf dem Plan nirgends entdecken. Also gehe ich ein paar Meter weiter zurück, gleiche die Drei mit der Drei auf dem Klemmbrett ab. Drehe den Lageplan noch einmal.

»Bist du dir sicher, dass das so stimmt?«, frage ich Jamielee.

»Hä?«

»Na ja, weil hier der Eingang ist, oder?« Ich zeige auf das, was ich für die Tür halte. »Und deine Zahlen beginnen da.«

»Und? Ist nicht mein Problem«, sagt Jamielee und tippt auf ihrem Handy herum. Mit den Füßen schiebt sie das Rollbrett hin und her.

»Wenn wir das hier zusammen machen sollen, müsste ich wenigstens dein System verstehen«, sage ich und drehe den Lageplan ein letztes Mal. Denn jetzt bin ich mir sicher, dass ich weiß, wo was ist. »Und ich glaube, du hast auf der falschen Seite angefangen.«

»Schön für dich«, sagt Jamielee. »Bist du sicher, dass er das gesagt hat?« Auf einmal ist ihre Stimme ganz hoch. »Alter, Holly, willst du mit ihm gehen?«

Zu spät merke ich, dass sie in ihr Handy spricht und nun ihrerseits eine Sprachnachricht aufnimmt. Deswegen sehe ich Jamielee noch an, als sie aufblickt. »Was?«, fragt sie. »Warte, Holly, ich hab hier was zu erledigen.« Sie verdreht genervt die Augen. »Ey, kann ich vielleicht mal kurz Pause machen?«, fragt sie. »Ohne dass du mich anglotzt?«

Ich erinnere mich noch gut daran, wie ich mit Effie gestritten habe, als sie in Jamielees Alter war. Wie wir uns angeschrien haben, weil sie nicht einsah, sich an Regeln zu halten, die ihre große Schwester aufgestellt hatte. Erst als sie eines Tages mit einer gepiercten Nase nach Hause kam, kapitulierte ich. Und ab dem Moment, da ich ihr keine Reibung mehr bot, wurde es tatsächlich besser.

»Klar, hast ja auch schon drei Zahlen notiert«, sage ich. »In den falschen Kästchen.«

»Eben«, sagt Jamielee stöhnend und widmet sich wieder ihrem Handy.

Mir ist es egal, ob Jamielee mir hilft oder nicht. Vermutlich bin ich schneller fertig, wenn ich meine Ruhe vor ihr habe. Ich streiche ihre Zahlen durch, schreibe sie in die richtigen Felder, markiere die leeren Rechtecke mit der Kreide auf dem Boden, trage die Zahlen auf dem Klemmbrett ein. Jamielee steht kein einziges Mal von ihrem Rollbrett auf, aber überraschenderweise schiebt sie sich mit mir von Feld zu Feld. Während ich arbeite, hört sie Sprachnachrichten und schaut sich Videos auf TikTok an.

»Nee, bin noch hier in der Halle«, sagt sie in ihr Handy, als ich bei Nummer neun angekommen bin. »Wegen meinem Bruder, weißt schon. Weil er mir kein Geld für ein neues Handy geben will, lässt er mich jetzt hier Kinderarbeit machen.«

Mir liegt auf der Zunge, zu sagen, dass sie genau genommen nicht wirklich arbeitet, aber dann schiebt sich ein anderer Gedanke in den Vordergrund. »Warum sollte dein Bruder dir überhaupt ein neues Handy kaufen?«, frage ich.

»Display ist im Arsch.« Sie hält mir ihr Handy hin. »Ist mir runtergefallen, als ich auf Feather saß. Mein Pony?«, schiebt sie hinterher, als wäre das Allgemeinwissen. »Und spar dir jetzt das Gerede von wegen ich hätte vorsichtiger sein müssen bla, bla, bla.«

»Wollte nichts sagen, geht mich auch nichts an.«

»Genau.« Einen Moment schweigen wir, und ich male eine große Zehn auf den Boden. Dann fragt sie: »Warum bist du hier?«

Ich lache. »Weißt du, das frage ich mich auch.«

»Stehst du auf meinen Bruder oder so?«

»Was?« Ich sehe schockiert zu ihr auf.

»Ach komm, ich seh doch, wie ihr ihn alle anglotzt. Kannste aber vergessen. Er steht nicht auf so was.« Sie zeigt auf mich und wedelt mit ihrem Zeigefinger.

»Was bildest du dir eigentlich ein?« Langsam habe ich ihre Unverschämtheiten satt. Pubertät hin oder her, aber wenn ich schon einen halben Arbeitstag hier verplempere, will ich wenigstens nicht auch noch beleidigt werden.

»Ich mein ja nur, die roten Haare, die Sommersprossen, ist halt nicht sein Ding. Vielleicht solltest du die Haare länger tragen, dann würdest du wenigstens ein bisschen weiblicher aussehen …«

»Ich würde mir eine Glatze rasieren, wenn ich für deinen Bruder dann unsichtbar wäre.« Ich male eine große Kreide-Elf auf den Boden. »Ohne Witz, selbst wenn er der letzte Mann auf diesem Planeten wäre, ich würde lieber allein …« Wütend wirble ich herum und erstarre. Boyd steht mit verschränkten Armen neben seiner Schwester. »… sterben«, murmle ich leise.

»Das trifft sich ganz hervorragend, Nessa Linklater«, sagt er grinsend. »Denn das Gefühl beruht auf Gegenseitigkeit.«

Hitze schießt mir in die Wangen, am liebsten würde ich mich umdrehen und wegrennen. Doch in einem hilflosen Versuch, mein Gesicht zu wahren, sage ich: »Perfekt.«

»Perfekt«, bestätigt Boyd.

Jamielee kichert. »Ey, hier passiert grad was so Witziges!«, flüstert sie in ihr Handy. »Erzähl ich dir nachher!«

Auch in den nächsten Tagen spiele ich Jamielees Aufpasserin. Ihre Anwesenheit ist vollkommen sinnlos. Sie ist niemandem eine Hilfe, quakt in einem fort in ihr Handy, kaut lautstark Kaugummi und lässt hier und da abfällige Kommentare in meine oder Ashleys oder sonst jemandes Richtung ab. Irgendetwas haben die Tullochs bei der Erziehung ihrer beiden Sprösslinge grundlegend verkehrt gemacht.

Nach einem anstrengenden Vormittag in der Destillerie nimmt Henry mich mit in die Stadt, wo ich Jamielee treffen soll. Ich bin ihm dankbar, weil ich auf diese Weise zwanzig Minuten spare, zwanzig Minuten, die ich früher Feierabend machen kann. Zwanzig Minuten, die ich früher ins Bett kann.

»Wenn ich mal was übernehmen soll …«, sagt Henry, als er seinen Wagen auf den Parkplatz direkt am Wasser lenkt.

»Damit Boyd mich damit aufzieht, dass ich dich vorschicke? Sicher nicht. Das halte ich jetzt die paar Tage noch aus.«

»Die Paletten für unseren Stand habe ich jedenfalls zusammen. Das wird richtig cool.«

»Danke«, sage ich.

»Nichts zu danken. Wirst schon sehen. Die Messe wird toll. Unser Whisky wird der absolute Renner. Und danach nimmst du dir mal ein paar Tage frei. Nur für dich.«

Ich nicke, obwohl ich weiß, dass ich mir das kaum leisten kann. Nicht einmal, wenn Henry Überstunden schiebt.

»Was steht heute an?«

»Ich soll mit Jamielee Flyer verteilen und ein paar Plakate aufhängen. Was bedeutet, dass ich Flyer verteile und ein paar Plakate aufhänge, während sie angepisst hinterhertrottet und ihrer besten Freundin Holly Sprachnachrichten darüber schickt, dass sie keinen Bock hat, dass meine Frisur hässlich ist, dass ich keine Chancen bei ihrem Bruder habe, dass …«

»Warte, was?«

»Ja, sie ist fest davon überzeugt, dass ich auf Boyd stehe.«

Henry macht ein würgendes Geräusch. »Das kann nicht ihr Ernst sein.«

Ich zucke mit den Schultern. »Anscheinend steht jede einzelne Helferin auf ihn. Was ist los mit denen? Haben die keine Augen im Kopf?«

»Na ja«, sagt Henry lachend. Er hat den Motor abgestellt, und nun sitzen wir hier am Kai in seinem warmen Auto, während die Sonne durch die Windschutzscheibe scheint. Ein paar Möwen kreisen kreischend über den Fischerbooten, die sich sanft im Wind wiegen.

»Ach komm …«

»Er ist schon nicht ganz unheiß.«

»Fängst du jetzt auch noch damit an? Effie hat das neulich schon gesagt. Ich glaube, man nennt das ›illoyal‹.«

»Ich glaube, man nennt es ›ästhetisches Empfinden‹, aber gut.«

Ich schnaube.

»Als würdest du Boyd Tulloch von der Bettkante schubsen …«

»Henry!« Ich schnalle mich ab und boxe ihn in die Seite.

»*Ich* würde es nicht tun.«

»Ich hasse dich«, sage ich, als ich aussteige.

»Ich liebe dich.«

»Ja, okay, dann das.« Und damit schließe ich kopfschüttelnd, aber lachend die Autotür.

Obwohl die Sonne scheint, ist es ein kalter Tag. Kalt, aber klar. Das Wasser glitzert, und es duftet schon ganz leicht nach Frühling. Ich schließe die Augen und atme den Duft des Meeres ein. Nichts und niemand kann mir heute meine gute Laune verderben. Nicht einmal die Aussicht auf einen Nachmittag mit Jamielee. Nichts und niemand, abgesehen von – Boyd Tulloch.

»So fröhlich heute? Das mit dem Lächeln solltest du vielleicht in dein Repertoire aufnehmen. Neben der Verbissenheit und all diesen Nuancen schlechter Laune …«

»Fick dich, Boyd«, sage ich und versuche, mein Lächeln aufrechtzuerhalten.

»Nicht solche Wörter vor meiner Schwester«, ermahnt er mich mit erhobenem Zeigefinger, und erst jetzt sehe ich, dass sie auf der anderen Seite aus dem Vintage-Sportwagen steigt.

»Oh, hi, Jamielee.« Doch sie hat Kopfhörer im Ohr und somit weder meine Begrüßung noch mein für mich so untypisches Gefluche gehört.

»Bist du sicher, dass du allein mit Teenagern sein solltest?«, fragt Boyd. »Vielleicht wäre es besser, ich würde Jamielee ...«

»Dann mach das doch«, unterbreche ich ihn. »Dann kümmere du dich doch um deine Schwester, statt sie immer bei mir abzuladen. Als hätte ich nichts Besseres zu tun.«

»Klar, wenn du lieber den ganzen Nachmittag Getränkekisten schleppen willst ...«

»Vergiss es«, sage ich giftig.

»Und wenn ihr bei Marigold vorbeigeht, schau mal, was da im Schaufenster los ist. Mein Whisky wird von irgendeinem Fusel verdeckt. Wäre doch schade, wenn ich die Zusammenarbeit mit Marigold beenden müsste, nur weil du nicht weißt, wo dein Platz ist.«

Dieses elende A...! Ich balle meine Hände zu Fäusten. Mein Herz pocht schmerzhaft schnell unter meiner Brust. Ich habe große Lust, zu schreien, ihn zu schubsen. Und zwar nicht nur von Bettkanten, sondern über die Kaimauer ins eiskalte Meer.

»Jamielee, machst du ein bisschen schneller? Ich will heute noch fertig werden.« Wie erwartet, hat sie am späten Nachmittag immer noch kein einziges Plakat aufgehängt. Während ich bei Marigold, im *Hideout,* beim Bäcker, beim Metzger, im Outdoorshop und in allen anderen Geschäften Flyer ausgelegt habe, wartete sie draußen. Nur in das kleine Café namens *Drawing Room* kam sie mit. Allerdings, wie sich herausstellte, um sich bei Edith ihren Lieblingscookie zu erbetteln. Irgendein zuckriges Teil mit Liebesperlen. Ihre Lustlosigkeit ist nicht weiter überraschend, aber dass ich sie heute sogar zum Gehen animieren muss, ist neu. »Wir hätten dir das Rollbrett mitnehmen sollen«, sage ich in der Hoffnung, sie vielleicht zum Lachen zu bringen. Doch ihre Miene ist wie versteinert.

Ich seufze, zucke mit den Schultern und betrete das Foyer des Rathauses, wo es ein Schwarzes Brett für Ankündigungen gibt. Immer noch werden hier Fionas getöpferte Frauenfiguren aus der griechischen Mythologie ausgestellt. Dazwischen hängen Banner mit Zitaten. *Du musst dich dagegenstemmen, wenn du deine Richtung wieder selbst bestimmen willst,* steht auf einem. *Es ist nie zu spät, solange es nicht zu spät ist,* auf einem anderen. Ratschläge, die Marigold Fiona gegeben hat.

Ich entferne ein uraltes Plakat für einen Flohmarkt, der längst stattgefunden hat, und pinne das Messeplakat an. Auf das Fensterbrett lege ich einen Stapel Flyer. Ich will gerade wieder nach draußen gehen, um Jamielee zu sagen, dass wir Feierabend machen, da sehe ich, dass sie vor einem der Banner steht. *Ich unterstütze dich. Das ist ein absoluter No-Brainer.*

»Das habe ich zu meiner Schwester Fiona gesagt, als sie es hören musste«, sage ich. »Gefällt's dir?«

Jamielee zuckt mit den Schultern. »Ist doch auch egal.«

»Nein, es ist nicht egal.« Ich stelle mich neben sie. »Es ist nicht egal, ob man sich unterstützt. Vor allem wir Frauen sollten zusammenhalten. Uns nicht gegenseitig runtermachen. So ungefähr das Gegenteil von dem, was du den ganzen Tag veranstaltest.« Ich weiß nicht einmal, warum ich plötzlich den Drang verspüre, Jamielee das zu sagen.

»Ist ja nicht so, als würdest du gern Zeit mit mir verbringen.« Sie sieht mich an.

»Ist ja nicht so, als wärst du daran ganz unschuldig.«

»Vergiss es.« Sie geht zurück zur Tür.

»Jamielee, hey, warte!«

»Fick dich, Nessa«, sagt sie, ohne sich umzuwenden. Die Tür fällt hinter ihr zu, und ich verstehe.

»Du hast das vorhin gehört, oder?«, frage ich, als ich sie draußen eingeholt habe.

Sie zuckt wieder mit den Schultern. »Bin's schon gewöhnt, dass mich die Tussis scheiße finden, die auf meinen Bruder stehen.«

»Okay, stopp!« Ich halte sie am Arm fest. Mir reicht es jetzt. Draußen ist es inzwischen dunkel, es hat angefangen zu nieseln. Mir ist kalt, ich will nach Hause. Und von den Tullochs habe ich wirklich genug.

»Lass mich.«

»Wenn du mir jetzt zuhörst. Und wir dann nach Hause gehen können.«

»Ja, okay«, sagt sie kleinlaut, die Lustlosigkeit trägt sie wie einen Schutzschild vor sich her.

»Was ich gesagt habe, tut mir leid. Das war dumm und unsensibel, aber ich glaube kaum, dass man es mir vorwerfen kann, so garstig, wie du die ganze Zeit warst.«

»Ich war nicht ...«

Doch ich hebe die Hand. »Du hast mich alles allein machen lassen. Du hast mein Aussehen beleidigt. Du hast alle um dich herum beleidigt. Obwohl du eigentlich für dein neues Handy arbeiten solltest. Stattdessen hast du bei deiner besten Freundin über mich gelästert. Und zum allerletzten Mal, ich will nichts von deinem Bruder. Ich finde ihn sogar noch ätzender als dich. Können wir das Thema damit ein für alle Mal vergessen?«

Ich sehe sie erwartungsvoll an. Bei Effie haben klare Ansagen manchmal geholfen.

Jamielee hebt den Blick. »Okay«, sagt sie dann wieder. Diesmal noch leiser. »Sorry. Dass ich so scheiße war.« Sie sieht mich an, und auf ihren Lippen hat sich ein seltenes Lächeln gebildet. »Finde deine Haare übrigens nicht hässlich.«

6

»Unsere Ausstellerfläche ist ein bisschen kleiner als erwartet«, sagt Henry und zeigt mir auf dem Display seines Tablets ein Bild des Messeplans.

»Aber wir haben doch ohnehin schon die kleinste Flächengröße.« Mit gerunzelter Stirn betrachte ich das Rechteck, das Henry mir präsentiert.

»Das habe ich schon überprüft. Es heißt ›*bis* sechs Quadratmeter‹. Soweit ich sehen kann, ist das aber auch die einzige Fläche, die von der Größe abweicht.«

»Das war Boyd.« Ich stöhne. »Dieses Aas muss die Größe nachträglich noch verändert haben.«

»Gut, dass es auf die Größe nicht ankommt.« Henry grinst, auch wenn ich nicht verstehe, woher er seine gute Laune nimmt.

»Er kann es nicht lassen. Nicht ein einziges Mal schafft er es, kein Arsch zu sein.«

»Soll ich versuchen, mit ihm zu verhandeln?«

»Danke für das Angebot, aber das geht gegen mich. Deswegen kümmere ich mich darum. Und zwar sofort. Er hat die Rechnung ohne Nessa Linklater gemacht!«

»Yeah!« Henry stößt eine Siegerfaust gen Himmel.

Doch die Siegerfaust war ein bisschen voreilig, denn in der Tulloch Distillery behaupten sie, Boyd sei außer Haus. Ashley, bei der ich es als Nächstes versuche, wimmelt mich barsch ab. Sie habe gerade wirklich anderes zu tun. In Ermangelung einer Alternative schreibe ich eine wütende E-Mail, doch als ich auch am späten Nachmittag immer noch weder Antwort noch Rückruf erhalten habe, weiß ich, dass es zwecklos ist.

»Kriegen wir unseren Stand auch auf weniger Raum hin?«, frage ich Henry.

Er grinst wissend. »Zufällig habe ich schon was gescribbelt. Ich müsste ein bisschen sägen. Aber ja, ich würde sagen, es ist möglich.«

»Was würde ich nur ohne dich machen?«, frage ich. »Ich schwöre dir, sobald ich irgendwo Geld aufgetrieben habe, bekommst du nicht nur dein Gehalt, du bekommst auch eine saftige Gehaltserhöhung.«

»Vergiss die Gehaltserhöhung.«

Aber ich will sie nicht vergessen. »Henry, du bekommst ein Teilzeitgehalt und arbeitest mindestens Vollzeit. Das geht so nicht.«

»Und was ist mit dir? Du arbeitest ungefähr doppelte Vollzeit und bekommst ...«

»Aber es ist *mein* Traum, Henry«, unterbreche ich ihn. Es war der Traum meines Vaters, und ich habe ihn übernommen und Henry irgendwie mit hineingezogen.

»Es ist *unser* Traum, liebe Nessa«, sagt er, steht auf und kommt zu mir. »Nur weil du auf dem Papier die gesamte Verantwortung trägst, heißt das nicht, dass ich mich nicht verantwortlich fühlen will.«

Henry zieht mich auf die Beine und legt seine Arme um mich. »Möchtest du den neuen Stand sehen?«

Ich nicke müde in seiner Halsbeuge.

»Es wird richtig gemütlich.« Er gluckst. »Unser Glück, dass wir kein Problem mit körperlicher Nähe haben.«

Er zeigt mir eine schnell angefertigte Zeichnung auf seinem Tablet. »Die Theke und das Palettenregal werden etwas kürzer. Dafür machen wir das Regal höher, sodass wir zwar immer noch weniger Stauraum haben, aber die gleiche Menge Flaschen ausstellen können. Mit der Lichterkette dahinter sieht das sicher toll aus. Unser Whisky wird leuchten!«

Ich lächle. »Das ist wirklich schön, Henry.«

»Und weißt du, was?«, sagt er. »Unser Whisky wird sie so umhauen, dass wir das Blind Tasting der unabhängigen Destillerien gewinnen werden. Und das qualifiziert uns für die schottische Whiskymeisterschaft.«

»Was?«, frage ich. Woher hat Henry denn diese Information?

»Das Programm kam per Mail. Hast du es noch nicht gesehen?«

Ich schüttle den Kopf und öffne meine E-Mails. Und tatsächlich, dort ist es, das Messeprogramm. Es entspricht der Optik der Flyer und Plakate. Warme Brauntöne, elegante Schrift.

»Eine Party am ersten Abend. Genau das, was mir noch gefehlt hat«, sage ich, während ich das Programm überfliege. Solche Veranstaltungen liegen deutlich außerhalb meiner Komfortzone. Aber es gibt auch einige richtig interessante Vorträge neben etlichen Aktivitäten für Privatbesucher. Das Blind Tasting ist am dritten Tag. Der krönende Abschluss sozusagen.

»Die Destillerien, die die ersten drei Plätze belegen«, lese ich laut, *»sind automatisch in mindestens einer Kategorie für die schot-*

tische Whiskymeisterschaft in Edinburgh im April qualifiziert.« Ich blicke auf. »Henry, wir wollen dahin!«

»Nein, wir *müssen* dahin«, korrigiert er. »Denn unsere No 3 hat Chancen zu gewinnen.«

»Ja?« Ich wage es nicht, optimistischer zu klingen, obwohl ich weiß, wie gut der Whisky ist.

»Nessa, das ist der beste Whisky, den ich je getrunken habe. Und glaub mir, ich habe schon viele Whiskys probiert.«

»Das Preisgeld ist gar nicht mal wenig.« Ich habe die Webseite der Whiskymeisterschaft aufgerufen. »Zwanzigtausend Pfund, wenn man eine der Hauptkategorien gewinnt.«

»Zehn für den dritten Platz.«

»Wie melden wir uns für das Blind Tasting an?«, frage ich. Auf einmal bin ich ganz aufgeregt. Dieses Preisgeld wäre genau das, was wir für eine höhere Pacht brauchen. Und die Mezcal-Fässer wären auf einmal in greifbarer Nähe.

»Schon erledigt«, sagt Henry und zeigt mir die Bestätigungsmail.

Am Abend holen Henry und ich Fish and Chips beim *Hideout* und nehmen sie mit zu uns nach Hause. Connal verbringt den Abend bei uns, und so fühlt es sich ein bisschen an wie in den Jahren, bevor Fiona nach Bristol verschwunden ist.

Im Kamin brennt ein Feuer, und weil es viel zu gemütlich ist, essen wir auf dem Sofa. Effie und Henry kippen sich literweise Malzessig auf die Bierteigkruste ihres Kabeljaus, und der säuerliche Pub-Food-Duft vermischt sich mit dem Geruch nach Feuer und Zuhause.

»Was machen die Messevorbereitungen?«, fragt Fiona.

»Bitte, lass uns nicht über die Arbeit sprechen«, antworte ich.

Sie blickt Henry fragend an. »Ist was passiert?«

»Lass mich nachdenken«, sagt Henry. »Boyd Tulloch. Und dann war da noch Boyd Tulloch. Und habe ich schon Boyd Tulloch erwähnt?«

Ich werfe eine meiner Pommes nach ihm, während er Fiona, Effie und Connal von unserem Mini-Messestand erzählt.

»Es ist einfach so schwer, sich zusammenzureißen, wenn es um ihn geht«, sage ich. »Ich versuche wirklich, mich erwachsen zu verhalten, die Klügere gibt nach und so. Aber ich schwöre, wenn er in der Nähe ist …«

»Ich weiß.« Effie grinst und kippt sich noch etwas mehr Essig auf den Fisch.

»Was ist so witzig?«, frage ich.

»Vielleicht ist es genau das«, sagt sie.

»Genau was?«

»O mein Gott, du hast recht!«, entfährt es Henry. Effies Wahnsinn hat offenbar nun auch von ihm Besitz ergriffen.

»Darüber rede ich doch schon seit Monaten«, sagt Fiona. Connal und ich scheinen die Einzigen zu sein, die keine Ahnung haben, was hier passiert.

»Wärt ihr so gut und würdet mir erzählen, was in euren Köpfen vor sich geht? Ich würde gern mitlachen.«

Die drei wechseln vielsagende Blicke.

»Aber du musst versprechen, nicht sauer zu sein«, sagt Effie wie früher, als sie noch ein Kind war und sich nicht traute, mir zu erzählen, dass sie schon wieder ihre Hose zerrissen hatte.

»Okay, ja, ich verspreche es.«

»Nicht mal innerlich.«

»Wie soll ich das versprechen?«

Henry gluckst neben mir, und ich bin versucht, diesmal meinen Fisch auf ihn zu werfen.

»Du bist immer so erwachsen, weißt du?«, sagt Effie. »Eigentlich warst du schon immer erwachsen. Aber wenn es um Boyd geht …«

»… du wirkst einfach lebendiger, wenn du auf ihn wütend bist«, ergänzt Henry.

»Was ist denn das für ein Unsinn? Er treibt mich zur Weißglut. Ich kann ihn auf den Tod nicht ausstehen.«

»Ja, natürlich. Wir auch nicht. Aber er setzt irgendwas in deinem Gehirn frei«, sagt Effie.

»Blanken Hass?«, schlage ich vor.

»Definitiv was Spontanes«, sagt Henry. »Dein Gehirn feuert so unglaublich schnell schlagfertiges Zeug, das ist bewundernswert.«

»Ihr meint, er bringt in mir etwas Gutes zum Vorschein?« Ich kann nicht glauben, was ich da höre.

»Na ja, zumindest etwas anderes, würde ich sagen.« Effie kichert. »Ob es gut ist, will ich lieber nicht beurteilen.«

»Es ist auf jeden Fall unterhaltsam«, sagt Henry.

»Fiona, kannst du diesen Quatsch bitte unterbinden?«, frage ich stöhnend. »Das ist ja kaum auszuhalten.«

»Fiona sieht das auch so«, sagt Effie in einer Mischung aus Beiläufigkeit und Triumph. »Stimmt doch, Fi, oder?«

»Also ehrlich gesagt, ja. Als ich euch das erste Mal zusammen erlebt habe – das war nach der Stadtversammlung, auf der er die Messe angekündigt hat –, hast du mir so richtig Angst gemacht.«

»So richtig? Im Gegensatz zu …?«

»Na ja, du hast mir die ganze Zeit Angst gemacht. Aber als die Nessa, die ich kannte. Die kalkulierte, erwachsene, besonnene. Da weiß man, was man kriegt. Aber an diesem Abend vor dem Rathaus mit Boyd … da wusste ich, was ich zu erwarten habe, wenn du nicht mehr so gefasst bist.«

Ich blicke von Fiona zu Effie. Von Effie zu Henry. Von Henry zu Connal, doch der zuckt nur entschuldigend mit den Schultern. Dann räuspere ich mich und setze an, etwas zu sagen. Etwas, das sie auf eine kalkulierte, erwachsene, besonnene Art zum Schweigen bringt.

Doch Effie kommt mir zuvor. »Du hast versprochen, nicht sauer zu sein.« Wieder ist da dieser triumphierende Tonfall. Derselbe, den sie schon als Kind hatte, wenn sie mir schließlich von ihrer kaputten Hose erzählt hatte und ich nicht sauer sein durfte.

Fiona, Henry und sogar Connal lachen.

»Innerlich. Innerlich darf ich sauer sein.« Aber selbst ich kann nicht anders, als breit zu grinsen. Nicht so sehr, weil mir diese Unterhaltung gute Laune bereitet hätte. Sondern weil dieser Abend so perfekt ist. So gemütlich. So familiär. Heute Abend ist es egal, dass Boyd Tulloch es sich zum Ziel gesetzt hat, mir das Leben schwer zu machen. Denn ich habe Menschen um mich herum, die für mich da sind. Die mich auffangen. Die mich zum Lachen bringen, während ich innerlich sauer bin. Nicht auf Effie oder Henry, weil sie sich seltsame Dinge ausdenken, sondern auf Boyd Tulloch. Immer nur auf Boyd Tulloch.

Merkt man Ihrem Whisky seine Herkunft an?

Boyd Tulloch: Man merkt jedem Whisky seine Herkunft an. Das Wasser, die Erde, die Luft, all das fließt in den Geschmack mit ein. Der Torf, über dessen Feuer das Malz getrocknet wird, die Kunstfertigkeiten der Brenner, die über Jahrhunderte weitergegeben und verfeinert wurden … all das macht einen Whisky aus.

Was bedeutet das konkret auf den Tulloch-Whisky bezogen?

Boyd Tulloch: Wenn Sie nach Shetland kommen – und Sie sollten kommen, denn es ist wunderschön dort –, werden Sie verstehen, warum der Tulloch schmeckt, wie er schmeckt. Er ist rauer als andere Whiskys. Rauer und gleichzeitig sanft. Er entfaltet seinen Geschmack langsam, aber kraftvoll, ebenso, wie man vielleicht ein bisschen braucht, bis man die ungeheure Macht dieser Inseln versteht. Es ist kein einfacher Geschmack, komplex, stark, fordernd. Ich verspreche Ihnen, er lässt Sie nicht mehr los.

7

Ich erkenne sie von Weitem an ihrer leuchtend gelben Jacke und dem wehenden Schal. Sie blickt aufs Meer hinaus, wie immer, wenn wir uns hier treffen, und trotzt wie die Schafe auf der angrenzenden Weide dem Wind, der vom Ozean aufs Land geweht wird. Es hat keinen Sinn, gegen das laute Pfeifen anzurufen, und so stemme ich mich gegen die Böen. Das Gras zu meiner Linken hat während der Wintermonate etwas von seinem sonst so satten Grün eingebüßt, aber in den letzten Tagen sind die Temperaturen wieder ein wenig geklettert, sodass es nicht mehr lange dauern kann, bis der Frühling kommt.

Mein Blick hält sich an Marigold als Fixpunkt fest. Sie ist vollkommen unbeweglich, stoisch beinahe, wie sie dort an der Klippe steht und in die Ferne sieht. Die kalte frische Luft, gepaart mit dem algigen Geruch der Wellen, die wütend gegen die Felsen peitschen, entspannt den Kopf, entspannt die Gedanken, die Seele, das Herz. Früher habe ich mich regelmäßig mit Marigold zu Spaziergängen verabredet. Um mir von ihr Rat zu holen, um mir meine Sorgen von der Seele zu reden, um mich zu vergewissern, dass es jemanden gab, auf den selbst ich mich verlassen konnte. In den letzten Jahren ist die Tradition etwas eingeschlafen, weil ich zu viel zu tun habe. Aber alle paar Wochen treffen wir uns doch.

»Guten Morgen«, sage ich, als ich beinahe neben ihr stehe.

»Nessa, Kind«, erwidert Marigold und umarmt mich. »Der Wind steht dir.«

Ich lächle. »Wem nicht?« Denn es stimmt. Die Wildheit von zerzaustem Haar, gerötete Wangen, klare Augen – der Wind macht alle Menschen schöner.

»Hast du Lust, heute jemanden zu besuchen?«, fragt Marigold.

»Wen denn?«

»Eine gemeinsame Freundin.«

Marigold setzt sich in Bewegung. Normalerweise gehen wir an der Küste entlang, aber heute schlägt sie den Weg Richtung Landesinneres ein, der links und rechts von Schafweiden gesäumt wird. Connals Schafweiden.

»Ich habe Boyd erzählt, dass es meine Zerstreutheit war mit der verdeckten Flasche«, sagt Marigold. »Er war gestern noch im Laden und faselte etwas von einer Ansprache, die gefruchtet habe.«

»Das hättest du nicht tun müssen. Er weiß genau, dass ich es war.«

»Weißt du, Nessa, als alte Frau kann man sich solche Fehler durchaus erlauben. Man wird ja nicht jünger, da passiert einem schon mal so etwas. Und bösen Willen vermutet ohnehin niemand dahinter.«

Auch wenn es mir gefiel, ihn aktiv zu ärgern, hat Marigold wohl recht. Für den Inselfrieden ist es definitiv besser, wenn er denkt, Marigolds Zerstreutheit sei die Ursache gewesen.

»Sowieso albern, dass er daraus so ein Ding macht. Als

wäre er auf die Verkäufe aus deinem Laden angewiesen.« Ich kicke einen kreidefarbenen Kiesel vor mir her.

»Darum geht es ihm nicht«, erwidert Marigold. »Er sucht nach Reibung.«

»Warum auch immer ...«

Marigold schweigt, was untypisch ist, weil sie normalerweise zu allem etwas Kluges zu sagen hat. Aber in Bezug auf Boyd Tulloch fehlt es vermutlich sogar ihr an Verständnis.

Der Wind hat eine Lücke in die Wolkendecke gerissen, und in der Ferne treffen Sonnenstrahlen wie goldene Pfeilspitzen auf die Erde.

»Wie läuft es denn mit dir und Fiona?«, fragt Marigold. Es ist ein Thema, das ich mit ihr weitestgehend vermeide, weil ich nicht möchte, dass sie Partei ergreift.

»Ich gebe mir Mühe«, sage ich deswegen so diplomatisch wie möglich.

»Aber?«

»Es gibt Momente, da reicht meine Mühe wohl nicht aus.«

»Du weißt, dass das in Ordnung ist, oder?«

Ich bin erstaunt. Fiona hatte zu Marigold immer eine besondere Beziehung. Anders als meine, die auf schierer Notwendigkeit basierte, oder als Effies, die in Marigold die Großmutter sah, die wir nicht hatten, glich Fionas und Marigolds Beziehung immer schon einer tiefen, reifen Freundschaft. Sie verstanden sich wortlos.

»Du weißt, dass es Dinge gibt, die Zeit brauchen dürfen«, fährt sie fort. »Es ist besser, langsam ganz zu verzeihen, als Gefühle zu hetzen.«

»Ich bin so froh, dass sie wieder da ist, weißt du?«, sage ich. »Aber da ist diese Kluft zwischen uns, und ich bin einfach nicht bereit, sie zu überqueren.«

Marigold erwidert nichts, wartet nur ab, während wir weiter den Weg entlanggehen. Vorbei an wilden Rosenbüschen mit vertrockneten Hagebutten aus dem letzten Herbst, an Haselsträuchern, deren winzige Knospen die ersten Vorboten des Frühlings sind, vorbei an Connals Schafen.

»Es gibt Momente, da sehe ich sie an und denke, es ist keine Zeit vergangen. Und dann wieder ist sie da, und ich frage mich, zu wem sie in den Jahren wurde, in denen sie nicht bei uns war. Wer dieser Mensch ist. Und ob sie sich im Ansatz ausmalen kann, wer ich bin.« Ich schlucke. »Wer ich geworden bin, *als* sie nicht da war und *weil* sie nicht da war.«

»Aber du bist du«, sagt Marigold. »Du bist keine andere. Du bist immer du gewesen. Eine erwachsene Version von dir, seit ich dich kenne. Aber definitiv du selbst. Du warst du, als sie da war, du warst du, als sie weg war, und jetzt bist du immer noch du.«

»Manchmal denke ich, ich bin eine kältere Version von mir«, sage ich und denke im Stillen daran, dass Fiona neulich Abend dasselbe gesagt hat. Ich sei kalkuliert und erwachsen.

»Du bist alles andere als kalt, Nessa.« Marigold bleibt einen Augenblick stehen, nimmt meine Hand in ihre und tätschelt sie. Dann hält sie sie einfach fest. »Du bist vorsichtig. Berechtigterweise. Wir alle sind das Produkt unserer Umwelt. Du konntest dich immer nur auf dich verlassen ...«

»Und auf dich«, unterbreche ich sie.

»Aber das hast du nicht. Du hast dich nie auf mich verlassen. Du hast dir helfen lassen. Das ist ein Unterschied.«

»Hm.« Wir setzen uns wieder in Bewegung.

»Weißt du, wen Fionas Weggang noch viel härter getroffen hat als dich?«

»Wen?«

»Effie.«

Ich nicke. Auch wenn Effie es nie zugeben würde, ich weiß, wie schwierig es anfangs für sie war.

»Weil Effie sich auf andere verlässt. Sie hängt ihr Herz an alles und jeden. Ohne Einschränkung. Sie liebt so vollkommen, so vollständig, dass ich manchmal Sorge habe, ihr Überschwang könnte ihr das Genick brechen.«

»Willst du damit sagen, ich liebe nicht genug?«, frage ich.

»Du liebst genau richtig. Aber vorsichtiger. Du liebst auf eine erwachsene, vernünftige Art. Du liebst besonnen. Man sollte deine Liebe nicht enttäuschen. Denn dann dauert es, bis sie sich wieder hervortraut.«

Marigold biegt auf einen kleineren Pfad ab, und ich folge ihr. Es ist der Weg, der am Rand von Lerwick entlang- und in ungefähr anderthalb Kilometern sogar an meiner Destillerie vorbeiführt.

»Ich weiß nicht, ob das ein Kompliment ist«, sage ich.

»Es ist eine Feststellung. Und ein Kompliment ist es, wenn ich sage, dass das der Grund ist, warum dir die Menschen vertrauen. Warum Effie nicht kaputtgegangen ist. Warum Fiona sich getraut hat, zurückzukommen. Ihr drei seid das perfekte Zusammenspiel aus Stabilität, Überschwang und Tiefe. Wen kümmert es da, wenn es noch ein bisschen dauert, bis ihr wieder die Alten seid?«

»Siehst du uns wirklich so?«, frage ich.

»Ihr könnt nicht ohne einander. Ihr hattet immer nur euch drei. Egal, was war oder was wird, bei euch dreien heilt die Zeit alle Wunden. Und es ist in Ordnung, wenn es manchmal länger dauert.«

»Danke«, sage ich leise, denn es ist genau das, was ich hören musste. Dass meine Reserviertheit in Ordnung ist. Dass ich nichts kaputt mache, sondern im Gegenteil, dass ich meine Sache gut mache.

»Du solltest nicht auch noch verunsichert sein, Kind, wo du doch so viel um die Ohren hast.«

»Was hat mich verraten?«, frage ich mit dem Anflug eines Lächelns auf den Lippen.

»Ich sehe dich doch. Überall. Ständig. Besorgungen und Auslieferungen machen, Plakate aufhängen, Paletten abholen, zur Stadtversammlung gehen … Und immer, wenn ich dich nicht sehe, weiß ich, du arbeitest gerade richtig hart für deine Ziele.«

»Klingt nach mir, ja.«

»Und manchmal«, sagt Marigold, während wir über eine kleine Kuppe laufen, »findest du dazwischen noch Zeit, Teenagern etwas fürs Leben mitzugeben.« Sie nickt nach links. Dort befinden sich mehrere Koppeln hinter einem kleinen Stall. Auf einer davon trabt ein dickes, weiß-braun geschecktes Shetlandpony im Kreis. Und auf seinem Rücken sitzt ein Mädchen. Jamielee.

»Gemeinsame Freundin?«, entfährt es mir, denn eigentlich war ich froh, die kleine Nervtröte heute mal nicht beaufsichtigen zu müssen.

»Ein taktischer Euphemismus«, erwidert Marigold und tritt an den Holzzaun der Koppel.

»Meinst du nicht, ich habe in meinem Leben schon genug pubertierende Mädchen ertragen?« Ich denke wieder an Effie. Und auch an Fiona, die aber wenigstens leise pubertiert hat. Und dann denke ich an meine Pubertät. Die ich einfach übersprungen habe, weil keine Zeit war, kein Verständnis, niemand, gegen den ich hätte rebellieren können.

»Hi, Jamie«, sagt Marigold und winkt.

Jamielee zügelt ihr Pony, blickt über die Schulter, und ihr Gesicht hellt sich bei Marigolds Anblick auf. Sie kommt auf uns zu, die Körperhaltung kontrolliert, elegant.

»Das sieht super aus«, sagt Marigold, als Jamielee auf der anderen Seite des Zauns zum Stehen kommt. »Dieses Jahr schaffst du es, oder?«

Jamielee zuckt mit den Schultern. »Ist meine letzte Chance. Nächstes Jahr bin ich zu alt dafür.«

»Wofür?«, frage ich.

»Im Dezember wollen Jamie und Feather zur *Olympia Horse Show* nach London.«

»Um vor der Queen zu reiten«, sagt Jamielee und strahlt. Es ist das erste Mal, dass ich sehe, wie ihre Augen glänzen.

»Jamie ist wirklich gut. Letztes Jahr hätte sie es fast geschafft. Aber dann hat sie sich den Arm gebrochen.«

»Ich wäre auch mit gebrochenem Arm geritten«, sagt Jamielee mit einer Entschlossenheit, die mich überrascht. Bislang kannte ich sie nur als gelangweilten Teenager ohne jedes Interesse. »Aber Boyd hat's verboten.« Erst jetzt sehe ich, dass sie beim Reiten eine Manschette um ihren linken Arm trägt.

»Zu deiner eigenen Sicherheit«, sagt Marigold, und ich frage mich, warum ihr Bruder sich überhaupt einmischt, statt es seinen Eltern zu überlassen. Aber wahrscheinlich kann er nicht anders, aufgeblasen, wie er ist.

»Wollt ihr sehen, wie ich springe?« Jamielee sieht erst Marigold, dann mich fragend an.

»Immer«, erwidert Marigold, doch Jamielee macht keine Anstalten, sondern hat den Blick fest auf mich gerichtet.

»Sehr gern«, sage ich, und daraufhin gibt sie dem bauchigen Feather, dessen Name wirklich so gar nicht zu ihm passt, ein Zeichen und reitet los.

In der Mitte der Koppel sind kleine Hindernisse aufgebaut. Ein paar Stangen hintereinander. Die letzte hat eine ganz beachtliche Höhe, dafür, dass Feather nur ein Pony ist. Jamielee und Feather nehmen Anlauf und springen. Über das erste Hindernis, das zweite, das dritte. Vor dem letzten bricht Jamielee ab und lenkt Feather daran vorbei.

»Ich weiß, dass er das letzte auch schaffen würde. Aber heute traue ich mich nicht so richtig«, sagt Jamielee und kommt wieder vor uns zum Stehen.

»Dann zeigst du es mir beim nächsten Mal.« Marigold streckt ihre Hand über den Zaun und streichelt Feathers weiche Schnauze.

»Kommst du auch noch mal mit?«, fragt Jamielee an mich gewandt, und ich wundere mich ein bisschen darüber, dass es ihr so wichtig zu sein scheint.

»Äh, ja, klar, wenn ich Zeit habe«, sage ich.

Jamielee nickt, lächelt und trabt dann wieder davon.

»Wie nett sie sein kann.« Ich schüttle amüsiert den Kopf.

»Jamie ist ein wirklich liebes Kind.«

»Hast du mich deswegen hergebracht? Um mir das zu zeigen?«

»Ich habe euch neulich Abend zufällig gesehen. Und ich wollte, dass du weißt, dass sie es nicht leicht hat.«

»Als Tulloch-Spross?«, frage ich. »Mit einem Pony unterm Weihnachtsbaum?« Ich denke an unsere Weihnachtsfeste. An die selbst gebastelten Geschenke, die wir Schwestern austauschten. An Marigold, die nach uns sah, mit uns aß, versuchte, es uns so gemütlich wie möglich zu machen. An die Päckchen unterm Weihnachtsbaum, die für unseren Dad bestimmt waren. Doch weil er nicht auftauchte, blieben sie als ständige Erinnerung an seine Abwesenheit bis ins neue Jahr liegen.

»Dass sie sich keine Sorgen um Materielles machen muss, bedeutet nicht, dass sie es ansonsten leicht hat. Sie versteckt sich, weißt du?«

»Hinter ihrer Teenager-Nummer?«

»Zu Hause ist nicht gerade Friede, Freude, Eierkuchen.«

Ich horche auf. Um die Familie Tulloch rankten sich in den letzten Jahren immer wieder Gerüchte. Die Rede war von Affären, vom Ende der Ehe zwischen Bryson und Isobel. Selbst eine Zweitfamilie wurde ihm angehängt, auch wenn all das nie bestätigt wurde. Aber sollte bei den Tullochs nun tatsächlich der Haussegen schief hängen, gibt es vielleicht doch so etwas wie Karma. Und dann müsste Effie definitiv Lotto spielen.

»Nein, ich tratsche nicht«, sagt Marigold, als sie meine Neugierde bemerkt. »In der Schule hat sie es auch nicht leicht. Sie war schon immer die Kleinste in der Klasse. Die anderen hänseln sie. Deswegen ist das Turnier in London so wichtig für sie. Es ist die einzige Gelegenheit, bei der ihr ihre Größe zugutekommt.«

»Woher weißt du das alles?«, frage ich.

»Ich habe ab und zu auf Jamie aufgepasst, wenn sonst niemand Zeit für sie hatte.«

»Weil das Familienunternehmen wichtiger ist als die Familie selbst?«, frage ich und werde automatisch wütend auf Boyd, der seine Energie darauf verschwendet, mir das Leben schwer zu machen, statt sich um seine kleine Schwester zu kümmern.

»Weil in Familien das Außen und das Innen oft nicht viel miteinander zu tun haben. Man steckt nicht drin. Und ich denke, du weißt das besser als jede andere.«

8

Anfang der Messewoche platzt Lerwick aus allen Nähten. Jedes Hotel, jede Pension, jedes Gästezimmer ist gebucht. Die Touristensaison hat noch nicht einmal angefangen, und dennoch wuseln überall Menschen durch die Straßen.

Die Halle auf dem Tulloch-Gelände wird von großen Lastern belagert, die die Bausätze für die Messestände liefern. Im Innern geht es zu wie in einem Bienenstock. Der Aufbau ist in vollem Gange, und ich bin froh, dass Henry, der handwerklich begabt ist, sich bereit erklärt hat, die Konstruktion unseres kleinen Kabuffs zu koordinieren.

Die Paletten sind bereits zugesägt und vorgebohrt, sodass wir nur noch die richtigen Teile miteinander verschrauben müssen. Ich halte, Henry dreht die Schrauben hinein.

»Was meinst du, wessen Stand ist neben unserem?«, fragt er mit Blick auf den langen Echtholztresen.

Wir hatten noch keine Zeit, einen Blick auf den finalen Lageplan zu werfen, und rätseln seit heute Morgen. Der Stand ist schön, wenn auch aufwendig.

»Definitiv eine von den großen Destillerien. Dalmore vielleicht oder Glenfiddich?«

»Glenlivet? Torabhaig?«, schlägt Henry vor. »Wolfburn?«

Wir widmen uns unserem Tresen, der ebenfalls aus Paletten-Latten besteht. Es ist ungeheuer befriedigend, wie aus ein paar ausrangierten Brettern etwas Neues entsteht. Henry hat sich wirklich selbst übertroffen mit dem einfachen, aber sehr stilvollen Design. Nicht, dass ich etwas anderes von ihm erwartet hatte, denn er war schon immer talentiert, wenn es um kreatives Design ging. Aber nun zu sehen, wie aus seiner Skizze ein realer Messestand wird, erfüllt mich mit einem seltsamen Stolz. Stolz auf meinen besten Freund, den ich so gerne zu meinem Geschäftspartner machen würde, wenn Golden Plover nur endlich genug abwürfe.

Nach und nach wachsen auch die Regale an der Rückseite. Mit einem Handtacker befestigt Henry Lichterketten auf den Brettern, während ich zwei Mehrfachstecker installiere. Ich klebe das Kabel am Boden fest, damit niemand darüberstolpert, und mein Blick bleibt am Nebenstand hängen.

»O nein«, sage ich.

»Hm?« Henry klettert von der Leiter.

»Schau!« Ich zeige auf das große Banner, das gerade am Nebenstand angebracht wird. *Tulloch Distillery* steht darauf. *Est. 1853.*

»Ist das sein Ernst?«, frage ich. »Was hat er davon? Warum kann er uns nicht einfach in Ruhe lassen?«

Innerlich koche ich vor Wut. Muss er uns nun auch noch die komplette Messe ruinieren? Ich weiß, dass es sinnvoller wäre, gelassen zu bleiben, unseren Stand in Ruhe einzuräumen, aber die erwachsene, besonnene Nessa ist für den Moment abgetaucht. Kurz entschlossen stampfe ich hinüber. Henrys halbherzige Rufe ignoriere ich.

»Wo ist er?«, frage ich einen der jungen Männer, die mit dem Aufbau beschäftigt sind.

»Wer?«

»Boyd Tulloch.« Ich spucke seinen Namen beinahe aus.

Er zuckt mit den Schultern und sieht sich Hilfe suchend um. »Vorhin war er noch … Keine Ahnung.«

Doch in diesem Moment sehe ich ihn selbst. Er steht am Eingang und weist irgendeinen Typen an, irgendetwas irgendwohin zu bringen.

»Du!«, sage ich, noch während ich auf ihn zulaufe.

Boyd dreht sich um. »Ich?«

»Was hast du davon?«

»Was habe ich wovon?«

»Unser Stand!« Ich wedle in die Richtung, in der Henry sich hinter Paletten duckt. »Und dein Stand!« Wütend zeige ich mit dem Finger auf das Ungetüm von Messestand, das aussieht, als würde es sich unseren als kleinen Snack für zwischendurch einverleiben.

»Sie sind beide da, ja, das hast du richtig beobachtet. Willst du jetzt einen Preis?«

»Ich will …« Doch ich weiß nicht einmal, was ich will. Dass er verschwindet. Dass er mich in Frieden lässt. Dass ich ihn nie wiedersehen muss.

»Falls du dich fragst, warum ausgerechnet wir beide Standnachbarn sind«, sagt Boyd und unterzeichnet gelangweilt irgendeinen Schrieb, den Ashley ihm auf einem Klemmbrett hinhält, »das liegt an der geografischen Nähe unserer Destillerien. Glaub mir, ich würde mir auch wünschen, die gäbe es nicht. Aber du hast dich nun einmal dazu entschieden, unter die Hobbybrenner zu gehen und den guten Namen des schottischen Whiskys mit deiner Plörre zu verwässern.«

Mein Mund klappt auf und wieder zu. Auf und wieder zu. Die erwachsene Nessa will hoch erhobenen Hauptes kehrtmachen und diesen Idioten Idiot sein lassen. Aber ich kann nicht. Kann es nicht so stehen lassen. »Solange Tulloch mitmischt, gibt's da ja nicht viel zu verwässern«, sage ich. »Gut, dass es eine Blindverkostung gibt, vielleicht stopft die dir mal dein arrogantes Maul.«

Boyds Lippen verziehen sich zu einem süffisanten Grinsen. »O ja, Nessa Linklater. Auf die Blindverkostung kannst du schon mal gespannt sein. Ich habe gehört, die haben richtige ...« Er tut so, als würde er nachdenken »... Hochkaräter in der Jury. Anscheinend ist sogar jemand aus der direkten geografischen Nähe dabei.«

Ich schlucke. Er will mich nur weiter provozieren. Mich verunsichern. »Dann werden die Hochkaräter ja wissen, welcher Whisky der beste ist«, sage ich deswegen einfach nur, drehe mich um und entferne mich von Boyd. Seinen Blick in meinem Rücken spüre ich den gesamten Weg bis zu unserem Stand.

»Deine Wangen sind ganz rot«, sagt Henry, als er hinter unserem Tresen wieder auftaucht.

»Ach, sei doch still, du Feigling.« Dass mein Gesicht glüht, ist mir nur allzu bewusst.

»Sieht ziemlich hübsch aus«, sagt Henry. »Fast so hübsch wie ...« Er bückt sich, betätigt einen Schalter, und das Palettenregal erstrahlt in seiner ganzen Lichterpracht. »... das hier.«

Und es ist wirklich hübsch. Mehr als das. Es ist kein Tulloch-Stand, der beinahe wirkt, als hätte man einen antiken Pub aufgebaut. Aber es sieht frisch aus. Jung. Nach Ideen und Innovation.

Aus unserem kleinen Transporter holen wir mithilfe eines Rollbretts unsere Whiskykisten. Einige bunkern wir unter der Theke, einige hinter unserem Stand. Und dann befüllen wir die Regale. Ein Brett mit No 1, eins mit No 2, eins mit No 3 und dann das Gleiche noch mal. Das Licht, das durch die Flaschen fällt, lässt den gesamten Stand ganz warm leuchten.

»Stell dich hinter den Tresen«, sagt Henry, und ich tue wie geheißen. »Und jetzt – lächeln!«

Ich hebe eine No-3-Flasche hoch und lächle in die Kamera. Henry drückt ab und begutachtet das Ergebnis.

»Okay, im direkten Vergleich gewinnt dein Gesicht dann doch gegen die Lichterkette«, sagt er grinsend.

Vom Nebenstand ertönt ein Prusten. Und als ich hinüberblicke, lehnt dort Boyd Tulloch in seinem affigen Sportsakko und schüttelt spöttisch den Kopf.

Es gießt wie aus Eimern, als die nordschottische Whiskymesse am ersten Freitag im März ihre Tore öffnet. Innerhalb weniger Minuten ist der Boden im Eingangsbereich vollkommen überschwemmt. Dunkelgraue Schlieren zieren den hellen Beton in den Gängen, aber der guten Stimmung tut es keinen Abbruch. Obwohl erst Mittag ist, strömen die Besucherinnen und Besucher in Scharen in die Halle. Es dauert nicht lange, und die Menschen drängen sich auf den Korridoren. Die Geräuschkulisse schwillt innerhalb von Minuten zu einem ohrenbetäubenden Summen an. Am einen Ende der Halle befindet sich eine Bühne, auf der in den nächsten Tagen immer wieder Vorträge stattfinden. Ein paar davon habe ich mir markiert.

Vor einigen Ständen bilden sich schnell Schlangen. Es werden Proben ausgeschenkt, Info-Broschüren verteilt, Fragen beantwortet. Unser Stand ist ebenfalls gut besucht, wenn auch etwas weniger frequentiert als der große Tulloch-Stand nebenan.

»Und das ist ein Dreijähriger?«, fragt ein Mann an Henry gewandt, der ihm eine Flasche zeigt.

»Wenn Sie lieber den Fünfjährigen probieren wollen …« Henry holt eine Flasche unserer No 2 unter der Theke hervor.

»Gern.«

Ich erkläre gerade einem Pärchen, wie die fruchtige Note der No 3 zustande kommt. Sie hängen an meinen Lippen, und ich bin vollkommen in meinem Element. Abgesehen von Henry, habe ich niemanden, mit dem ich meine Leidenschaft für Whisky teilen kann. Aber weil wir nicht Gefahr laufen wollen, unsere Freundschaft nur noch durch unseren Beruf zu definieren, passen wir auf, in unserer Freizeit nicht zu viel darüber zu reden. Doch hier und jetzt will ich gar nicht mehr aufhören, über das Räuchern über Torffeuer, unterschiedliche Malzaromen und Finishing-Fässer zu sprechen.

»Der ist wirklich herausragend«, sagt der Mann gerade. »Und so mild im Abgang.«

Seine Frau riecht noch einmal an ihrer Probe und nickt. »Von dem nehmen wir eine Flasche.«

»Liefern Sie auch?«, fragt er, und ich bejahe und reiche ihm unsere Broschüre.

»Wir haben einen Onlineshop.« Ich zeige auf unsere Web-Adresse.

»… nach bester Brenntradition«, hört man eine laute Stimme vom Nachbarstand. »Die Tulloch Distillery ist seit über hundertsiebzig Jahren ein Familienbetrieb. Besinnung auf unsere Wurzeln, auf die schottischen Traditionen …«

Ich versuche, Boyds Sermon auszublenden, und biete stattdessen den Vorbeigehenden Proben unserer Whiskys an.

Nach nur ein paar Stunden müssen wir unseren Vorrat aufstocken, so viel verkaufen wir. Jede Menge Whiskybegeisterte nehmen unsere Broschüre mit, wollen online bestellen oder sogar dem Feinkostladen ihres Vertrauens von uns berichten.

»Da war gerade ein Typ von Oddbins«, flüstert Henry, als ich von einem Vortrag über internationale Vernetzung und Vermarktung zurückkomme.

»Von der Getränkekette?« Oddbins verkauft ausgewählte Craft-Biere, Weine und Spirituosen im gesamten Königreich.

»Nein, vom Onlineshop für seltsame Papierkörbe. Natürlich von der Getränkekette!« Henry ist ganz aufgeregt. »Er hat mir seine Karte gegeben, wir sollen ihn anschreiben, wenn der Wahnsinn vorbei ist. Er sagt, er sucht kleine Destillerien wie unsere, die ein bisschen von den ausgetretenen Pfaden abweichen und ...«

»O mein Gott!« Ich quietsche und klinge dabei fast wie Effie. »Das wäre der Wahnsinn!« Es wäre mehr als das. Es wäre die Bestätigung, dass sich der Kampf in den letzten Monaten und Jahren gelohnt hat. Dass es richtig war, immer weiterzumachen, obwohl es sich so schwer angefühlt hat.

»... der beste Whisky Shetlands«, dröhnt Boyds Stimme wieder zu uns herüber. Obwohl der Geräuschpegel in der Halle enorm ist, schafft er es, alle anderen zu übertönen. »Fast hundertachtzig Jahre Tradition.«

Henry macht würgende Geräusche, und wir lachen.

»Lass dich nicht ärgern«, sage ich. »Oddbins will uns.«

»Alle wollen uns!« Er zeigt auf unsere dezimierten Flaschenvorräte. »Ich fahre morgen früh in der Destillerie vorbei und lade noch mal neu ein.« Da wir nicht erwartet hatten, dass wir schon am ersten Tag so viel verkaufen würden, müssen wir tatsächlich fürs Wochenende aufstocken.

Am Abend leert sich die Halle langsam. Als Aussteller bleiben wir natürlich bis zum Schluss, aber je weniger los ist, desto lauter hört man Boyd und seine Armee aus hübschen Messebedienungen seinen Whisky anpreisen. »Zehnjährig«, sagt er gerade zu einem Mann, der wichtig aussieht und schon ein paarmal an unserem Stand vorbeigeeilt ist, ohne stehen zu bleiben. Dabei blitzt Boyds Blick kurz zu Henry und mir herüber.

»Bitte verzeih, dass wir keinen zehnjährigen Whisky haben«, murmle ich in sarkastischem Tonfall. »Aber dann hätte ich mit fünfzehn anfangen müssen zu brennen, und das ist nicht einmal in Schottland legal.«

Ich versuche, meine Gedanken auf den erfolgreichen Messetag zu lenken, der hinter uns liegt. Boyds nervtötendes Gelaber wird zu einem Hintergrundgeräusch, und als wir wenig später unseren Stand aufräumen und die letzten Flaschen aus dem Transporter verstauen, hat er glücklicherweise bereits Feierabend gemacht.

Am zweiten Messetag nutze ich die erste Stunde, um mir selbst ein Bild von unserer Konkurrenz zu machen. Es gibt ein paar Stände, die ich interessant finde. Kleine Destillerien, die teilweise schon seit ein paar Jahrzehnten dabei sind, jedoch nie aufgehört haben, an ihren Produkten zu feilen. Ein paar neue Brennereien, die neben Whisky auch andere Spirituosen anbieten. Und dann gibt es einige spannende Mikro-Destillerien, die sogar ihr eigenes Merchandise anbieten. Ich sammle Flyer und Broschüren mit dem Plan, sie mir bei Gelegenheit in Ruhe anzusehen. Wer weiß, vielleicht drucke ich ja irgendwann auch unser Logo auf Jutebeutel.

»Hast du Lust, ein bisschen zu probieren?«, fragt ein schlaksiger Typ mit dunklem Bart und neongrünem Lobe im Ohrläppchen. Er hält mir ein kleines Plastik-Shotglas vor die Nase. »Wenn du Whisky probierst, ist es wichtig …«

Ich halte den Whisky gegen das Licht. Er ist dunkel, beinahe rötlich. »Aus dem Sherryfass?«, sage ich, und der Kerl bekommt große Augen. Dann schwenke ich sanft das Glas.

Der Whisky zieht kaum Schlieren. »Niedrige Viskosität, aber das muss nicht unbedingt etwas heißen.«

»Da hat sich aber jemand vorher schlaugemacht«, sagt der Bärtige.

Ich schnuppere vorsichtig an seinem Whisky. »Getrocknete Früchte«, sage ich. »Zigarrenkiste. Ziemlicher Standard.«

»Du musst natürlich das Glas ein bisschen kräftiger schwenken, dann lösen sich mehr Geschmacksaromen. Schau, so.« Er macht Anstalten, meine Hand zu umfassen, doch ich ziehe sie ihm weg.

»Wenn ich noch mehr schwenke, löst sich vor allem der Alkohol. Und der überdeckt dann *die* Aromen, die man riechen *kann*«, sage ich und kontere sein besserwisserisches Grinsen mit einem distanzierten Lächeln.

Ich nippe behutsam am Whisky, lasse ihn auf meine Zunge und am Gaumen entlang laufen, um das Mundgefühl und die Aromen wirken zu lassen. Er ist weich, mild-rauchig. Die trockenen Früchte, die ich gerochen habe, schmecke ich leider kaum, auch nicht nach mehreren Sekunden. Ich schlucke, doch da ist kaum Nachklang. Der Geschmack ist sofort verflogen, zurück bleibt nur ein leichtes Brennen im Hals.

»Hm«, mache ich.

»Wir haben hier ein Tasting Wheel, auf dem du deine Assoziationen ankreuzen kannst«, sagt der Bärtige. Er hat offenbar noch immer nicht begriffen, dass ich etwas von der Materie verstehe.

»Meine Assoziationen kann ich gut selbst in Worte fassen«, sage ich. »Aber vielleicht willst du es mitbringen, wenn du bei meinem Stand vorbeischaust?« Mein Lächeln wird breiter. »Golden Plover, Gang 4.«

Ich lasse ihn vollkommen verdattert stehen und kichere auf dem Weg zurück zu unserem Stand in mich hinein.

»... fast zweihundert Jahre«, prahlt Boyd gerade, als ich mich neben Henry hinter unsere Theke stelle.

»Runden wir jetzt auf?«, fragt Henry leise. »Auf die nächste Hundert? Dann kann ich dem nächsten Kunden ja auch von unserer fast hundertjährigen Tradition erzählen.«

»Ich habe gerade eine fast hundertjährige Tradition probiert, die sogar noch öder ist als Boyds Whisky«, sage ich und erzähle Henry von meinem Erlebnis und dem perplexen Gesichtsausdruck des Bärtigen, als der schlussendlich doch verstand, dass ich weiß, was ich tue.

Unser Erfolg vom ersten Tag setzt sich auch am Samstag fort. Die Besucherzahlen gehen durch die Decke, Henry und ich haben kaum Zeit für eine kurze Pause, und ich spüre, dass sich das Blatt wendet. Nach all dem Ärger und den finanziellen Problemen ist das hier genau die Bestätigung, die ich brauche.

»Wenn es einen Preis für den schönsten Stand gäbe, würde ich ihn euch verleihen«, sagt eine Frau im schwarzen Kostüm. Ihre blonden Haare hat sie zu einem strengen Dutt hochgesteckt. »Aber hier kommt es auf den Geschmack an.« Ihr Lächeln erreicht ihre Augen nicht.

Henry ist sofort zur Stelle. »Kann ich Ihnen etwas zum Probieren anbieten?« Er hantiert gekonnt mit zwei Flaschen, als hätte er sein Leben lang nichts anderes gemacht.

»Unsere No 2.« Er erklärt ihr etwas zum Whisky, und sie hört interessiert zu, fragt nach, hört wieder zu. Sie ist definitiv vom Fach.

In diesem Moment sehe ich, dass sich der Bärtige von vorhin zu uns an den Stand drängelt. Er sieht ein bisschen peinlich berührt aus.

»Hi«, sagt er und winkt unbeholfen. »Sorry, dass ich vorhin so ... also ...«

Ich reiche ihm eine Whiskyprobe im Plastikbecher. »Schwamm drüber.«

Die blonde Frau, die gerade an unserer No 3 nippt, blickt den Bärtigen grimmig an. Viel zu früh schluckt sie den Whisky hinunter und sagt: »Sie schon wieder.«

»Ups.« Der Bärtige fährt sich beschämt durch die Haare.

»Diesen hier, den sollten Sie probieren. Dann wissen Sie, was ein Abgang ist.« Sie nickt zu der Flasche, die Henry in der Hand hält, und der Bärtige nimmt auch davon eine Probe.

Er nippt daran, und die blonde Frau tut es ihm nach, was ich als Erfolg verbuche.

»Okay«, sagt der Bärtige nach einer Weile. »Ich werde nie wieder davon ausgehen, dass eine Frau keine Ahnung von Whisky hat. Ich entschuldige mich bei Ihnen beiden.« Er deutet eine Verbeugung an und entfernt sich langsam.

Henrys Mund steht offen. »Was war das denn?«

»Ein aufgeblasener Brenner aus Inverness«, sagt die Frau. »Wollte mich erst belehren und dann bestechen.«

»Bestechen?«, frage ich. »Jetzt bin ich fast beleidigt. Mich wollte er nur belehren.«

»Nun, Sie sitzen auch nicht in der Jury.« Sie stellt ihren Plastikbecher auf den Tresen. »Aber Frauen wie Sie braucht die Branche. Und Männer wie Sie.« Sie nickt Henry zu. »Solange Sie solchen Whisky brennen.«

9

In einer schicken Location ein paar Gehminuten vom Hafen entfernt findet am Abend die große Party statt. Auf den ersten Blick soll es ein lockeres Event sein, bei dem sich Fachbesucherinnen und Fachbesucher nach einem anstrengenden Messetag amüsieren. Aber natürlich ist es mehr als das. Es ist Networking mit den richtigen Leuten, Auschecken der Konkurrenz und vermutlich bracheninterne Flirtbörse in einem. Die Party wird von der Tulloch Distillery gesponsert, sodass sie neben all den anderen mehr oder minder interessanten Facetten außerdem Werbetafel und Aushängeschild für meinen Erzfeind ist.

Henry, der wie ich noch einmal nach Hause gegangen ist, um sich umzuziehen, winkt mir von der gegenüberliegenden Straßenseite. Er trägt ein eng geschnittenes, bunt gemustertes Hemd und Röhrenjeans und überquert gerade mit seinem ulkig wippenden Gang die Straße. Als schüchterner Junge, dessen Eltern keinerlei Sinn für Mode hatten, war es dieser Gang, der das Fass für die anderen Kinder zum Überlaufen brachte. Sie machten sich vom ersten Tag an über ihn lustig. Und weil mein Gerechtigkeitssinn schon damals größer war als mein Drang, oberflächliche Freunde zu finden, nahm ich ihn eines Tages, als er vor dem Klassenzimmer wartete und sich nicht hineintraute, an der Hand und sagte meiner Banknachbarin – Mr McGills Tochter Anna –, die eine derjenigen war, die am lautesten spotteten, dass sie sich einen anderen Platz suchen müsse.

Heute stehe ich vor dem Eingang zur Halle und warte darauf, dass Henry symbolisch meine Hand nimmt und mich nach drinnen begleitet, weil diese schicken offiziellen Events wirklich nicht meine Stärke sind.

»Drückst du dich?«, fragt er und küsst mich auf die Wange. Er riecht gut nach seinem Parfüm. Und er sieht toll aus. Der unsichere Junge von damals blitzt zwar ab und zu noch durch, aber meistens wirkt Henry, als würde er sich inzwischen richtig wohl in seiner Haut fühlen.

Ich verziehe den Mund zu einer Grimasse. »Selten weniger Lust auf etwas gehabt.«

»Hast du dich deswegen angezogen wie bei einer Beerdigung?« Er grinst.

»Es ist mein einziges Kleid«, sage ich und zupfe ein bisschen unglücklich am schwarzen Stoff. Normalerweise ziehe ich mich funktional und bequem an. Jeans und Pullover. Flache Schuhe. Über die Hälfte der Zeit Gummistiefel.

»Also ist es tatsächlich dein Beerdigungskleid?«

»Und wenn schon?«, frage ich.

»Ich mach nur Witze.« Henry hakt sich bei mir ein. »Du weißt, dass du auch mit gelbem Ölzeug und Regenhose mein liebster Mensch auf der Welt bist.«

»Nur dass ›Henrys Lieblingsmensch‹ eine sehr subjektive Kategorie ist.«

»Warum bist du so nervös?«, fragt er und dirigiert mich zum Eingang. »Du bist doch sonst nicht so ...«

»… fehl am Platz?«, schlage ich vor. »Das ist nicht mein Event. Ich bin gut in der Gemeinschaft. Mit den Leuten, die mich kennen. Im Pub bei fettigem Essen und ehrlichem Ale. Bei Stadtversammlungen, wenn es darum geht, sich zu engagieren. Als große Schwester, die Lösungen für alle parat hat. Aber sicher nicht auf solchen fancy Hochglanzpartys.«

»Hochglanz?« Henry prustet. »Fehl am Platz? Das hier ist der Hafen von Lerwick. Es riecht nach Fisch. Der Besitzer des Pubs, in dem du dich so wohlfühlst, schenkt aus. Und wo wir schon dabei sind: Du, liebe Nessa, bist ein Star, ob du es nun merkst oder nicht. Fehl am Platz bist du also höchstens, weil das Event immer noch nicht fancy genug für eine Erscheinung wie dich ist.«

»Was ist denn mit dir passiert?«, frage ich einigermaßen perplex von seinem Pep Talk.

»Ich warte seit Jahren auf die Möglichkeit, dich in einem schwachen Moment zu erwischen. Das ist gar nicht so einfach. Gibt irgendwie keine.«

Jetzt muss ich lachen. »Was redest du denn da?«

»Ich wollte mich seit der ersten Klasse bei dir revanchieren.«

»Revanchieren? Dafür, dass ich dich neben mich gesetzt habe?«

»Dafür. Und auch für das, was du zu mir gesagt hast.«

Ich sehe ihn fragend an. Denn an das, was ich mit fünfeinhalb Jahren zu einem kleinen Kerl mit wippendem Gang gesagt habe, kann ich mich beim besten Willen nicht erinnern.

»Du hast gesagt: Die anderen sind zu doof, um dich zu sehen. Aber ich seh dich, und ab jetzt bist du mein Freund, ob du willst oder nicht. Und wenn's dir zu blöd wird, sagst du mir Bescheid, dann gehen wir eben.«

»Das hab ich gesagt?«, frage ich.

»Wortwörtlich. Und weißt du, was? Dich als Freundin zu haben, ist das Beste, was mir je passiert ist. Das wusste ich in der ersten Klasse, und ich weiß es jetzt. Und wenn du dich nur halb so unwohl fühlst auf diesem Event wie ich in der ersten Klasse, hoffe ich, dass meine Anwesenheit dafür sorgt, dass du dich wenigstens halb so sicher fühlst wie ich mich damals durch dich. Und jetzt lass uns reingehen. Mir ist kalt in meinem dünnen Hemd.«

Immer noch einigermaßen verdattert und gerührt von Henrys Worten gehe ich an seiner Seite hinein.

Drinnen werden wir von lauter Musik, gedimmtem Licht und Dekorationen in Tulloch-Farben, mit Tulloch-Logo und Tulloch-Slogans empfangen. Am Rand der Halle stehen erstaunlich viele Menschen steif herum und halten sich an Plastikbechern mit Bier oder Whisky fest. Natürlich Tulloch.

»Außerdem fühlen sich, wie du siehst, alle bei so einem Event unwohl. Und wenn's dir zu blöd wird, sagst du mir Bescheid, dann gehen wir eben.« Henry gluckst. »Drink?«

»Auf jeden Fall, aber keinen ...«

»... Tulloch. Ich weiß. Wo denkst du hin?«

Mit je einem Pint in der Hand suchen wir uns einen Platz. Da alle Außenwände von kleinen Gruppen oder Einzelpersonen okkupiert sind, bleibt uns nichts anderes übrig, als uns ziemlich exponiert ins Innere des Raums vorzuwagen.

»Wir leisten hier so was wie Pionierarbeit«, sagt Henry und bleibt ausgerechnet in der Raummitte stehen. »Außerdem ist das die beste Werbung für Golden Plover.«

»Wie meinst du das?«

»Na ja, die Leute haben uns alle am Stand gesehen. Und nun sind wir die, die vor Selbstbewusstsein strotzen. Der schicke blonde Hipster und die edgy Brennerin ganz in Schwarz.

Daran erinnern die sich. Und daran, dass sie gern so cool wären wie wir.«

»Jetzt übertreibst du aber wirklich.«

»Meinst du?« So unauffällig wie möglich bedeutet er mir, die Umstehenden zu mustern. Und tatsächlich, sie sehen zu uns. Lächeln. Nicken anerkennend.

»Wie machst du das?«, frage ich. »Woher nimmst du die Selbstsicherheit, in einer solchen Situation so lässig zu sein?«

»Die Frage müsste andersrum lauten«, erwidert Henry und prostet mir zu. »Woher nehme ich die Selbstsicherheit, im Alltag so lässig zu sein. Das hier ist einfach. Das hier ist Show.«

Ich nehme einen Schluck von meinem Bier. »Ich glaube, ich bin besser im Alltag als bei der Show.«

»Deswegen sind wir so ein gutes Team«, sagt Henry und beginnt, sich vorsichtig im Takt der Musik zu bewegen. Und auf einmal ist sein Wippen keine Schwäche mehr, sondern absolut richtig.

»Hast du manchmal das Gefühl, dass Lerwick vielleicht nicht der richtige Ort für dich ist?«, frage ich und nicke ebenfalls im Takt der Musik.

»Was? Sag mir nicht, dass du mit dem Gedanken spielst, woanders hinzugehen.« Henry sieht mich ehrlich schockiert an.

»Nein, nein, ich doch nicht.« Denn ich kann mir tatsächlich nicht vorstellen, an einem anderen Ort zu leben. Shetland ist mein Zuhause. Lerwick meine Familie. »Aber ich dachte, du vielleicht …«

»Nein, keine Sorge«, sagt Henry und lacht. »Ich bin da, wo du bist.«

»Denkst du nicht, du wärst glücklicher in einer Großstadt,

wo sich die Leute nicht ihr Maul zerreißen? Wo man auf Partys gehen, was erleben, daten kann?«

»Wäre es einfacher? Ja. Wäre ich glücklicher? Nein. Und jetzt genug davon.« Er nimmt meine Hand und dreht mich einmal im Kreis.

Die Party ist bald in vollem Gange. Je mehr Menschen sich versammeln, je später es wird, je mehr ausgeschenkt wird, desto lockerer und entspannter wird es. Ein paar Leute tanzen inzwischen, und Henry und ich machen hier und da ein bisschen Small Talk, tauschen Visitenkarten mit anderen Brennern und einer Brennerin aus Ullapool, wo die nordschottische Whiskymesse eigentlich hätte stattfinden sollen.

Als ich gerade eine neue Runde Bier holen will, räuspert sich jemand in meinem Rücken, und ich drehe mich um. Hinter mir steht die Frau aus der Jury, die vorhin an unserem Stand so begeistert war.

»Ich dachte, ich nutze den Moment, um noch einmal zu sagen, wie gut mir Ihre Produkte gefallen«, sagt sie. »Und den informelleren Rahmen, um mich vorzustellen. Sophie Chapman. Ich schreibe für *The World of Whisky.*«

»Nessa Linklater«, sage ich. »Und mein Kollege Henry Carlisle.«

»Ich bin wirklich tief beeindruckt, Nessa. Ich darf doch Nessa sagen?«

»Natürlich.«

Sie lächelt. »In Ihrem Alter eine derartig spektakuläre Whiskyauswahl zu präsentieren ...«

»Na ja.« Ich mache eine wegwerfende Handbewegung.

»Ich meine es ernst. Man kann die Entwicklung, die Sie als Brennerin gemacht haben, von Whisky zu Whisky direkt herausschmecken.«

»Letztes Jahr wollte Ihr Magazin ein Interview mit Nessa machen«, mischt sich Henry ein. »Leider wurde dann nichts daraus.«

»Wirklich?«, fragt Sophie. »Wie schade.«

»Es hätte ein Interview über die Whiskyszene in Shetland werden sollen«, fährt er fort, und ich stoße ihn unauffällig mit dem Ellenbogen in die Seite, damit er seine Klappe hält. Ich will nicht, dass es so klingt, als würden wir dem Magazin immer noch grollen. Was wir tun. Jeden Tag. Aber das muss Sophie, die offensichtlich auf unserer Seite ist, ja nicht wissen. Doch Henry ist vollkommen unbeeindruckt. »Geplant war ein Gespräch mit Nessa und Boyd Tulloch. Am Ende wurde Nessa leider ausgeladen.«

»Warum das denn?«, fragt Sophie.

Henry setzt dazu an, weiterzusprechen, aber ich trete ihm auf den Fuß. »Gab wohl ein Missverständnis«, sage ich. »Ist aber auch nicht weiter schlimm. Vielleicht klappt es ja ein andermal.« Ich versuche mich an einem ehrlichen Lächeln, dem man hoffentlich anmerkt, dass ich nichts von Sophie erwarte.

»Ich bin mir sicher, dass man von Ihnen noch viel hören wird«, sagt sie. »Und lesen.« Sie zwinkert mir zu. Dann sieht sie jemanden auf der anderen Seite der Halle und verabschiedet sich höflich.

»Wie peinlich war das denn?«, frage ich Henry vorwurfsvoll. »Jetzt denkt sie, dass ich denke, dass sie mir ein Interview schuldet.«

»Oder sie denkt, dass sie dir ein Interview schuldet.«

»Oder sie denkt, dass du denkst, dass ich nicht für mich sprechen kann.«

»Oder ich denke, dass sie denkt, dass du zu viel denkst«, sagt Henry grinsend. »Kann doch nicht schaden, wenn sie denkt, dass du unfair behandelt wurdest.«

»Denkst du?«, frage ich, und Henry lacht.

»Das denke ich«, sagt er, und ich stimme mit ein.

Immer mehr Leute bevölkern die Tanzfläche. Vor den beiden Bars haben sich Menschentrauben gebildet, und es dauert eine halbe Ewigkeit, bis ich zwei weitere Pints für mich und Henry ordern kann. Doch als ich endlich an der Reihe bin und gerade bestellen will, schiebt sich jemand neben mich.

»Zwei Tulloch, bitte.« Boyd grinst mich dämlich an.

»Die Dame war zuerst, glaube ich«, sagt der Barkeeper und schenkt mir ein entschuldigendes Lächeln.

»Einer von den Whiskys *ist* für die Dame«, erwidert Boyd.

»Danke, aber ich bleibe beim Bier.« So weit kommt es noch, dass ich mir von Boyd gönnerhaft einen Whisky spendieren lasse.

»Zwei Whiskys und ein Bier dann eben«, sagt Boyd.

»Was soll das?«

»Ich will dir eben zeigen, was Whisky kann. Die Messe soll sich für dich schließlich lohnen. Wäre doch schade, wenn du nur Kapital reinstecken würdest und nichts für dich rausspränge.«

»Ich weiß echt nicht, was dein Problem ist.« Ich schüttle verständnislos den Kopf. »Ob du gerne mal was anderes als Kapital irgendwo reinstecken würdest oder so ...«

Boyd fängt an zu lachen. Aber diesmal ist es kein kaltes arrogantes Lachen, sondern er klingt wirklich amüsiert. Und ich muss zugeben, dass auch ich meinen Witz ziemlich gelungen fand.

»Also, was jetzt?«, fragt der Barkeeper leicht ungeduldig.

»Zwei Whisky und *zwei* Bier«, sage ich, denn wenn ich schon einen von seinen langweiligen Whiskys trinken soll, damit er mich in Ruhe lässt, kann wenigstens auch für Henry ein Bier rausspringen.

Boyd macht Anstalten, das eine Pint zu nehmen, doch ich bin schneller. »Das ist nicht für dich.«

»Was?«

»Das ist für Henry.«

»Soweit ich weiß, habe ich gerade bezahlt«, sagt Boyd.

»Na, dann trink deine zwei Pints und zwei Whiskys allein. Entschuldigung?« Ich winke noch einmal nach dem Barkeeper.

»Ja, okay, was soll's. Zwei Pints sind mir die Genugtuung allemal wert.«

Er hebt seinen Becher und prostet mir zu. Doch noch ehe er an seinem Whisky nippen kann, habe ich meinen in einem Zug geleert.

»Äh ...«, macht er, und sein Gesichtsausdruck ist eine Mischung aus Überraschung und Empörung. »Das war zehn Jahre alter Premium-Whisky!«

»Beim nächsten Mal nehm ich ihn mit Cola. Aber danke für die Drinks«, sage ich, schnappe mir die beiden Pints und drehe mich auf dem Absatz um.

Henry ist gerade dabei, zwei Kerlen Tipps zu geben, was sie auf der Insel noch machen könnten, wenn die Messe vorbei ist. »... traumhafte Wanderwege«, sagt er gerade. »Entweder an der Küste entlang oder ins Landesinnere. Der Broch von Clickimin ist auf jeden Fall auch sehenswert.«

»Der Broch was?«, fragt der Jüngere der beiden mit einem englischen Akzent.

»Clickimin. Ein zweitausend Jahre altes Rundhaus. Oder das, was davon übrig ist.«

»Hättest du Lust, uns das zu zeigen?«, fragt er. »Das klingt super interessant. Und wir fliegen erst am Dienstag.«

Henry nickt, und seine Augen leuchten.

Ein basslastiger Song mit Offbeat und Gute-Laune-Melodie beginnt, und ich drehe mich Richtung Tanzfläche, um Henry und dem jungen Engländer ein bisschen Privatsphäre zu geben. Der Rhythmus der Musik lässt meinen Körper wie automatisch mitgehen. Ich bin keine große Tänzerin, aber gerade fühle ich mich danach. Ein paar Meter weiter steht der bärtige Typ mit dem Lobe, der mir heute Vormittag seinen mittelmäßigen Whisky schmackhaft machen wollte. Als ich merke, dass er mich ansieht, hebe ich meine Hand zum Gruß. Er winkt zurück und kommt tatsächlich auf mich zu.

»Guter Abend, oder?«, fragt er.

»Danke, Tulloch Distillery, für diesen Spaß unseres Lebens«, sage ich in einem leicht sarkastischen Tonfall, den er aber offenbar nicht wahrnimmt.

»Wenn man vom Teufel spricht«, sagt er und nickt Richtung Boyd, der gerade Hände schüttelt. Unter anderem Sophies. »Kennst du ihn? Schon krass, wenn man so jung ist und ein ganzes Whiskyimperium unter sich hat.«

Ich schnaube in meinen Becher, damit er es nicht merkt.

»Hab gehört, er sitzt in der Jury morgen. Bist du auch dabei? Beim Blindtasting-Wettbewerb, meine ich, nicht in der Jury.«

Mein Mund steht offen. Habe ich das gerade richtig gehört? Das darf ja wohl nicht wahr sein! Also war es doch kein deplatzierter Witz von Boyd, sondern absoluter Ernst. Er sitzt in der Jury. Er wird den Golden Plover Whisky am Geschmack erkennen. Er wird dafür sorgen, dass Henry und ich keine Chance haben, einen der vorderen Plätze zu belegen. Das Herz rutscht mir in die Hose.

»Hallo?«, fragt der Bärtige.

»Äh, ja. Ja, ich bin dabei.« Und ich hatte eigentlich vorgehabt, zu gewinnen.

»Boyd! Boyd Tulloch!«, ruft er nun und winkt ausgerechnet den Mann zu uns, von dem ich wirklich genug habe. »Tolle Party, Mann. Richtig cool. Hab mich schon durch deine Whiskys probiert.«

»Freut mich.« Boyd nickt ihm zu.

»Vor der hier musst du dich übrigens in Acht nehmen.« Er zeigt mit dem Daumen auf mich. »Hab heute Morgen den Fehler gemacht, sie zu unterschätzen. Aber sie kennt sich richtig mit Whisky aus.«

»Ach ja? Ich hab da andere Erfahrungen gemacht.«

In diesem Moment ärgere ich mich. Über ihn, weil er ein aufgeblasener Mistkerl ist, über mich, weil ich einfach einen Whisky mit ihm hätte trinken sollen. Stattdessen habe ich Henry und mir eine Riesenchance verbaut. Aber wie hätte ich wissen können, dass ich morgen auf seine Gunst angewiesen sein würde? *Er hat es dir gesagt,* meldet sich eine Stimme in meinem Kopf. *Aber er sagt viel, wenn der Tag lang ist,* gibt eine andere zurück. Woher soll ich wissen, wann er einfach nur ein angeberisches Arschloch ist und wann aus seiner großen Klappe tatsächlich relevante Informationen kommen?

»Nein, ernsthaft, sie ist eine richtige Expertin, hab ihren Whisky probiert …«

Doch Boyd unterbricht ihn: »Witzig, weil vorhin konnte sie einen preisgekrönten Zehnjährigen nicht von einem billigen Bourbon unterscheiden.«

»Das kann nicht sein. Du musst sie verwechseln.«

»Nessa Linklater?«, fragt Boyd und blickt abschätzig auf mich herab. »Mit Sicherheit nicht.« Er sagt es mit so viel Kälte in der Stimme, dass ich eine Gänsehaut kriege.

Ich mache einen Schritt zurück. Und noch einen. Und noch einen. Dann drehe ich mich um und tippe Henry an der Schulter an.

»Ich geb dir hiermit Bescheid.«

»Was?« Henry sieht meinen Blick und nickt sofort. »Okay, wir gehen.«

»Ach Quatsch. Bleib, hab Spaß. Aber mir ist es zu blöd geworden.«

10

»Was war denn gestern los?«, fragt Henry, als er etwas verspätet an unserem Messestand ankommt. Er sieht ein bisschen zerknittert aus.

»Ich hab was Dummes gemacht«, sage ich zerknirscht.

»Du machst nie dumme Sachen. Hast du eine Schmerztablette? Mein Kopf …«

Ich gebe ihm eine Ibuprofen aus meinem Rucksack, die er dankbar mit ein paar Schlucken Wasser nimmt.

»Ich habe Boyd verärgert.«

»Na und? Er verärgert dich die ganze Zeit. Du konterst. Ich dachte, das wäre euer Ding.«

»Wir haben kein ›Ding‹. Und außerdem … sitzt er in der Jury.«

»Boyd?«

»Ja.«

»Verflucht.«

»Ja.«

»Das heißt, wir hatten nie eine Chance.« Henry stützt sich auf unseren Tresen, den Kopf in den Händen, die Augen geschlossen.

»Und wenn wir eine hatten, habe ich sie gestern Abend zunichtegemacht.«

»Du hättest ihn nach allen Regeln der Kunst bezirzen können, und wir hätten keine Chance gehabt, Nessa.«

»Dann bist du nicht böse?«

»Warum sollte ich? Er ist der Wichser hier. Nicht du.«

»Tut mir trotzdem leid.«

»Ihm sollte es leidtun«, sagt Henry. »Ihm sollten auch meine Kopfschmerzen leidtun. *Sponsored by Tulloch.* Irks.«

Und Henry ist nicht der Einzige, bei dem die letzte Nacht Spuren hinterlassen hat. Die beiden Engländer kommen an unserem Stand vorbei, wollen aber lieber nichts probieren, sondern nur kaufen – und der eine von ihnen, Charlie, will Henrys Handynummer.

Boyd selbst überlässt den Tulloch-Stand heute seinen überaus attraktiven Mitarbeiterinnen und kommt erst am frühen Nachmittag. Dementsprechend frisch sieht er aus.

»Große Kunst«, sagt Henry. »Hätte ich nicht nur zwei Stunden geschlafen, würde ich auch so phänomenal aussehen.«

»Er sieht nicht phänomenal aus, sondern aufgeblasen. Wenn du nur aus heißer Luft bestehen würdest, könntest du das auch.«

»Aber dass die Luft heiß ist, gibst du also zu?«, fragt Henry kichernd.

»Ich wusste nicht, dass unsere Liebe so schnell schwinden kann. Aber wow, weg ist sie«, sage ich. »Puff!« Mit meinen Händen deute ich eine Explosion an und widme mich dann lachend einem mittelalten Mann, der offenbar nicht auf der Party war, sondern durchaus Kapazitäten hat, sich durch unsere Whiskys zu probieren.

Der letzte Messetag vergeht ebenso schnell wie die beiden vorherigen. Der Besucherstrom reißt auch heute nicht ab, und weil Sonntag ist und viele Bewohnerinnen und Bewohner aus Lerwick heute frei haben, sind einige bekannte Gesichter dabei. Die meisten von ihnen kennen den Golden Plover Whisky zwar, lassen sich kostenlose Proben aber dennoch nicht entgehen und stocken ihren Vorrat auf. Sogar Effie und Fiona kommen vorbei und bringen Henry und mir Krabben-Sandwiches.

»Ihr seid Lebensretterinnen!«, stöhnt er genüsslich. »Und mit extra Mayo!« Ein bisschen was von der extra Mayo tropft auf unseren Tresen, aber Henry ist so in sein Glück vertieft, den Restalkohol aufsaugen zu können, dass es ihm nicht einmal auffällt.

Am Nachmittag stattet uns Joseph Garrioch, der Besitzer des *Hideout*, einen Besuch ab und kauft eine Flasche. Wenig später schauen Edith und Munro Scolley auf einen kurzen Plausch vorbei.

»Ich gehe dann mal meine Rede vorbereiten«, kündigt Munro an, nachdem er sich durch unser Sortiment probiert hat, und winkt mit einem alarmierend dicken Stapel Karteikarten.

Edith zwinkert mir zu. »Keine Sorge. Er ist inzwischen so weitsichtig, dass er die Karten in doppelter Größe beschriftet. Die Reden werden nicht länger, der Karteikartenstapel wird nur dicker.«

Langsam, aber sicher schalten die ersten Stände ihre Lichter aus, was bedeutet, dass wir uns dem großen Finale der Messe nähern: der Blindverkostung und damit der Bekanntgabe der Gewinner, die zu den schottischen Meisterschaften fahren dürfen. Während ich in den letzten Tagen beim Gedanken daran jedes Mal ein aufgeregtes Kribbeln verspürte, habe ich nun kaum noch Ambitionen, unseren Stand zu schließen. Aber der Besucherstrom nimmt merklich ab. Die meisten haben sich bereits einen Platz vor der Bühne gesucht, auf der Munro Scolley, dem kreischenden Quietschen nach zu urteilen, offenbar gerade das Mikrofon testet.

»Liebe Besucherinnen und Besucher der nordschottischen Whiskymesse«, schallt es durch die Halle, und Henry und ich schließen uns etwas widerwillig den anderen an. Allerdings bleiben wir im Hintergrund, weil es erstens keine freien Stühle mehr gibt und wir uns zweitens einen unauffälligen Abgang offenhalten wollen. »Das waren drei spektakuläre Tage für unsere kleine Stadt, und ich hoffe, Sie konnten nicht nur etwas über Whisky lernen, sondern auch über die wunderbaren Shetlandinseln.« Ein paar Floskeln später bedankt er sich überschwänglich bei den Organisatoren und vor allem dem Mitveranstalter, der das ganze Event überhaupt erst möglich gemacht hat. »Shetlands ganzer Stolz«, nennt Munro die Tulloch Distillery, und ich bin froh, dass ich gestern Abend nicht so viel getrunken habe wie Henry, sonst müsste ich mich jetzt wohl übergeben. »Und deswegen lasse ich nun den Mann zu Wort kommen, der den Tulloch-Whisky groß gemacht hat: Bryson Tulloch.«

Die Menge applaudiert, und ich bin angenehm überrascht, dass nicht Boyd selbst, sondern sein Vater auf die Bühne gebeten wird.

»Bryson hält eine Rede?«, flüstert Henry. »Den habe ich ewig nicht gesehen!«

Bei Bryson Tulloch habe ich damals während meines Praktikums eine Menge über Whisky gelernt, und ich habe ihn in guter Erinnerung. Aber Henry hat recht. Auch mir fällt auf, dass es eine Weile her ist, seit ich ihm in Lerwick über den Weg gelaufen bin.

»Er hat sich wohl nicht nur aus den Geschäften, sondern auch aus der Öffentlichkeit zurückgezogen«, mutmaßt Henry.

»Sehr zum Nachteil der Öffentlichkeit, wenn du mich fragst.«

Bryson betritt gemeinsam mit seiner Frau Isobel und Boyd die Bühne. Er ist alt geworden und sieht ein bisschen blass aus. Offenbar fühlt er sich im Zentrum der Aufmerksamkeit tatsächlich nicht mehr richtig wohl. Verständlich, wenn man bedenkt, welche Gerüchte sich um sein Leben und das seiner Familie gerankt haben.

Erst als er ans Mikrofon tritt, lässt Isobel seinen Arm los und stellt sich neben Boyd.

»Ich erzähle gern die Geschichte«, beginnt Bryson, »als mein Sohn Boyd mit zwei Jahren eine Flasche Tulloch von meinem Barwagen im Arbeitszimmer stibitzt und in sein Zimmer geschleppt hat. Glücklicherweise war er als kleiner Stöpsel noch nicht stark genug, um ebenjenen zu öffnen.« Er macht eine Pause für ein paar Lacher. »Ein paar Monate später fand unsere Haushaltshilfe die Flasche in Boyds Spielzeugkiste. ›Im Kinderzimmer gereift‹, schrieb ich auf das Etikett. Die Flasche steht immer noch in meinem Arbeitszimmer. Bis heute ungeöffnet.«

Das Publikum lacht, und Brysons Mund verzieht sich zu einem Lächeln, beinahe strahlt er. Diese Geschichte funktioniert jedes Mal. Offensichtlich genießt er es doch, mal wieder in der Öffentlichkeit zu stehen.

Boyd macht einen Schritt nach vorne, klatscht. Bryson sieht ihn an und nickt, immer noch breit lächelnd.

»Danke, Vater«, sagt Boyd mit einem etwas gequälten Lächeln ins Mikrofon. Ist ihm die Geschichte peinlich? Dabei ist es nicht das erste Mal, dass Bryson diese Anekdote erzählt. Isobel hakt sich wieder bei ihm unter, und gemeinsam verlassen sie die Bühne. Anscheinend darf Boyd die Rede beenden.

»Die Leidenschaft für Whisky liegt bei uns in der Familie, wie Sie sehen. Deswegen hat es mich umso glücklicher gemacht, diese Messe als Mitveranstalter nach Lerwick zu holen. Und ich würde sagen, sie war ein voller Erfolg!« Boyd erntet Applaus. »Als besonderen Höhepunkt dieser – man kann es nicht anders sagen – Whiskyfesttage ist es mir eine große Ehre, nun mit meinen Mitjurorinnen und -juroren drei glückliche kleine Destillerien zu küren, die zu den schottischen Meisterschaften fahren dürfen.« Wieder erhält er tosenden Beifall.

Ashley und eine andere Messemitarbeiterin enthüllen zwei lange Tische, die mit einem weißen Tuch bedeckt waren. Fünf Stühle stehen bereit, davor jeweils zehn kleine nummerierte Whiskyproben.

»Unserer ist der letzte«, sagt Henry, und auch ich erkenne unsere No 3 an der Farbe.

»Es wäre mir lieber, Boyd würde uns sofort zwei Punkte geben, dann könnten wir abbauen und früh ins Bett gehen.« Die Aussicht darauf, bis zum Schluss warten zu müssen, um dann Boyds Schadenfreude ausgesetzt zu sein, ist einigermaßen unerträglich.

»Die sind danach vollkommen betrunken«, sagt Henry.

»Vielleicht schlucken sie den Whisky nicht runter«, schlage ich vor, »aber dann haben sie den Abgang nicht.«

»Vielleicht schlucken sie wirklich nur das winzigste bisschen«, schlägt Henry vor, und ich wünschte, Effie wäre hier, um sie darauf hinzuweisen, dass dies nun der perfekte Moment für einen *»That's what he/she said«*-Witz wäre.

Sophie ist die einzige Jurorin, ansonsten sind alles Männer – und einer ist ein Aas.

Sie widmen sich der Probe Nummer 1. Ein Beamer wirft für das Publikum ein Bild an die Wand. Es handelt sich um einen Whisky namens Scottish Gold, auf dessen Etikett eine Katze der Rasse Scottish Fold abgebildet ist. Die Brennerin ist die junge Frau aus Ullapool, mit der ich auf der Party gesprochen habe. Die Juroren und die Jurorin halten die Gläser ins Licht, betrachten die Farbe, schwenken die Gläser leicht, riechen an dem Whisky, nippen, behalten ihn im Mund. Ein paar Leute im Publikum murmeln, aber die Stimmung ist zu gespannt, um sich wirklich zu unterhalten.

Scottish Gold erhält insgesamt achtunddreißig von fünfzig Punkten, und ich freue mich über die guten Bewertungen für die Brennerin. Obwohl ich mir keine Hoffnungen mehr mache, lasse ich mich von der gespannten Stimmung anstecken.

Der nächste Whisky ist aus Inverness und sieht ein bisschen blass aus. Auch die Bewertungen sind nicht sonderlich begeistert, und mit nur sechsundzwanzig Punkten hat die Destillerie keine Chance auf die Meisterschaften.

Der Whisky des Bärtigen bekommt zweiunddreißig Punkte und schneidet damit besser ab, als ich erwartet hätte. Dann probieren sie den ersten richtig guten Whisky. Man sieht es sofort an ihren Gesichtern. Die kleine Destillerie namens McMannaman bekommt sechsundvierzig Punkte, und drei Männer in der zweiten Reihe jubeln euphorisch, während die Juroren und Sophie wie nach jedem Whisky den Mund mit Wasser ausspülen.

Whisky Nummer fünf und sechs können nicht begeistern und erhalten mittelmäßige Bewertungen. Whisky Nummer sieben kriegt neununddreißig Punkte und liegt somit für den Moment auf dem zweiten Platz. Whisky Nummer acht scheint wieder etwas ganz Besonderes zu sein, denn einer nach dem anderen gibt ihm neun Punkte. Als Letztes hält Boyd seine Karte hoch, es ist eine Sieben. Damit ist die Brennerin aus Ullapool aus dem Rennen.

Der neunte Whisky hat zwar eine schöne Färbung, aber offensichtlich kann die Glenmore Micro Distillery nicht überzeugen. Mit zweiunddreißig Punkten ist sie ebenfalls raus.

Jetzt ist unser Whisky an der Reihe. An die Wand wird das Logo projiziert, der goldene stilisierte Goldregenpfeifer, den Henry gemalt hat. Und für einen kurzen Moment erlaube ich mir, stolz zu sein – bevor Boyd Tulloch unseren Traum von der Meisterschaft zerquetscht. Nach all dem Ärger der letzten Zeit ist jetzt der Moment, in dem ich realisiere, was wir geschafft haben. Ich drücke Henrys Hand, die vor Aufregung ganz feucht ist. *Das hier, Effie, das wäre der Moment für einen deiner Witze.*

Gläser werden gegen das Licht gehalten, die Flüssigkeit inspiziert. Unser Whisky. Unsere wunderbare No 3, die es mit Sicherheit verdient hätte, zu den Meisterschaften zu fahren. Einer nach dem anderen nippt am Whisky, benetzt die Zunge damit. Sie spucken aus, nehmen einen neuen Schluck. Ein Mann nickt. Sophie lächelt. Ob es daran liegt, dass sie den Geschmack erkannt hat oder aufs Neue begeistert ist, kann ich nicht sagen. Boyds Gesichtsausdruck ist vollkommen emotionslos. Kurz flackert sein Blick zu mir, und die letzte Resthoffnung, die ich mir so dringend verbieten wollte und es offenbar doch nicht ganz konnte, ist dahin. Mir kommt vor Wut auf ihn die Galle hoch.

Die Juroren nicken, als sie sich alle für eine Punktezahl entschieden haben. Der erste von ihnen zeigt eine Acht, und Henry klatscht in die Hände.

»Das ist toll, Nessa, das ist toll.«

Aber toll nützt uns nichts.

Der zweite Juror gibt uns eine Neun, und diesmal muss ich dennoch breit grinsen. Sophie hält ebenfalls eine Neun hoch, was Henry neben mir dazu veranlasst, auf- und abzuhüpfen.

»Sie lieben ihn!«, ruft er begeistert über den abebbenden Applaus.

Und ja, sie lieben ihn. Und das macht mich ebenfalls glücklich. Dann fahren wir eben nicht zu den Meisterschaften. Na und? Aber das hier ist ja wohl die ultimative Bestätigung, dass wir mit unserem Whisky einiges richtig machen. Henry nimmt meine Hand und drückt sie. Und ich drücke zurück und lasse nicht mehr los.

Der vorletzte Juror gibt uns sieben Punkte, sodass wir jetzt insgesamt dreiunddreißig haben.

Boyd blickt auf seine Karte. Seine Bewegungen sind langsam, wie in Zeitlupe. Mein Herz rast. Henry drückt meine Finger so fest, dass ich inzwischen jedes Gefühl verloren habe. Jetzt passiert es. Jetzt zerstört Boyd Tulloch unseren Traum, einfach nur, weil er kann. Einfach nur, weil er ein mieses Arschloch ist.

Er hebt die Karte, noch ein Stück, und dreht sie. Und sie zeigt eine Neun. Und ich fange an, zu kreischen, und Henry neben mir ebenso. Wir springen auf und ab, fallen uns in die Arme. Wir haben es auf den dritten Platz geschafft! Boyd Tulloch hat unseren Whisky nicht erkannt! Und jetzt, wo ich darüber nachdenke, ergibt es Sinn. Er hat ihn vermutlich noch nie probiert. Aus Arroganz. Oder Ignoranz. Was auch immer es ist, ich bin dieser *-anz* in diesem Moment unendlich dankbar.

Und was würden Sie sagen, Boyd, was macht allgemein einen guten Whisky aus?

Boyd Tulloch: Guter Whisky ist kraftvoll. Guter Whisky ist Handwerk und Erfahrung. Guter Whisky ist abwechslungsreich. Ein guter Whisky ist wie eine Reise für die Geschmacksnerven. Eine Achterbahnfahrt, ein Abenteuer. Vom ersten Riechen über den Kontakt mit der Zungenspitze bis zum Abgang nach dem Schlucken. Ein guter Whisky erzählt eine Geschichte, ist Erinnerung, lässt die Erinnerung in meinem Mund real werden. Tulloch-Whisky beispielsweise erinnert an eine beinahe hundertsiebzigjährige Geschichte. Eine Geschichte von Erfolgen, von Familie, von Heimat. Guter Whisky lässt einen Kenner an Geschichte, an Geschichten, an *seiner* Geschichte teilhaben für den Moment des Schlucks.

11

Während wir unseren restlichen Bestand zusammenräumen – die Stände werden erst morgen abgebaut –, grinsen Henry und ich wie zwei Honigkuchenshetlandponys.

»Ich kann nicht glauben, dass er sich nicht einmal die Mühe gemacht hat, den Whisky vorher zu probieren, um uns eins reinzuwürgen«, sage ich. »Wie dumm er ist!« Weil ich ins Schwitzen komme, binde ich mir meine kinnlangen Haare zu einem winzigen Pferdeschwanz zusammen, aus dem die Hälfte der Haare gleich wieder herausfällt.

»Er hat wohl wirklich und wahrhaftig nicht damit gerechnet, dass unser Whisky schmeckt.« Henry zuckt lachend mit den Schultern.

»Dass wir zu den Meisterschaften fahren, Henry, das ist …«

»… absolut gerechtfertigt«, beendet er meinen Satz. Und so ein bisschen gebe ich ihm recht.

Weil Henry noch immer verkatert ist und morgen für seinen Ausflug zum Clickimin Broch fit sein soll, schicke ich ihn nach Hause, sobald wir die letzte Kiste in unserem Transporter verstaut haben. Viel ist tatsächlich nicht übrig geblieben.

»Es war mir eine Ehre, Nessa«, sagt er, dreht sich um und läuft wippenden Schritts die Straße hinunter.

Es ist ein kalter, klarer Abend. Der Parkplatz vor der Halle ist abgesehen von ein paar Autos, die noch beladen werden, leer, und ich will gerade die Fahrertür öffnen, als ich sehe, dass Boyd sich vor dem Ausgang von Ashley verabschiedet. Einen Moment lang beobachte ich die beiden, dann stiehlt sich ein Grinsen auf mein Gesicht, und ich beschließe, Boyd mit seiner Bewertung unseres Whiskys zu konfrontieren. Denn so leicht lasse ich ihn nach all seinen Sticheleien und verächtlichen Kommentaren nicht davonkommen. Eine Stimme in meinem Hinterkopf sagt zwar, ich soll es gut sein lassen, nicht den nächsten Streit provozieren, *be the bigger person.* Aber in diesem Moment will ich nicht *the bigger person* sein. Ich will klein sein und gemein. Und Boyd etwas von den Beleidigungen heimzahlen, mit denen er mich und meinen Whisky während der letzten Jahre in den Schmutz gezogen hat.

»Wer hätte das gedacht«, sage ich, als ich mich ihm auf zwei Meter genähert habe. »Dass Boyd Tulloch mein Whisky schmeckt.«

»Wer hätte das gedacht«, gibt er zurück, »dass Nessa Linklater sich so sehr über Mitleidspunkte freut. Meine gute Tat für den Tag.«

»Mitleidspunkte?«, frage ich und lache spöttisch. »Als ob. Mein *organic* Whisky hat dir geschmeckt.«

»Nur weil es mir egal ist, welche von euch winzigen Panschereien zu den Meisterschaften fährt, bedeutet das nicht, dass er mir geschmeckt hat. Die Farbe war ganz schön. Aber das ist alles.«

»Du spinnst.«

»Du langweilst mich.«

»Wenn es nur so wäre, Boyd, wenn es nur so wäre«, sage ich mit einem Seufzen.

Jetzt ist es an ihm, zu lachen. »Du hast keine Ahnung, Nessa Linklater. Du machst dir keine Vorstellungen, wie wenig es mich interessiert, dass du hier herumwuselst mit deinen Klischee-Sommersprossen und deinem albernen roten Pferdeschwanz, der keiner ist.« Er wedelt mit seiner Hand vor meinem Gesicht herum. »Du kannst dich noch so sehr in kurze schwarze Kleider schmeißen, dein Whisky wird davon auch nicht besser. Aber weißt du, was? Ich mache dir ein Angebot. Eine Nachhilfestunde in Sachen Whisky. Schau dir an, wie es gemacht wird. Komm mit mir mit, lern was. Vielleicht wirst du dann eines Tages so etwas wie eine ernst zu nehmende Brennerin und jemand, dem ich auf Augenhöhe begegnen kann.«

»So viele Worte, um zu sagen, dass du mit ein bisschen Angeberei die Peinlichkeit deines Irrtums überdecken willst«, kontere ich.

»So viele Worte, um zu sagen, dass du gerne mal deine Erinnerung an eine professionelle Destillerie auffrischen willst.«

»Pff«, mache ich. »Okay, du Großkotz, dann erklär mir was über Whisky. Mal schauen, ob du mir in irgendeinem kleinen Bereich auch nur annähernd das Wasser reichen kannst.«

»Ich reiche kein Wasser, ich reiche Whisky. Den Stolz der Shetlands, übrigens. Huch? Wird das etwa unser neuer Slogan? Ich schätze schon. Danke, Bürgermeister Scolley, für die Inspiration.«

Ich folge Boyd vom Parkplatz über eine geteerte Zufahrt auf das Gelände der eigentlichen Destillerie, und mit jedem Meter, den ich gehe, werden die Fragen in meinem Kopf lauter. Warum zur Hölle mache ich das hier? Was hat mich geritten, mich auf Boyds Unverschämtheiten einzulassen? Die Antwort ist einfach. Mein Hochgefühl hat mich übermütig werden lassen. Und statt mich nach dem anstrengenden Wochenende in mein Bett zu kuscheln und zu schlafen wie ein Stein, folge ich meinem Erzfeind über das dunkle Gelände. Der letzte Tag meines Praktikums war gleichzeitig das letzte Mal, dass ich das Areal betreten habe. Die großen Gebäude sind nach wie vor beeindruckend, vor allem verglichen mit Henrys und meiner kleinen Destillerie. Die riesigen grauen Steinbauten liegen beinahe in völliger Finsternis. Der große Schornstein des Hauptgebäudes erhebt sich beeindruckend vor dem Nachthimmel.

»Bleib in meiner Nähe, sonst gehst du in den Weiten des Areals verloren«, ruft Boyd mir zu.

Ich schnaube und renne ein paar Meter, um zu ihm aufzuschließen. Schließlich hat sich in den letzten sechs Jahren wohl kaum genug verändert, als dass ich mich nicht mehr zurechtfinden würde. Jedenfalls sind die goldumrandeten schwarzen Lettern des Tulloch-Schriftzugs an einer der Mauern ebenso geblieben wie die Schilder, die Touristen den Weg zum Shop oder zum Startpunkt für Destillerie-Führungen weisen, oder die schottische Flagge, die hinter dem Hauptgebäude weht, oder das überdimensionale Fass, das den Platz vor dem Eingang ziert. Im Gegenteil, es scheint, als sei die Zeit stehen geblieben.

Unsere Schritte knirschen über den Kies, und ich habe Mühe, mit Boyd mitzuhalten, so zielstrebig marschiert er auf die große zweiflügelige Eingangstür zu. Er zückt sein Handy und wählt eine Nummer.

»Hey, Bob, wundere dich nicht, ich bin noch mal in der Destillerie. Kein Grund, Alarm zu schlagen ... okay, danke.« Er blickt sich nach mir um. »Der Nachtwächter.«

Ich will fragen, wozu man auf Shetland bitte schön einen Nachtwächter braucht, aber auf einmal spüre ich die Kälte und die Dunkelheit und Boyds Anwesenheit viel zu deutlich, und es ist so ungefähr das Gegenteil von allem, was ich als angenehm empfinde.

Er öffnet die Tür und räuspert sich. »Das, Nessa Linklater, ist eine Destillerie.«

Das Licht geht an, spiegelt sich in den riesigen kupfer- bis goldfarbenen Destillationskesseln. Ich hatte beinahe vergessen, wie schön, wie erhaben sie in dieser Größe sind.

»Ich liebe die Form von Brennblasen«, entfährt es mir. Eigentlich hatte ich sicher nicht vor, irgendetwas hier zu loben.

»So einfach und doch so mächtig«, sagt Boyd. »In die hier haben wir für die Touristen extra ein großes Fenster einbauen lassen, damit man was sehen kann.«

Ich blicke hindurch. Die Brennblase ist leer, aber man sieht die Heizzylinder.

»Die vorderen sind neu, oder?«, frage ich, denn anscheinend hat sich hier doch etwas verändert. Die hinteren Brennblasen sind nach wie vor gedrungen. Aber die vorderen mit ihren schlanken Hälsen kenne ich noch nicht.

»Der Whisky wird dadurch weicher, milder«, sagt Boyd, und sein gelangweilter Tonfall wird ein bisschen freundlicher.

»Ergibt Sinn.« Ich nicke. »Weil die schweren, öligen Geschmacksstoffe dann im Kessel bleiben, schätze ich.«

»Genau das.« Einen kurzen Moment sehen wir uns perplex an. Noch nie ist es vorgekommen, dass wir uns friedlich über etwas unterhalten haben.

»Das gibt einem sicher ganz neue Möglichkeiten«, sage ich.

»Oder man feilt an den alten Möglichkeiten«, erwidert Boyd ein bisschen ruppig, und der Moment scheint vorbei.

Doch dann fragt er: »Hast du den Vortrag über die neue Welle des Blendings gehört?«

»Willst du das auch probieren, um an deinen alten Möglichkeiten zu feilen?«, frage ich, meine es als Witz, bin allerdings kurz besorgt, dass er es in den falschen Hals bekommen könnte.

»Ich habe mich nie wirklich mit Blending beschäftigt, aber ein Bekannter hat mir neulich einen Japaner geschickt, der bei dem Vortrag auch genannt wurde.«

»Dass du gar nicht von ›Panschen‹ sprichst ...«

»Wenn was gut gemacht ist ...«

»Ist er denn gut?«, frage ich, weil ich mich an den Whisky erinnere, von dem er spricht. Denn natürlich habe ich mir den Vortrag angehört.

»Ich habe ihn noch nicht geöffnet«, sagt er. »Lust, ihn zu probieren?«

»Ich muss noch fahren.«

»Schon mal was von einem Taxi gehört?«, fragt er, und weil das Gespräch über Whisky seltsamerweise Spaß macht und ich neugierig auf den Japaner bin, nicke ich.

Ich folge Boyd durch das Labyrinth aus Kupfer wieder nach draußen. Er schlägt die Richtung zum Lager ein und spricht weiter über Blended Whiskys, und ich klinke mich ab und zu ein, erzähle von spannenden Destillerien und bin überrascht, dass man sich offenbar doch ab und an zivilisiert mit Boyd unterhalten kann.

In dem großen, lang gezogenen Gebäude, das wir nun betreten, lagert ein Teil der Tulloch-Fässer. Große, dunkle Ungetüme auf massiven Holzbalken. Boyd fährt mit der Hand über die staubigen eingravierten Zahlen und Buchstaben. Es ist kühl, aber nicht so kalt wie draußen.

In einer Ecke steht ein Schrank hinter ein paar aufgestellten leeren Fässern, die wohl als Tische dienen, wenn Touristen hier Whiskys probieren. Boyd holt zwei Whiskygläser und eine Flasche mit blauem Etikett heraus und schenkt uns einen kleinen Schluck ein. Der Duft des Whiskys ist voll und reich an Aromen. Und beim Probieren schmecke ich Vanille, tropische Früchte und sogar einen Hauch von Zimt im Abgang.

»Und hättest du hier auch gern Cola, um ihn runterzuspülen?«, fragt Boyd mit einem schelmischen Ausdruck im Gesicht, der viel freundlicher ist als dieses spöttische Grinsen, das er sonst an den Tag legt.

Tatsächlich habe ich auf einmal das Bedürfnis, etwas Nettes zu sagen. Als Entschuldigung. Oder vielleicht als Dank dafür, dass er keine Ahnung hatte, wie mein Whisky schmeckt. »Das ... hätte ich nicht sagen sollen.«

»Du kannst sagen, was du willst. Du hättest ihn nicht einfach runterkippen sollen«, erwidert Boyd. Und entgegen meiner Erwartung sieht er tatsächlich aus, als hätte ihn das getroffen.

»Ich würde ihn gerne noch mal probieren. Also richtig probieren, meine ich.«

»Ohne Cola?«

»Ohne Cola.«

Boyd holt eine Flasche Tulloch aus dem Schrank, und obwohl ich schon beim Anblick des Logos eigentlich keine Lust mehr auf Whisky habe, so tief sitzt die Wut, nehme ich das Glas von ihm entgegen.

Der Whisky ist angenehm mild, torfig, aber nicht übertrieben.

»Und?«, fragt Boyd.

»Ja, trinkbar.«

»Verarschen kann ich mich selbst.«

»Nein, im Ernst. Das ist ein guter Whisky.«

»Es ist ein überragender Whisky, und das weißt du.«

»Es ist ein … sehr guter Whisky.«

»Ein Neun-Punkte-Whisky?«

»Ja, okay«, sage ich, und Boyd grinst zufrieden.

Ich lasse den Blick durch die dunkle Halle schweifen. Es ist auf den ersten Blick kein gemütlicher Ort. Die riesigen Regale, die alten Fässer, es mutet ein bisschen martialisch an, und doch liebe ich es. Liebe den Geruch nach kaltem Stein, nach altem Holz, nach Whisky in der Luft.

»Manchmal, wenn ich eine Pause brauche, ziehe ich mich abends, sobald alle gegangen sind, hierher zurück. Ich mag die Ruhe und die Weite«, sagt Boyd, und ich glaube, ich verstehe, was er meint.

»Wenn ich eine Pause brauche, mache ich trotzdem weiter«, sage ich, weil es stimmt.

»Das klingt ungesund.«

»Ja, aber ich habe niemanden, der mir meine Arbeit abnimmt.«

»Was ist mit deinem Sidekick?«

»Henry? Der hat auch ein Leben. Außerdem meine ich nicht nur den Whisky, ich meine auch alles drum herum. Die Gemeinschaft, meine Familie …«

»Kommst du nicht irgendwann an einen Punkt, an dem du nicht mehr kannst?«, fragt Boyd, und ich wundere mich über die Richtung, die dieses Gespräch genommen hat.

»Na ja … doch.«

»Wann?«

»Heute Abend zum Beispiel.«

»Heute …«

»Die Messe war anstrengend. Davor war alles anstrengend. Danach wird alles anstrengend.« Ich denke an die Pachterhöhung und an den Online-Versand, der nun auf Henry und mich zukommt.

»Warum bist du dann nicht im Bett?«, fragt Boyd und nippt an seinem Whisky.

»Weil ich hier bin.«

»Aber doch nicht wirklich, um etwas über Whisky zu lernen.« Boyd lacht leise.

»Natürlich nicht. Aber ... du hast mich genervt. Und ich wollte dir dein blödes Maul stopfen, schätze ich.«

Er lacht laut auf. »Und wie geht's dir jetzt? Ich meine, ist das hier auch anstrengend?«

Ich denke kurz nach. Nein, es ist nicht anstrengend. Im Gegenteil, es macht Spaß, mit Boyd über Whisky zu fachsimpeln, auch wenn er ein aufgeblasener Mistkerl ist. Aber in diesem Moment kriegt man davon gar nicht so viel mit. »Nein. Gerade bin ich ziemlich entspannt.«

»Das ist gut.«

»Findest du? Wäre es dir nicht lieber, ich hätte ein Burnout, damit ich als Konkurrentin von der Bildfläche verschwinde?«

Er sieht mich an. In dem warmen Zwielicht wirkt sein Gesichtsausdruck weicher als sonst. Der Blick aus seinen blauen Augen weniger arrogant, das Lächeln, das seine Mundwinkel umspielt, weniger spöttisch. Sein Fünftagebart ist ein bisschen unordentlich. Und er sieht mich einfach nur an. Sagt nichts, rührt sich nicht. Mit dem einen Ellenbogen hat er sich auf dem Fass aufgestützt, mit der anderen Hand lässt er seinen Whisky langsam kreisen.

Er antwortet nicht auf meine Frage, was auch eine Antwort ist, aber mir kann es egal sein, weil wir beide ganz genau wissen, dass ich mich nicht ausbrennen lasse. Brennerin ja, Ausbrennerin definitiv nein. So sieht es aus.

12

Sehr zu meiner eigenen Überraschung sage ich nicht Nein, als Boyd uns noch einmal von dem zehnjährigen Tulloch nachschenkt. Stattdessen merke ich, wie die Anspannung der letzten Tage auch hier, abseits von einer heißen Badewanne und meinem weichen, warmen Bett, von mir abfällt. Wie der Stress in den Hintergrund tritt. Wie Wärme von innen die Wärme von außen ersetzt.

»Warum Whisky?«, fragt Boyd auf einmal. Seine Stimme klingt heiser, weil wir in den letzten Minuten nicht gesprochen haben.

»Warum ich Whisky brenne? Warum ich Whisky liebe?«

»Beides?«

Kurz überlege ich, ob das ein Trick ist. Ob er sich über mich lustig machen, mich auflaufen lassen will. Aber ich habe keinen Grund, mich zu verstecken. »Es war der Traum meines Dads. Er hat ihn mit mir geteilt. Und weil er sonst nicht viel mit uns geteilt hat, ist der Whisky irgendwie geblieben.«

»Wie meinst du das?«

»Er war nicht sonderlich … präsent. Emotional, physisch.«

Boyd nickt und blickt auf sein Whiskyglas. Sein Kiefer ist angespannt, seine Schläfe pocht, und ich frage mich, ob er ernsthaft Anteil nimmt. Hat er Interesse an meiner Geschichte?

»Er hat so heftig um unsere Mum getrauert, dass kein Platz mehr für uns war.« Früher fiel es mir schwer, über diese Dinge zu sprechen. Früher versuchte ich, alles so im Griff zu haben, dass niemandem auffiel, wie es um uns stand. In einem Haus ohne Erziehungsberechtigten. Aber dann habe ich gelernt, dass ich die Dinge, die ich nicht ändern kann, akzeptieren muss.

»Das tut mir leid.« Boyds Stimme ist leise, seine Finger halten das Glas. Fest. Fester, als er müsste.

Ich zucke mit den Schultern, überspiele, was früher hart war und was für Unbeteiligte schlimm klingen muss. Aber es ist mein Leben. Und es ist inzwischen ein gutes.

»Ach, weißt du, Menschen haben Grenzen. Bei manchen sind sie eben schneller erreicht. Wie bei unserem Dad. Bei anderen, wie bei mir, sind sie so elastisch, dass sie sich einfach immer ein Stück weiter ausdehnen lassen.«

»Glaubst du das?«, fragt er. Er spricht immer leiser, und mir fällt auf, dass auch ich nur noch gemurmelt habe. Aber es ist so still um uns herum, dass es reicht, die Dinge leise zu sagen.

Boyd nimmt einen Schluck von seinem Whisky. Ich blicke auf seinen Mund, auf seinen Adamsapfel, der nicht hüpft. Er behält den Whisky im Mund, kostet ihn vollkommen aus. Ihn nicht schlucken zu sehen, bewirkt, dass ich schlucke. Anschlucke gegen dieses komische Gefühl, das die überraschende Vertrautheit zwischen uns auf einmal in mir ausgelöst hat. Er ist so anders. So anders als der Boyd, der in der Öffentlichkeit steht, und ich habe Schwierigkeiten, den

Mann neben mir zu hassen, obwohl der Hass auf Boyd bislang bei Weitem das Einfachste in meinem Leben war, weil er völlig natürlich und aus tiefstem Herzen kam.

Erneut schlucke ich, weil er es immer noch nicht getan hat. Ich greife zu meinem eigenen Glas, doch Boyds Blick liegt auf mir. Liegt auf mir, sodass ich ihn spüren kann. Einen warmen, whiskygeschwängerten Blick. Er beugt sich zu mir herunter wie in Zeitlupe. Sodass ich wegrennen könnte, wäre ich nicht so fasziniert von diesem Schauspiel, das auch auf seiner Seite mit Hass nicht mehr viel zu tun zu haben scheint. Sein Gesicht ist jetzt so nah, dass ich es fühlen kann. Seine warme, whiskygeschwängerte Nähe. Mein Herz schlägt in einem ganz neuen Rhythmus. Unregelmäßig. Die Verwirrung, die ich überall spüre, hat mein Herz ergriffen. Es weiß weder vor noch zurück. Und dann liegen Boyds Lippen auf meinen. Warme Whiskylippen. Er öffnet sie leicht, lädt mich ein, und ich muss verrückt sein, denn ich folge ihm, vorsichtig tastend. Schmecke Whisky, rauchig, torfig, scharf und doch mild. Fühle Boyds Zunge, forsch und doch sanft.

Boyds linke Hand liegt um meinen Nacken, während meine Hände, die ebenfalls der Verwirrung zum Opfer gefallen sind, an meiner Seite runterhängen, als hätten sie auf dieser Welt noch nie einen Zweck gehabt und es wäre ihnen in diesem Moment erst aufgefallen.

Ich höre ihn atmen oder höre mich atmen. Warmer Whiskyatem. Boyd legt seinen anderen Arm um mich, ein schwerer, starker Arm, und ich gebe meinen nutzlosen Händen den Befehl, ihn wenigstens vorsichtig zu berühren. Meine rechte Hand wandert seine Brust hinauf. Sie ist so breit, sah schon immer breit aus, aber nun, als ich mit meinen Fingern darüberstreiche, erschrecke ich beinahe. Ich fahre über seine Schulter, spüre Muskeln. Jede Menge davon. Und erinnere mich an Effies Witze über Boyds Sex-Appeal, die mich in den Wahnsinn getrieben haben. Jetzt habe ich selbst etwas zu erzählen, schießt es mir durch den Kopf, und wäre ich nicht vollkommen in der Faszination für diesen Moment, diesen Geschmack, diese Wärme gefangen, müsste ich wohl laut loslachen.

Boyd umfasst mich fester, hebt mich ohne Vorwarnung hoch, setzt mich auf das Fass, sodass er sich nun nicht mehr ganz so weit nach unten beugen muss. Denn dass er groß ist, wusste ich. Aber wie sich eine solche Größe anfühlt, ist neu. Es fühlt sich an wie Macht. Aber gleichzeitig wie Geborgenheit, weil er so sehr um mich herum ist wie sonst nur Badewasser oder Luft oder Duft.

Ich öffne meine Beine, und er drängt sich dazwischen, umschließt mich mit seinen Armen, umschließt meine Lippen mit seinen Lippen, umschließt meinen Verstand mit sich. Und ich fahre seinen Rücken entlang, halte oberhalb seines Hinterns inne, weil man es ja nun nicht übertreiben muss mit dem Sex-Appeal, auch wenn Effie da sicher anderer Meinung wäre.

Der Whisky ist inzwischen aufgebraucht, weggeküsst. Nur noch eine feine Schärfe auf Boyds Zunge erinnert daran. Und auf einmal werden wir langsamer in unseren Bewegungen, in unserem Zungenspiel, bis wir innehalten.

Einen kurzen Moment verharren wir atemlos voreinander. Boyds Augen sind geschlossen, doch ich gestatte mir durch meine leicht geöffneten Lider den Blick auf ihn. Sein Gesicht. Es ist unbeweglich. Undeutbar. Dieser Augenblick ist noch verwirrender als alles andere. Das Zwischenstadium zwischen einem Kuss und dem Danach, von dem noch niemand sagen kann, wie es aussieht.

Boyd räuspert sich, und ich meine den Anflug eines Lächelns auf seinen Mundwinkeln zu sehen. Zumindest zucken sie leicht.

»Das war … überraschend«, sagt er leise.

»Dass du mich geküsst hast?«, frage ich mit einem vorsichtigen Glucksen in der Stimme. »Oder dass ich dich zurückgeküsst habe?« Es klingt immer noch vollkommen unbegreiflich. »Oder dass wir zufällig die Servierempfehlung für euren Whisky gefunden haben?«

Boyd lacht. »Hätte, ehrlich gesagt, nicht gedacht, dass ich dich küssen wollen würde. Stellt sich heraus, ich lag falsch.«

Ich pruste, weil die Absurdität der Situation mit aller Macht einschlägt. Hier sitze ich, auf einem Whiskyfass, Boyd Tulloch zwischen meinen Beinen, die Erinnerung an den Geschmack von Whisky auf der Zunge, den Geruch von Boyd auf mir. »Hätte auch nicht gedacht, dass ich einem Tulloch mal näher kommen würde als deinem Vater bei einem seiner autoritären Lehrgespräche.« Es soll ebenfalls ein Witz sein. Aber etwas passiert.

Boyds Gesichtsausdruck verhärtet sich. Erst unmerklich, dann deutlich. Und schließlich ist da wieder der arrogante Blick, das spöttische Grinsen.

»Dass es Goldgräberinnen gibt, wusste ich«, sagt er und klingt auf einmal wieder wie der arschige Boyd, den ich so gut kenne. »Dass es sie auch bei flüssigem Gold gibt, ist neu. Aber wenn's dich scharf macht.«

Ich lache, weil er das ja nicht ernst meinen kann. Oder? Ich meine, wir haben gerade rumgemacht wie zwei hormongeladene Teenager. Doch Boyd tritt einen Schritt zurück, nimmt sein Glas, leert es in einem Zug.

»Vielleicht ist es besser, du gehst jetzt, Nessa Linklater. Der Nachtwächter hat ziemlich große Hunde, die ich an deiner Stelle nicht wütend machen wollen würde.«

»Hun…« Mein Gehirn ist schon wieder langsamer als das Drumherum. Doch diesmal liegt es nicht an der verblüfften Überforderung. Diesmal versteht es wirklich nicht, was hier vor sich geht. Wie kann er im einen Moment … und dann im nächsten … und was verdammt noch mal mache ich hier eigentlich?

Boyd knallt das leere Glas mit einer fast erschreckenden Endgültigkeit neben mich, dreht sich um, ohne mich noch einmal anzusehen, und entfernt sich mit großen, donnernden Schritten. Jeder einzelne von ihnen lässt das dämliche Fass, auf dem ich noch hocke wie die größte Idiotin des Jahrhunderts, vibrieren. Ich sehe, wie Boyd das Handy aus seiner Hosentasche zieht, und noch ehe ich hinterhereilen kann, um ihn zu fragen, was zur Hölle eigentlich sein verfluchtes Problem ist, höre ich, wie er laut und deutlich sagt: »Ich bin hier fertig, Bob.«

»Arschloch«, murmle ich, als ich in der Dunkelheit über den knirschenden Kies zur Straße haste. Ich habe nicht wirklich Angst vor Bob oder seinen wütenden Hunden, aber ich bin auch nicht sonderlich scharf darauf, mich zu erklären. *Ich habe mit Boyd rumgemacht, und dann hat er mich vom Grundstück gejagt,* klingt auch unausgesprochen schon wie die absolute Demütigung.

Sobald ich das Gelände hinter mir gelassen habe, wähle ich die Nummer des einzigen Taxiunternehmens in Lerwick.

»Lynn, ich bräuchte ein Taxi zur Tulloch Distillery«, sage ich, und in diesem Moment wünsche ich mir, an einem Ort zu wohnen, an dem nicht jeder jeden kennt.

»Nessa, bist du das?«

»Ja.«

»Was machst du denn so spät noch da oben?«

Nicht, dass es dich etwas angeht, würde ich gern sagen, verkneife es mir aber. »Whiskymesse«, nuschle ich etwas undeutlich. »Hatte noch zu tun.«

»O nein, du Arme. Willst sicher schnell ins Bett, hm?«

»Ja, so schnell wie möglich«, erwidere ich und ärgere mich, dass zwischen mir und einer heißen Dusche, um Boyd Tulloch abzuwaschen, vor allem Lynn mit ihren Fragen steht.

»Dauert leider ’nen Moment, bis ich dir jemanden schicken kann. Eric ist grad nach Hellister aufgebrochen und frühestens in einer halben Stunde zurück, und Sandy hat noch drei kurze Fahrten, bis sie wieder frei ist.«

Ich seufze innerlich. Ein Ort, an dem nicht jeder jeden kennt, klingt schon gut. Aber ein Ort, der mehr als zwei Taxis hat, ist wohl das Paradies. »Ist gut, Lynn, ich warte.«

»Wegen der Messe ist viel los, weißt du …«

Ich ziehe mir meine Jacke fester um den Körper, weil nach all der Wärme und Hitze und dem Whisky die kalte Nachtluft hier draußen durch Mark und Bein geht. »Kein Problem. Ist ja nicht deine Schuld.«

»Geht’s dir denn gut?«, fragt Lynn weiter. »Gute Messe gehabt und so?«

In meinem ganzen Leben hatte ich noch nie so wenig Lust, mich mit jemandem zu unterhalten, aber es kommt nicht infrage, unhöflich zu sein. »Ja, alles in Ordnung, Lynn, danke. Bisschen kalt und einsam gerade.« Ich versuche mich an einem Lachen. »Aber die Messe war erfolgreich.« Und mir fällt auf, dass es noch nicht einmal gelogen ist. Denn wir dürfen dank Boyds vollkommener Ahnungslosigkeit zu den Meisterschaften fahren. Zwischen Verwirrung und Knutschereien ist die Freude darüber vollkommen in den Hintergrund getreten.

»Das freut mich«, sagt Lynn. »Oh, Anrufer. Muss Schluss machen, Nessa. Pass auf dich auf.«

Und dann stehe ich da, frierend, allein an der dunklen Straße. Weit und breit keine Menschenseele - wobei das für den gesamten Abend gilt. Denn im Zusammenhang mit Boyd Tulloch von Seele zu sprechen, ist zynisch.

Irgendwo in der Ferne bellt ein Hund, vermutlich einer von Bobs, und mich überkommt ein Schauder. Kälte-Schauder, Nacht-Schauder, Boyd-Schauder. Ich setze mich auf einem Stein am Straßenrand in den Schneidersitz und warte. Warte auf Eric oder Sandy, bereite mich auf Small Talk über die Messe, das Wetter, das Leben vor und versuche, nicht an all die Absurditäten des Abends zu denken. Vor allem nicht an falsche Körperwärme und trügerische Whiskyküsse.

Welchen Stellenwert hat der Whisky in Ihrem Leben?

Boyd Tulloch: Den höchsten? Den wichtigsten? So wie der Whisky meine Familie zu dem gemacht hat, was sie heute ist, so hat er auch mich zu dem Menschen gemacht, der ich heute bin. Der Whisky hat meinen Ehrgeiz entfacht. Er hat mich Geduld gelehrt. Er ist mein ständiger Begleiter und der Grund, warum ich morgens aufstehe. Er bringt mich dazu, zu wachsen. An mir, am Whisky. Verstehen Sie, was ich meine? Es ist mehr als eine bloße Leidenschaft. Whisky ist mein Leben, meine Lebensgrundlage, meine große Liebe, wenn man so will.

Das klingt, als wäre in Ihrem Leben kein Platz für eine Liebe *neben* dem Whisky.

Boyd Tulloch: *(lacht)* Da sind Sie einer heißen Sache auf der Spur. Aber Sie haben recht, ich bin Single. Und ja, eventuell war meine Leidenschaft für den Whisky auch der Grund für das ein oder andere Scheitern einer Beziehung.

Was müsste eine Frau oder ein Mann mitbringen, um mit dem Whisky zu konkurrieren?

Boyd Tulloch: Wollen Sie mich verkuppeln? Ich denke, zunächst einmal sollte eine Partnerin nicht mit dem Whisky konkurrieren. Das wäre ein frustrierendes Unterfangen für sie. Wenn sie meine Begeisterung nicht teilt, sollte sie vermutlich wenigstens ein zeitintensives Hobby haben.

13

»Ich weiß nichts mehr zu sagen.« Effie sieht sich hilflos um. »Und das will wirklich was heißen.«

Seit drei Tagen arbeiten wir auf Hochtouren, um all die Bestellungen, die im Zuge der Messe bei uns eingegangen sind, abzuarbeiten. Effie und Fiona haben angeboten, uns zu unterstützen, und heute ist sogar Connal da und hilft beim Kistenfalten.

»Connal, du bist noch vollkommen unverbraucht. Erzähl uns was.« Effie schiebt die Unterlippe vor und versucht sich an ihrem flehendsten Dackelblick, gegen den ich seit Jahren immun bin, der aber bei allen anderen Menschen auf der Welt funktioniert.

»Oh, mein Leben ist richtig spannend. Wir stellen gerade auf hundert Prozent Bio-Futter um.«

»Hast du keine amourösen Abenteuer oder so?«, fragt Effie.

»Ja, Connal, hast du keine amourösen Abenteuer?«, fragt nun auch Fiona und sieht ihren Freund interessiert an.

»That's what I said«, erwidert Effie und gluckst, als sie mein Augenrollen bemerkt. »Würdest du nicht so ein Ding draus machen, hätte ich längst aufgehört.«

»Wie reif!«

»Ich bin einundzwanzig, ich muss überhaupt nicht reif sein.«

Dass ich diesen Luxus mit vierzehn nicht hatte, schlucke ich hinunter. »Gibt's nicht irgendwelchen Gossip?«, erkundige ich mich stattdessen.

»Abgesehen von Connals amourösen Abenteuern?«, fragt Fiona.

»Was ist beispielsweise mit deinen eigenen, Effie?«

»Ha!« Sie bettet zwei Flaschen No 3 auf das Packstroh in eine Box und verschließt sie. »Das hättest du wohl gern, dass ich dir von meinen amourösen Abenteuern erzähle.«

»Als hättest du welche«, sagt Fiona.

»Ich könnte!«

»Ja, aber du hast nicht. Du hast selbst gesagt, die Auswahl ist bescheiden.«

»Jetzt wird's persönlich, Henry, merkst du das?« Connal zerschneidet mit einem Teppichmesser das Plastikband um einen neuen Packen Versandboxen.

»Nur weil wir nicht verfügbar sind, heißt das nicht, dass wir keine Gefühle haben, Effie.« Henry verschränkt die Arme vor der Brust, während der Drucker weitere Adressetiketten ausspuckt.

»Erzähl du lieber mal von deinen amourösen Abenteuern, Henry«, gibt Effie zurück. Das Klebeband, mit dem sie das Paket verschließt, verursacht ein scheußliches Geräusch.

»Wenn noch mal jemand den Ausdruck ›amouröse Abenteuer‹ in den Mund nimmt, kriege ich einen Schreikrampf«, sage ich.

»Apropos.« Henry dreht sich auf dem Bürostuhl zu uns um. »Da fällt mir ein ...« Er grinst mich an. »... da gibt's tatsächlich Gossip.«

»Worauf wartest du!« Effie ringt die Hände. »Unterhalte mich, liebster Henry!«

»Ich habe gestern im Supermarkt Lynn getroffen.«

»Lynn wie in meine Schulfreundin?«, fragt Effie. »Erzähl mir alles, was du weißt.«

Henry fixiert mich nach wie vor mit seinem Blick. »Lynn wie in Taxizentrale.«

Mir schießt Hitze ins Gesicht. Als stumme Warnung an Henry reiße ich die Augen auf und schüttle kaum merklich den Kopf.

»Und Lynn wie in Taxizentrale hat erzählt, dass sie Sonntagnacht jemanden zur Tulloch Distillery geschickt hat. Dass es ihr leidtut, dass diese Person so lange warten musste, und sie hofft, dass sie sich nicht verkühlt hat.«

»Oh, wow, wie spannend.« Effie ist sichtlich enttäuscht, doch Henry hebt die Hand, um ihr zu signalisieren, dass er noch nicht fertig ist.

»Sag mal, hast du dich Sonntagnacht verkühlt, Nessa?«

»Was?« Fiona sieht mich entgeistert an.

»Hä?«, macht Effie. »Was soll denn Nessa nachts noch bei den Tullochs gemacht haben?«

»Das, liebe Effie, frage ich mich auch.« Henry verschränkt die Arme vor der Brust und grinst mich erwartungsvoll an.

»HabnochdenStandabgebaut«, nuschle ich.

»Meinst du den Stand, den ich am Montag abgebaut habe?«, fragt Henry, und ich. Werde. Ihn. Erwürgen.

»Na ja, du hast ja nur ...«

»Was hab ich nur? Den gesamten Stand abgebaut? Ja, richtig, das war ich. Und dann habe ich alles mit dem Transporter, der praktischerweise noch auf dem Parkplatz stand, hierhergebracht. Warum noch mal? Warum konntest du nicht zurück in die Halle?«

»Hatte mich verkühlt?«, schlage ich vor.

»Hattest dich verkühlt … soso.« Er streicht sich durch seinen nicht vorhandenen Bart.

»Aber am Montag warst du hier, oder?«, fragt Fiona. »Du hast mit mir zusammen das Haus verlassen.«

»Dünnes Eis, Schwesterherz«, sage ich und beschließe, die Sache mit dem endgültigen Verzeihen ein bisschen hinauszuzögern.

»Am Montag war Nessa also hier.«

»Bitte, lass dir wenigstens einen Bart wachsen, Henry«, sagt Connal, der sich seinen eigenen Bart vor ein paar Wochen abrasiert hat und seither beinahe ein bisschen nackt wirkt. So sehr hatten wir uns an den Nicht-Anblick seines Gesichts gewöhnt.

»Nicht jeder ist mit so viel Bartwuchs gesegnet wie du.«

»Zurück zum Thema«, sagt Effie, die inzwischen drei weitere Kisten gepackt hat. »Das beflügelt mich gerade regelrecht. Ich habe viel weniger genug von euch allen.«

»Wenn's dem guten Zweck dient …« Henrys schelmisches Grinsen will einfach nicht verblassen. »Was zum Geier hat Nessa Linklater um halb zwei auf dem Tulloch-Gelände zu suchen?«

»Oh, ich, ich!« Effie schnipst hektisch mit den Fingern.

»Effie?«

»Sie hat tote Ratten in die Brennblasen geworfen.«

»Eine interessante Theorie«, sagt Henry.

»Oh, ich weiß, ich weiß!« Wieder schnipst sie.

»Effie?«

»Sie hat die Reifen vom ebenso fiesen wie attraktiven Boyd Tulloch zerstochen.«

»Möglich, aber ich habe seinen Wagen zufällig vor Morrisons gesehen.«

»Hat sie das geheime Rezeptbuch geklaut?«, fragt Fiona, und ich schnaube.

»Also bitte. Als hätte ich das nötig. Außerdem gibt's da einen Nachtwächter.«

»Einen Nachtwächter also?«

»Ich noch mal, ich noch mal!«

»Effie?«

»Nessa hatte ein amouröses Abenteuer mit dem Nachtwächter.«

»Hatte sie nicht«, sage ich. »Und den Ausdruck wollten wir nicht mehr verwenden. Zur Strafe gehst du jetzt Teewasser aufsetzen.« Inzwischen muss mein Kopf so rot glühen, dass meine Scham für jeden offensichtlich ist.

»Da ist doch nichts bei, Nessa. So ein Nachtwächter ist sicher eine reizvolle Sache. Lebt in der Dunkelheit, geht auf einsame Streifzüge ... ich kann schon verstehen, dass das eine erotische Fantasie ist.«

»Halt die Klappe, Henry.«

»Also ist es wahr?«

»Nein.«

Effie streckt den Kopf aus der Küche, in der Hand den Wasserkocher. »Vielleicht hat sie was mit Boyd, und diese ganze Hass-Nummer ist ein reines Ablenkungsmanöver!«

»Ja sicher.« Henry lacht. Dann sieht er mich an. »Scheiße. Du verarschst uns.«

Meine Gesichtsfarbe ist irgendwo zwischen Purpur und Pflaume.

»Echt jetzt?«, fragt Fiona ungläubig.

»Was ist passiert, Leute? Hat jemand richtig geraten?« Effie kehrt aus der Küche zurück, und ich vergrabe mein glühendes Gesicht in den Händen. »Was? Was? Warum sagt ihr nichts? Doch der Nachtwächter?«

»Boyd und ich haben eventuell ein kleines bisschen rumgemacht?«, piepse ich.

»NEIN!« Effies perplexer Ausruf bringt Henry, Fiona und Connal zum Lachen. Nur mir ist eher nach einem tiefen Loch in der Erde, in das ich springen kann. »Aber wie? Warum?«

Ich zucke mit den Schultern. »Keine Ahnung.«

»Ist doch nichts dabei. Superfies und superattraktiv kann doch auch als erotische Fantasie funktionieren«, sagt Effie. »Ist ja nicht so, als hätte ich noch nie einen Sextraum von Boyd Tulloch gehabt.«

»Effie!«, sage ich flehend.

»Du musst gerade reden«, gibt sie zurück.

»Hey, Time-out, Leute.« Henry formt mit beiden Händen ein T. »Wir verlieren das Wesentliche aus dem Blick.«

»Genau, wir sollten die Bestellungen fertig machen«, sage ich.

»Wir sollten erfahren, wie zur Hölle es dazu kommen konnte!«, korrigiert mich Henry, und sofort sind alle Blicke wieder auf mich gerichtet.

»Leute, ich will echt nicht drüber reden.«

»Mh mh, Nessa.« Effies Zeigefinger wackelt von links nach rechts. »Wir haben uns hier die letzten Tage die Finger wund gepackt. Und wenn du noch länger nichts erzählst, werden wir heute auch nicht fertig. Dann müssen wir morgen wiederkommen. Edith muss Fionas Schicht übernehmen. Connals Schafe verhungern. Das Telefon der Seenotrettung ist unbesetzt. Das kann ernsthafte Konsequenzen haben. Und stell dir mal vor, du erzählst uns morgen wieder nichts. Dann müssen wir übermorgen wiederkommen. Mehr tote Schafe, mehr tote Seemänner. Da soll ein Sturm aufziehen.«

»Schafe sind zäh«, wirft Connal ein.

»Du bist keine Hilfe!«, schimpft Effie scherzhaft.

»Du gibst ja eh keine Ruhe«, sage ich seufzend und lasse mich auf einen Stuhl sinken. Sofort ist Effie mit Feuereifer wieder beim Kistenpacken, und ich beginne zu erzählen. Davon, wie ich ihn nach Messeschluss mit seiner Bewertung konfrontiert habe, wie er sich hinter seiner Arroganz versteckte und mich zu einer Angeber-Tour durch seine Destillerie einlud. Wie ich einwilligte – einerseits aus Neugierde, andererseits, um ihn zum Schweigen zu bringen.

»Aber jetzt hast du eine noch bessere Methode gefunden, um ihn zum Schweigen zu bringen«, sagt Henry und wackelt mit den Augenbrauen.

»Halt die Klappe.«

»Ja, halt die Klappe, Henry, ich will wissen, wie es weitergeht«, sagt Fiona, und ich fahre mit meiner Erzählung fort. Spreche über die Dunkelheit, die Einsamkeit auf dem Gelände. Über Whiskygespräche, Whiskytasting, Whiskynähe und – Whiskyküsse.

»Das klingt ... enorm *hot*, wenn ich ehrlich bin«, sagt Henry.

»Ja, wirklich enorm *hot*«, bestätigt Effie, und ich bin kurz davor, ihr Packstroh in den Mund zu stopfen.

»Und was ist dann passiert?«, fragt Fiona. »Ich meine, bedeutet das was?«

»Lustig, dass du fragst«, erwidere ich. »Denn direkt nach dem Kuss war er wieder er selbst. Boyd, wie wir ihn kennen und ... hassen. Ätzend ohne Ende.«

»Was? Warte. Wieso?« Henrys Stirn habe ich noch nie derart gerunzelt gesehen, und ungefähr so sieht es seit Sonntagnacht in meinem Inneren aus.

»Wir haben beide Witze gerissen ...«

»Wer hat damit angefangen?«

»Er? Ich? Ich weiß es nicht mehr. Es war eine Kabbelei, aber ganz harmlos, ehrlich gesagt. Fast ... liebevoll.«

»Denkst du, er hatte einfach einen massiven Aussetzer?«, fragt Effie.

»Ich denke, der massive Aussetzer ist sein Dauerzustand. Jedenfalls habe ich dann so was gesagt wie *haha, hätte nicht gedacht, einem Tulloch mal näher zu kommen als als Praktikantin beim Lehrgespräch* oder so ähnlich. Und dann hat er mich beschuldigt, mich an seinen Vater ranmachen zu wollen, und hat den Nachtwächter alarmiert, dass ich auf dem Gelände rumlungern würde.« Ich zucke mit den Schultern, um zu überspielen, dass mir das Ganze doch noch etwas nachhängt. »Es ist ja nicht wirklich überraschend.«

»Das davor ist das Überraschende, wenn du mich fragst«, sagt Henry, und ich nicke.

»Und jetzt?« Fiona blickt von ihrem Klemmbrett auf, auf dem sie die fertigen Bestellungen abhakt.

»Na, nichts. Wir sprechen nie wieder darüber.« Manchmal werden wir vielleicht dran denken und uns wundern. Ganz selten mal werden wir uns vielleicht erinnern und es ein bisschen *hot* finden, wie Henry sagen würde.

»Schade. Das hätte echt Potenzial. Die ultimative Enemies-to-Lovers-Romanze.« Effie seufzt theatralisch. Wenn dies ein Cartoon wäre, hätte sie Herzen in den Augen.

»Es tut mir leid, dich enttäuschen zu müssen, aber das hier ist die Realität, und da heißt es nun mal Unbeteiligte-entfernte-Bekannte-to-Enemies-to-ein-Moment-der-ausgesprochenen-Seltsamkeit-back-to-Enemies-für-immer-ohne-auch-nur-die-leiseste-Ähnlichkeit-mit-einer-Romanze.«

»Das wird sich nicht durchsetzen«, sagt Effie. »Das ist wirklich sperrig.«

»Damit kann ich leben. Ist ja schließlich meine Privatsache, mit wem ich keine Romanze habe.«

»Manche würden es ›amouröses Abenteuer‹ nennen, aber

das darf man ja nicht mehr sagen.« Effie schiebt die Unterlippe vor.

»Nichts darf man mehr sagen«, klinkt sich Henry ein. »Früher war alles besser.«

»Als man seine Sexualität noch geheim halten musste. Als Frauen noch wussten, wo ihr Platz ist. Als Boyds Verhalten noch Ehemann-tauglich war ...«

»Aber jetzt ... ist es einfach so verwirrend!«, sagt Fiona, und ich muss lachen. »Das habe ich euch gar nicht erzählt, glaube ich. Aber an Dads Beerdigung haben sich die Onkel über genau das unterhalten. Man dürfe nicht mal mehr ›Isle of Man‹ sagen, hahaha. Sehr witzig.«

»Es ist zu viel für ihre kleinen Köpfe«, konstatiert Effie, und ich bin froh über den Themawechsel.

Am Abend kommt Magnus Tait, der Postbote der Insel, auf seinem Rückweg bei der Destillerie vorbei und lässt uns die letzten Pakete in sein rotes Postauto laden. Auf die Weise sparen wir uns selbst den Weg zum Postamt.

»Ist es okay, wenn ich daraus eine erotische Fantasie mache?« Effie, die gerade das Packstroh zusammenfegt, tritt neben mich und stützt ihr Kinn auf den Besenstiel.

»Wenn du eine Fantasie woraus machst?« Ich sitze am Computer und überweise Henry seine letzten beiden Monatsgehälter, denn durch die vielen Bestellungen hat unser Dispo wieder ein bisschen Spielraum.

»Na, aus dem Whiskykuss.«

Ich stöhne. »Echt jetzt, Effie? Ist das dein Ernst?«

»Ich frag ja nur. Würde dich natürlich mit mir ersetzen.«

»Ich wünschte wirklich, du hättest nicht gefragt. Aber wenn's dich scharf macht«, sage ich. Dann fällt mir auf, dass genau das Boyds Worte waren, und es schüttelt mich.

14

Eines späten Nachmittags Ende März haben Henry und ich uns einen frühen Feierabend mehr als verdient. Wir haben den ganzen Tag geschuftet und wurden tatsächlich vor einer halben Stunde mit der tollen Nachricht belohnt, dass unsere No 3 bei den Meisterschaften nicht nur in der Kategorie Innovation des Jahres, sondern auch für die dreijährigen Single Malts nominiert ist. Zwar malen wir uns nur in der ersten Kategorie Chancen aus, aber es ist dennoch eine tolle Bestätigung für unsere Arbeit, in einem Atemzug mit den großen Destillerien genannt zu werden. In einer separaten E-Mail bekamen wir außerdem unsere Flugtickets und die Hotelbuchung in Edinburgh, die wir mit dem dritten Platz im Blind Tasting gewonnen haben.

Ich verlasse das Gelände ein paar Minuten nach Henry. Den ganzen Tag über war es schön, wenn auch kalt, und jetzt fährt mir der Wind in die Glieder. Frischer, duftender Wind. Und weil hier und da immer noch Sonnenstrahlen durch die vorbeiziehenden Wolken scheinen, beschließe ich, einen kleinen Umweg nach Hause zu machen. Ich schlage den Weg nach Westen ein, der mich zwischen Schafweiden hindurchführt.

Als ich um die Kurve biege, sehe ich ein Mädchen auf einem Zaun sitzen, den Kopf in die Hände gestützt. Vor ihr grast ein dickes Shetlandpony. Es sind Jamielee und Feather, die ich seit dem Spaziergang mit Marigold nicht mehr gesehen habe.

»Ist dir nicht zu kalt?«, frage ich, als ich in Hörweite bin. Denn sie trägt nur einen übergroßen Pullover über ihrer Reithose.

»Nee, mir ist nie kalt.« Sie blickt kurz auf. »Keine Ahnung, wieso.« Sie klingt ein bisschen geknickt.

»Was ist los?«

»Nix.«

Aber ich weiß genau, dass dieses *Nix* bedeutet, dass da jede Menge los ist. Sie sieht so verloren aus. In ihrem Pullover, in dieser Welt. Mir fällt ein, was Marigold mir erzählt hat. Dass sie es nicht leicht hat, nicht zu Hause – o Wunder bei diesem Nichtsnutz von Bruder –, nicht in der Schule. Sie kann eine Verbündete in diesem Moment sicher gut gebrauchen.

»Mein Tag war richtig ätzend«, sage ich, obwohl es nicht einmal der Wahrheit entspricht, aber ich erinnere mich daran, dass ich bei Effie immer den größten Erfolg hatte, wenn ich mich auf eine Ebene mit ihr gestellt habe, sie an meinen Problemen teilhaben ließ, damit sie sich mit ihren Problemen sicher fühlte. Geteiltes Leid, gemeinsamer Feind, diese Dinge. Also setze ich mich mit einem für meinen Geschmack etwas zu theatralischen Seufzer neben Jamie auf den Zaun.

Es gibt ein paar Möglichkeiten, weswegen ein Teenager geknickt sein kann. Stress in der Schule ist das Naheliegendste. Und obwohl es eine Vierzehnjährige sicher nicht im Ansatz interessiert, was im Leben einer Erwachsenen passiert, sage ich: »Bei mir hat heute gar nichts funktioniert. Meine Termine waren allesamt Reinfälle. Blöde Leute.« Wenn mich mein Job nervt, fällt es Jamie vielleicht leichter, mir ihre Probleme anzuvertrauen.

»Hm.«

Vielleicht hat sie Ärger mit einer Freundin? »Und dann habe ich mich auch noch mit Henry gestritten.« Wenn man eine scherzhafte Meinungsverschiedenheit darüber, wer im Hotel auf welcher Bettseite schlafen darf, als Streit bezeichnen kann.

»Oh«, macht sie. »Schlimm?«

»Na ja ...«

Gerade überlege ich, ob bei den Tullochs vielleicht der Haussegen schief hängt, da sagt sie: »Ich hab mich mit Holly gefetzt.«

Bingo. »Schlimm?«, wiederhole ich ihre Frage.

»Ziemlich schlimm.«

»Willst du drüber reden?«

Sie zuckt mit den Schultern und schweigt einen Moment. Dann sprudelt es aus ihr heraus: »So eine Ziege aus meiner Klasse hat gesagt, dass Holly nur mit mir befreundet ist, weil ich einen heißen Bruder hab.«

»Oh«, mache ich, denn ich erinnere mich daran, dass es für Jamie ein wunder Punkt ist.

»Dass die anderen scheiße sind, wusste ich. Mit denen hab ich eh nichts zu tun. Die können mich mal. Aber Holly ... Ich hab sie also einfach gefragt.«

»Ob sie nur mit dir befreundet ist, weil dein Bruder heiß ist?«

»Ob sie Boyd gut findet.«

»Und?«

»Sie wollte es erst nicht zugeben, aber dann ist sie rot geworden. Und als ich ihr gesagt hab, wie eklig sie ist, hat sie gelacht und gesagt, ich wär eben noch nicht reif genug und könnte das gar nicht beurteilen.«

»Das ist scheiße.«

»Ja. Ich hasse sie. Hasse sie alle.« Wieder schweigt sie einen Augenblick. »Bei den anderen ist es mir egal. Die können labern, was sie wollen. Das sind eh nicht meine Freundinnen.«

»Aber Holly schon.«

»Jetzt nicht mehr.«

»Sag das nicht.«

»Ist doch wahr. Wieso stehen alle auf den? Er ist einfach nur groß und alt.«

»Alt?« Ich muss lachen.

»Uralt. Jedenfalls brauche ich jetzt eine neue Freundin. Denn so was Ekliges will ich nie wieder hören.«

Für den Bruchteil einer Sekunde flackert die Erinnerung an Boyds Lippen auf meinen in mir auf. An den kurzen Moment der Leidenschaft. Und dann an sein unmögliches Benehmen hinterher.

»Na, dann bist du ab jetzt eben meine Freundin«, schlage ich vor und ergänze in Gedanken *und wenn's dir zu blöd wird, sagst du Bescheid, dann gehen wir eben.* »Ich bin definitiv immun gegen deinen Bruder.« Nie war irgendetwas auf dieser Welt definitiver. Nie war irgendjemand gegen irgendetwas immuner.

»Du bist aber auch alt.«

»In der Not frisst der Teufel Fliegen«, sage ich und freue mich, dass Jamie leise kichert.

»Na, das sind ja tolle Aussichten.«

»Ist nur ein Angebot«, sage ich. »Wer nicht will, der hat schon.«

»Nee, hast ja recht, ist besser als nichts.«

»Das Schöne jedenfalls ist, dass man in meinem Alter

außerdem immun gegen deine Unverschämtheiten ist«, sage ich und boxe sie scherzhaft in die Schulter.

»Echt jetzt?«

»Nein, natürlich nicht. Also sei mal ein bisschen nett.«

»Ja, okay.« Sie seufzt.

»Und wer weiß, vielleicht bist du ja ein Teufel, der gern Fliegen frisst.«

Als ich den unbequemen Platz neben ihr verlasse, um meinen Weg fortzusetzen, sieht sie wesentlich glücklicher aus. »Aber wir machen jetzt keine Tanzvideos auf TikTok zusammen oder so«, fügt sie noch hinzu.

15

Henrys leises Stöhnen am anderen Ende der Leitung klingt nicht gut. Klingt gar nicht gut. »Ich kann nicht mit«, haucht er mit schwacher Stimme.

»Was soll das heißen, du kannst nicht mit?«, frage ich, das Handy zwischen Ohr und Schulter geklemmt, um beide Hände zum Packen frei zu haben. Es ist Freitagmittag, in anderthalb Stunden wollten wir zusammen den Bus nehmen.

»Ich hing die ganze Nacht über der Kloschüssel. Hab mir den Magen verdorben oder mir was eingefangen. Hab bis gerade eben geschlafen.« Er klingt gottserbärmlich.

»O nein! Aber ich kann nicht ohne dich fliegen. Das ... das geht doch nicht.«

»Bist du irre? Natürlich geht das. Du *musst* nach Edinburgh und unsere Preise abholen.«

Und vor allem das Preisgeld, schießt es mir durch den Kopf. Das erhöhte Angebot für die Pacht ist immer noch nicht eingetroffen, und die Abfüllanlage läuft zwar wieder, aber es ist nur eine Frage der Zeit, bis beides ein Loch in unsere Finanzen reißt. Missmutig werfe ich noch einen Strickpulli und einen Cordrock in meinen Koffer.

»Ich feuere dich von hier aus an. Aber … o Gott … muss Schluss machen.«

Ehe Henry sich erneut übergibt, hat er aufgelegt, und ich stehe hier, mit klopfendem Herzen, nervös vor dem Flug, nervös vor der Großstadt, und die Aussicht, das alles allein durchzuziehen, macht es weiß Gott nicht besser.

»Hast du deinen Pass?«, fragt Effie, als ich mich verabschieden will. »Der lag vorhin noch auf dem Esstisch.«

Ich ziehe eine Klarsichthülle aus meiner Umhängetasche, in der sich mein Flugticket, die Adresse vom *Anchor Hotel,* Busverbindungen sowie mein Pass befinden. Dass Flug und Hotel für Henry und mich gebucht wurden, macht es umso ärgerlicher, dass er jetzt zu Hause bleiben muss.

»Falls ein Brief von der Immobilienfirma kommt, ruft mich an«, sage ich, denn langsam macht mir die Unsicherheit zu schaffen.

»Lass es dir einfach gut gehen, okay?«, sagt Fiona. »Schalte mal ein paar Tage ab.«

»Ich schalte ab, wenn die Dinge geklärt sind.«

»Ach komm, ein Hotelzimmer für dich allein, ein paar Tage in Edinburgh …«

»Du weißt aber schon, dass ich nicht zum Spaß da bin«, erinnere ich sie.

»Aber das bedeutet ja nicht, dass du keinen Spaß haben *darfst*«, erwidert sie und umarmt mich.

Dann zuckle ich mit meinem kleinen Rollkoffer aus dem Haus, die Straße hinunter Richtung Bushaltestelle.

Reihe acht, Platz F, Reihe acht, Platz F. Obwohl ich genau weiß, wo ich sitze, kontrolliere ich beim Betreten des Flugzeugs trotzdem noch einmal mein Ticket. Reihe acht, Platz F.

Im Schneckentempo folge ich den Leuten, die sich vor mir durch den engen Gang drängen, ihr Gepäck in die Fächer über den Sitzen quetschen, sich auf die Füße treten, sich in den Gang schieben, um andere Leute in die Reihe zu lassen. Ich bin keine erfahrene Touristin. In meinem Leben bin ich zwei Mal geflogen. Einmal mit Fiona nach London und einmal nach Edinburgh zu einem grauenhaften Junggesellinnenabschied. Mich zieht es nicht in die Welt. Ich habe genug damit zu tun, mich und mein Zuhause unter einen Hut zu kriegen.

Als ich in Reihe acht angekommen bin, kontrolliere ich zur Sicherheit noch mal mein Ticket – als hätte sich mein Platz innerhalb der letzten Minuten auf magische Weise verändert. Nein, es ist immer noch Reihe acht, Platz F. Auf Platz D sitzt schon jemand. Jemand, der seine langen Beine in den Gang streckt, sodass mein Vordermann fast darüberfällt. Mein Blick wandert von den Oberschenkeln über das hellblaue Hemd nach oben und – am liebsten würde ich auf dem Absatz kehrtmachen. Denn dort sitzt Boyd Tulloch. Der Boyd Tulloch, mit dem ich vor ein paar Wochen rumgeknutscht habe. Der Boyd Tulloch, den ich seither nicht mehr gesehen habe. Der Boyd Tulloch, den ich, ehrlich gesagt, nie wiedersehen wollte, obwohl dieser Wunsch natürlich an Naivität kaum zu überbieten war.

»Ich … äh … müsste da rein«, sage ich mit einem erneuten Blick auf meine Bordkarte.

»Na großartig!« Boyd macht keinerlei Anstalten, mir Platz zu machen. Ich versuche, meinen Koffer hochzuwuchten, doch es ist nicht genug Platz im Gepäckfach, und der Koffer ist schwer. Ich sehe mich um, ob auf der gegenüberliegenden Seite mehr Platz ist. Mein Blick fällt auf Boyd, der mich nach wie vor angafft und mit verschränkten Armen zusieht, wie ich mich abmühe.

»Kann ich Ihnen helfen, Miss?«, fragt der Steward, der ein paar Reihen weiter steht, offensichtlich irritiert von Boyds Verhalten. Er nimmt mir meinen Koffer ab, geht ein Stück nach hinten und bringt ihn in einem leeren Fach unter.

»Danke.«

Er nickt, und ich gebe Boyd ein für die Situation noch viel zu höfliches Zeichen, dass er mich in die Reihe lassen soll. Doch er rutscht lediglich zurück und stellt seine Beine in den Gang, sodass ich mich an ihm vorbeischieben muss. Körperkontakt ist unausweichlich. Die Nähe von neulich Abend kommt mir in den Sinn, und ich merke, wie mir Hitze ins Gesicht schießt. Um mir nichts anmerken zu lassen, klettere ich ziemlich unelegant auf meinen Fensterplatz und blicke angestrengt nach draußen. An meinen Beinen spüre ich noch Boyds unwillkommene Wärme.

»Kommt dein Sidekick noch?«, fragt er mit Blick auf den leeren Sitz zwischen uns.

»Henry ist krank«, sage ich, und zum wiederholten Male wird mir beim Gedanken daran ein bisschen mulmig. Besonders jetzt, wo ich den gesamten Flug neben Boyd sitzen muss.

»Großartig«, sagt Boyd. »Wirklich großartig. Beim nächsten Mal buche ich meinen Flug selbst.« Als er meinen fragenden Blick bemerkt, präzisiert er: »Damit du nicht denkst, dass ich dich stalke: Die haben mir angeboten, Flug und Hotel zu buchen. Als Dank für das Ausrichten der Messe.«

Ich stöhne. Bedeutet das, er ist auch im selben Hotel untergebracht wie ich? Oh, bitte nicht. »Ist auch nicht gerade mein Traumszenario«, gebe ich giftig zurück und hole die Klarsichthülle aus meiner Umhängetasche, um noch mal zu checken, wo der Bus fährt, der mich vom Flughafen in die Stadt bringen soll.

»Was hast du da?«, fragt Boyd, und ich verstehe beim besten Willen nicht, warum er sich so dringend mit mir unterhalten will, wo er mich doch offensichtlich abstoßend findet.

»Ich schaue, wo der Bus abfährt.«

»Welcher Bus?« Er runzelt die Stirn.

»Der Bus, den ich mir herausgesucht habe. Der, der mich nach Edinburgh bringt.«

»Also ich für meinen Teil habe nicht vor, einen Bus zu nehmen, der an jedem Blumentopf hält. Aber wenn das dein Ding ist …«

Boyd wird von einer Durchsage unterbrochen. »Guten Abend, meine sehr verehrten Damen und Herren, hier spricht Ihr Kapitän. Der Start wird heute ein bisschen wackelig aufgrund heftiger Böen. Aber keine Sorge, das ist nichts Ungewöhnliches.«

Na toll! Auch das noch.

»Siehst nicht so begeistert aus«, sagt Boyd, der amüsiert mein Gesicht mustert, und ich wünschte wirklich, er würde mich einfach in Ruhe lassen.

»Was? Ich? Nein, ich finde das klasse. Busse, die an jedem Blumentopf halten, und böige Starts sind genau mein Ding.«

»Nessa Linklater hat Angst vorm Fliegen!« Er lacht sein spöttisches Lachen, das macht, dass ich ihn erdrosseln will. »Möchtest du meine Hand halten?« Er legt seine große Hand auf den Sitz zwischen uns.

»Hat sie nicht und will sie nicht, und jetzt lass mich in Ruhe.«

Er zuckt mit den Schultern und zieht seine Hand wieder weg.

Das Flugzeug setzt sich langsam in Bewegung, holpert in Richtung Startbahn. Draußen regnet es, und in den Tropfen auf der Fensterscheibe spiegeln sich hier und da die blinkenden Lichter von Flughafenfahrzeugen.

Dann haben wir die Startbahn erreicht, und ich versuche, mir nicht anmerken zu lassen, wie unwohl ich mich fühle. Allerdings nur mit mäßigem Erfolg.

»Wie niedlich«, sagt Boyd mit einem leicht abschätzigen Blick in meine Richtung.

»Wie ätzend«, erwidere ich und lasse keinen Zweifel daran, dass ich ihn meine.

Ich zwinge mich, meine Hände nicht in die Armlehnen zu krallen und meine Gesichtszüge zu entspannen. Und es hilft. Dadurch, dass ich mich so sehr darauf konzentriere, entspannt zu wirken, verpasse ich beinahe den kompletten Start. Sobald wir über den Wolken sind, wackeln wir nicht mehr. Stattdessen wirkt die kleine Maschine beinahe schwerelos, und ich entspanne mich etwas. Entspanne mich für einen Moment so sehr, dass ich die Klarsichthülle vergesse, die noch auf meinen Beinen liegt. Ich bewege mich ungeschickt, und sie segelt auf den Boden, zwischen mich und Boyd. Mein Pass und ein paar Zettel fallen heraus, und noch ehe ich alles wieder einsammeln kann, hat Boyd sich eine DIN-A4-Seite geschnappt.

»Interessant«, sagt er mit Blick auf meine Hotelbuchung.

»Was?« Ich versuche, ihm das Papier aus der Hand zu nehmen, doch ohne Erfolg.

»*Du* scheinst *mich* zu stalken.«

»Ich … was?« Diese Unterstellung ist derart hanebüchen, dass mir auf die Schnelle nichts Schlagfertiges einfällt.

»Du bist in meinem Hotel.«

»Es ist nicht *dein* Hotel.« Ich schiebe die Buchungsbestätigung, die Boyd achtlos auf den Sitz zwischen uns fallen lässt, sofort wieder in die Hülle. »Die Veranstalter haben das gebucht. Schon vergessen? Wir sind schließlich eine arme kleine Mikro-Destillerie, die du zwischen zwei Fingern zerquetschen könntest. Deswegen fahre ich auch mit dem Bus in die Stadt, wie die Plebejerin, die ich bin.«

Boyd schnaubt. »Richtig, das hier ist ja deine ganz persönliche Cinderella-Geschichte. Erinnere mich dran, dass ich einzelne Schuhe in den nächsten Tagen ignoriere.« Sein Blick wandert tatsächlich an meinen Beinen hinunter zu meinen Füßen, die in wasserfesten und etwas schmutzigen Schnürstiefeln stecken.

»Ja sicher, weil du in diesem Szenario der Prinz bist.« Jetzt muss ich selbst lachen. Einerseits, weil er nicht einmal ansatzweise das Potenzial hat, irgendjemandes Prinz zu sein, andererseits, weil mein Leben kaum weiter von einem bescheuerten Märchen entfernt sein könnte.

»Na ja, so wie du dich mir neulich an den Hals geworfen hast, könnte man fast meinen, du ...«

»Ich hab mich dir sicher nicht an den Hals geworfen.«

»Du küsst mich, stalkst mich ... Nessa Linklater, man könnte meinen, du hast es richtig nötig.«

»Lass es einfach gut sein, Boyd.« Ich will mich wieder abwenden, aber er gibt keine Ruhe.

»Aber ich verstehe nicht, was du dir erhoffst. Ist es das Geld? Das Prestige? Das Know-how? Ist es das hier?« Er zeigt mit einem dämlichen Grinsen an seinem Körper hoch und runter, und ich wünschte, ich hätte mir ebenfalls den Magen verdorben und könnte mich auf Boyds Hemd übergeben.

»Ich glaube, Boyd, dein Kopf ist wahrhaftig der grauenhafteste Ort, den ich mir vorstellen kann. Da ist so viel Müll drin, es ist ganz und gar erschreckend.«

Er lacht laut auf. »Na, wenigstens sind da keine erotischen Gedanken an dich drin. Und dass deine Schuhe so fest verschnürt sind, lässt mich auch für all die anderen Whiskyprinzen, die du vielleicht ausnehmen willst, hoffen.«

Ich atme einmal tief ein, um mich nicht schreiend auf ihn zu stürzen. Dann beuge ich mich vor und sehe an Boyd vorbei. »Entschuldigen Sie?« Auf der anderen Seite des Gangs sitzt eine Frau mittleren Alters, die sofort aufblickt. »Verzeihung, aber würden Sie vielleicht mit dem Herrn neben mir den Platz tauschen? Wir können uns leider so wenig leiden, dass dieser Flug sonst für uns beide eine Qual wäre.«

Boyds Blick in diesem Moment ist unbezahlbar.

»Oh, äh, ja, natürlich«, sagt die Frau, die ein bisschen überrumpelt wirkt.

»Chapeau, Nessa Linklater«, murmelt Boyd, auf den Lippen ein überraschtes Lächeln, aber er steht tatsächlich auf, um mit der Frau zu tauschen.

»Ich danke Ihnen«, sage ich.

»Ach was, wenn ich mit meinem Ex-Mann geflogen bin, haben wir uns auch immer in die Haare gekriegt. Beziehungen sind eine Herausforderung, das weiß ich am allerbesten.«

»O nein, wir sind nicht …«, beginne ich, doch Boyd kommt mir zuvor.

»Wem sagen Sie das«, seufzt er, setzt sich auf seinen neuen Platz, verschränkt die Arme hinter seinem Kopf und schließt die Augen.

Nach der Landung versuche ich, so schnell es geht, aus dem Flugzeug zu gelangen. Ich weiß nicht, wie regelmäßig die Busse hier fahren, und die Verbindung, die ich mir ausgesucht hatte, geht in einer Viertelstunde.

Doch natürlich verpasse ich sie. Und natürlich kommt der nächste Bus erst in einer halben Stunde.

»Soll ich dich auf eine Taxifahrt einladen, Nessa Linklater? Taxis sind Autos, die einen für Geld von A nach B bringen.« Boyd dreht sich im Vorbeigehen zu mir um und läuft rückwärts weiter, zieht eine Augenbraue hoch.

»Ist dir so langweilig, dass du für die Fahrt jemanden brauchst, über den du dich lustig machen kannst?«, frage ich.

»Ehrlich gesagt, dachte ich, ich zeige dir ein bisschen was von der großen weiten Welt. Aber wenn du sie lieber vom Bus aus siehst ...« Er zuckt mit den Schultern und wendet sich um. Geht auf ein Taxi zu und steigt ein.

»Letzte Chance«, ruft er aus dem geöffneten Fenster, als das Taxi noch einmal vor mir hält. »Ein bisschen Luxus für deine Cinderella-Geschichte. Nur die Schuhe musst du bitte wirklich anlassen.«

»Zieh Leine, Boyd«, sage ich, und das Letzte, was ich sehe, ehe das Fenster wieder nach oben fährt, ist sein blödes Grinsen.

Obwohl ich dankbar bin, nicht dieselbe Luft atmen zu müssen wie Boyd Tulloch, nicht sein penetrantes Parfüm und schon gar nicht diesen ihm eigenen Geruch, überwiegt die Frustration. Weil dieses Verhalten so typisch für ihn ist. Weil er mich offensichtlich wieder einmal provozieren will und ich es zulasse. Weil er es nur tut, um mich zu ärgern. Und weil ich mir natürlich auch Schöneres vorstellen kann, als in einem wackeligen Bus stundenlang durch eine halbwegs fremde Stadt zu gondeln.

Als der Bus endlich kommt, bin ich ordentlich durchgefroren. Ich setze mich nach oben in die erste Reihe wie die Touristin, die ich bin, fühle mich fremd, fühle mich allein.

Wir verlassen den Flughafen und folgen dem Motorway Richtung Stadt. Die Autoscheinwerfer spiegeln sich in den Regentropfen auf der Windschutzscheibe. Ein rotes Farbenspiel auf der linken Seite, ein weißes auf der rechten.

Innerlich bin ich immer noch auf hundertachtzig. Der

Flug, Boyds Verhalten, ich kriege es einfach nicht hin, einen gesunden Abstand zu wahren. Und nach diesem unseligen Whiskykuss-Moment noch weniger. Alles an ihm macht mich wütend. Und vor allem, dass er es darauf anlegt. Für ihn ist es ein Spiel. Für ihn bin *ich* ein Spiel.

16

»Wie ist das Zimmer?«, fragt Effie durchs Telefon.

»Klein, aber gemütlich.«

»Und wie war der Flug?«

»Ich habe Boyd gesehen.«

»Und?« Effie klingt auf einmal aufgeregt. »Habt ihr rumgemacht?«

»Effie!«

»Was denn? Ist ja wohl eine valide Frage.«

»Nein, wir haben nicht rumgemacht. Wir haben uns angezickt, und ich habe eine Frau gebeten, mit ihm den Platz zu tauschen.«

Effie lacht. »Das klingt witzig. Und was machst du heute noch?«

»Ich werde zu Abend essen. Und dann gehe ich früh ins Bett.«

»Da bist du ein einziges Mal in einer Großstadt und hast deine Ruhe. Willst du nicht ein bisschen was erleben?«

»Wie du selbst gesagt hast, Effie, ich habe ein einziges Mal meine Ruhe. Ich gehe früh ins Bett. Aus Überzeugung. Und, das wird dich beruhigen, weil ich morgen früh aufstehen will, um ein bisschen was von der Stadt zu sehen, bevor ich zum ersten Tag der Meisterschaften aufbreche.«

»Brav«, sagt Effie, und ich kann durchs Telefon hören, dass sie lächelt.

»Sag liebe Grüße«, ertönt Fionas Stimme aus dem Hintergrund, und die Tatsache, dass zu Hause meine *beiden* Schwestern auf mich warten, erfüllt mich mit einem warmen Gefühl der Vollständigkeit.

»Liebe Grüße von Fiona.«

»Liebe Grüße zurück«, sage ich, und dann, weil ich sie jetzt schon vermisse: »Ich wünschte, ihr wärt hier.«

»Ach was«, sagt Effie. »Ein einziges Mal Ruhe, weißt du noch?«

Und dann legen wir auf, und ich fühle mich immer noch fremd und einsam, aber inzwischen auch hungrig, sodass ich beschließe, im Pub, der zu dem Hotel gehört, etwas zu essen.

Das Mobiliar des *Anchor* besteht aus dunklem, lackiertem Holz. Es ist ein gemütlicher Pub mit langgezogener Bar, goldenen Zapfhähnen mit lokalen Bieren und einer klassischen Speisekarte. Ich bestelle mir ein Ale und Fish and Chips und setze mich an einen Tisch am Fenster.

Die Aussicht auf eine wenig schmucke Nebenstraße ist alles andere als ansprechend. Auf den regennassen Pflastersteinen spiegelt sich das Licht aus dem Pub. Und während ich ins Nichts blicke, nippe ich an meinem Ale. Ich kann mich nicht daran erinnern, jemals in meinem Leben irgendwo allein gegessen zu haben. Es fühlt sich leer an, und so zücke ich mein Handy und schreibe Henry eine Nachricht, dass er mir fehlt und dass weder Edinburgh noch Pubs noch Whiskymeisterschaften Spaß machen, wenn man sie mit niemandem teilen kann.

Genieß die Ruhe, schreibt er zurück, und so langsam fängt

die Ruhe an, mir auf die Nerven zu gehen. Was, wenn ich Ruhe nicht kann? Was, wenn ich Menschen um mich herum brauche? Was, wenn ich es nun einmal mag, Teil einer Gemeinschaft zu sein?

Mein Blick schweift durch den Pub und bleibt an einem Kerl in der hinteren Ecke hängen. Der Kerl, der dort sitzt, ist Boyd Tulloch, Zeitung lesend und schauderhaft wie eh und je. Auch er hat ein Pint vor sich stehen, und in diesem Moment tritt eine Bedienung an seinen Tisch und stellt einen Teller mit dampfendem Essen vor ihn. Mein Magen knurrt, und ich wende mich ab.

Doch wie automatisch wird mein Blick immer wieder von ihm angezogen. Vielleicht, weil er das eine Stück Heimat in dieser Fremde ist. Vielleicht, weil mir langweilig ist. Vielleicht auch, weil ich an unseren Kuss und an den Streit im Flugzeug denken muss. Vielleicht, weil ich aus nichts schlau werde und es eigentlich müßig ist, darüber nachzudenken.

In diesem Moment blickt Boyd auf und sieht mich. Seine Mundwinkel verziehen sich zu einem leicht spöttischen Lächeln, und er hebt sein Pint, um mir zuzuprosten. Aber es ist mit Sicherheit keine nette Geste, sondern vielmehr Ausdruck seines Triumphs über mich. Er, der schon viel früher im Hotel war, weil er sich ein Taxi leisten kann. Er, der sich in der Fremde genauso wohlfühlt wie überall sonst. Scheußlich.

Boyd ist hier, schreibe ich an Henry.

Der fiese, attraktive Boyd, antwortet er sofort.

Er ist nicht attraktiv. Aber natürlich ist er es eigentlich schon, was umso ärgerlicher ist. Nur gute Menschen sollten mit Attraktivität gesegnet sein.

Es macht mich wütend, wie er isst, schreibe ich.

Wie isst er denn?

Viel zu langsam. Als würde man ihn dabei filmen.

Er weiß, dass du ihn beobachtest, schreibt Henry. Sofort fühle ich mich ertappt und bin erleichtert, als endlich mein Essen kommt und ich mich auf etwas anderes als Boyd konzentrieren kann.

Und er beobachtet dich auch, schreibt Henry.

Ich wage es nicht, den Kopf zu wenden, aber ich merke, wie Hitze meinen Nacken hochkriecht. Nein. Er würde mich nicht beobachten. Er interessiert sich nicht für mich. Ich bin für ihn einfach nur eine lästige Schmeißfliege.

Hab ich recht?

Hab ich recht?

Hab ich recht?

Nessa?

Hallo?

Eine Nachricht nach der anderen leuchtet auf meinem Display auf, und widerwillig wende ich mich nun doch um und – unsere Blicke treffen sich. Er sieht mich tatsächlich an. Beobachtet mich beim Essen. Damit ich mich noch unwohler fühle.

Ich habe recht, stimmt's?

Ja, hast du. Ich schicke ihm ein Emoji, das mit den Augen rollt.

Versuch mal, sinnlich zu essen, schlägt Henry vor.

Sicher nicht.

Ach komm, Nessa, hab ein bisschen Spaß.

Ich weiß nicht einmal, warum ich es tue, aber ich stecke mir eine Gabel Fisch in den Mund, schließe die Augen dabei und ziehe sie dann ganz langsam wieder zwischen meinen Lippen hervor.

Noch nie hat jemand auf diese Weise Fish and Chips gegessen, das sage ich dir, schreibe ich. Aber ich merke, wie ich mich weniger einsam fühle, weil Henry und ich uns zusammen einen Spaß aus der Situation machen. Es ist fast, als wäre er hier bei mir.

So unauffällig wie möglich schiele ich wieder in Boyds Ecke. Er hat den Blick gesenkt, aber seine Gesichtsfarbe ist … dunkler? Habe ich ihn in Verlegenheit gebracht? Das kann nicht sein.

Was passiert?, fragt Henry. *Du bist der lausigste Liveticker der Welt.*

Ich bin mir nicht sicher, antworte ich. *Aber es könnte sein, dass ich Boyd Tulloch in Verlegenheit gebracht habe.*

Henry schickt eine exquisite Auswahl an Emojis, die diverse Tränen lachende Smileys, den Daumen und Zeigefinger, die einen Kreis formen, den Affen, der sich die Hände vor den Mund schlägt, und das explodierende Gehirn beinhaltet, und ich muss leise in mich hineinlachen, weil ich genau weiß, wie Henrys Gesicht in diesem Moment aussieht.

Mein Handy vibriert erneut, und ich öffne Henrys Nachricht – nur dass sie nicht von Henry ist, sondern von einer mir unbekannten Nummer.

Sind die Fish and Chips gut?, lese ich, und mir wird augenblicklich heiß. Warum schreibt er mir? Woher hat er meine Nummer?

Woher hast du meine Nummer?

Von der Liste der freiwilligen Helfer, schreibt er zurück. Dann: *Hat nichts mit Stalking zu tun, falls du das vermutet hattest.*

Ich starre auf mein Display.

Was passiert?, fragt Henry.

Boyd hat mir eine Nachricht geschrieben.

Eine Reihe von einzelnen blau-gelben Überraschungsemojis findet ihren Weg auf mein Display. Eins nach dem anderen. Und mit jedem vibriert mein Handy viel zu laut.

Frag ihn, ob ihr euch einen Nachtisch teilen wollt! Henry ist vollkommen außer Rand und Band.

DAS WERDE ICH SICHER NICHT TUN!, antworte ich.

Was wirst du nicht tun?, fragt Henry, nur dass es nicht Henry ist, sondern Boyd. Ich habe die Nachricht an Boyd geschickt.

Fieberhaft überlege ich, was ich antworten könnte. Etwas, das glaubwürdig ist, aber nichts mit Boyd zu tun hat. Es darf nicht zu langweilig sein, weil ich in Großbuchstaben geantwortet habe. Großbuchstaben setzen eine gewisse Brisanz voraus. Verflucht, warum musste ich auch checken, ob Boyd noch mal etwas schreibt? Jedes Kind weiß, dass man aufpassen muss, wenn man zwischen Unterhaltungen hin und her springt.

Mit dem Barkeeper flirten, schreibe ich in Ermangelung besserer Ideen.

Dabei ist er so niedlich, antwortet Boyd, und ich drehe mich um, nur um daran erinnert zu werden, dass der Barkeeper ein ziemlich alter und ziemlich korpulenter Kerl ist. *Daddy Issues?,* fragt Boyd mit einem anzüglich grinsenden Emoji.

Ich starre auf die Worte. Starre auf mein Display, und mein Herz rast. Daddy Issues? Ist das sein Ernst? Weil mein Vater die Hälfte meines Lebens lieber im Pub verbracht hat als bei uns? Weil er uns alleingelassen hat, um sich zu betrinken? Weil wir von ihm nichts hatten? Weil ich von ihm nichts habe, außer diesem blöden Whiskytraum, bei dem mir nun Boyd ständig in die Quere kommt?

Ach, fick dich doch. Wütend hacke ich die Worte auf mein Handy, und noch ehe ich darüber nachdenken kann, schicke ich sie ab. Ich sperre das Display, schiebe wütend den Stuhl zurück und marschiere an Boyd vorbei, ohne ihn eines Blickes zu würdigen. Durch die Tür, die zum Hotel führt, und zum Aufzug, der mich in den vierten Stock bringt.

Erst in meinem Zimmer sehe ich, dass Henry mir noch drei Nachrichten geschrieben hat. Aber statt ihm zu antworten, stelle ich mich unter die heiße Dusche und versuche, mir Boyds Worte – die aus dem Flugzeug und die von gerade eben – abzuwaschen. Versuche das Bild seines blöde grinsenden Gesichts aus meinem Kopf zu verbannen. Will die Erinnerung an Berührung loswerden, an Lippen auf Lippen. An Whisky auf seiner Zunge, meiner Zunge.

Wir haben über Familie gesprochen. Aber inwieweit hat der Whisky die Beziehung zu Ihrem Vater beeinflusst? Denn schließlich stand er lange an der Spitze Ihrer Destillerie.

Boyd Tulloch: Wissen Sie, ich habe keine Lust, drum herumzureden. Ich habe mit einer Frage in diese Richtung gerechnet, schließlich habe ich Ihnen ja ein Enthüllungsinterview versprochen. Deswegen lassen Sie es mich so sagen: In jeder Familie gibt es Reibung. Doch in Familien mit einem patriarchalen Familienoberhaupt passieren diese Reibungen bis zu einem gewissen Punkt im Stillen. Ich habe meinen Vater immer sehr bewundert. Für seine Stärke, seine Ruhe. Seine Macht. Ich wollte nichts mehr als seine Anerkennung. Allerdings müssen Sie wissen, dass Bryson Tulloch sehr sparsam mit seiner Anerkennung ist. Nichts war je gut genug. Was für den Erfolg eines Unternehmens unerlässlich ist, ist jedoch für die eigene Familie, besonders für den eigenen Sohn, schwer zu begreifen. Schwer zu ertragen. Denn dieser Kampf um Anerkennung war für mich von Anfang an ein verlorener. Wenn Sie also nach Reibung fragen: Bis zu dem Moment, als ich verstand, dass mein Vater nicht anders *kann,* gerieten wir häufig aneinander. Besser gesagt, ich geriet an ihn. Von meinem Vater prallte das alles ab.

17

Am nächsten Morgen stehe ich früh auf, um mein Versprechen Effie gegenüber einzuhalten und ein bisschen Sightseeing zu machen, bevor am Nachmittag in *Summerhall,* der Location für die Whiskymeisterschaften, die ersten Preise in den kleineren Kategorien verliehen werden.

In einer niedlichen Bäckerei hole ich mir einen hübsch verzierten Cupcake als extravagantes Frühstück und poste ein Foto davon in unsere Schwesterngruppe. Seit dem Karaoke-Abend im *Hideout,* der in einer Katastrophe endete, heißt sie »The Linklater Sisters«, als wären wir eine folkige Girlband. Ich erinnere mich noch daran, dass Effie die Gruppe irgendwann, während Fiona in Bristol war, von »Sisters Schmisters« in »Just the two of us« umbenannte, um Fiona zu einer Reaktion zu zwingen. Doch sehr zu ihrer Enttäuschung – und wenn ich ehrlich bin, auch zu meiner – blieb sie aus.

Edinburgh ist laut. Edinburgh ist voll. Selbst an diesem Samstagmorgen hetzen Menschen durch die Gegend. Busse ächzen an Haltestellen, Ampelanlagen piepsen, Leute joggen keuchend an mir vorbei. Ich stehe gegenüber dem mächtigen Sir-Walter-Scott-Denkmal und bin erschlagen. Die Ampel springt auf Grün, und obwohl ich keinen Plan habe, wo ich hinlaufen soll, folge ich den Menschen, die alle in Richtung eines Ziels streben, auf die andere Straßenseite.

Das hier ist ein ganz anderer Stress als der, den ich von zu Hause gewohnt bin. Dort geht alles Hand in Hand wie familiäre Zahnräder, die ineinandergreifen, niemals stehen bleiben zwar, aber immer gemeinsam funktionieren, auf eine für mich logische, mir bekannte Weise. Das hier wirkt wie komplette Willkür. Innere Anarchie. Jeder blickt auf sich, niemand sieht nach links oder rechts.

»Verzeihung«, sagt ein Mann, in dessen Weg ich stehe, und eilt an mir vorbei.

Ich durchquere einen kleinen Park Richtung Altstadt. Die großen Sandsteingebäude in ihren Grau- und Beigetönen auf der anderen Seite der Zuggleise erheben sich mächtig über mir, wirken, als sähen sie auf mich herab, als könnten sie mich verschlucken. Es ist ein krasser Gegensatz zu Lerwick, wo die Häuser so niedrig sind, dass man überall in jeder Richtung den Himmel sieht. Wo die Luft nach Meer statt nach Abgasen riecht. Wo die Menschen auf der Straße innehalten, um Small Talk zu machen – und nicht nur, weil jemand im Weg steht.

Die Princes Street, wie mir ein Straßenschild verrät, ist eine große Einkaufsmeile. H&M reiht sich an TK MAXX reiht sich an Marks & Spencer reiht sich an ... Ich befinde mich auf einmal in einem Pulk aus shoppenden Menschen und biege bei der ersten Gelegenheit ab, um den Berg ins historische Zentrum zu erklimmen. Ich entscheide mich für kleinere Seitenstraßen, engere Gassen, die hohen Häuser stehen dicht an dicht, versperren die Sicht, nehmen die Luft zum Atmen.

Die Gebäude der High Street sind älter, ehrwürdiger. Das gleiche Grau und Beige umgibt mich, doch hier wirkt es fast wie in einem historischen Film auf BBC. Die schmucken Verzierungen der Fassaden, das Kopfsteinpflaster ... Dieser Teil der Stadt scheint etwas später zu erwachen, denn das Gedränge der Unterstadt habe ich nun Gott sei Dank hinter mir gelassen.

Ich mache ein etwas gequältes Selfie von mir vor einer besonders hübschen Fassade und schicke es in die Gruppe, in der Fiona und Effie inzwischen auf meinen Frühstückspost reagiert haben. Fiona mit einem Bild aus dem *Drawing Room,* dessen Cupcakes zwar nicht so fancy aussehen wie meiner, aber dafür nach zu Hause schmecken, und Effie mit einem Foto ihrer Zehen, die in selbst gestrickten Wollsocken unter ihrer Bettdecke hervorschauen.

Die High Street wird zum Lawnmarket wird zum Castle Hill. Touristengeschäfte, die Schottenröcke, Wikingerhelme, Postkarten von Hochlandrindern und Whiskygeschenkboxen verkaufen, öffnen gerade ihre Türen, doch ich habe nur Augen für die Burg, die mächtig und prächtig am Ende der Häuserreihe thront. Dicke Wehrmauern, bezinnte Türme.

Ich trete auf den großen Platz und drehe mich einmal um die eigene Achse, um alles auf mich wirken zu lassen. Die Gasse, aus der ich gekommen bin, die Burg in meinem Rücken, der Himmel, der in diesem Moment aufreißt. Der Blick, den man von hier oben über die Stadt hat, ist beeindruckend, und es gelingt mir, durchzuatmen. Denn im Wind, vollkommen ungeschützt von mächtigen Gebäuden, *kann* man atmen. Die Stadt, die vorher noch auf mich herabgeblickt hat, liegt nun unter mir, als würde ich sie beherrschen.

Ich suche mir einen guten Spot und mache ein weiteres Selfie für die Linklater Sisters. Der Wind weht mir meine

Haare ins Gesicht, meine Augen sind geschlossen, doch auf den Lippen liegt ein ehrliches, sanftes Lächeln. Und auf einmal sehe ich Fiona vor mir. Vor dreieinhalb Jahren. Gerade neunzehn Jahre alt. Wie sie Shetland verließ, wie sie in einer fremden Stadt ganz auf sich allein gestellt einen Neuanfang wagte. Für sich, für Connal. Weil sie glaubte, das Richtige zu tun, indem sie ihn freigab. Und ich verstehe. Verstehe, dass auch Fiona in Shetland verwurzelt und zu Hause ist. Dass die Entscheidung, eine Heimat und die Menschen zu verlassen, die man liebt, zu den schwersten gehören muss. Und dass ich ihr verzeihen will, weil all das, was ich in der letzten halben Stunde gespürt habe, drei Jahre lang für sie Realität war, ohne eine Aussicht, zurückzukehren.

Ich verlasse unsere Schwesterngruppe und öffne den Chat mit ihr. Unsere Nachrichten beschränken sich auf praktische Hinweise, Einkaufslisten, Infos, die weitergegeben werden. Doch jetzt schreibe ich: *Ich hab dich lieb, Fi. Immer.*

Als ich mich auf den Weg zu *Summerhall* mache, der Veranstaltungslocation, die eine Meile südöstlich von der Burg im Stadtteil Newington liegt, antwortet sie: *Ich weiß. Ich dich auch. Immer.* Und es ist, als würde sich etwas in mir lösen. Ich kann förmlich spüren, wie der Groll, den ich hegte, hegen musste, weil ich zwar rational verstand, aber emotional einfach nicht begreifen konnte, sich auflöst und wie an seine Stelle Verständnis und Vergebung treten. So schmerzhaft Fionas Weggang für mich, Effie und Connal war, der Schmerz, den sie empfand, stellt all das in den Schatten. Und obwohl sie uns in gewisser Weise natürlich hängen ließ, uns ausschloss, von sich schob, *unser* Leben ging wenigstens weiter. Mit einem klaffenden Loch in unserer Mitte – doch wenn man erst die Mutter und dann auch irgendwie den Vater verliert, ist man an Löcher gewöhnt –, aber dennoch gemeinsam. In diesem

Moment gelobe ich mir und ihr im Stillen, dass wir uns aussprechen, sobald ich zu Hause bin. Richtig aussprechen, damit nichts mehr zwischen uns steht.

Summerhall ist ein großes Sandsteingebäude aus dem achtzehnten Jahrhundert, das einst eine Brauerei beherbergte, wie eine Tafel erklärt. Doch heute verziert das Logo der Scotch Whisky Association den Haupteingang. Ich atme ein, denke an Henry, der eigentlich mit mir hier sein sollte, und halte einem schwarz gekleideten Mann mein Ticket hin. Er scannt den Barcode und winkt mich rein.

Ich folge der Beschilderung in einen festlich geschmückten großen Saal. Reihen von Stühlen stehen vor einer Bühne, auf der ein Banner verkündet, dass es sich um die diesjährigen schottischen Whiskymeisterschaften handelt. Schwere dunkelblaue Vorhänge verdecken den hinteren Teil, davor ist ein dunkelbraunes Rednerpult aufgebaut.

In der Kategorie der dreijährigen Single Malts, die erst morgen an der Reihe ist, male ich mir für Henrys und meine No 3 keine großen Chancen aus, weil die Konkurrenz gewaltig ist. Aber heute wird neben anderen kleineren Kategorien die Innovation des Jahres ausgezeichnet – und auch wenn die nominierten Whiskys allesamt interessant und innovativ klingen, könnte es gut sein, dass es für einen der vorderen Plätze reicht. Und einer der ersten drei Plätze würde das Preisgeld bedeuten, das wir so dringend für die Erhöhung der Pacht und wenigstens eine Anzahlung der Abfüllanlage brauchen. Vielleicht könnte man über einen kleinen Bonus für Henry, über die Fässer, vielleicht sogar ein neues Bett für mich nachdenken.

Ein bisschen unsicher gehe ich die Stuhlreihen entlang, unschlüssig, wo ich mich setzen soll. Die meisten der bereits anwesenden Gäste sind nicht allein hier und unterhalten sich angeregt.

Auf der anderen Seite des Raums erspähe ich Sophie, die Journalistin, die auf der Messe so begeistert von unserem Whisky war. Ich will gerade die Hand heben, um ihr zuzuwinken, vielleicht ein bisschen Small Talk mit ihr zu machen, während ich mich in dieser ungewohnten Situation akklimatisiere, aber in dem Moment tritt ein breitschultriger Mann an sie heran, schüttelt ihr die Hand, verwickelt sie sofort in ein vertraulich wirkendes Gespräch. Einen Augenblick lang starre ich sie an, bis jemand an meine Schulter tippt und fragt, ob ich ihn in die Reihe lassen kann.

»Oh, ja, natürlich, Verzeihung«, sage ich und trete zur Seite.

Weil ich ohnehin nicht weiß, wohin mit mir, setze ich mich einfach auf den Stuhl direkt am Rand und schreibe Henry eine Nachricht, dass es bald so weit ist und ich ihn anrufen werde, damit er dabei sein kann.

Immer mehr Menschen finden auf ihre Plätze. Die einzelnen Unterhaltungen verschmelzen zu einem Summen, und als ich erneut angetippt werde, erschrecke ich beinahe, so sehr war ich in Gedanken.

»Hi, Nessa.« Es ist Sophie.

»Oh, hi!« Ich stehe auf.

»Bleiben Sie sitzen. Ich wollte Ihnen nur sagen, dass ich Ihre Kategorie verleihe und mich sehr gefreut habe, als ich die vorderen Plätze gesehen habe.« Sie zwinkert mir zu, und ich weiß gar nicht, wie mir geschieht. Hat sie mir gerade verraten, dass unser Whisky etwas gewonnen hat? Mir wird ganz warm, und ich spüre, wie sich rote Nervositätsflecken auf meinem Gesicht und mit Sicherheit auch auf meinem Hals ausbreiten. Etwas, das ich mit meinen Schwestern gemeinsam habe.

Ein Mann in Jeans und Karohemd betritt die Bühne. Ich erkenne ihn von Bildern aus *The World of Whisky*. Es ist Alex McCreery, der Vorsitzende der Scotch Whisky Association.

»Herzlich willkommen in Edinburgh zu den diesjährigen Whiskymeisterschaften«, sagt er, und ein paar Leute, die sich bislang noch keinen Platz gesucht haben, drängen sich schnell auf freie Stühle. »Keine Hektik, wir haben Zeit.« Er lächelt freundlich. »Hier vorne ist noch was frei, Alastair, wenn hinten kein Platz mehr ist ...«

Der Mann, der offensichtlich Alastair heißt, läuft mit schnellen, langen Schritten nach vorne und setzt sich auf den freien Platz.

»Sitzen alle? Ja? Noch jemand, der gern tauschen würde?« Alex McCreery lacht. Dann begrüßt er einige der großen Destillerien und Sponsoren und bedankt sich beim Komitee und den freiwilligen Helferinnen und Helfern. Er stellt die Jurorinnen und Juroren vor, unter anderem Sophie, und ich werde schon wieder ganz aufgeregt, wenn ich daran denke, dass wir vielleicht wirklich gewinnen! »Und jetzt, ohne weiteres Aufhebens, bitte ich den ersten Laudator des heutigen Tages auf die Bühne. Boyd Tulloch.«

Ich verziehe den Mund, während alle andere klatschen.

Boyd springt mit einem überraschend eleganten Satz auf die Bühne. Neben ihm sieht Alex McCreery ganz klein und schmächtig aus. Sie geben sich die Hand, dann tritt Boyd ans Mikrofon.

»Mir wird heute Abend die große Ehre zuteil, die erste Kategorie vorzustellen. Und ich bin mir sicher, die Jury hat würdige Gewinner auserkoren. In der Kategorie ›Nachhaltigste Destillerie‹ ...« Er öffnet einen Briefumschlag und verkündet dann die ersten fünf Platzierungen. Die Plätze eins bis drei kommen nacheinander auf die Bühne und erhalten eine kleine Trophäe und einen Scheck mit dem Preisgeld.

Ein älterer Herr präsentiert die Kategorie des besten dreijährigen Blended Malt. Auf dem zweiten Platz landet eine Brennerin, weswegen ich umso lauter klatsche. Die Kategorie »Bestes Marketing« scheint sich geringen Interesses zu erfreuen, denn das Getuschel in den Reihen wird lauter und erstirbt erst wieder, als die ersten drei Plätze vorgelesen werden.

Als Unterhaltung zwischendurch spielt eine traditionelle schottische Band, und der Ceilidh-Club einer benachbarten Schule tanzt dazu.

Die Holyrood Distillery aus Edinburgh erhält einen Preis außer Konkurrenz für besondere Verdienste und dazu eine sehr lange Laudatio von einem Mann um die vierzig, der sich selbst gern reden hört.

Und dann ist die Kategorie »Innovation des Jahres« dran, und meine Finger werden feucht, mein Herzschlag beschleunigt sich. Mit zitternden Fingern rufe ich Henry an.

»Hey, jetzt ist unsere Kategorie dran«, flüstere ich ins Telefon, und in diesem Moment betritt Sophie die Bühne, in der Hand den Umschlag mit den Gewinnern. Mein Herz hüpft.

»Liebe Whiskyfreundinnen und Whiskyfreunde«, sagt Sophie ins Mikrofon, und ich kann Henry am anderen Ende der Leitung vor Aufregung quietschen hören. »Es ist mir eine große Freude, heute die Gewinner der Kategorie ›Innovation des Jahres‹ zu verkünden. Und ich kann euch sagen, die Entscheidung war hart. Ich bin Teil der Jury, wenn auch nicht für diese Kategorie, und ich versichere euch, noch nie war Whisky so spannend wie in diesem Jahr.« Ein paar Leute klatschen. »Innovation ist wichtig. Innovation lässt einen frischen Blick auf die Sache zu. Innovation bringt uns weiter.«

»Ha!«, entfährt es mir. Ich hoffe, dass Boyd Tulloch gerade genau hinhört.

»Auf der Shortlist befanden sich sage und schreibe zwanzig Whiskys aus kleinen und großen Destillerien. Gewinnen können leider nur drei von ihnen, aber auf Platz fünf, Ladies and Gentlemen, haben wir ...« Sie öffnet etwas umständlich den Umschlag und zieht ein gefaltetes Papier heraus. »Den Malt Rebel von der Whisky Manufactory Glasgow.« Applaus brandet auf, und zwei junge Kerle weiter vorne schlagen ein. »Auf Platz vier einen Whisky, den ich vor Kurzem kennen und lieben gelernt habe. Die No 3 der Golden Plover Distillery aus Lerwick.«

»Oh«, höre ich Henry aus meinem Smartphone.

Und ein *Oh* höre ich auch in meinem Kopf. Ein enttäuschtes *Oh*. Eins, das mir wie eine kalte Welle ins Gesicht klatscht.

»Aber, hey, vierter Platz, das ist echt gut.«

»Ja«, sage ich tonlos. »Vierter Platz ist echt gut.« Aber gleichzeitig verabschiede ich mich im Stillen von der Anzahlung für die neue Anlage, von einem neuen Bett, von Henrys Bonus. Das war es also, was Sophie mit einem der vorderen Plätze meinte. Der undankbare Vierte. Und in diesem Moment fühle ich mich selbst undankbar, denn natürlich ist es ein großer Erfolg für Henry und mich und unseren Whisky.

»Du bist enttäuscht, oder?«, fragt Henry, und ich nicke, obwohl er es nicht sehen kann. »Du nickst, oder?« Wieder nicke ich, und Henry, der mich so gut kennt wie ich mich selbst, weiß es und spricht einfach weiter. »Dann gewinnen wir eben morgen. Oder nächstes Jahr. Oder nie. Was macht das schon? Wir machen großartigen Whisky, und das ist es, was zählt.«

Wieder nicke ich. Ich weiß natürlich, dass er recht hat. Aber wir waren so nah dran. Und nach dem, was Sophie zu mir gesagt hat, war ich mir fast sicher ...

»Alles gut, Henry«, sage ich, denn ich will ihn nicht mit meinen Geldsorgen belasten. Das ist ein Gesprächsthema für ein andermal. Und vor allem kein Gesprächsthema, während die Plätze drei bis eins nach vorne laufen und ihre Preise und verdienten Glückwünsche entgegennehmen. »Lass uns später noch mal telefonieren.«

Bis zum Abend werden noch ein paar Preise vergeben, und ich freue mich für jede kleine Destillerie, die ausgezeichnet wird. Aber es hinterlässt jedes Mal diesen bescheuerten Nachgeschmack von ... etwas Verpasstem. Und deswegen bleibe ich auch keine Sekunde länger als nötig, als verkündet wird, dass wir uns morgen wiedersehen werden. Bevor ich noch Boyd Tulloch in die Arme laufen kann und mir seine Häme anhören muss, haste ich zum Ausgang und mache mich auf den Weg zurück ins Hotel.

18

In meinem Zimmer lasse ich mich mit dem Gesicht voraus auf mein Bett fallen und bleibe ein paar Minuten reglos liegen. Es ist kein Weltuntergang, das nicht. Dann schnalle ich den Gürtel eben noch ein wenig enger. Henry hat sich noch kein einziges Mal beschwert. Es wird schon gehen. Es muss gehen. Wie es Tag für Tag irgendwie geht. Wie es ging, als unser Dad immer weniger wurde. Weniger er, weniger präsent. Wie es ging, als Effie in die Pubertät kam und anfing, mich zu hassen. Wie es ging, als Fiona uns verließ.

Mein Handy beginnt zu vibrieren, und eigentlich habe ich gerade keine Lust, mit Henry zu telefonieren, um unseren vermeintlichen Erfolg zu feiern. Doch dann sehe ich, dass es Fionas Name ist, der auf dem Display aufleuchtet.

»Fi?«, frage ich.

»Ist alles gut bei dir?« An ihrer Stimmlage höre ich, dass sie bereits mit Henry gesprochen haben muss.

»Wir haben den vierten Platz gemacht«, sage ich seufzend. »Und bevor du gleich erzählst, wie toll das ist – das ist mir schon klar. Aber es hängt mehr daran als nur …«

»Ich weiß«, unterbricht sie mich. »Ich weiß das alles. Und

es ist vollkommen in Ordnung, dass du dich erst mal nicht freuen kannst.«

»Das ist es nicht einmal. Ich freue mich. Aber ich muss mir über so viele Dinge Gedanken machen, dass die Freude dagegen keine Chance hat.« Genauso fühlt es sich an. Als wäre da einfach eine Wand aus Problemen.

»Okay, vielleicht löst sich eins von den Problemen jetzt. Da ist tatsächlich ein Brief von der Immobilienfirma für dich gekommen.«

Ich setze mich auf. »Okay, öffne ihn.« Denn Gewissheit ist besser als Abwarten und auf Gedankenkarussells im Kreis fahren.

Ich höre, wie sie den Umschlag öffnet. Langsam, vorsichtig, so wie sie ist. Effie hätte ihn einfach aufgerissen.

»Sehr geehrte Miss Linklater«, liest sie, und ich schließe die Augen. *»Wir bedauern, Ihnen mitteilen zu müssen, dass der Pachtvertrag über die Immobilie 17 Cunningham Way nicht verlängert wird. Das Grundstück wurde verkauft, und der neue Besitzer hat bereits Eigenbedarf angemeldet.«*

Nein! »Nein!« Ich kann nichts anderes denken oder sagen. Nein. Nein! Das darf nicht wahr sein. Das Gefühl, dass mir das kalte Wasser bis zum Hals steht, über mich schwappt, wird übermächtig.

»Ich fürchte, doch ...«

»Wer sollte ... ich meine ... wen interessiert denn so eine Halle?« Auf einmal stocke ich. Erinnere mich daran, was ich neulich im *Hideout* aufgeschnappt habe. Irgendwas mit Investoren vom Festland.

»Vermutlich geht's nicht um die Halle, sondern um das Grundstück. Ich hab neulich das Gerücht gehört, dass Leute versuchen, bei uns Baugrund zu erwerben. Dachte natürlich, dass nichts dran ist. Aber anscheinend doch ...«

Also stimmt es tatsächlich? »Aber …« Was mache ich denn jetzt? »Aber …« Wo sollen wir denn hin? Henry und ich? »Aber …«

»Ich weiß …«

»Aber …« Auf einmal entfährt mir ein Prusten. »Das ist doch alles nicht wahr«, sage ich und muss seltsamerweise lachen.

»Lachst du oder weinst du?«, fragt Fiona.

»Ich lache. Denn ganz ehrlich, was soll ich denn sonst tun? Das ist doch wirklich zum Lachen.«

»Ich verstehe es zwar nicht, aber es ist vermutlich ein ganz vernünftiger Umgang?« Fiona klingt nicht sonderlich überzeugt.

»Ist doch gut zu wissen, dass auch ein dritter oder erster Platz nichts geändert hätte. Wir waren schon die ganze Zeit im Arsch.« Mein Kichern wird immer unkontrollierbarer.

»Ich hab dich noch nie so reden hören.«

»Spielt doch eh alles keine Rolle«, sage ich. »Effie hat schon mit sieben Jahren geflucht wie ein Bierkutscher, vollkommen egal, dass ich mir jedes böse Wort verkniffen habe. Ich habe so die Schnauze voll davon, alles richtig zu machen und dann trotzdem eins aufs Maul zu kriegen.« Wieder pruste ich. »Und dabei war es noch nicht mal mein Traum. Nicht die Position, die ich in der Familie hatte, nicht der Whisky … Ich bin einfach zu Dad geworden.«

»Das bist du nicht, Nessa, du bist du!«

»Wie lächerlich ich mich mache!«

»Du machst dich doch nicht lächerlich. Du bist mein absolutes Vorbild. Effies Vorbild. Unser aller Vorbild!«

»Dann sucht euch mal besser ein anderes. Ich geh mich jetzt betrinken.«

»Nessa? Warte, sei nicht unvernünftig, okay?«

»Ha!« Ich schnaube. »Ich werde heute unvernünftig sein, denn mit Vernunft kommt man auch nicht weiter.«

»Bitte pass auf dich auf.«

»Keine Sorge. Ich gehe in den Pub. Und dann in mein Hotelzimmer zurück. Aber betrunken. Das ist der Plan. Wie man noch unvernünftiger ist, muss ich erst mal lernen.«

»Ein Pint von dem Ale und einen Whisky, bitte«, bestelle ich und klettere auf einen Barhocker. Ich stütze meinen Kopf in meine Hände und starre auf den Tresen. Als der Barmann zwei Gläser vor mich stellt, trinke ich in großen Schlucken von dem Ale.

»Da hat aber jemand Durst«, sagt er und nickt mir freundlich zu.

»Ja, und dieser Jemand bleibt 'ne Weile«, kündige ich an und nehme einen Schluck Whisky.

Ich trinke das Pint innerhalb weniger Minuten leer und ordere gleich ein neues. Natürlich weiß ich, dass Alkohol keine Probleme löst. Wenn überhaupt, schafft er neue, *nicht wahr, Dad?* Aber ich bin nun einmal hier. Allein. Mit meinen Sorgen. Und ein einziges Mal in meinem Leben will ich so tun, als wäre mir alles egal. *Denn dir war's ja auch egal, Dad.* Danke für die beschissene Whiskyleidenschaft. Danke für die verfluchte Pacht. *Danke für verdammt noch mal nichts, Dad.*

Ich nippe an meinem Whisky, starre vor mich hin. Bestelle einen neuen, trinke währenddessen ein zweites Pint Ale. Ich könnte es einfach sein lassen. Mir einen Job suchen. Das Leben als Angestellte irgendwo führen. Am Ende des Monats meinen Gehaltsscheck bekommen. Sicherheit. *Sei nicht so melodramatisch,* sagt eine Stimme in meinem Kopf. Es ist meine eigene. Aber vielleicht *ist* jetzt die Zeit für Melodramatik. Ich habe mich und meinen besten Freund in diese Sache reingeritten. Weil ich mir in den Kopf gesetzt hatte, es sei eine gute Idee. Weil ich mir sicher war, etwas beitragen zu können. Aber was, wenn es das alles nicht wert ist? Ich schlucke und schließe für einen Moment die Augen.

»Nessa Linklater«, ertönt eine Stimme hinter mir, und der hat mir gerade noch gefehlt. Mit seinen blöden Sprüchen, seinen hasserfüllten Blicken. Daddy Issues. Dass ich nicht lache!

Ich drehe mich langsam auf meinem Barhocker, bis ich ihn ansehen kann. Da steht er, breitschultrig, in einem seiner albernen Hemden. Fünftagebart, Grinsen im Gesicht. Und ich gebe ein hörbares Seufzen von mir. Eins, aus dem die gesamte Müdigkeit spricht, die ich fühle.

»Was willst du, Boyd?«, frage ich, und als er gerade ansetzt, etwas zu sagen, hebe ich die Hand. »Ach, weißt du, was? Ich möchte es nicht hören. Du hast gewonnen, Boyd. Ich bin müde. Ich bin es so verdammt leid. Ich habe keine Kraft mehr für schlagfertige Antworten auf deine herablassenden Kommentare.« Meine Schultern sacken herab, meine Miene ist unbeweglich, während ich ihn ansehe.

Seine Mundwinkel zucken. »Das ... ist aber schade«, sagt er und kommt einen Schritt auf mich zu. »Denn ... eigentlich mag ich deine schlagfertigen Antworten, Nessa Linklater.«

»Lass es gut sein, Boyd. Ernsthaft.« Ich kann die Nerven, die ich für Boyd brauche, nicht aufbringen. Nicht hier und nicht jetzt. Ich rutsche von meinem Barhocker, bereit abzuhauen, sollte er Anstalten machen, auch nur noch einen Mucks von sich zu geben.

»Ich meine es ernst. Du ... bist eine Erscheinung, wenn du wütend bist.«

Was? Ich habe zwar ein bisschen was getrunken, aber nicht genug, um mir Dinge einzubilden. Wir stehen uns gegenüber, Boyd grinst, während mein Mund vor Verwunderung offen steht.

Boyd macht noch einen Schritt auf mich zu, und ich bleibe, obwohl ich einfach nur gehen müsste, um meine Ruhe zu haben. In meinem Zimmer gibt es eine Minibar, falls mir nach mehr Alkohol ist. Und doch – bleibe ich.

»Was trinken wir?«, fragt Boyd, und ich bin zu überrumpelt, um ihm zu sagen, dass er nicht eingeladen ist. Im Gegenteil, er ist ausgeladen. Am ausgeladensten. »Ich nehme, was die Dame trinkt.«

»Warum?«, frage ich mehr an mich selbst gewandt.

Doch Boyd blickt sich um, klopft auf den Barhocker, auf dem ich bis gerade eben noch saß. »Weil du wirkst, als könntest du Gesellschaft brauchen.«

»Was soll das denn heißen?«, frage ich.

»Du gibst mir kein Kontra. Das ist neu. Also, was ist los?«

Will er das wirklich wissen? Ich klettere jedenfalls zurück auf meinen Barhocker und trinke einen Schluck Whisky. Dann sage ich: »Manchmal ist es hart.«

»Was?«

»Der Kampf.«

»Gegen mich?«

»Nein.« Ich lache. »Nicht alles dreht sich immer nur um dich, Boyd.«

»Die Menschen sagen das komischerweise dauernd zu mir. Aber es fällt mir schwer, das zu glauben.«

Ich schubse ihn für seinen Kommentar leicht, und er greift nach meiner Hand, hält sie fest, als müsse er mich davon abhalten, sie gegen ihn zu erheben. Und vielleicht muss er das. Es kommt darauf an, was er als Nächstes sagt. Als er jedoch wieder loslässt, spüre ich noch seinen Oberarm unter meiner Handfläche und seine Finger um meine Finger.

»Ich meine den allgemeinen Kampf. Das Leben. Das *Überleben*. Manchmal denke ich, es könnte auch einfacher sein.« Wieso erzähle ich ihm das? Wieso halte ich nicht meine Klappe? Wieso macht der Alkohol, dass Wörter aus meinem Mund kommen?

»Einfacher vielleicht. Aber auch langweiliger.«

»Ach, weißt du, so ein bisschen Langeweile klingt ehrlich gesagt ganz schön himmlisch.«

Er sieht mich an. Vollkommen klar. Sein Blick bohrt direkt in mich hinein. »Ich glaube dir kein Wort«, sagt er. Und er sagt es auf eine Art und Weise, die mir einen Schauer über den Rücken jagt. »Du, Nessa Linklater, musst einfach nur lernen, den Nervenkitzel zu genießen.«

Was ist das hier? Was ist das für ein Blick? Aber ich weiß es. Ich kenne diesen Blick. Ich habe ihn schon einmal gesehen. Boyd neigt seinen Kopf in meine Richtung. Und ich neige meinen, und unsere Lippen prallen aufeinander. Vollkommen unvernünftig, vollkommen gedankenlos, vollkommen ohne Sinn, ohne Verstand. Und es stellt sich heraus, ich muss gar nicht lernen, wie man noch unvernünftiger ist. Ich weiß es sehr gut. Denn ich spüre es am ganzen Körper, der kribbelt, während Boyds Lippen auf meinen sind, sich öffnen. Und diesmal bin ich diejenige, die nach Whisky schmeckt.

Seine Zunge trifft auf meine, heftig, wild. Er saugt an meinen Lippen, an meiner Zunge, Zähne treffen auf Zähne, und ein feiner Schmerz durchzuckt mich. Das hier, das ist kein Kuss. Das ist ein Verschlingen. Ein gegenseitiges Auffressen. Ein Verschmelzen der brutalsten, schonungslosesten Sorte. Etwas, das ausbricht, aus uns heraus – und in den anderen hinein. Ich beiße ihn in die Lippe, und er stöhnt leise, vor

Schmerz oder vor Begehren, ich weiß es nicht. Ich selbst weiß nicht, wo mein Schmerz aufhört und so etwas wie Begehren beginnt. Etwas, das ich mir nicht eingestehen werde. Etwas, das für heute gilt, aber niemals darüber hinaus.

»Ich hasse dich, Boyd«, sage ich außer Atem.

»Ich hasse dich auch, Nessa Linklater.« Dann vergräbt er seine Hände in meinen Haaren, ich kralle meine Finger in seinen Rücken. Seinen starken, breiten Rücken. Er rutscht von seinem Barhocker, schlingt die Arme um mich, drängt sich mir gierig entgegen.

»Vielleicht Zeit, aufs Zimmer zu gehen«, sagt eine Stimme. Die Stimme des Barkeepers, und er hat recht.

Boyd blickt mich fragend an. Und ich nicke. Wo wir schon bei »unvernünftig« sind ... Ich nehme einfach seine Hand und ziehe ihn hinter mir her. Durch den fast leeren Barraum zur Tür. Ich stoße sie auf, und sobald wir im menschenleeren Zwischenflur sind, der Pub und Hotel verbindet, packt er mich und drückt mich gegen die Wand.

»Du bist ein mieser Scheißkerl«, sage ich, bevor er heftig keuchend erneut meinen Mund mit seinem bedeckt. Ich sauge an seiner Unterlippe, er fährt mit der Hand unter meinen Pulli. Seine Haut ist warm auf meiner Haut, trotzdem kriege ich eine Gänsehaut, als er meine Brust umschließt, zudrückt, dabei unseren Kuss nicht unterbricht. Immer weiter, immer tiefer fährt er mit seiner Zunge in meinen Mund, zieht sich kurz zurück, um dann wiederzukehren, noch begieriger, noch hungriger.

»Ich hasse dich so sehr, Boyd.« Mit der Faust boxe ich ihn in die Brust.

»Und ich dich noch viel mehr, Nessa Linklater.« Er vergräbt die Finger in meinen Haaren, sieht mich an. Sein Blick wild, ungeduldig.

»Arschloch.« Ich schubse ihn. Gegen die nächste Wand. Und das Schubsen macht etwas mit mir. Ich schubse Boyd. Und er lässt mich. Ich halte seine Hände an die Wand gedrückt, betrachte ihn. Seine starken Oberarme, die Brust, über der das Hemd spannt. Er knurrt, beginnt, sich zu wehren, und er ist so kräftig, dass er mich mühelos an die Wand gegenüber schiebt.

Nun ist er derjenige, der meine Hände hält. Ich warte auf seine Lippen, will nicht warten, beuge mich leicht vor, doch er schüttelt grinsend den Kopf. Und wie ich eben lässt er einfach nur einen begierigen Blick über mich wandern. Von meinen Stiefeln, über die er sich lustig gemacht hat, meine Strumpfhose entlang, über den senfgelben Cordrock, den Pullover.

»Sag das noch mal«, fordert er mich auf.

»Arschloch.«

Und dann hat er sich selbst nicht mehr unter Kontrolle, und Lippen, Zähne, Zungen prallen erneut gegeneinander. Wir drehen uns. Mal steht er mit dem Rücken zur Wand, dann wieder ich. Es ist die langsamste, heißeste Fortbewegungsart der Welt, doch irgendwann sind wir an der Lobby angekommen und müssen uns voneinander lösen. Mit großen Schritten zieht er mich zum Aufzug, ich muss rennen, um Schritt zu halten. Ungeduldig drückt er immer wieder auf den Knopf.

»Du machst mich so wütend«, sage ich, weil ich für einen kurzen Moment meinen Verstand wiedererlangt habe. »Alles an dir macht mich wütend.«

»Du hast keine Ahnung, wie wütend du mich machst«, erwidert er mit einem Blick, den ich so noch nie bei Boyd gesehen habe. Amüsiertheit. Verblüffung. Was auch immer. »Und wie sehr mich das gerade anmacht.« Wieder drückt er auf den Knopf. Dann schlägt er mit der Faust dagegen.

»Sir, bitte haben Sie ein bisschen Geduld«, sagt die Frau am Empfangstresen, und ich muss völlig unkontrolliert kichern.

Mit einem leisen »Pling« öffnen sich die Aufzugtüren endlich, und ein älteres Ehepaar tritt heraus. Ich umfasse Boyds Hand fester, ziehe ihn hinter mir her in den Aufzug. Er drückt auf die Vier. Einen Augenblick lang stehen wir nebeneinander, die Frau an der Rezeption sieht uns direkt an, während sich die Türen wieder schließen. Im nächsten Moment hebt Boyd mich hoch und presst mich gegen die verspiegelte Aufzugwand. Ich umschlinge ihn mit meinen Beinen, und wir küssen uns erneut mit einer Heftigkeit, die ich für eine ausgemachte Lüge halten würde, wäre ich nicht diejenige, die sie gerade erlebt. Er ist überall. An mir, auf mir, über mir, ich rieche ihn, schmecke ihn, fühle ihn, zerre an seinem Hemd, um ihn darunter zu berühren, nestle an seinem Gürtel, bin vollkommen entfesselt.

Der Aufzug hält, die Türen öffnen sich, und wir treten hinaus, als wäre nie etwas passiert. Nur dass meine Haare vollkommen durcheinander sind, meine Wangen gerötet, wie mir ein kurzer Blick in den Aufzugspiegel verrät. Boyds Hemd hängt aus der Hose, und sein Gürtel ist geöffnet. Doch wir sind die einzigen Menschen auf dem Gang, und es ist vollkommen egal. Selbst wenn uns jemand sähe, wäre es egal.

Sofort hat Boyd mich wieder gegen die Wand gepresst, dann ich ihn, dann er wieder mich. Ich beiße ihn, und er zieht geräuschvoll die Luft ein.

»Sei nicht so ein Jammerlappen«, sage ich.

»Sei du nicht so eine nervige Kuh«, erwidert er, und ich schubse ihn erneut. Und noch einmal, sodass er fast ins Stolpern gerät. Er hält sich an mir fest, zieht mich an sich, presst sich gegen mich und uns an die Tür eines Zimmers.

»Ich hasse dich wirklich«, sage ich atemlos, ehe er meinen Mund wieder mit seiner Zunge erobert.

»Ich hasse dich noch viel mehr.« Und dann ist seine Zunge wieder in mir, und ich ziehe an seinen Haaren, so fest, dass sein Kopf nach hinten ruckt. Er revanchiert sich, indem er seine Finger in meinen Haaren verkrallt, doch er ist sanfter. Dabei will ich es nicht sanft, ich will, dass er mir zeigt, was er fühlt. All den Hass. All die Verachtung, so wie ich es ihm zeigen will. Ich will ihn schubsen und boxen und ihm einen gepfefferten Arschtritt verpassen. Doch er widersetzt sich dem Schmerz, keucht, schnauft, stöhnt, um mich erneut zu küssen. Ich lasse los, weil mir die Luft wegbleibt, so intensiv, wie ich Boyd Tulloch in mir spüre.

Und dann öffnet Boyd mit seiner Karte die Tür, die mit einem Klicken nachgibt, und wir fallen mehr, als dass wir gehen, in sein Hotelzimmer.

»Gott, wie ich dich hasse«, sage ich, und er sagt nichts mehr, grinst nur breit und wirft mich auf sein Bett.

19

Im nächsten Moment ist Boyd über mir. Er packt mich mit den Händen an meinen Rippen, lässt sie fest an meinen Seiten herunterwandern, bis er an meinem Rock ankommt.

»Ich muss das fragen, weil wir uns hassen«, sagt er atemlos, »aber du willst das, oder?«

»Halt die Schnauze und mach«, keuche ich, und er schiebt meinen Pullover hoch und beißt mich sanft in den Bauch, während ich die Fäuste um seine Haare schließe. Mit den Fingern wandert er unter den Bund meiner Strumpfhose, fährt den Abdruck entlang, den sie auf meiner Haut hinterlassen hat, und ich gebe ihn frei, kralle die Hände stattdessen in die Bettdecke, weil ich nicht weiß, wohin damit vor lauter Erregung und Aufregung und ganz allgemein Regung in mir.

Boyds Hände wandern weiter, über meinen Rock, meine Beine hinunter. Einen Moment hält er inne, betrachtet mein Schuhwerk. Dann beginnt er zu lachen.

»Du verarschst mich, oder?« Er zieht an der Schleife meiner festen Stiefel und löst dann die Schnürsenkel aus den Ösen. Der Schuh sitzt trotzdem ziemlich fest, und durch seinen entschlossenen Versuch, ihn mir auszuziehen, rutsche ich ein Stück das Bett hinunter. »Das kann doch nicht dein Ernst sein.«

Ich winkle mein anderes Bein an, um den zweiten Stiefel selbst auszuziehen, und endlich wirft Boyd erst den einen, dann ich den anderen quer durchs Zimmer. Egal, wohin, Hauptsache, wir sind sie los.

Sofort ist er wieder über mir, auf mir, als wäre dieser Moment ohne Körperkontakt zu viel gewesen. Seine Lippen sind auf meinem Hals, meinem Schlüsselbein, immer wieder knabbert er an meiner Haut, und ich erschauere vor ungewohnt tiefer Lust.

Sein Mund sucht meinen Mund, seine Zunge giert nach meiner. Seine Hände machen sich am Verschluss meines Rocks zu schaffen, und ich setze mich auf, ohne dass unsere Zungen aufhören, umeinander zu kreisen, ohne dass wir aufhören, aneinander zu saugen.

Er öffnet meinen Rock, ich mache mich an seinen Hemdsknöpfen zu schaffen, verliere aber schnell die Geduld und zerre mehr, als dass ich öffne.

»Warte«, keucht er, um sich das Hemd über den Kopf zu ziehen, doch ich will nicht warten. Und schon gar nicht auf Boyd Tulloch, diesen aufgeblasenen Mistkerl. Und so reiße ich das Hemd mit einer heftigen Bewegung auf, sodass die kleinen Perlmuttknöpfe in alle Richtungen spritzen.

»Sagte ich nicht, du sollst warten?«, knurrt Boyd und schubst mich zurück auf die Matratze. Nun kann ich seinen kräftigen Oberkörper in voller Pracht betrachten. Die definierten Brustmuskeln, die breiten Schultern.

Ich zucke grinsend die Achseln, denn es ist mir scheißegal, was er sagt. »Ups.«

»Na warte.« Er zieht mir gleichzeitig Rock und Strumpfhose über die Beine, und ich höre – und spüre –, wie das Nylon reißt. Er wirft beides unachtsam hinter sich und packt dann meine Oberschenkel mit seinen großen Händen.

Boyd spreizt meine Beine. Weit. Und kneift mich sanft in die Innenseiten meiner Schenkel. Zu sanft für Boyd Tulloch. Ich bäume mich auf, winde mich, als er seine Zähne zu Hilfe nimmt. Es ist ein schöner Schmerz, kein heftiger. Ein passender. Einer, der mich alles vergessen lässt.

Es fühlt sich an wie ein längst überfälliger Ausbruch. Ein Ausbruch aus mir selbst. Die vernünftige, besonnene Nessa handelt, ohne nachzudenken. Und es ist befreiend! Einmal im Leben nicht an Konsequenzen zu denken. Einmal im Leben einfach nur zu sein.

Boyd knabbert einen sanften Pfad hinunter zu meiner Kniekehle, und als er den Druck erhöht, presse ich meine Beine um seinen Hals, sodass er sich nicht mehr aus meinem scherenartigen Klammergriff befreien kann. Ich setze mich auf, löse die Umklammerung und schiebe in einer fließenden Bewegung meine Beine unter ihn, um ihn von mir wegzudrücken, bis er aufrecht vor mir steht. Mit einem Fuß an seiner Brust halte ich ihn in Position und öffne mit meinen vor Verlangen zitternden Fingern seine Hose.

»Du bist ganz schön beweglich, Nessa Linklater.«

»Weniger reden, mehr ausziehen«, sage ich gepresst, weil mich die Hose nervt und die Boxerbriefs, die er darunter trägt. Was sie verbergen, macht mich ein bisschen schwindelig. Schwindelig vor Vorfreude. Vielleicht ist das der Teil an Boyd Tulloch, den ich am wenigsten hasse. Zumindest in diesem Moment, in dem ich nicht erwarten kann, dass er mir gibt, was ich will. Und das ist das hier. Er. Sein verfluchter Penis in mir.

Boyd lacht leise und entledigt sich seiner restlichen Klamotten, während ich mir in Windeseile meinen Pullover über den Kopf ziehe und den BH löse.

»Ist es ein großer Abturn, dass ich dein Äußeres deutlich weniger hasse als dein Inneres?«, fragt er grinsend, als ich, abgesehen von meinem ziemlich unsexy schwarzen Baumwollslip, vollkommen entblößt vor ihm auf seinem Hotelbett liege.

»Keine Sorge, was ich sehe, widert mich auch weit weniger an als das, was ich fühle«, sage ich mit einem Blick auf seine Erektion.

»Das mit den Komplimenten üben wir noch mal. Für den ersten Versuch nicht schlecht, aber da ist definitiv Luft nach oben.« Aus seiner ledernen Reisetasche holt er ein Kondom.

Ich zeige ihm den Mittelfinger und sage spöttisch: »Ich sehe, du bist vorbereitet.«

»Und du bist in keiner Position, dich zu beschweren«, erwidert er und deutet auf meinen Körper, der vor Erwartung bebt. Dann lässt er seine Hand mit festem Druck über mein Gesicht, meine Lippen, meinen Hals fahren.

»Meine Position ist, ehrlich gesagt, ziemlich eindeutig, also wär's schön, du würdest dieses alberne Vorspiel lassen und mir endlich zeigen, ob du wenigstens zu einer Sache zu gebrauchen bist.« Ich packe seine Hand und lege sie auf meine Brust, die er sofort zu kneten beginnt.

»Oh, ich *werd's* dir zeigen, darauf kannst du dich verlassen.« Er beißt mich in die Brustwarze, und ich quietsche auf, kratze mit meinen Fingernägeln über seinen Rücken, sodass er lautstark die Luft einsaugt.

»Bislang redest du vor allem«, stöhne ich, weil er sich nun der anderen Brust auf ebenso wenig liebevolle Weise widmet.

»Hältst du jetzt mal deinen Mund?«, fragt er knurrend.

»Hältst du vielleicht mal dein Wort?«, entgegne ich, und

mit einem vernichtenden Blick reißt er das Kondom auf, rollt es über seinen zuckenden Penis, positioniert sich … und stößt mit einem Mal so fest in mich, dass ich vor Überraschung laut aufkeuche.

»Ist das nach deinem Geschmack?«, fragt er, zieht sich zurück und stößt erneut zu.

Und … ja … das … ist … es … Doch ich bin für einen Augenblick nicht in der Lage zu antworten, weil ich Sterne sehe, so tief ist er in mir, so sehr pocht es in meinem gesamten Körper, so übermächtig ist das Verlangen nach mehr, nach ihm, nach diesem Arsch Boyd Tulloch zwischen meinen Beinen.

»Nessa … Linklater«, raunt Boyd atemlos und klingt beinahe überrascht, während er wieder und wieder in mich dringt, ich mich ihm entgegenbäume, wir unseren Rhythmus finden. Einen wütenden, schnellen, heftigen Rhythmus, der uns so laut stöhnen lässt, dass es fast ein Schreien ist.

Die Art, wie er mich packt, überall, am Arm, an den Brüsten, an meinem Bauch, an meinem Hintern, dann am Oberschenkel, ist rau, ist wild, aber sie macht mich vollkommen irre. Ich verbeiße mich in seine Schulter, beiße fester und immer fester, doch Boyd sagt kein Wort, stöhnt nur immer noch lauter, noch heftiger, ebenso wie ich.

Auf einmal hält er kurz inne, und ich würde ihm am liebsten eine scheuern, überlege, es tatsächlich zu tun, einfach nur, um sein verdutztes Gesicht zu sehen. Doch dann dreht er mich mit einem gekonnten Griff einfach um und stößt nun von hinten in mich. Beinahe bin ich ihm dankbar dafür, dass ich sein blödes Gesicht nicht mehr sehen muss.

Er steigert schnell wieder das Tempo, und ich gehe mit. Fleisch klatscht auf Fleisch, und in diesem Moment wird mir klar, dass dies das erste Mal in meinem Leben ist, dass ich gevögelt werde. Denn nur so kann man es nennen. Von Boyd Tulloch. Und dass es mir gefällt, ja, dass ich es nicht anders haben wollen würde.

Mit seinen Fingern beginnt er, meine Klitoris zu massieren, ebenso fest, wie er alles andere an mir anfasst, ebenso schonungslos, sodass es rasend schnell geht, bis sich mein gesamter Körper erst zusammenzieht, dann vollkommen explodiert, während Boyd immer noch ohne Unterlass in mich stößt. Ich will mich vollkommen fertig aufs Bett fallen lassen, sacke zusammen.

»Hast du schon genug?« Boyd unterbricht kurz die Bewegung, und mir gefällt der besorgte Ton in seiner Stimme nicht.

»Willst du mich verarschen?«, frage ich. »Hör auf, rumzumemmen, und bring zu Ende, was du angefangen hast – Boyd.« Seinen Namen spucke ich beinahe aus.

Und während ich komplett ausgelaugt bin und eigentlich schon leer, hält Boyd mich, wundervoll gnadenlos, dringt weiter in mich, treibt mich, reibt mich weiter.

Er massiert mich mit kreisenden Bewegungen seiner Finger, stößt schneller, tiefer in mich und kommt mit einem tatsächlichen Schrei und ich kurz darauf – heftig, noch heftiger – zum zweiten Mal.

Ich sacke aufs Bett und Boyd auf mich. Er ist schwer, und ich kriege kaum Luft, Luft, die ich nach zwei Orgasmen und hartem Sex dringend brauche. Mit letzter Kraft ramme ich ihm meinen Ellenbogen in die Rippen, und er rollt sich langsam von mir, ächzend und schweißnass.

Ich rutsche ein Stück von ihm weg, weil mir nach dieser Performance jeder Körperkontakt zu viel und zu warm ist, doch als er seinen Arm über mich legt, lasse ich ihn, ohne dass ich wüsste, warum.

»Wer hätte das gedacht«, sagt er immer noch leicht außer Atem. »Ich hasse Sex mit Nessa Linklater nicht.«

Ich boxe ihn einigermaßen kraftlos in seinen Oberarm, aber er hält meine Hand fest und presst seine verfluchten Lippen auf meine Fingerknöchel. Ich muss schlucken, weil diese Geste vollkommen falsch ist. Vollkommen fehl am Platz und vollkommen überraschend.

»Und ich glaube«, fährt er fort, »du bist auch einigermaßen auf deine Kosten gekommen?«

»Willst du jetzt 'ne Medaille?«, frage ich, aber die Wut ist aus meiner Stimme verschwunden.

»Na ja, vielleicht ist ja ein ... sagen wir ... vierter Platz drin«, sagt er, dreht sich auf die Seite und stützt den Kopf in seine Hand.

»Arschloch.«

»Hey, das sollte nett gemeint sein«, verteidigt er sich, und ich wende mich ihm zu, lasse einmal meinen Blick über seinen großen Körper wandern. Kurz bleibe ich an der Bissspur an seiner Schulter hängen, die ich ihm zugefügt habe. Doch das schlechte Gewissen bleibt aus. Er hat sich bereits des Kondoms entledigt und liegt nun vollkommen entspannt und gelassen – und vollkommen nackt – neben mir.

»Das mit den Nettigkeiten üben wir noch mal«, äffe ich ihn nach. »Für den ersten Versuch nicht schlecht, aber da ist definitiv Luft nach oben.« Und weil trotzdem mit einem Mal der Frust wieder die Oberhand gewinnt, will ich aufstehen.

»Hey, was wird das?«, fragt er und macht albernerweise Anstalten, mich näher an sich zu ziehen.

»Ich muss auf die Toilette«, sage ich und befreie mich aus seiner Umarmung.

»Sexy.« Boyd grinst, hebt aber seinen Arm.

»Oh, bitte verzeih, dass ich nicht rund um die Uhr sexy

für dich sein kann. Aber wenn ich nicht auf die Toilette gehe, kriege ich eine Blasenentzündung, und dreimal darfst du raten, wie sexy das dann ist.«

Er verschränkt die Arme unter dem Kopf und sieht mir zu, wie ich nackt durchs Zimmer laufe. Kurz bücke ich mich, um mein Handy aus meiner Tasche zu fischen.

»Erzählst du jetzt deinen Freundinnen davon?«, ruft Boyd mir nach. »Vielleicht willst du nicht unerwähnt lassen, dass du zwei Orgasmen hattest. Und dass es eben doch auf die Größe ankommt. Erzähl ihnen unbedingt von meiner Größe.«

Das Letzte, was er von mir zu sehen bekommt, ehe ich die Tür schließe, ist mein Mittelfinger.

Ich setze mich auf die Toilette und öffne die Konversation mit Henry.

Stellt sich heraus, du hattest recht, schreibe ich.

Sofort ist er online und tippt. *Immer. Aber womit diesmal?*

Offensichtlich würde ich Boyd Tulloch auch nicht von der Bettkante schubsen. Ich füge noch eine Reihe von Nichts-sehen-Affen an.

Waaaaas? WAAAAAAAS?

Ich muss leise prusten, weil Henrys Emoji-Auswahl wieder mal auf den Punkt ist.

»Sind sie angemessen beeindruckt?«, ruft Boyd vom Bett, doch ich ignoriere ihn.

Wie, wo, was, wer, wann?, fragt Henry, schiebt allerdings gleich hinterher: *Das* Wer *kann ich mir erschließen.*

»Hast du ihnen von meiner Größe erzählt?«

»Ich schwör dir, ich stopf dir den Mund«, sage ich mehr zu mir selbst und widme mich dann wieder der WhatsApp-Konversation.

Wie: Ich weiß es nicht. Wo: In seinem Hotelzimmer. Wann: Vor zehn Minuten.

Wie war's? Erzähl mir alles!

Boyds Version ist: Ich hatte zwei Orgasmen, und es kommt doch auf die Größe an.

Und deine?

Wieder schicke ich ihm eine Reihe Affen. Dann: *Ich hatte zwei Orgasmen, und es kommt doch auf die Größe an.*

»Willst du schon gehen?«, erkundigt sich Boyd, als ich zurückkehre und beginne, meine Sachen zusammenzusuchen.

»Schon?«, frage ich ein wenig verständnislos. »Ist ja nicht so, als wäre ich einer offiziellen Einladung gefolgt. Das hier war schließlich nicht unbedingt geplant. ›Schon‹ trifft es also nicht einmal im Ansatz.«

»Ich fand die Einladung gelungen«, sagt Boyd und beobachtet, wie ich meinen BH aufhebe. »Ernsthaft, warum bist du so ungemütlich?«

»Wir sollten langsam ins Bett, oder?«

»Aber ... wir waren doch schon im Bett.« Er runzelt die Stirn.

Ich sehe ihn einigermaßen entgeistert an. »Willst du kuscheln oder was?«, frage ich.

»Warum wäre das so überraschend?«

»Ich hatte dich nicht als Mensch mit Gefühlen auf der Rechnung.«

Boyd lacht auf. »Ja gut, aber wenn man ehrlich ist, hattest du mich auch nicht als ...« Er zögert. »... One-Night-Stand auf der Rechnung. Noch dazu als phänomenal guten, wenn wir schon dabei sind.«

Ich schnaube.

»Also, kommst du jetzt, oder was?«

»Wer könnte da widerstehen«, sage ich mit einem Seufzen. Doch als Boyd die Bettdecke anhebt, sieht es darunter tatsächlich warm und gemütlich aus, und es kann ja nicht schaden, einmal kurz die Augen zu schließen. Mein Zimmer läuft mir nicht davon. Aber gerade ist es hier zu warm, zu gemütlich, zu ...

Was tut er?

Boyd robbt an mich heran, zieht mich an seinen warmen Körper, sodass mein Kopf auf seinem Oberarm zu liegen kommt. Kurz versteife ich mich, doch dann lasse ich es einfach geschehen. Ob es nun an der Whisky-Ale-Mischung liegt oder daran, dass ich Sex mit Boyd Tulloch auch nicht hasse, weiß ich nicht. Aber ich weiß, dass meine Lider schwer werden und mein Kopf leise. Und dass das Letzte, was ich sage, ehe ich einschlafe, »Ich hasse dich, Boyd Tulloch« ist. Und das Letzte, was ich höre: »Jetzt sei doch einfach mal still, Nessa Linklater.«

20

Ich erwache mit einem trockenen Mund. Regen prasselt gegen die Fensterscheibe, und mein Kopf pocht. Anscheinend habe ich vergessen, die Vorhänge zuzuziehen, denn es ist selbst durch meine noch geschlossenen Lider viel zu hell.

Etwas Schweres liegt auf mir, und ich schiebe es verwirrt von meinem Körper, der nackt ist, wie mir auffällt. Und das Schwere auf meinem Brustkorb ist ein Arm. Boyd Tullochs Arm. Mit einem Mal bin ich hellwach.

Bilder der letzten Nacht blitzen vor meinem inneren Auge auf. Boyd und ich im Pub. Seine Fragen, unsere Lippen aufeinander. Er, wie er mich gegen die Wand presst, ich, wie ich ihn schubse. Er, wie er mich packt, ich, wie ich an seinen Haaren ziehe. Er, wie er nach meinem Mund sucht, ich, wie ich sein Hemd aufreiße. Für den Bruchteil einer Sekunde bin ich erschrocken. Darüber, dass ich mit Boyd Tulloch geschlafen habe – und gleich wie! Aber im nächsten Moment bin ich fasziniert davon, wie sehr ich mich habe gehen lassen. Wie sehr ich alles um mich herum vergessen habe. Wie sehr ich es genossen habe. Und meine Eingeweide machen etwas Komisches, etwas, das sie als Gefühl an mein Herz und meinen Verstand weitergeben. Eine Mischung aus Lust und Begehren und gleichzeitiger Verwirrung.

Boyd schläft neben mir, wacht nicht einmal davon auf, dass ich seinen Arm von meinem Körper schiebe. Ich schwinge meine Beine aus dem Bett, reibe mir noch etwas verschlafen mein Gesicht. Dann stehe ich auf und betrachte ihn, betrachte den nackten, schlafenden Boyd Tulloch. Und verdammt noch mal, warum ist er auf einmal so unaussprechlich atemberaubend sexy? Seine Züge sind ganz sanft, ganz gelöst. Das sonst so spöttische Grinsen, die Arroganz in seinem Blick sind Friedlichkeit gewichen. Seine relativ kurzen Haare sind vom Schlaf durcheinander. Vom Schlaf und von meinem festen Griff. Ich spüre sie immer noch an meinen Fingern. Spüre den Widerstand, spüre ihn, Boyd Tulloch, überall. Unter anderem zwischen meinen Beinen, und weil ich damit gerade nicht umgehen kann, mache ich mich daran, meine Klamotten zusammenzusuchen.

So leise wie möglich ziehe ich mir meinen Slip an, darüber den Rock. Die zerrissene Strumpfhose stopfe ich in den Papierkorb neben dem Fernsehtisch. Ich schlüpfe in meinen Pullover, stecke den BH in meine Handtasche. Boyd ächzt leise und dreht sich auf die andere Seite, sodass ich nun seinen Rücken sehe. Meine Finger zucken, wollen über die glatte Haut streichen, sehnen sich nach der nackten Körperwärme, und zwischen meinen Beinen pocht es weiter.

Ich wende mich ab, suche nach meinen Stiefeln. Den einen finde ich hinter dem Papierkorb, der andere ist verschollen. Zumindest kann ich ihn auf die Schnelle nicht entdecken, nicht ohne Lärm zu machen. Stattdessen finde ich jede Menge Perlmuttknöpfe, und ohne nachzudenken, stecke ich einen von ihnen ein.

Dann muss es eben barfuß gehen, beschließe ich und verlasse auf Zehenspitzen mit meiner Tasche in der einen Hand und dem einzelnen Schuh in der anderen Boyds Hotelzimmer. Die Tür klickt leise, als ich sie langsam ins Schloss gleiten lasse, und für einen Augenblick stehe ich auf dem Hotelflur in einer seltsamen Mischung aus Erleichterung und Sehnsucht.

Um nicht frühmorgens barfuß und einigermaßen zerzaust anderen Hotelgästen zu begegnen, nehme ich die Treppe. In meinem Zimmer lasse ich Tasche und Stiefel auf den Boden fallen und entledige mich noch im Gehen meiner Klamotten. Ich drehe die Dusche heiß auf und stelle mich wohlig stöhnend unter den festen Strahl. Mit geschlossenen Augen stehe ich einfach nur da, lausche dem Prasseln des Wassers in der Wanne, spüre die Hitze auf meinem Körper, die die Hitze in mir verdrängt. Das Duschgel riecht frisch nach Minze und Ingwer, und ich seife mich gründlich ein. Immer wieder muss ich das Bild von Boyds Händen auf mir verbannen. Boyds Hände, die mich mit duftendem Duschgel einreiben. Die mich überall berühren, auf mir, in mir. In mir. Boyd in mir. *Reiß dich mal zusammen!*

Beim Zähneputzen blicke ich in mein Gesicht. Meine Wangen sind durch das warme Wasser ebenso rot wie meine Haare. Meine hellblauen Augen sehen ein bisschen müde aus. Die Augenringe darunter sind jedenfalls beeindruckend. Die minzige Zahnpasta kühlt meine wunden Lippen, und der frische Geschmack belebt mich spürbar. Nur die fundamentale Verwirrung meiner Gedanken bleibt. Bleibt gemeinsam mit den Bildern der Ekstase von letzter Nacht, Bilder, die meinen Körper auf den Kopf stellen.

Mein Magen knurrt, aber ich entscheide mich gegen das Hotelfrühstück, weil ich meinen Verstand sortieren muss, ehe ich Gefahr laufe, Boyd zu begegnen. Es regnet zwar nach wie vor, und die Ballerinas, die ich heute Nachmittag zum Finale der Preisverleihung tragen wollte, sind alles andere als wetterfest, aber da ich keine anderen dabeihabe, ziehe ich sie dennoch an und nehme erneut die Treppen. Diesmal ins Erdgeschoss und diesmal außerdem, um Boyd nicht zu begegnen.

Die Luft draußen ist kühl und feucht. Sie riecht nach Stadt, und die Orientierungslosigkeit, die ich gestern bei meinem Spaziergang empfunden habe, holt mich erneut ein. Jedoch paart sie sich diesmal mit der Orientierungslosigkeit in mir.

Ohne darüber nachzudenken, schlage ich den gleichen Weg ein, den ich schon gestern genommen habe. Durch breite Straßen, an deren Rändern Autos dicht an dicht parken. Vorbei an großen, grauen Häusern, in deren unteren Etagen sich Restaurants oder Geschäfte befinden. Der Regen prasselt auf meine Kapuze, durchweicht meine Schuhe, färbt das Hellblau meiner Jeans dunkel.

Ich weiche Pfützen aus, halte mich an Ampeln, so gut es geht, von der Straße fern aus Angst, von heranbrausenden Bussen oder Autos komplett nass gespritzt zu werden. Nach ein paar Hundert Metern kommt die kleine Bäckerei in Sicht, in der ich mir gestern einen Cupcake geholt habe, und zielstrebig steuere ich sie an. Etwas Bekanntes in der Fremde.

An einem Tisch sitzen zwei Mütter mit ihren Kindern, vor sich Porridge, Orangensaft und Kaffee. Ansonsten ist der Laden leer.

Ich trete an die Theke und betrachte die Auslage. Hübsche kleine Küchlein mit Früchten oder Custard, belegte Sandwiches, original Schweizer Müsli. Und wieder fällt mir die Auswahl der bunten Cupcakes ins Auge. Champagner, Pecan

Carrot, Red Velvet. Ich muss an Effie denken, die für Red Velvet Cake lebt.

»Kann ich dir helfen?«, fragt die nette junge Frau, die bereits gestern hier war.

»Ich nehme einen starken Kaffee und den Red Velvet Cupcake«, sage ich im gleichen Moment, in dem hinter mir eine Männerstimme »Der Red Velvet Cupcake gehört mir!« sagt.

»Was?«, frage ich, drehe mich um und sehe einen schlaksigen jungen Mann in einem fliederfarbenen Anzug. Darunter trägt er ein Hemd mit farblich passendem floralem Muster und eine Fliege. Ich muss zweimal blinzeln, um seinen merkwürdigen Aufzug einigermaßen zu begreifen.

»Der Red Velvet Cupcake. Wenn das der letzte ist, ist es meiner.«

»Wer sagt das?«, frage ich.

»Ich habe ihn reserviert.« Er zuckt mit den Schultern, neigt den Kopf und grinst entschuldigend.

Ich drehe mich wieder zu der jungen Frau um.

»Stimmt leider«, sagt sie und klingt, als würde sie es ernsthaft bedauern. »Aber vielleicht würdest du ihn ausnahmsweise mal jemand anderem überlassen?«, fragt sie an den komischen Vogel gewandt.

»Würde ich …« Er tippt sich mit dem Finger an den Kopf, als müsse er nachdenken. »Würde ich …« Und gerade als ich anbieten will, eine andere Sorte zu nehmen, sagt er: »Teilen wir ihn uns? Beth, kannst du ihn halbieren?«

»Äh, klar«, sagt sie und holt ein großes Messer.

»Was für eine Sorte sollen wir denn noch nehmen?«, fragt der schlaksige Kerl und blickt mich erwartungsvoll an.

Ich bin etwas überrumpelt, freue mich aber über die nette Geste des Vogels. »Die sehen alle gut aus«, sage ich.

»Salted Caramel?«, fragt er. »Lavender Lime? Cinnamon Crunch? Ach komm, wir sind nur einmal jung. YOLO.«

Ich muss lachen. Ich habe in meinem ganzen Leben noch nie jemanden ernsthaft *YOLO* sagen hören.

»Beth, halbierst du sie alle für uns?« Er legt seine Karte auf den Tresen.

»Du musst nicht ...«, beginne ich, aber er winkt ab.

»Geht auf mich.«

Der ulkige fliederfarbene Kerl bringt mich für den Moment so aus dem Konzept, dass ich Boyd Tulloch und die letzte Nacht vollkommen vergesse. Er nimmt mir meine Regenjacke ab, als wäre es ein Gala-Mantel, zieht mir einen Stuhl zurück. Aus welchem Jahrhundert stammt er? Dann setzt er sich mir gegenüber und sieht Beth dabei zu, wie sie meinen Kaffee und die Cupcake-Hälften auf den Tisch stellt.

»Lasst es euch schmecken.«

»Weißt du, Beth, wäre mein Leben nicht eine absolute Katastrophe«, sagt er theatralisch, »ich würde dich glatt fragen, ob du meine Frau werden willst.«

»Ach, Babe«, sagt Beth. »So schlimm?«

Er schiebt in gespielter Traurigkeit die Unterlippe vor, nickt, und Beth streicht ihm einmal liebevoll über die wuscheligen braunen Haare.

»Beste Freundin«, flüstert er betont laut und zeigt mit dem Daumen auf sie. »Mein Tipp für dich, such dir deine Freundinnen und Freunde nach ihren Backfertigkeiten aus. Dann ist dein Leben ein einziger Rausch. Apropos, Beth?«

»Hm?«

»Halbierst du uns noch den Champagner-Cupcake zum Anstoßen?«

Sie lacht und bringt kurz darauf einen fünften halbierten Cupcake.

»Na dann«, sagt er, »darauf, dass wir uns nicht kennen und trotzdem zusammen frühstücken.«

Und ehe ich noch weiß, wie mir geschieht, nehme ich meine Hälfte des Champagner-Cupcakes und stoße mit dem komischen Kauz an.

Der Cupcake ist so gut wie der gestern. Der Teig ist saftig und fluffig, und das süße Frosting zergeht auf der Zunge.

»Warum ist dein Leben eine absolute Katastrophe?«, frage ich, denn wenn wir nun schon zusammen frühstücken, können wir uns auch wenigstens unterhalten.

Doch er wackelt mit dem Zeigefinger. »Erzähl mir lieber was von dir. Mich kenne ich ja schon. Was bringt dich in unsere wunderbare Stadt?«

Ich kann nicht anders, als zu grinsen – den Mund voller himmlischem Cupcake. Ich schlucke den Bissen mit etwas Kaffee hinunter. »Ich bin hier wegen der Whiskymeisterschaft.«

»Gewinnst du? Du siehst aus wie eine Championin. Championesse? Siegerin.«

»Nee, eher nicht.« Ich erzähle ihm von dem undankbaren vierten Platz.

»Siehst du deswegen so derangiert aus?«

»Derangiert?«

»Entschuldige, ich bin zu neugierig.«

»Nein, nein, ist schon in Ordnung«, sage ich, denn ich bin wohl wirklich etwas derangiert. Äußerlich wie innerlich. Und weil ich diesen merkwürdigen Kerl, der wirkt wie aus der Zeit gefallen, ohnehin nie wiedersehen werde, und weil er, wenn man ehrlich ist, sehr wahrscheinlich meiner eigenen Fantasie entspringt, sage ich: »Ich habe die letzte Nacht mit meinem Erzfeind verbracht.«

»Interessant«, erwidert er, steckt seinen Finger in das

Salted-Caramel-Frosting der nächsten Cupcake-Hälfte und leckt ihn ab.

»Interessant, ja. Und überfordernd.«

»Warum überfordernd?«, fragt er. »War's so gut?« Er sieht mich an. »Schlecht?« Liest in meinem Gesicht. »Gut?«

Ich lache. »Es war gut, aber das ist es nicht.«

»Aber es ist immerhin *etwas*.« Er stützt das Kinn in seine Hand und sieht mich erwartungsvoll an. »Oder?«

»Ja, das ist es wohl.« Ein Glucksen bahnt sich den Weg aus meiner Kehle, so absurd ist das alles. Letzte Nacht, heute Morgen ... »Die Sache ist die.« Ich weiß nicht einmal, wie ich es in Worte fassen soll, aber hier in dieser kleinen, niedlichen Bäckerei mit einem völlig Fremden scheint es beinahe machbar. Als hätte ich ohnehin nichts zu verlieren. »Ich glaube, er holt das Schlechteste aus mir heraus, weißt du?«

»Nee. Aber woher auch?«

»Du kennst mich nicht. Aber ich bin ein wirklich verantwortungsbewusster Mensch. Ich kriege meine Sachen auf die Reihe. Ich arbeite viel. Ich helfe anderen. Ich habe die Dinge im Griff. Bin beherrscht. Aber sobald er in der Nähe ist, vergesse ich das. Da ist nur noch geballte Emotion, die ich nicht unter Kontrolle habe. Mein Gehirn macht komische Sachen. Feuert wie wild oder so.«

»Klingt aufregend.«

»Ja, aber es klingt nicht nach mir. Und es fühlt sich auch nicht so an.«

»Meinst du nicht, dass es sein kann, dass das auch ein Teil von dir ist?«

»Hm. Eigentlich nicht«, sage ich zögerlich.

»Vielleicht schätzt du dich falsch ein. Schließlich frühstückst du gerade mit einem völlig Fremden in einer fremden Stadt eine Mannigfaltigkeit Cupcakes.«

Wer spricht so? »Ja, weil ich überrollt wurde«, witzle ich.

»Ich überrolle aber nicht jede dahergelaufene Shetlanderin«, sagt er mit erhobenem Zeigefinger.

»Woher weißt du, dass ich ...«

»War schon mal da«, erklärt er und beißt in seine nächste Cupcake-Hälfte. »Kenne den Akzent.«

»Und du? Woher bist du?«

»Edinburgh. Hört man aber nicht, ne?«, fragt er mit vollem Mund. »War auf dem Internat. Deswegen. Aber genug von mir. Zurück zu dir. Du bist schließlich die Spannende von uns beiden.« Dass ausgerechnet er, der aussieht wie ein Paradiesvogel Anfang des zwanzigsten Jahrhunderts, das sagt, bringt mich wieder zum Lachen. »Stehst du auf ihn?«

Ich verschlucke mich fast an meinem Kaffee, weil es so abwegig ist. Aber dann überlege ich. »Gestern Nacht stand ich wohl auf ihn. Heute ... Ich weiß einfach, dass es nicht gesund ist. Dass nichts davon für mich gesund ist. Du kannst dir nicht vorstellen, wie abgrundtief wir uns verabscheuen.«

»Wenn ihr nicht gerade übereinander herfallt.«

»Ja.« Ich verdrehe nicht einmal die Augen, so wahr ist es.

»Das Gute ist, man kann auf nichts so gut aufbauen wie auf nichts. Denn von da geht's nur in eine Richtung.«

»Bist du Philosoph, oder so?«

»Nee, ich bin ... zu spät!« Er springt mit einem erstaunlichen Satz auf, sodass der Tisch wackelt. »Das ist schlecht. Das ist ganz schlecht.«

Hektisch schiebt er den Stuhl an den Tisch zurück. »Iss meine Cupcake-Hälften für mich, okay, Shetlanderin?«

»Willst du sie nicht mitnehmen ...?« Mir fällt auf, dass ich seinen Namen nicht kenne.

»Keine Zeit!«, ruft er, und mit drei langen Schritten ist er zur Tür raus.

Im nächsten Moment sitze ich da, mit mehr Cupcake-Hälften, als ich essen kann, und ohne die leiseste Ahnung, was das gewesen sein soll. Ein bisschen ratlos sehe ich mich um, bis mein Blick an der grinsenden Beth hängen bleibt. »Ich hab ihn mir nicht eingebildet, oder?«, frage ich. »Du hast ihn auch gesehen?«

21

Zurück im Hotel, ziehe ich mich um – anstelle der Jeans trage ich nun mein schwarzes Kleid. Die Ballerinas sind völlig durchweicht, aber da es inzwischen aufgehört hat zu regnen, werden sie auf dem Weg zur Location schon wieder trocknen.

Weder im Aufzug noch an der Rezeption, wo ich schon mal aus meinem Zimmer auschecke, begegne ich Boyd, doch als ich auf mein Handy blicke, sehe ich eine Nachricht von ihm, die mein albernes Herz zum Hüpfen bringt.

Dein Ernst, Cinderella?, steht da unter dem Bild meines einzelnen Stiefels in seiner ledernen Reisetasche.

Den gesamten Fußweg zu *Summerhall* zerbreche ich mir den Kopf über seine Nachricht. Ist er sauer, dass ich meinen Schuh dagelassen habe? Dachte er, das war Absicht? Sind wir jetzt wieder Feinde? Vielleicht wäre es so am einfachsten. Denn selbst wenn der komische Kauz in der Bäckerei recht hatte und diese emotional ungezügelte Version von mir Teil meiner Persönlichkeit ist, macht die hasserfüllte Version deutlich weniger Arbeit als die, die mit Boyd in die Kiste steigt. Und doch, etwas in mir sträubt sich gegen den Gedanken, dass wir so tun, als sei nichts passiert. Aber dieses Etwas hat gerade keinen Platz in meinem Kopf, in meinem Leben. Es gibt wichtigere Dinge, um die ich mich kümmern muss.

Der Andrang auf dem Gelände von *Summerhall* ist heute deutlich größer als gestern Nachmittag, als nur Preise in den vermeintlich unwichtigen Kategorien verliehen wurden. Schon am Einlass hat sich eine Schlange gebildet, und ausgerechnet jetzt fängt es wieder an zu nieseln. Es geht schleppend voran, und ich bin mehr als froh über meine Kapuze und die Tatsache, dass meine Haare ohnehin nur eine Sache können – herabhängen. Ob sie nun feucht oder trocken sind.

Immer wieder sehe ich mich um, suche nach bekannten Gesichtern und versichere mir selbst ein ums andere Mal, dass ich nicht nach Boyd Ausschau halte.

Endlich wird mein Ticket gescannt, und ich betrete *Summerhall.* Es herrscht Gedränge an der Garderobe, aber die nassen Sachen und vor allem meinen Koffer will ich abgeben. Ein paar Leute kenne ich vom Sehen. Der Geschäftsführer von Glenlivet ist eine große Nummer in der Branche. Der Herausgeber von *The World of Whisky,* Tom Welsh, unterhält sich mit einer älteren Dame. Alex McCreery ist am Telefon und versucht gleichzeitig, einen jungen Kerl mit Headset abzuwimmeln. Und dort hinten, vor dem großen Saal, erblicke ich Boyd Tulloch. Sofort schießt mir Hitze ins Gesicht, weil ich an letzte Nacht denke, weil sein Anblick lebendige Erinnerungen an eine ungezügelte Leidenschaft hervorruft, die ich bislang so noch nicht erlebt habe.

»Miss? Das macht zwei Pfund für die Jacke und noch mal zwei für den Koffer«, sagt die Frau an der Garderobe. Ich war zu versunken in die Bilder von letzter Nacht und habe nicht mitbekommen, dass ich an der Reihe bin.

»Oh, ja sicher«, stammle ich und wende den Blick in genau dem Moment ab, in dem Boyd seinen Kopf dreht. In meine Richtung? Ich weiß es nicht.

Als ich den Saal betrete, steht er jedenfalls nicht mehr an der Tür, und ich bahne mir einen Weg zu einem freien Platz – vollkommen unenttäuscht, wie ich mir selbst versichere.

In einer der hinteren Reihen finde ich einen Platz neben einer Frau, die in einem Beautymagazin liest. Als ich mich setze, lässt sie es kurz sinken und lächelt mich an.

»Ich bin hier als Plus One«, sagt sie, als müsse sie sich für ihre Lektüre rechtfertigen.

Vorne vor der Bühne steht eine Gruppe von vier Männern. Zwei von ihnen kenne ich nicht, aber der eine hat gestern den Preis für den besten dreijährigen Blended Malt gewonnen, und der vierte ist Boyd. Er ist mir zugewandt, doch zu weit weg und zu sehr im Gespräch, um Notiz von mir zu nehmen.

»Gewinnen Sie hier einen Preis?«, fragt mich die Frau neben mir.

»Ich bin nominiert, aber gegen die Konkurrenz habe ich leider keine Chance«, sage ich, erwidere kurz ihr Lächeln, blicke dann jedoch wieder zu Boyd. Er gestikuliert, scheint etwas Lustiges zu erzählen, denn die anderen lachen. Und er lacht mit. Professionell, jovial – und es gefällt mir nicht, dass es mich anmacht.

»Sagen Sie das nicht. Ich bin mir sicher, Sie haben gute Chancen.«

Ich verzichte darauf, ihr zu erklären, dass in den letzten Jahren nie auch nur eine einzige kleine Destillerie in den großen Kategorien unter den ersten drei Plätzen war. Sie bietet mir ein Bonbon aus einer kleinen Pappschachtel an, und ich nehme eins, einfach, um nicht unhöflich zu sein.

»Danke.«

In dem Moment, da ich wieder aufblicke, bin ich mir sicher, dass Boyd mich ansieht. Ich bilde mir ein, dass er sich kurz versteift, sich ein wenig weiter aufrichtet, seine Schultern strafft. Soll ich ihm winken? Lächeln? Wegsehen? Ich weiß es nicht. Und dann zucken seine Mundwinkel leicht, und er bedeutet den anderen, einen Moment zu warten. Ich sehe, wie er sein Handy aus der Hosentasche zieht, etwas tippt und es wieder einsteckt. Im nächsten Augenblick vibriert mein Telefon.

Hi, steht da. Sonst nichts.

Was fange ich jetzt damit an? Ein weiterer Blick zu Boyd verrät mir, dass er wieder in das Gespräch vertieft ist.

Einen Moment überlege ich, was ich antworten soll. Ein Emoji mit explodierendem Kopf wäre die passende Reaktion, aber dann werden die Lichter etwas gedimmt, und Alex McCreery betritt die Bühne.

Sofort huschen alle, die bislang noch nicht saßen, auf ihre Plätze. In einer der vorderen Reihen ganz am Rand erkenne ich Boyd sofort an seiner Statur. Selbst im Sitzen überragt er alle anderen, und während Alex McCreery einen flammenden Lobgesang auf den schottischen Whisky hält, wandern meine Gedanken wie automatisch zurück zu Boyds Körper, zu seiner Körper*kraft.* Auf einmal dreht er sich um, und vorbei an all den Köpfen zwischen uns treffen sich unsere Blicke erneut. Er weiß, dass ich ihn angestarrt habe, schießt es mir durch den Kopf, und doch wende ich mich nicht ab, halte ihm stand. Und dann wandert sein linker Mundwinkel nach oben, und seine Lippen verziehen sich zu einem schiefen Lächeln. So unauffällig wie möglich hole ich mein Handy aus der Tasche und antworte mit klopfendem Herzen: *Hi.* Dann stecke ich es wieder ein, weil die Preisverleihung jetzt offiziell beginnt und mit Tom Welsh der erste Laudator des Tages die Bühne betritt. Er stellt die Nominierten in der Kategorie »Produkt des Jahres« vor.

Nachdem die drei vorderen Plätze ihre Preise entgegengenommen haben und Tom Welsh den ersten Platz mit begeisterten Worten überschüttet hat, spielt ein Dudelsackspieler »Loch Lomond«, und ich wage es, wieder auf mein Handy zu blicken. Doch Boyd hat meine Erwiderung zwar gesehen, aber nicht darauf reagiert.

Weitere Preise werden verliehen, und als Alex McCreery wieder auf die Bühne tritt, um die Kategorie der dreijährigen Single Malts zu präsentieren, wähle ich wie bereits gestern Henrys Nummer. Nicht weil ich uns eine Chance ausmale, sondern einfach, weil er dabei sein soll.

»Ist das Ihre Kategorie?«, fragt die Frau neben mir, und als ich nicke, überkreuzt sie demonstrativ ihre Finger.

»Henry, es geht los«, flüstere ich ins Telefon.

»Ich wollte gerade duschen gehen«, sagt er lachend. »Na ja, dann bin ich eben ... nennen wir es *underdressed.*«

Ich pruste leise, dann halte ich das Handy so, dass Henry Alex McCreerys Ansprache mithören kann, in der es um die Geduld beim Whiskybrennen geht.

»Und die Gewinner in der Kategorie ›bester dreijähriger Single Malt‹ sind ...« Er öffnet seinen Umschlag, verkündet die Plätze fünf und vier.

»Dann eben nicht«, sagt Henry ins Telefon. »Aber war toll, überhaupt dabei zu sein.«

Ich will gerade flüstern, dass er genau genommen ja nicht dabei war, da blickt Alex McCreery erneut auf den Zettel und dann bedeutungsschwanger ins Publikum. »... Platz drei, wie passend, Golden Plover No 3.«

»Was?«, sage ich und presse mir das Handy ans Ohr.

»Was?«, ruft Henry. »Hat er gerade Golden Plover gesagt?«

»Hat er gerade Golden Plover gesagt?«, frage ich die Frau neben mir. Sie nickt.

»Er hat Golden Plover gesagt!«, quietsche ich in mein Telefon.

»Er hat Golden Plover gesagt!«, ruft Henry, und ich höre, wie mein Handy vibriert.

Wer den zweiten und den ersten Platz macht, kriege ich nicht mit, weil Henry mir ins Ohr brüllt, wie krass das alles ist und dass wir es geschafft haben und wie krass ich bitte schön bin und dass er es nicht fassen kann ... und ich kann es auch nicht fassen. Ich bin aufgesprungen, stehe hier inmitten der Whiskyelite des Landes und habe mit meiner winzig kleinen Mikro-Destillerie einen Preis gewonnen.

»Darf ich die Preisträgerin und die Preisträger nun auf die Bühne bitten?«, fragt Alex McCreery, und ich dränge mich durch die enge Sitzreihe. Mit zitternden Beinen und dem Handy immer noch am Ohr. Henry redet und redet und jauchzt, während ich mich selbst in einem seltsamen Traum befinden muss. Ich gehe nach vorne zur Bühne, vorbei an all den applaudierenden Menschen, vorbei an Boyd, der aufgestanden ist, heftig klatscht und mich anlächelt.

Vor der Bühne werden wir in die richtige Reihenfolge gebracht – ich bin als Drittplatzierte die Erste, die auf die Bühne schreitet. Alex McCreery schüttelt mir die Hand, übergibt mir eine gerahmte Urkunde und eine bronzene Medaille, auf der das Logo der Scotch Whisky Association und die Jahreszahl zu sehen sind. Für ein Foto mit den anderen beiden Gewinnern muss ich noch kurz auf der Bühne bleiben, und etwas ungeschickt verstecke ich mein Handy hinter der Urkunde.

Dann verlassen wir unter Applaus die Bühne, und diesmal verlangsame ich meinen Gang etwas, als ich an Boyd vorbeikomme. Er steht immer noch, als hätte er auf mich gewartet. Und ohne dass ich weiß, wie mir geschieht, zieht er mich an sich, umarmt mich und sagt: »Herzlichen Glückwunsch.« Er sagt es so dicht an meinem Ohr, dass ich eine Gänsehaut bekomme. Dann lässt er mich wieder los, und ich stolpere halb zurück nach hinten in meine Reihe und zu meinem Platz. Die Frau neben mir reckt begeistert beide Daumen in die Höhe, und ich halte mir das Handy wieder ans Ohr.

»Wir haben wirklich gewonnen«, flüstere ich, weil ich das alles nicht glauben kann. »Henry, wir haben wirklich gewonnen.«

»Ja, und außerdem war das gerade Boyd, oder?«, fragt er, und ich höre sein breites Grinsen. »Herzlichen Glückwunsch, Nessa. Niemand hat es so sehr verdient wie du.«

»Und du«, sage ich, obwohl ich nicht weiß, ob er den dritten Platz oder die letzte Nacht meint, so anzüglich, wie er klingt.

Während der restlichen Preisverleihung komme ich aus dem Grinsen nicht mehr heraus. Natürlich, dieser Preis löst bei Weitem nicht all meine Probleme. Die Tatsache, dass ich mich nach einem neuen Zuhause für Golden Plover umsehen muss, dass Boyd und ich mit letzter Nacht ein Ausmaß an Verwirrung gestiftet haben, das ich nicht in der Lage bin zu verarbeiten … Aber dieser Preis ist dennoch mehr als nur ein Preis. Er bedeutet finanziellen Spielraum, er bedeutet Anerkennung, er bedeutet, dass ich nicht an meinem Traum zweifeln muss. Als dieser Gedanke einsinkt, wird mir auf einmal ganz leicht ums Herz. Und ein unsichtbares Gewicht wird von meinen Schultern genommen.

Kurz blicke ich auf mein Handy, weil ich jedes Zeitgefühl verloren habe und unter keinen Umständen meinen Bus zum Flughafen verpassen darf. Dabei sticht mir eine Nachricht ins Auge, und ich erinnere mich daran, dass mein Handy direkt nach der Bekanntgabe meines dritten Platzes in meiner Hand vibriert hat.

Nessa Linklater, lese ich, *so verdient.* Sie ist von Boyd, und meine Verwirrung wird nur noch größer.

In den weiteren Kategorien gibt es keine großen Überraschungen. Die renommierten Destillerien räumen unter den älteren Blended Malts und Single Malts ab, und die Tulloch Distillery macht den zweiten Platz unter den Single Malts bis zehn Jahre. Und siehe da, ich freue mich für Boyd und applaudiere ihm, als er die Bühne betritt.

Als das Event vorbei ist, versuche ich, zu ihm durchzukommen, um ihm ebenso zu gratulieren wie er mir vorhin. Doch die Menschenmenge drängt mich nach draußen. Kurz darauf sehe ich mich noch einmal nach ihm um, kann ihn jedoch nirgends entdecken, sodass mir nichts anderes übrig bleibt, als ihm ebenfalls eine kurze Nachricht zu schicken.

Herzlichen Glückwunsch, Boyd. Höflich. Nett. Kein Spielraum für Interpretation. Doch im Gefühlsüberschwang schicke ich tatsächlich noch ein begeistertes Emoji hinterher. Dann hole ich meine Sachen von der Garderobe und trete den Weg zum Flughafen an, um meinen Rückflug nicht zu verpassen.

22

Es dämmert bereits, als ich mich auf den Fensterplatz in Reihe fünf fallen lasse. Erschöpft von den letzten Tagen, ausgelaugt, aber glücklich. Der Sitz neben mir ist wie schon auf dem Hinflug leer, und halb hoffe ich, dass Boyd wieder in derselben Reihe sitzen wird. Aber vielleicht hat er auch einen späteren Rückflug gebucht. Vielleicht bleibt er geschäftlich noch eine Nacht in Edinburgh. Vielleicht hat er wichtige Termine. Vielleicht, vielleicht. Und eigentlich sollte es mich auch nicht so sehr interessieren, wie es im Moment den Anschein hat. Vor allem, weil ich dann nicht enttäuscht wäre, wenn sich, wie in diesem Augenblick, ein Mann auf den Platz am Gang setzt. Er nickt mir freundlich zu, setzt sich große, teuer aussehende Kopfhörer auf und schlägt dann eine der Zeitungen auf, die uns beim Einstieg umsonst angeboten wurden.

Ich blicke auf mein Handy. Keine Nachrichten, nur die Uhrzeit, die anzeigt, dass wir in fünfzehn Minuten abheben und ich in ein paar Stunden zu Hause sein werde. In meinem warmen, behaglichen Zuhause zusammen mit Effie und Fiona.

In diesem Moment bewegt sich eine große Gestalt den Gang entlang, und ich blicke auf, sehe Boyd, wie er einigermaßen außer Atem seinen Platz sucht.

»Hi«, sage ich tonlos, als er auf meiner Höhe ist und die Hand hebt.

Er verstaut seine Ledertasche im Gepäckfach und setzt sich dann mit einem weiteren Blick auf seinen Boarding Pass auf den Gangplatz gegenüber. Ich sollte gelassener sein bei seinem Anblick. Sollte mich nicht freuen, dass er nun doch hier ist. Sollte einfach den Ball flach halten, die Sache zwischen uns auf sich beruhen lassen. Und genau deswegen vertiefe ich mich in einen Krimi, den ich mir bei W. H. Smith am Flughafen noch gekauft habe. Oder besser gesagt, ich tue so, als würde ich mich vertiefen, denn den ersten Satz muss ich sieben Mal lesen, ehe mein Verstand verarbeitet hat, dass die Kommissarin gestresst ist und ihren ruppigen Kollegen nicht ausstehen kann.

Das Flugzeug setzt sich in Bewegung, und ich blicke demonstrativ aus dem Fenster. Mit halbem Ohr lausche ich den Sicherheitshinweisen, versuche, mich ablenken zu lassen, wo es nur geht. Kurz darauf sind wir startbereit. Ich werde in den Sitz gedrückt, und im nächsten Augenblick schweben wir in der Luft.

»Entschuldigen Sie.« Es ist Boyds Stimme. Wir sind inzwischen über den Wolken, haben unsere Flughöhe erreicht. »Sir?« Ich blicke auf, Boyd versucht die Aufmerksamkeit meines Nebenmanns zu erregen, doch der hört unter seinen Kopfhörern nichts. »Sir?« Boyd tippt ihn an, und er setzt sie tatsächlich ab. »Würden Sie mich eventuell reinlassen? Ich würde gern mit meiner …« Er zögert. »… Bekannten sprechen.« Boyd sieht mich an.

»Kennen Sie diesen Mann?«, fragt der Kerl neben mir.

»Äh … ja.« Ich stecke den Krimi in das Netz unter meinem Ausklapptisch.

Der Mann steht auf, macht Platz für Boyd.

»Hi.« Boyds Stimme ist leise, aber dennoch selbstsicher. Schelmisch.

»Hi«, erwidere ich, betrachte meine Hände, weil es mir auf einmal unangenehm ist, Boyd direkt anzusehen.

»Herzlichen Glückwunsch noch mal.«

»Dir auch herzlichen Glückwunsch«, sage ich und sehe nun doch auf und in sein Gesicht.

»Ach was.« Er winkt ab, und ich verstehe nicht, was los ist. Das ist nicht der Angeber-Boyd, der unausstehliche Mistkerl, der keine Möglichkeit verstreichen lässt, um mich auflaufen zu lassen.

»Ich schätze …«, sage ich, »… das war ein ganz guter Tag für den shetlandischen Whisky.«

»Das war es wohl«, sagt Boyd, ohne auch nur eine Sekunde den Blick von mir abzuwenden. Ich kann ihm nicht standhalten. Bin zu verwirrt. Bin zu verloren in dieser Situation, von der ich keine Ahnung habe, wo sie hinführen soll.

»Ich hoffe, es ist okay für dich, dass ich hier sitze?« Seine Augen machen mich fertig. Die Tatsache, dass ich ihnen nicht entkommen kann. Die Tatsache, dass mein Blick hin und her flackert, zu seinen Augen, weg von seinen Augen, einfach, weil ich nicht weiß, was das hier ist. Was er will.

»Ja, klar.« Ich versuche, cool zu klingen.

»Okay, gut«, sagt er und wirkt dabei seltsam erleichtert. »Es ist nämlich so …«

»Hm?« Wieso fängt er einen Satz an und unterbricht ihn dann?

»Letzte Nacht …«

Okay, wir sprechen darüber. Wir sprechen darüber, und

ich habe keine Ahnung, was das bedeutet. Wir sprechen darüber. Und schnell vergewissere ich mich, dass der Mann neben Boyd seine Kopfhörer wieder aufhat.

»... war ziemlich heftig.«

Ich habe keine Ahnung, was das heißt. Ist das gut oder schlecht? Es ist schlecht. *Heftig* bedeutet *zu viel.* Aber das ist in Ordnung. Es ist besser so. Es ist einfach und es ist ein *Zurück zur Normalität.* Es ist gesund. Es ist besonnen. Die Erleichterung wird kommen.

»Ich war noch nie mit einer Frau zusammen ... also intim zusammen ... die Whisky ebenso liebt wie ich.« Er schluckt und lächelt kaum merklich. Leiser fährt er fort: »Das war heftig. Du warst heftig. Ich glaube, ich mit dir war heftig. Vielleicht zu heftig?«

Es ist eine sehr vorsichtige Frage, und ich schüttle den Kopf.

»Nicht? Oh, das ist gut. Das ist sehr gut.« Wieder ist da diese Erleichterung.

Und auf einmal ist sein Finger auf meinem Handrücken. Nur der Hauch einer Berührung, ein krasser Kontrast zu gestern.

»Ich fand es ... schön mit dir.« Er sagt es einfach so, als wäre da nie etwas anderes zwischen uns gewesen. »Und um ehrlich zu sein ... nun ... also ... ich hätte nichts dagegen, das mal zu wiederholen.«

Ich bin zu perplex, um etwas zu erwidern.

»Oder vielleicht sogar ... eine Regelmäßigkeit daraus zu machen?«

Während der letzten Sätze haben es meine Augen geschafft, ihn zu fixieren, doch ich weiß nicht, was ich sagen soll. Ich habe einfach keine Ahnung.

»Was sagst du, Nessa?«

Nach einem kurzen Moment der wachsenden Verwunderung räuspere ich mich. »Du hast mich Nessa genannt.«

»Das ist dein Name, oder?«

»Ja, aber normalerweise sagst du ›Nessa Linklater‹. In einem sehr verächtlichen Ton.«

Boyd lacht ein unsicheres Lachen. »Ich weiß.«

»Ich muss dich das fragen, aber ... bist du defekt?«

Sein Lachen wird fester, lauter. »Nein.«

»Willst du also jetzt regelmäßig Hate-Sex mit mir haben?«

Wieder lacht er. »Nein.«

»Ich glaube, ich verstehe dich nicht«, sage ich. »Vielleicht musst du etwas ausholen. Mehr erklären. Irgendwo fehlt ein Baustein. Du kannst doch nicht von einem Tag auf den anderen aufhören, mich zu hassen.«

»Dem sollten wir auf den Grund gehen, oder?«, fragt er. »Ich bin auch ein bisschen überrumpelt, wenn dir das hilft. Aber es ist, wie ich gesagt habe. Ich will das noch mal tun. Mit dir.«

»Dem sollten wir auf den Grund gehen«, wiederhole ich. Dann verwirrt: *»Wir?«*

»Ja?«

»Beim Hate-Sex?«

»Nein.«

»Bitte, Boyd, was wird das?« Ich verstehe nicht, was er von mir will. Macht er sich lustig?

»Ich möchte mit dir ausgehen.«

Das haut mich um. Ich kann das nicht glauben. »Wärst du ein elektronisches Gerät, ich würde dich einschicken. Ernsthaft.«

»Okay, aber wenn ich gewartet wurde, will ich immer noch mit dir ausgehen.«

Jetzt ist es an mir, zu lachen.

»Möchten Sie etwas trinken?«, fragt eine Stewardess, die einen schweren Wagen vor sich herschiebt.

»Möchtest du etwas trinken?«, fragt Boyd. »Ich lade dich ein.«

Ich zucke mit den Schultern, weil mich Boyds Nettigkeit kolossal überfordert. »Tomatensaft?« Denn das bestellt man im Flugzeug.

Die Stewardess schenkt uns ein, und Boyd gibt einen Plastikbecher an mich weiter.

»Ist zwar kein preisgekrönter Whisky, aber wir sollten anstoßen.« Boyd prostet mir zu. Dann nimmt er einen Schluck und beugt sich nah zu mir. So leise, dass selbst ich es kaum hören kann, sagt er: »Ich will dich, Nessa. Und so absurd es klingt, ich will dich immerzu.« In mir bildet sich ein Sehnsuchtsknoten. »Zur Hölle, ich will dich in diesem Moment so sehr, dass meine Hand zittert. Schau.« Er hält seine Hand hoch, und sie bebt tatsächlich etwas.

»Du spinnst.«

»Ich meine es ernst.« Dann stöhnt er und vergräbt sein Gesicht in den Händen. »Verdammt! Ich wollte eigentlich anders anfangen. Ich wollte eigentlich sagen, dass es mir leidtut.«

»Was zum Henker, Boyd?« Nichts von alldem ergibt einen Sinn. Oder doch? Wie soll ich das entscheiden?

»Daddy Issues. Das war völlig daneben. *Ich* war völlig daneben. Du warst so wütend, und das war … verflucht heiß. Aber du bist genauso heiß, wenn du nicht wütend bist. Und … es tut mir leid.«

»Ich weiß nicht, was ich sagen soll«, gebe ich zu. »Ich weiß es wirklich nicht.«

»Dass du mit mir auf ein Date gehst?«

Ich erwidere nichts, lasse jedoch zu, dass Boyd meine

Hand nimmt. Er verwebt unsere Finger miteinander, und es fühlt sich gut an. Als würde es so gehören, als wäre da nie Feindseligkeit zwischen uns gewesen, als hätten das Ausleben der Wut gestern Nacht und die geballte Intimität etwas gelöst.

»Falls es dich beruhigt«, sagt Boyd ganz sanft, »ich habe auch eine Heidenangst vor dir.«

»Du? Vor mir?« Ich verschlucke mich fast an meinem Tomatensaft. »Du weißt aber schon, dass du angefangen hast, oder?«

»Hab ich das?«, fragt er, doch als er meinen Blick sieht, wiegelt er schnell ab: »Okay, okay, ist ja jetzt auch egal.«

»Aber du hast wirklich Angst vor mir?«

»Ungefähr so viel Angst *vor dir* wie Lust *auf dich.* Und das ist jede Menge Angst, das kann ich dir sagen«, erwidert er, und ich boxe ihn fest mit der Faust in seinen Oberschenkel, weil er das eine nicht mit dem anderen vermischen soll. Oder doch, ich weiß es nicht.

Nach der Landung müssen wir ein paar Meter durch den strömenden Regen laufen, um zum Flughafengebäude zu gelangen. Ich rieche das Salz und die Freiheit. Die Weite, und nach der Enge der Großstadt spüre ich förmlich, wie sich meine Lunge öffnet. Boyd trabt neben mir her und fragt: »Und? Gehen wir auf ein Date?«

Wir durchqueren den kleinen Flughafen Seite an Seite. Ich spüre Boyds Blicke auf mir, weiß, dass er in sich hineingrinst. Weiß, dass er auf eine Antwort wartet, weiß, welche ich ihm geben werde, weil ich mehr Lust auf ihn habe als Angst vor ihm. Obwohl es das Verrückteste und Bescheuertste ist, was die Welt je gehört hat.

»Und?«, fragt er erneut. »Gehen wir auf ein Date?«

Als wir durch die Glasschiebetüren treten, will ich wie automatisch den Weg Richtung Bus einschlagen, doch Boyd hält mich an meiner Jacke fest.

»Mein Auto steht auf dem Parkplatz. Ich fahr dich.« Und als er merkt, dass er mich festhält, lässt er mich los und schiebt hinterher: »Wenn du das möchtest.«

»Okay«, sage ich und schüttle leicht den Kopf. Das alles hier ist zu abwegig, um wahr zu sein.

Es ist bereits dunkel, und so erhellen lediglich die Autoscheinwerfer von Boyds Sportwagen die Landstraße vor uns. Links und rechts von uns sieht man schemenhaft sanfte Hügel. Weideland, Heide, ab und zu kann man das schwarze Meer in der Ferne erahnen. Regentropfen prasseln auf die Windschutzscheibe, lullen mich ein mit ihrem sanften Trommeln, während ich gleichzeitig hellwach bin, jede von Boyds Bewegungen, jedes noch so leise Geräusch, das er macht, wahrnehme.

»Warum?«, frage ich auf einmal in unser Schweigen hinein. »Warum jetzt?«

»Ehrliche Antwort?«

»Wenn du sie mir gibst?«

»Ich weiß es nicht. Ich weiß nicht, warum jetzt. Warum *erst* jetzt. Aber wie du da auf dem Barhocker saßt, so müde, so voller Verachtung, ich konnte nicht anders.«

Ich konnte nicht anders, denke ich. Weil du mich so sauer gemacht hast, dass danach – nur noch das kommen konnte.

»Aber ich glaube, dass es auch ohne Müdigkeit und Verachtung ganz gut werden könnte, meinst du nicht?«

»Ohne Müdigkeit geht bei mir gar nichts«, witzle ich. Und dann: »Aber ja, es könnte schon sein.«

»Du bist noch skeptisch«, stellt er fest. »Aber das ist okay. Dafür bin ich euphorisch für zwei.«

Boyd sagt das wie selbstverständlich. Als wäre er sich sicher. Und das kommt mir schon wieder so merkwürdig vor, dass ich leise in mich hineinkichern muss.

»Lach du nur. Wirst schon sehen, wie gut das wird.«

Für den Bruchteil einer Sekunde sieht er mich an mit seinen wachen, blitzenden blauen Augen. Und da ist kein Zweifel. Ich verstehe es nicht, aber so ist es.

Wir stehen uns auf dem Gehweg der Bruce Crescent vor der Hausnummer zwölf gegenüber. Ich habe den Griff meines Rollkoffers in der Hand, Boyds Hände stecken in seinen Hosentaschen. Der Regen hat etwas nachgelassen, und das Licht einer Straßenlaterne spiegelt sich in einer Pfütze zwischen uns.

»Gute Nacht, Nessa.« *Linklater,* vervollständigt mein Gehirn, denn es ist ungewohnt, Boyd einfach nur meinen Vornamen benutzen zu hören.

»Gute Nacht, Boyd.«

Ich weiß nicht, wie die Etikette ist, wenn Feinde zu etwas anderem werden. Wenn Feinde die Nacht miteinander verbracht haben und auf einmal etwas Neues sind. Und Boyd scheint sich auch nicht sicher zu sein. Doch dann kommt er einen Schritt auf mich zu, stört das Licht der Laterne in der Pfütze, lässt es mit einem Schritt verschwimmen, zieht mich an sich und presst seine Lippen auf meine. Nicht so forsch wie gestern, nicht so fordernd, sondern als wäre es eine Notwendigkeit. Er vergräbt seine Hand in meinem Haar, streift meine Zunge mit seiner, lässt sie durch meinen Mund wandern, hungrig, aber sanfter. Sehnsüchtig, aber vorsichtig. Und dann gibt er mich frei, grinst, schüttelt den Kopf.

»Nessa Linklater«, murmelt er, und es klingt merkwürdig vollständig und gleichzeitig fremd.

23

»Was war das denn?« Effie reißt die Tür auf, noch ehe ich meinen Schlüssel ins Schloss gesteckt habe. »War das …?«

»Jep.« Doch es ist nicht meine Stimme, sondern Boyds. »Hi, Effie.« Offenbar ist er noch nicht wieder in sein Auto gestiegen. Wollte er warten, bis ich im Haus verschwunden bin?

»Waaaaas?« Effie schlägt sich die Hände vor den Mund, in einer ungelenken Mischung aus Überraschung und dem Versuch, die Lautstärke zu dämpfen. »Hi, Boyd.« Sie kichert.

»Bye, Boyd«, sage ich und winke als deutliche Aufforderung für ihn, endlich zu fahren.

Und tatsächlich, immer noch leise lachend schlägt er die Autotür zu. Im nächsten Moment hört man, wie er davonfährt.

»Darf ich reinkommen?«, frage ich, weil Effie immer noch die Tür blockiert.

»In dein eigenes Zuhause? Aber immer doch.« Sie macht mir Platz und fällt mir um den Hals, sobald ich über die Türschwelle getreten bin. »Herzlichen Glückwunsch!«

Auf dem Weg zum Flughafen in Edinburgh hatte ich die

Neuigkeiten in die Schwesterngruppe geschrieben. Allerdings nur die Whiskyneuigkeiten, nicht die Boyd-Neuigkeiten.

»War das eben das Auto von …« Fiona kommt aus der Küche in den Flur und sieht mich einigermaßen verständnislos an.

»War es«, antwortet Effie.

»Wie?« Fionas Stirn ist gerunzelt. »Warum?«

»Du hast das Was und das Wann vergessen.« Henry ist hinter mir aufgetaucht, in der Hand eine Flasche Sekt.

»Du wusstest Bescheid?« Effie sieht von Henry zu mir.

»Ich habe meine Quellen«, erwidert er und zieht mich in eine feste Umarmung.

»Du hast es Henry erzählt, aber uns nicht?«, fragt Effie in gespielter Empörung.

»Leute, kann ich kurz ankommen?« Mein Grinsen ist zwar so breit wie schon lange nicht mehr, aber ich muss die inzwischen dauerfeuchten Ballerinas loswerden, meine Füße einen Moment hochlegen, genießen, dass ich wieder zurück bin.

»Ich kümmere mich um die Misses Linklater«, kündigt Henry an und schiebt Effie und Fiona mit einem Zwinkern ins Wohnzimmer.

Und ich atme tief ein. Atme den Duft von zu Hause, diesen Geruch, der jedem Haus eigen ist, aber nur in den eigenen vier Wänden macht, dass man sich vor Behaglichkeit zusammenrollen und schnurren möchte, solange man nicht Red Leg Greaves heißt. Hier bin ich sicher. Hier bin ich ich. Alles fällt von mir ab, die Anspannung, die Nervosität, die Einsamkeit.

Ich höre, wie jemand Sektgläser aus der Vitrine holt, ziehe Schuhe und Jacke aus und gehe ins Wohnzimmer, wo Henry in diesem Moment den Korken knallen lässt.

»Herzlichen Glückwunsch«, rufen alle drei im Chor, und Fiona zündet eine Konfettikanone, die glitzernde Fitzelchen durch das gesamte Wohnzimmer schießt.

Bevor ich anmerken kann, dass ich das sicher nicht zusammenfege, springt Effie erneut in meine Arme. »Nessaaaaaa!«, ruft sie. »Du krasse, krasse Frau!«

»Du hast es geschafft«, sagt Fiona und drückt mich fest. »Ich bin so stolz darauf, deine Schwester zu sein.«

»Ach was.« Ich winke ab. »Übertreib nicht.«

»Ich übertreibe nicht.« Sie blickt zu Boden und wird ein bisschen rot.

»Liebste, beste, schönste, tollste Nessa«, sagt Henry. »Ich habe ein paar Worte vorbereitet.«

»Oh, bitte nicht!«, stöhne ich, weil es mir unangenehm ist, im Mittelpunkt zu stehen. Vor allem im Mittelpunkt von Leuten, die nicht weniger krass sind als ich. Nicht weniger schön und toll.

»Tut mir leid, aber da musst du jetzt durch. War ja nicht meine Idee, den verflucht drittbesten Single Malt der Welt zu brennen.«

»Schottlands«, korrigiere ich ihn.

»Das ist jetzt nicht der Moment, um sich kleinzumachen.« Henry sieht mich streng an, und ich ergebe mich, nehme eine Sektflöte entgegen und setze mich zusammen mit Effie und Nessa brav auf eins der Sofas, während Henry stehen bleibt und sich räuspert.

»Nessa, du bist eine Inspiration. Für mich seit der Grundschule, für deine Schwestern vielleicht sogar noch ein bisschen länger.«

Effie nickt neben mir, und ich schlucke.

»Alles, was du tust, tust du mit der größten Überlegtheit, mit der größten Fairness, die möglich ist, mit der größten

Überzeugung. Zumindest dachte ich das, bis du mit Boyd Tulloch in der Kiste gelandet bist, aber dazu später mehr.« Er gluckst.

»Was?«, rufen Effie und Fiona wie aus einem Mund.

»Schhhhhh«, mache ich, kann aber nichts dagegen tun, dass mein Gesicht heiß wird.

»Nessa, du bist eine Inspiration, aber du bist auch Vorbild. Du arbeitest hart für deine Träume, und du bist das perfekte Beispiel dafür, dass es sich lohnt, jeden Morgen aufzustehen und für seine Leidenschaft zu kämpfen. Jeden Abend ins Bett zu gehen, um am nächsten Tag noch ein bisschen weiter über sich hinauszuwachsen. Oder um mit Boyd Tulloch zu schlafen.« Henry schüttelt sich vor Lachen, und ich suche nach etwas, das ich ihm an den Kopf werfen kann. Etwas Physisches, nicht nur Verbales.

»Ich bin entsetzt«, sagt Effie. »Aber auf eine echt neugierige Weise.« Ich kneife sie in den Oberarm, damit sie Ruhe gibt.

»Nessa, du bist eine tolle Schwester, aber noch viel wichtiger ist, dass du die beste Freundin bist, die man sich wünschen kann. Für mich, aber auch für Effie und Fiona. Du bist der selbstloseste Mensch, den ich kenne, der hilfsbereiteste, der geduldigste. Du liebst mit allem, was du hast – und eigentlich dachte, ich, du würdest auch mit allem, was du hast, hassen. Aber die Entwicklungen der letzten Tage haben mich verwirrt, und jetzt bin ich mir nicht mehr sicher, ob du vielleicht das, was du hasst, auch mit allem liebst, was du hast. Und bevor mein Kopf sich verknotet, sage ich einfach: Nie hat sich ein dritter Platz so sehr nach dem ersten angefühlt. Und nie hatte irgendjemand einen gefühlten ersten Platz und einen realen dritten so sehr verdient wie du. Auf dich.«

»Auf Nessa!«, rufen Effie und Fiona, und ich springe auf und umarme Henry erneut.

Zwar muss ich gegen Tränen der Rührung ankämpfen, aber gleichzeitig sage ich mit einem breiten Grinsen: »Deinen Bonus kannst du knicken, du Arsch.«

»Nachdem ich weiß, dass das dein favorisierter Spitzname für Boyd Tulloch war, fühle ich mich sehr geehrt. Und den Bonus behältst du schön für dich selbst. Beste Freundin.«

»Bester Freund«, sage ich und schniefe ein bisschen unbeholfen an Henrys Schulter.

Dann stoßen wir mit dem Sekt an und freuen uns einen Moment einfach nur. Über unseren Erfolg, über uns, über das Beisammensein.

»Und jetzt, liebste Nessa, musst du leider erzählen, was genau zwischen dir und Boyd Tulloch passiert ist.« Effie setzt sich wieder und sieht mich erwartungsvoll an.

»Manchmal wünschte ich, du wärst ein bisschen mehr Fiona«, sage ich und drücke ihre Hand.

»Was? Dann würden wir ja nie irgendwas erfahren. Glaub mir, Fiona kann sich nur leisten, so zurückhaltend zu sein, weil ich die richtigen Fragen stelle.«

»Da hat sie nicht ganz unrecht.« Fiona setzt sich neben Effie. »Und obwohl ich zurückhaltend bin, muss ich sagen, dass auch ich darauf brenne, zu erfahren, wie um Himmels willen die Sache mit Boyd passiert ist.«

»Und wenn du es nicht erzählst, plappert Henry ohnehin alles aus. Stimmt's?«

»Vermutlich«, sagt Henry und setzt sich neben meine Schwestern.

Doch ehe ich ihnen davon erzähle, hole ich aus meinem Koffer die leicht eingedellte Pappschachtel mit den übrigen Cupcake-Hälften von heute Morgen. Nervennahrung für die seltsamste Geschichte der Welt. Effie schnappt sich sofort die übrige Red-Velvet-Hälfte, und ich nehme gegenüber Platz und nippe noch einmal an meinem Sekt.

»Ihr kennt doch Boyd Tulloch«, beginne ich mit einem Glucksen. »Den ungehobelten, unverschämten Großkotz, den ich nicht ausstehen kann.« Ich beiße in meine Cupcake-Hälfte.

»Schneller!«, fordert Effie.

Mit vollem Mund verkünde ich: »Eventuell gehen wir auf ein Date.«

»Waaaas?« Diesmal ist es Henry, der seine Überraschung nicht verbergen kann.

»Ich habe keine Ahnung, was das wird. Und wie es dazu gekommen ist. Ich weiß nur, dass wir uns durch das gesamte Hotel geknutscht haben und ziemlich wahnsinnigen Sex hatten.«

Effie quietscht. »Durchs ganze Hotel geknutscht! Wahnsinnigen Sex!« Dann überlegt sie. »Wahnsinnig gut? Wahnsinnig schlecht?«

»Wahnsinnig wahnsinnig«, präzisiere ich. »Aber gut.«

»Wahnsinnig wahnsinnig!«, echot sie sehnsuchtsvoll.

»Und, ähm, bist du verliebt?«, fragt Fiona.

»Das gilt es herauszufinden, oder?« Für einen Moment denke ich nach. »Ich glaube, man kann sagen, dass wir wohl irgendwie ziemlich aufeinander stehen.«

Wieder gibt Effie dieses euphorische hohe Quietschen von sich.

»Ich weiß gar nicht, warum du das so toll findest«, sage ich. »Es ist grandios überfordernd.«

»Es ist episch!«

»Episch?«

»Das ist eine epische Unbeteiligte-entfernte-Bekannte-to-

Enemies-to-ein-Moment-der-ausgesprochenen-Seltsamkeit-back-to-Enemies-für-immer-ohne-auch-nur-die-leiseste-Ähnlichkeit-mit-einer-Romanze-dachten-wir-zumindest-bis-Nessa-uns-eines-Besseren-belehrt-hat-Romanze der Welt!«

»Wir brauchen wirklich einen Namen, der ein bisschen eingängiger ist«, sagt Henry.

»Das ist ja nur das Genre. Der Titel ist so was wie *Whiskyliebe.* Oder *Die Geschichte von Boyd und Nessa. Hashtag Bossa.*«

»*Whiskyliebe oder Hashtag Bossa.* Das würde ich lesen«, sagt Fiona.

»Ihr seid völlig übergeschnappt.« Ich lehne mich zurück, schließe kurz die Augen, ein entspanntes Lächeln auf den Lippen. Denn sie können sich ruhig ein bisschen lustig machen. Ich mache mich auch lustig, schließlich ist das alles maßlos überfordernd und maßlos schräg. *»Shetland Love«*, sage ich. »Das ist der Titel.«

»Band Eins: Die Geschichte von Fiona und Connal. Band Zwei: Hashtag Bossa. Band Drei: Henry und ...«

»Nee, sicher nicht.« Henry macht eine abwehrende Geste. »Haltet mich da schön raus.«

»Band Drei: Effie und Erwin«, schlage ich vor.

Effie lacht auf. »Erwin und ich sind nur Freunde. Kann ich mich in Band Drei auch mit jemandem durch ein Hotel knutschen?«

»Du kriegst ein würdiges Finale, Effie, keine Sorge.«

»Ich hab keine Sorge«, sagt sie. »Ich kriege immer, was ich will. Und so lange reicht es auch, zuzuschauen, wie ihr euer Glück findet. Die eine im Stroh, die andere im Hotel. Als Nächstes springt Henry Hand in Hand mit einem heißen Kerl vom Fünf-Meter-Brett oder so.«

»Kein Bedarf«, sagt Henry, der ein bisschen Höhenangst hat.

»Können wir kurz Pause drücken? Bislang habe ich kein Glück gefunden, sondern nur ein Date mit einem Typen, der seit gerade mal zwei Minuten nett zu mir ist. Und ich muss mindestens so lange nett zurück sein, bis er mir meinen Schuh zurückgibt, den ich in seinem Hotelzimmer vergessen habe. Das ist erst mal alles.«

»Es ist auch noch eine Cinderella-Geschichte!« Effie kriegt ganz große Augen.

»Ist es nicht. Es ist vor allen Dingen albern und keine gute Idee. Und selbst wenn es einen glücklichen Ausgang hat, gehört zum Glückfinden mehr als nur ein Kerl.«

»Ein Preis zum Beispiel«, wirft Henry ein.

»Ja, oder zum Beispiel auch ein Ort, an dem man die Urkunde aufhängen kann. Und das, Henry, wird die nächste Herausforderung. Denn die verfluchte Maklerfirma verlängert unsere Pacht nicht.«

»Oh«, macht Henry.

»Oh«, macht Effie.

»Wir kriegen das schon hin, ich will nur nicht, dass ihr denkt, das Leben wäre etwas anderes als eine ewige Aneinanderreihung von Kämpfen.«

»Aber in schön, oder?«, fragt Effie.

»Ja, in schön«, erwidere ich. »Weil ich euch habe.«

»Shetland Love!«, sagt Effie. »Ohne Kerle.«

»Hey«, meldet sich Henry.

»Shetland Love! Aber ohne die Notwendigkeit von romantischer Liebe!«, korrigiert sie sich.

»Shetland Love!«, rufen wir lachend im Chor und lassen erneut unsere Gläser aneinanderklirren.

24

»Nessa, könntest du …« Marigold balanciert mit einem Staubwedel in der Hand auf einem wackligen Schemel.

»… dich fangen, wenn du abstürzt?«

»… mir herunterhelfen?«

Ich lasse meine Tasche auf den Boden fallen und bin in zwei Schritten bei ihr. »Du weißt, dass du Menschen um Hilfe bitten kannst?«, frage ich, während ich ihr die Hand reiche.

»Aber wo bliebe denn da das Abenteuer?«, entgegnet sie und steigt vorsichtig von dem Hocker.

»Vielleicht muss es nicht immer ein Abenteuer sein?«, schlage ich vor.

»Ich denke darüber nach«, sagt sie. »Was kann ich für dich tun, Kind?«

Ich bücke mich nach den Flyern, die ich in der Destillerie ausgedruckt habe. »Kann ich einen davon hier aufhängen?«, frage ich. »Ich suche nach einem neuen Ort für Golden Plover, und die Angebote in der Zeitung und im Internet geben nicht viel her.«

»Ein neuer Ort für Golden Plover?«

»Die Halle wurde verkauft, und mein Pachtvertrag wird nicht verlängert.«

»Wie bitte? Das kann doch nicht wahr sein! Wie können sie es wagen ...«, sagt sie, und ich gebe ihr zwar recht, dennoch muss es ja irgendwie weitergehen. »Das ist ja unfassbar. Ich bin empört, Nessa. Wirklich empört.«

Marigold hat offenbar auch schon Gerüchte über Investoren gehört. Ich will mir gar nicht ausmalen, was es in ihrem Alter bedeuten muss, dass sich ihre Heimatstadt nach und nach verändern wird. Deswegen versuche ich, sie zu beruhigen. »Danke, das ist lieb von dir. Aber du musst dich nicht aufregen. Ich finde schon was.«

»Nicht aufregen? Ich soll mich nicht aufregen? Diese Immobilienfritzen sind wirklich böse Menschen, Nessa, über die sollte man sich jeden Tag mindestens einmal aufregen.«

Ich verstehe nicht, warum Marigold so eine große Sache daraus macht. Ja, es ist ärgerlich, aber nun mal nicht zu ändern.

»Keine Ahnung von der Insel, keine Ahnung von den Menschen. Aber Entscheidungen treffen. Das bringt das gesamte Gleichgewicht durcheinander und ...« Sie lässt sich erschöpft auf einen Sessel fallen. »Dr Beattie würde mit mir schimpfen. Ich soll mich nicht aufregen. Ist nicht gut für mein Herz. Allerdings muss er gerade reden. Für sein Herz ist es ja wohl auch nicht gerade gut, wenn er mit mir schimpft.«

»Also darf ich meinen Zettel aufhängen?«, frage ich noch mal.

»Aber natürlich. Kleister alles voll. Auch im Café drüben.«

»Da war ich schon«, gebe ich zu.

»Auch im Rathaus. Tapezier die ganze Stadt damit, wenn nötig.«

Ich lache. »Hoffen wir mal, dass ich schnell etwas finde

und es nicht nötig sein wird. Die Touristensaison fängt bald an, da will ich die Stadt nicht verschandeln.«

»Wann musst du denn draußen sein?«

»In zweieinhalb Monaten.« Wenn ich daran denke, schnürt sich alles in mir zusammen. Zweieinhalb Monate. Das ist nichts.

Als ich meinen Flyer an die Tür hängen will, trete ich beinahe auf Greaves, der sich genau auf die Fußmatte gelegt hat und mich wütend anfaucht.

»Sorry, aber wenn du deine Ruhe haben willst, ist das nicht der beste Ort.« Vorsichtig steige ich über ihn drüber, platziere mein Gesuch zentral auf Augenhöhe und ziehe dann weiter Richtung Rathaus.

Der Frühling auf Shetland beginnt spät. Aber wenn er einmal angefangen hat, ist er nicht mehr zu stoppen. Überall sprießen winzige Blumen aus dem Boden, die Luft riecht auf einmal anders, wärmer, intensiver. Die Winde sind immer noch stark, aber sie gehen einem nicht mehr durch Mark und Bein.

Ein paar Tage nach meiner Flyer-Aktion steigen Fiona und ich aus dem kleinen Lieferwagen, der Kies unter unseren Füßen knirscht, der Wind pfeift um uns herum, und es duftet so himmlisch nach Leben und Aufbruch, dass einem augenblicklich leicht ums Herz wird. Außerdem kann es sein, dass Mr Murrays leer stehendes Lager genau das Richtige für Golden Plover ist. Fiona war ganz aufgeregt, als sie mir davon erzählte, und bestand darauf, sofort hier rauszufahren, um sich alles anzusehen.

Simon Murray ist ein alteingesessener Schafbauer, dessen Weiden über die gesamte Insel verteilt sind. Und am Rand einer dieser Weiden befindet sich das, was Murray als Lagerhalle bezeichnet hat. Doch als ich mich nun umsehe, ist das einzige Gebäude, das nur im Ansatz groß genug ist, um infrage zu kommen, eine etwas windschiefe Scheune, die zur einen Seite hin offen ist.

»Meinte Murray das hier?«, frage ich.

Fiona zuckt mit den Schultern. »Er hat es ein bisschen anders beschrieben, wenn ich ehrlich bin.« Sie grinst und zückt ihr Handy. »Mr Murray? Ja, hier ist Fiona. Linklater. Aus dem Café? Genau. Ich bin mir nicht sicher, ob wir hier richtig sind. Sie hatten von einer Lagerhalle gesprochen. Aber das hier ... ist eher eine Scheune.« Sie nickt, runzelt die Stirn, schüttelt den Kopf. »Ach so, nein, dann haben wir uns missverstanden. Wir brauchen nicht das Land, wir brauchen das Gebäude. Trotzdem vielen Dank!« Sie legt auf und steckt das Handy wieder ein. »Er dachte, du willst bauen.«

»Schade.« Mein Herz sackt ein gutes Stück hinunter.

»Ja, schade.«

»Aber es wäre wohl ohnehin ein bisschen weit draußen gewesen«, tröste ich mich, auch wenn ich im Moment bis an den Nordzipfel der Insel pendeln würde, einfach nur, um Sicherheit zu haben. Bislang hat abgesehen von Murray niemand auf meine Flyer reagiert, obwohl alle angeboten haben, sich umzuhören.

»Du findest was«, sagt Fiona, und ich nicke. »Du hast noch über zwei Monate. Zur Not bauen wir dir was.«

Ich lache auf. »Von welchem Geld denn?«, frage ich, weil ich immer noch Mr McGills mitleidiges Gesicht vor Augen habe, der mir sagt, dass ich für einen Kredit leider nicht in Betracht komme.

»Und wenn wir doch eine Hypothek aufnehmen?«

»Nein.«

»Aber, Nessa ...«

»Nein, Fiona. Das ist unser Zuhause. Ich gehe da kein Risiko ein. Wenn es nur mich beträfe, wäre das eine andere Sache. Aber Effie und du hängt da auch mit drin.«

»Aber wir hängen gern mit drin.«

»Ich diskutiere über diese Option nicht.«

»Okay«, sagt sie beschwichtigend. »Lass uns noch ein Stück gehen. Den Kopf freikriegen.«

Den Kopf freikriegen. Das klingt gesund. Und so setzen wir uns in Bewegung, schlagen einen öffentlichen Wanderweg über die Schafweide ein, der uns an die Küste führt.

»Wann ist das große Date?«, fragt Fiona.

»Wenn es nach Boyd ginge, gestern.« Mein Herz wird augenblicklich leichter, als ich daran denke, wie erpicht Boyd auf dieses Date ist. Ich bin es auch, wenn auch etwas vorsichtiger. »Er hat mich für Freitagabend eingeladen.«

»Zu sich?«

»Ins *Esplanade*«, sage ich, und Erinnerungen an unseren ersten Kuss und seinen bescheuerten Abgang werden wach.

»Edel!«

»Aber, Fiona, denkst du, das ist eine gute Idee? Ich meine, nach allem, was zwischen uns war?«

»Es wäre eine schlechte Idee, nicht herauszufinden, was das zwischen euch *ist,* oder?« Sie sieht mich an, der Wind weht ihr die dunkelroten Haare ins Gesicht. Sie sieht so zufrieden aus. So entspannt.

»Ja, du hast wohl recht.« Und außerdem kribbelt es in mir, wenn ich daran denke, Boyd wiederzusehen, wieder zu berühren. Ich denke an die Leidenschaft, die wir in Edinburgh auf einmal füreinander hatten. Aus Wut geboren. Denke an Edinburgh im Vergleich mit Shetland. An die engen Straßen, die Autos. An den Blick über die Stadt von der Burg aus. »Fiona?«

»Hm?«

»Ich muss dir was sagen.«

»Raus damit.«

»Die Sache mit dem Verzeihen hat etwas länger gedauert, als ich gehofft hatte.« Ich sehe sie an, die sanften Frühlingssonnenstrahlen kitzeln ihr Gesicht, und sie kneift die Augen gegen das helle Licht zusammen.

»Ich weiß.«

»Es tut mir leid, Fi.«

»Das muss es nicht, aber wenn es dich beruhigt, ich hab dir schon verziehen.«

»Sehr witzig.«

»Nein, nicht unbedingt. Ich meine das ganz ernst. Es ist okay. Die Situation war für uns alle maximal beschissen. Für euch, für mich, für Connal. Der mir übrigens auch noch nicht ganz verziehen hat.«

»Ach Quatsch.«

»Doch, aber auch das ist okay. Man verschwindet nicht einfach so drei Jahre lang ohne Erklärung und erwartet, mit offenen Armen empfangen zu werden, weißt du? Dass ihr mich überhaupt zurückgenommen habt, ist schon mehr als genug.«

»Aber du hattest deine Gründe.«

»Bitte, Nessa, nenn es beim Namen. Es macht mich fertig, dass alle um das Thema herumschleichen und so tun, als sei es ein großes Geheimnis oder ein Tabu oder so etwas. Ich bin unfruchtbar. Nicht weniger, aber eben auch nicht *mehr*. Die Entscheidungen, die ich getroffen habe, waren ein Fehler, aber ein Fehler, den ich machen musste, um dieses ›nicht *mehr*‹ für mich zu begreifen. Alle sollten sich die Zeit nehmen, die sie brauchen, um mir zu verzeihen, so wie ich mir die Zeit genommen habe. Sag einfach Bescheid, wenn es so weit ist, dann freu ich mich.«

»Es ist so weit.«

»Wirklich?«

»Ja.«

Fiona nimmt meine Hand und drückt sie fest. »Dann freu ich mich.«

»Ich habe mich in Edinburgh so unwohl gefühlt. Klar, die Reise war ein Erfolg und alles. Aber es war so fremd. So groß. Und ich habe verstanden, dass du niemals freiwillig länger als nötig an einem solchen Ort geblieben wärst. Nicht alleine. Ich kann mir nicht ausmalen, wie schlimm meine Nöte sein müssten, um Shetland zu verlassen. Das klingt vielleicht langweilig und feige, aber wenn man hier zu Hause ist ...«

»Dann ist man es für immer.«

»Ja.«

»Ja.«

Wir bleiben kurz stehen, blicken aufs Meer hinaus, genießen die salzigen Böen, die uns ins Gesicht pusten und unsere Haare zerzausen.

»Und warum denkst du, Connal hat dir noch nicht verziehen?«, frage ich.

»Er schreibt jede Menge in sein Notizbuch, und ich darf es nicht lesen. Er tut so, als wäre alles normal, aber ich spüre, dass es das nicht ist. Noch nicht.«

»Woran?«

Sie lacht. »Du musst mir versprechen, dass du das für dich behältst, okay?«

»Natürlich.«

»Bitte erzähl es nicht Effie.«

»So ernst gleich?«

Sie zuckt mit den Schultern. »Manchmal, wenn wir miteinander schlafen, kann er nicht kommen vor lauter Kummer.«

»Oh«, sage ich.

»Ja, oh. Aber es wird besser. Wir werden besser. Auch damit, über alles zu reden, ohne anzufangen zu weinen. Das war die ersten Wochen die größte Herausforderung.«

»Ich kann mir Connal gar nicht weinend vorstellen. Er ist so …«

»… stark?« Fiona lacht. »Ich weiß. Aber es gibt Dinge, die so traurig sind, dass sogar Connal weinen muss. Ich wette, es gibt sogar Dinge, bei denen Boyd weinen muss.«

Ich lache laut auf. »Wenn jemand einen Kratzer in seinen Sportwagen macht.«

»Wenn ihm jemand erzählt, dass Sportsakkos out sind.«

»Wenn jemand sagt, die Tulloch Distillery sei hundertfünfzig Jahre alt.«

»Wenn …«

Ich unterbreche sie. »Fi, was tue ich hier? Das ist doch Wahnsinn!«

»Wahnsinniger Wahnsinn?«, schlägt Fiona vor, und obwohl die Anspielung witzig ist, nicke ich. »Vielleicht ist es das. Aber die Möglichkeit besteht, dass es wahnsinnig gut wird. Und wenn nicht, ist es halt eine Enemies-to-Lovers-to-Enemies-Romanze.«

»That's what Effie said«, erwidere ich, und wir müssen beide lachen. »Aber sag mal, Fi, dir geht's gut, oder?« Denn es wirkt zwar so, aber manchmal sieht man nicht unter die Oberfläche. Wie bei Effie, dem ewigen Sonnenschein, die vor guter Laune sprüht, aber innerlich mit den dunkelsten Gedanken ringt.

»Mir geht's gut, ja.«

»So richtig? Bist du glücklich?«

»Machst du dir Sorgen um mich?«

»Habe ich das je nicht gemacht?«

»Ich bin glücklich. Ich bin glücklich, wieder zu Hause zu sein. Bei euch. Ich bin glücklich mit Connal. So sehr, dass ich manchmal nachts wach liege und ihn einfach nur ansehe, weil ich nicht weiß, wohin mit dem Glück.«

»Und dass ihr keine Kinder bekommen könnt?«, frage ich und fühle mich ein bisschen unwohl dabei. Schließlich ist es Fionas Privatsache. Andererseits hat sie mich gebeten, die Dinge beim Namen zu nennen. Und wenn das ihr Umgang damit ist, werde ich mich danach richten.

»Dafür können wir jede Menge Lämmer bekommen.« Sie lacht. »Nein, im Ernst. Es ist gerade noch kein großes Thema. Und wenn es eines Tages eins wird, reden wir darüber. Über Adoption oder Kinderlosigkeit. Als könnte man nicht auch zu zweit unverschämt glücklich sein. Es gibt nur zu wenig Vorbilder dafür. Dabei ist Marigold sogar allein unverschämt glücklich.«

»Aber weißt du, warum? Weil für manche die Familie eine Insel ist, und für andere ist die Insel eben die Familie.«

»Wie bei uns«, sagt Fiona.

»Hey!«, ruft auf einmal eine Mädchenstimme hinter uns. »He!«

Wir bleiben erneut stehen und blicken uns um. Hinter uns kommt eine Reiterin auf einem Pony angetrabt. Auch gegen die Sonne erkenne ich, dass es Jamielee auf Feather ist.

Ich winke, doch Jamielee erwidert die Geste nicht.

»Lügnerin!«, ruft sie stattdessen.

»Was?«, sage ich.

»Hat sie dich gerade ›Lügnerin‹ genannt?«, fragt Fiona. »Das ist doch Boyds Schwester, oder?«

»Ja ...«

Jamie lässt ihr Pony anhalten. »Du hast mich angelogen.« Ihr Ton ist vorwurfsvoll, ihr Blick angriffslustig.

»Wie bitte?«

»Du. Hast. Mich. Angelogen.« Sie spricht so laut und deutlich, als wäre ich zu blöd, den Sinn ihrer Worte zu verstehen.

»Wann?«

»Das weißt du ganz genau. Du bist keinen Deut besser als die anderen. Ich dachte, wir wären Freundinnen.«

»Ich dachte auch«, erwidere ich, ohne zu wissen, worauf sie hinauswill.

»Warst du deswegen nett zu mir?«

»Weswegen?«, frage ich.

»Um an meinen Bruder ranzukommen?«

Und dann fällt es mir wie Schuppen von den Augen. Das war ihre große Sorge. Dass ich auf ihren Bruder stehen könnte. Und ich habe ihr mehrfach versichert, dass ich nichts von Boyd will.

»Oh, Jamie«, sage ich und mache einen Schritt auf sie zu.

»Bleib, wo du bist, sonst sage ich Feather, dass er dir auf den Fuß treten soll.«

Ich habe keine Ahnung, ob Ponys so etwas können, aber ich respektiere ihren Wunsch nach Abstand.

»Es tut mir leid, dass es so aussieht, als hätte ich dich angelogen. Von ganzem Herzen. Aber es war nicht gelogen.«

»Deswegen geht ihr jetzt auch auf ein Date. Du bist genauso falsch wie die anderen.«

Es gefällt mir nicht, dass sie dauernd von »den anderen« spricht, aber ich schlucke meine Verunsicherung hinunter. »Das war nie so geplant«, erwidere ich. »Glaub mir, dein Bruder und ich waren beide genauso überrascht wie du.«

»Genauso überrascht? Von wegen.«

»Ich bin immer noch überrascht.«

»Du bist eine blöde Ätzkuh.«

»Hey«, sagt Fiona, und es rührt mich, dass sie mich vor einer pubertierenden Vierzehnjährigen verteidigen will.

»Kann sein, dass es so wirkt, als sei ich eine blöde Ätzkuh, ja. Aber nur, weil ich mit deinem Bruder auf ein Date gehe, heißt das nicht, dass ich nicht mit dir befreundet sein will.«

»Du kannst mich mal.«

»Okay. Das ist wirklich schade.«

»Fragt sich nur, für wen.«

»In erster Linie für mich«, sage ich. »Wenn du denkst, ich hab es verdient, dann ist es so. Aber solltest du mich mal brauchen, dann kannst du dich jederzeit melden, okay?«

»Als ob«, sagt Jamielee. »Viel Spaß dabei, mit meinem Bruder zu poppen.« Dann gibt sie ihrem Pony die Sporen und reitet an uns vorbei.

»Bezauberndes Mädchen«, sagt Fiona, aber ich habe auf einmal Mitleid mit ihr.

Sie hängt an ihrem Bruder, sie hatte sich auf mich verlassen. Wenn er ihr nun erzählt hat, dass wir auf ein Date gehen, muss es für sie tatsächlich aussehen wie ein Verrat. Und auch wenn sie ein verzogenes kleines Miststück ist, hat sie es nicht verdient, hintergangen zu werden – obwohl das nicht meine Absicht war. Allerdings habe ich selbst gar nicht mehr darüber nachgedacht. Und das fühlt sich richtig mies an.

»Ich glaube, sie ist ziemlich einsam«, sage ich.

»Jeder ist einsam.«

»Aber nicht jeder ist gerade vierzehn Jahre alt.«

Ich denke an Effie, die mit vierzehn auch völlig verloren war. Die alles gehasst hat. Alles und jeden. Die so unglücklich war und nicht verstehen konnte, warum sie mit zwei Schwestern gestraft ist, während andere Mutter und Vater haben. »Manchmal sieht man eben nicht unter die Oberfläche«, sage ich mehr zu mir als zu Fiona, aber sie nickt dennoch.

Während die Sonne immer tiefer sinkt, das Meer golden funkeln lässt und die kleinen weißen Blüten des Hornkrauts zwischen den Steinen im Wind zittern, schlagen wir den Rückweg über die Schafweide ein.

Dieser Tag hat zwar keins meiner Probleme gelöst, und mit Jamielee ist sogar noch ein weiteres hinzugekommen, aber es ist heilsam, zu wissen, dass Fiona glücklich ist. Dass es ihr gut geht.

Erst am Auto fällt mir auf, dass ich mein Handy auf dem Armaturenbrett habe liegen lassen. Und ich habe tatsächlich ein paar Nachrichten. Effie fragt, ob wir Hufsie backen. Henry fragt, wie die Besichtigung gelaufen ist. Eine Emma Brodie sagt, sie habe eine geräumige Garage, die leer steht. Und Boyd fragt, ob er mich am Freitag um halb acht abholen kann.

Meine Antworten gebe ich in ebendieser Reihenfolge. *Gern, gehst du einkaufen? Wenn uns drei Wände reichen, gut. Vielen Dank für Ihre Nachricht, eine Garage könnte zu klein sein, aber ich sehe mir den Raum gerne an* und *Ob du es glaubst oder nicht, aber ich freue mich.* Enemies-to-Lovers-zumindest-für-den-Moment.

25

»Aber das bin nicht *ich.*« Ich verstehe einfach nicht, warum wir so ein Aufhebens um dieses Date machen müssen. Es ist vermutlich die blödeste Idee seit der Idee der Idee, mit Boyd Tulloch auszugehen. Und dennoch flattert mein Herz ganz komisch, wenn ich an sein Gesicht denke.

Effie und Henry sitzen auf meinem Bett, ich stehe vor dem alten Spiegel, der mehr verzerrt, als er zeigt, und zupfe unzufrieden an dem flatternden Blumenkleid, das Effie aus ihrem Schrank gezogen hat.

»So was können nur Leute tragen, die so elfenhaft sind wie du, Effie.«

»Red keinen Quatsch, du siehst toll aus«, erwidert sie und stellt sich hinter mich. »Ich leih dir Schuhe, die dazu passen, wenn du magst.«

»Ich will nicht einmal, dass du mir das Kleid leihst.« Ich drehe mich hin und her, sehe, was Effie meint, fühle mich trotzdem unwohl.

»Ich glaube, du könntest in Strickpulli und Gummistiefeln aufkreuzen, und Boyd würde es nicht einmal bemerken«, sagt Henry, dessen Blick den meinen im Spiegel findet.

»Das klingt, ehrlich gesagt, verlockend. Das Kleid ist jedenfalls raus«, entscheide ich und ziehe es mir über den Kopf. Meine Haare knistern vor Elektrizität und stehen in alle Richtungen ab. »Und diese Frisur auch.«

Effie reicht mir ein Haargummi, und obwohl meine Haare ein bisschen zu kurz sind für einen Pferdeschwanz und die Hälfte von ihnen sofort wieder rausfällt, tut es trotzdem gut, sie einigermaßen aus dem Gesicht zu haben.

»Nimm deinen Cordrock und ... warte.« Effie geht aus dem Zimmer und kommt kurz darauf mit einer schwarzen, halb durchsichtigen Bluse mit Spitze zurück. »Die wollte ich eigentlich heute Abend auf Erwins Party tragen, aber du brauchst sie dringender.«

»Dringender, weil ich will, dass er mir die ganze Zeit auf die Unterwäsche starrt?«

»Wenn du hübsche Unterwäsche trägst ...«

»Ich hab auch keine Lust darauf, dass er mir auf hübsche Unterwäsche starrt.«

Henry lacht. »Vermutlich denkt er ohnehin nur an das, was *unter* der Unterwäsche ist.«

»Du bist keine Hilfe«, erwidere ich seufzend. »Warum kann das nicht ein ganz normaler Abend sein?« Warum ist es so aufgeladen? Mit Verheißung, mit Risiko, mit Vergangenheit.

»Es ist das erste Date, auf das du gehst, seit ...« Effie denkt nach. »Warst du schon mal auf einem Date, Nessa?«

»Und du?«, frage ich zurück.

»Lenk nicht ab.«

»Ich war auf einem Date«, sagt Henry. »Aber ich habe kein Outfit getragen, das meine Unterwäsche zeigt, das muss ich Nessa lassen.«

»Du hast darüber noch gar nichts erzählt«, stellt Effie fest. »Wie war's denn?«

Henry seufzt. »Ein bisschen zu schön.«

»Wie kann ein Date denn zu schön sein?«

»Zu schön für die Tatsache, dass Charlie in England wohnt und wir uns nie wiedersehen.«

Effie gibt ein halb aufgeregtes, halb enttäuschtes Geräusch von sich. »Habt ihr euch denn geküsst?«

»Nein. Aber wir haben darüber geredet. Dass wir uns gern küssen würden.«

»Waaaas?«

»Er hat gesagt, er würde mich gern küssen. Ich habe gesagt, dass das vielleicht keine gute Idee ist wegen der offensichtlichen Hindernisse. Und er hat gesagt, ja, da hast du wohl recht. Und dann hat er meine Hand genommen, und wir haben superkitschig aufs Meer geschaut.«

»Henry, du Trottel«, sagt Effie, »du weißt aber schon, dass du diese Insel verlassen kannst?«

»Das will ich aber nicht.«

»Willst du Liebe?«

»Ja.«

»Willst du Glück?«

»Ja.«

»Hast du eins von beidem auf Shetland gefunden?«

»Ja.« Wieder treffen sich unsere Blicke im Spiegel, während ich Effies Bluse zuknöpfe.

»Ich meine nicht Nessa«, sagt Effie. »Ich meine romantische Liebe.«

»Nicht jeder hat romantische Liebe so nötig wie du.« Henry grinst.

»Ich hab sie nicht nötig. Ich wüsste nur gern mal, wie das ist.«

»Ach komm, ausgerechnet du«, sagt Henry und boxt sie scherzhaft in die Schulter.

Ich blicke zu Effie, weil sie, obwohl sie sich vor Verehrern kaum retten kann, bislang noch keinen Freund mit nach Hause gebracht hat.

»Ja, ausgerechnet ich. Hast du dich auf dieser bekloppten Insel mal umgesehen? Die Auswahl ist nicht gerade bombastisch.«

»Wem sagst du das«, erwidert Henry, und sie vertiefen sich in eine Unterhaltung über die unbrauchbare Dating-Szene in Lerwick und die immer gleichen Männer, die man schon satthat, ehe man noch mit ihnen aus war. »Es sei denn, man weitet das Beuteschema auf die unwahrscheinlichsten Kandidaten aus oder hat sich frühzeitig das Herz von Connal Halcrow unter den Nagel gerissen«, beschließt Henry die Ausführungen.

»Oder vielleicht hat Nessa Erfahrungen, von denen wir noch nichts wissen. Nessa?«, fragt Effie und nimmt den Faden vom Anfang der Unterhaltung wieder auf.

»Ich *hatte* schon Dates, falls du das meinst.«

»Eins mit Ben«, sagt Henry.

»Das war vermutlich das seltsamste.«

»Ja, weil du ungefähr ein Jahrzehnt lang heimlich in ihn verknallt warst.«

»Zum hundertsten Mal, Henry, es tut mir leid, dass die elfjährige Nessa dir nicht sofort auf die Nase gebunden hat, dass sie deinen großen Bruder toll fand.«

»Und die zwölfjährige. Und die dreizehnjährige. All die Nessas, bis du achtzehn warst.« Er ist nicht wirklich sauer auf mich deswegen. Wir haben öfter ausgiebig darüber gesprochen. Und nachdem Ben und ich einmal miteinander ausgegangen waren, war der Zauber ohnehin weg.

»Was war daran so seltsam?«, fragt Effie.

»Ich weiß es nicht. Ich glaube, ich hatte eine ganz genaue

Vorstellung von Ben. Ich kannte ihn als den großen, unerreichbaren Bruder. Und das war er dann auch. Ein großer Bruder. Und mehr nicht.«

»Hast du ihm das Herz gebrochen?«

Ich lache. »Haha, sicher nicht. Ben hat am Ende des Abends vorgeschlagen, Freunde zu sein. Er hat es genauso gesehen.«

»Und dann bist du ein paarmal mit diesem Lehrer ausgegangen«, sagt Effie. »Der war nett.«

»Laurent«, erwidere ich.

»Hach, Laurent!« Henry sieht schmachtend ins Nichts.

Laurent kam aus Lyon, hatte eine Zeit lang in Edinburgh gelebt und absolvierte für ein paar Monate sein Teacher-Training in Lerwick. Doch er hasste die Dunkelheit, die Kälte, den Wind, die Kleinstadt, sodass er sich schnell versetzen ließ.

»Und ich war sehr kurz mit Andrew Haggan zusammen.«

»Was?«, fragen Effie und Henry im Chor.

»Wer ist diese Frau?«, fragt Henry.

»Er wollte es geheim halten. Ich war ihm wohl peinlich oder so. Und weil es mir peinlich war, dass ich mit jemandem zusammen war, dem ich peinlich war, habe ich es niemandem erzählt.«

»Wann soll das denn gewesen sein?«, fragt Effie.

»In der elften Klasse.«

»Und seitdem hast du niemandem je davon erzählt?«

»Es hat keine Rolle gespielt, abgesehen davon, dass ich mit ihm mein erstes Mal hatte.«

»Was?«, rufen Effie und Henry erneut.

»Ja, aber es war keine große Sache. Es war ... unspektakulär. Er war ungeschickt, ich war ungeschickt. Und dann habe ich mit ihm Schluss gemacht, weil ich neben der Schule und euch keine Zeit hatte für einen Typen, dem ich peinlich war.«

»Wer noch?«, fragt Effie, als hätte sie gerade erfahren, dass ihre Schwester eine Männerfresserin ist.

»Ich hatte mal einen One-Night-Stand mit einem Kerl aus Bixter. Nach einer Party.«

»Das wusste ich«, sagt Henry triumphierend.

»Ich auch!«

»Woher denn?«, frage ich.

»Weil ich euch gehört habe.«

»Wie bitte?«

»Ich sollte zu dieser blöden Übernachtungssache in der Schule gehen, weißt du noch?«

»Ich weiß es sogar sehr gut, weil ich dich extra hingebracht habe. Und ich weiß es sogar noch viel besser, weil ich den Kerl aus Bixter nur deswegen mit nach Hause genommen habe, weil ich sturmfrei hatte.«

»Ja, aber was du nicht weißt, ist, dass ich nicht in die Schule gegangen bin. Sobald du weg warst, bin ich wieder zurück nach Hause gelaufen, weil ich zu cool war für so eine lahme Veranstaltung.«

»Ich sollte dir nachträglich dein Taschengeld kürzen«, sage ich lachend und schüttle den Kopf.

»Ach komm, was soll der Geiz, hier hast du die fünf Pfund zurück.« Effie reicht mir einen Schein aus ihrer Hosentasche.

»Lass stecken.«

»Nein, fürs schlechte Gewissen. Ich sag dir, das ist gerade richtig befreiend.«

»Da denkt man, man weiß alles über die Menschen, und dann so was ...« Henry schüttelt den Kopf. »Die eine hat ihr erstes Mal mit dem Schul-Bully, die andere bricht Regeln ... halt, stopp, das ist nicht überraschend. Aber Andrew Haggan, ernsthaft? Darüber muss ich erst mal hinwegkommen.«

»Was sagt ihr eigentlich zu dieser Bluse?«, frage ich, weil

ich langsam Gefallen an dem Outfit finde. Ich bin es nicht gewöhnt, mich schick zu machen. Am liebsten wäre es mir tatsächlich, ich würde einfach Gummistiefel und eine ausgewaschene Jeans tragen. Aber selbst ich muss zugeben, dass ich mich ziemlich heiß finde in diesem transparenten Material.

»Äh, geil?«, sagt Effie. »Wenn du die trägst, geb ich dir fünf Pfund.« Sie wedelt schon wieder mit dem Schein.

»Ich bin zwar nicht die Zielgruppe, aber ich finde, es sieht toll aus.«

»Nicht zu ... offensichtlich? Ich meine, sehe ich damit nicht aus, als würde ich ihn verführen wollen?«

»Willst du das denn nicht?«, fragt Effie.

»Und seid ihr nicht über den Punkt hinaus?« Henry zieht seine Augenbrauen hoch.

»Ja ...«, erwidere ich kleinlaut. »Aber vielleicht wäre es schlauer, sich ein bisschen weniger balzmäßig zu kleiden, um herauszufinden, was wir eigentlich voneinander wollen?« Denn das ist es wohl, was mich beunruhigt. Dass ich nicht weiß, was Boyd Tulloch von mir will.

»Boah, Nessa, ey«, sagt Effie. »Zieh dir einfach irgendwas an. Leg kein Make-up auf. Bürste dich nicht einmal. Es ist vollkommen egal.«

Deswegen ziehe ich mir eine von Effies selbst gestrickten Fair-Isle-Jacken über. Weil es wirklich egal ist. Außerdem eine Jeans, sodass ich mich wieder wie ich selbst fühle. Ich tusche meine Wimpern und betone die natürliche Farbe meiner Lippen ein wenig, aber das muss reichen.

Und als es an der Tür klingelt und Effie so schnell die Treppe hinunterspurtet, dass ich schon an meiner Zimmertür aufgebe, sagt Henry: »Es ist wirklich völlig egal, was du trägst. Für mich bist du immer die schönste Frau der Welt.«

»Und weißt du, wenn das jemand sagt, der nicht einmal die Zielgruppe ist, dann bedeutet es umso mehr.«

Ich höre, wie Effie die Tür öffnet. »Boyd?« Sie sagt es seltsam langgezogen. Es klingt wie ein Abtasten. Ein Lauern.

»Effie«, erwidert er, und ich höre, dass er lächelt.

Es ist ein merkwürdiges Gefühl, zu wissen, dass er hier ist. Der Mann, der seit so vielen Jahren Gesprächsthema bei uns war – und nicht im positiven Sinne. Und jetzt soll er mein Date sein. Das ist verrückt. Einfach verrückt.

Henry stiehlt sich an mir vorbei und läuft ebenfalls die Treppe hinunter.

»Hi!« Er gluckst.

»Oh, da sind noch mehr«, sagt Boyd, und als ich um die Ecke blicke, sehe ich, dass sie sich die Hand geben. Ein bisschen zu fest, um kumpelhaft zu sein. »Ist Nessa auch hier?«, fragt er, und ein wenig gönne ich es ihm, dass er sich sichtlich unwohl fühlt.

Henry wendet den Kopf, grinst mir zu. Ich schiebe die Hände in meine Hosentaschen, um meine Nervosität zu verstecken, und gehe nach unten.

»Hi«, sage ich, als Henry einen Schritt zur Seite macht, um mich vorbeizulassen.

»Hi«, sagt Boyd, und bei meinem Anblick hellt sich seine Miene auf. »Ich sehe, wir machen uns schick«, stellt er dann mit Blick auf die Strickjacke fest, die ich über der viel zu durchsichtigen Bluse trage. Erst jetzt fällt mir auf, dass er richtig gut aussieht. Boyd ist immer schick gekleidet, aber das weiße Hemd mit dem dunkelblauen Jackett ist sicher nicht seine Alltagskleidung.

»Kann ja nicht jeder aussehen wie bei seiner Erstkommunion«, sage ich, und das Lachen, das Boyd zu unterdrücken versucht, macht, dass mir innerlich ganz warm wird.

»Können wir los, oder hast du noch eine Steckdose, in die du fassen musst?«, fragt er.

»War mir nicht mehr sicher, wie elektrisierend ich dich finde. Deswegen«, erwidere ich, und Boyds Mundwinkel zucken.

»Dürfen wir noch unangenehme Fragen stellen?«, fragt Effie. »So was wie ›Was sind Ihre Absichten, junger Mann?‹.«

»Das machen wir beim nächsten Mal«, sage ich und schlüpfe in meine Schuhe.

»Kann's kaum erwarten.« Boyd nickt Effie und Henry amüsiert zu, dann trete ich nach draußen.

Gab es einen Moment, der Ihnen als besonders schmerzhaft in Erinnerung geblieben ist in Bezug auf das Verhältnis zu Ihrem Vater?

Boyd Tulloch: Das war der Moment, in dem ich erlebte, dass der Mann, der für seinen Sohn kein einziges lobendes Wort übrig hatte, sehr wohl zu Wertschätzung und Anerkennung in der Lage war – nur eben nicht mir gegenüber. Denn damit sagte er mir unmissverständlich, dass ich für ihn wertlos war. Aber ich werfe ihm das heute nicht mehr vor. Denn ich weiß inzwischen, dass mein Vater immer aus der festen Überzeugung handelte, das Richtige zu tun. Er ist auch nur das Produkt äußerer Umstände. Sein Vater – mein Großvater – wurde ebenfalls erst im hohen Alter milder. Es braucht nur irgendwann jemanden, der diesen Kreislauf durchbricht. Deswegen ist mir die Beziehung zu meiner kleinen Schwester so wichtig.

26

»Ich wusste nicht, dass das eine richtig formale Angelegenheit wird«, sage ich und schnalle mich an.

»Nessa.« Er steckt den Schlüssel ins Zündschloss, macht jedoch keine Anstalten loszufahren. »Du kannst anziehen, was du willst. Immer. Es ist mir egal.«

»Aber du hast dich schick gemacht.«

»Ich habe mich schick gemacht, weil ich dir etwas zu beweisen habe. Und weil ich mich auf diese Weise der Aufgabe gewachsen fühle.«

Es ist verblüffend, wie schnell wir vom Necken in die Ernsthaftigkeit wechseln. »Sollte ich dir nicht auch etwas beweisen?«, frage ich.

»Das hast du schon«, erwidert er, sein Blick beinahe zärtlich. »Indem du bei mir du selbst bist.«

Dann lässt er den Motor an und fährt los.

Direkt am Hafen befindet sich ein kleines Restaurant mit Meerblick. Es heißt *The Esplanade,* nach der Straße, an der es steht. Ich war ein einziges Mal hier. Unser Dad lud uns alle drei zum Essen ein. Ich war fünfzehn oder sechzehn.

Er erzählte uns, dass sich alles ändern würde, dass er nun endlich mit dem Whiskybrennen anfangen würde und gerade einen Pachtvertrag unterschrieben hätte. Effie fragte ihn, ob er wieder nach Hause käme. Er sagte: »So bald wie möglich, mein kleines Mädchen.« Ich sagte nichts. Und als ich ein paar Tage später bei Joseph Garrioch im *Hideout* nach einem Job fragen wollte, fand ich ihn dort, den Kopf auf den Tresen gebettet, schlafend. Joseph hatte keinen Job für mich, und ich wusste, dass Dad nicht wieder nach Hause kommen würde, und beschloss, in sein Zimmer zu ziehen.

Als Boyd nun seinen Wagen auf den Parkplatz lenkt, sehe ich uns drei Schwestern vor mir, als wäre es gestern gewesen. Effie, die noch nicht einmal im Teenageralter war, Fiona, die still hinter uns herlief, ich, die ich so müde war. Doch in der sanften Dämmerung sieht das kleine Ziegelgebäude urgemütlich aus, und ich vertreibe die Erinnerung.

Boyd parkt und bedeutet mir, sitzen zu bleiben. Er geht einmal um den Wagen herum und öffnet mir die Tür.

»Jetzt wünschte ich wirklich, ich hätte ein Abendkleid an oder so«, sage ich, als er mir die Hand reicht und mich auf die Beine zieht.

»Besitzt du ein Abendkleid?«, fragt Boyd und verwebt für einen Augenblick unsere Finger miteinander.

»Guter Punkt.« Für welche Zwecke sollte ich es auch haben? Es ist nicht so, als gäbe es in Lerwick und Umgebung jede Menge Galas, auf die man eingeladen werden könnte. Und selbst wenn, stünde ich mit Sicherheit nicht auf der Gästeliste.

Boyd legt seine Hand auf meinen unteren Rücken und gibt mit einem sanften Druck die Richtung vor. Seine Berührung ist schön. Warm. Unbegreiflich. Die Luft ist klar, der heftige Wind weht mir die Haare ins Gesicht.

Boyd hält mir die Tür auf und wartet, bis ich an ihm vorbei ins Innere des Restaurants gegangen bin. Ich bin eine solche Behandlung nicht gewohnt, genieße aber für den Moment seine Aufmerksamkeit.

»Guten Abend«, begrüßt uns ein Kellner mit auf dem Rücken verschränkten Armen. »Herzlich willkommen im *Esplanade.* Darf ich Sie zu Ihrem Tisch begleiten?«

Er führt uns die Treppe hoch in den ersten Stock. Direkt am Fenster steht ein Tisch für zwei. Weiße Tischdecke, weiße Kerzen in silbernen Kerzenhaltern, sanfte klassische Musik.

»Kann ich Ihnen die Jacke abnehmen?«, fragt der Kellner, und ich öffne die großen Knöpfe und reiche sie ihm.

Ehe ich mich setze, blicke ich zu Boyd, der mich anstarrt, als hätte er einen Geist gesehen. Einen, der ihm ziemlich gut gefällt. Beim Anblick der transparenten Bluse schluckt er.

»Darf es schon etwas zu trinken sein?«, fragt der Kellner, nachdem wir beide Platz genommen haben, und ich blicke Boyd erwartungsvoll an.

»Für mich nur Wasser heute«, sagt er. »Aber Nessa, du kannst bestellen, was du magst. Whisky, Champagner, Wein ... ein Aperitif?«

»Äh ...«

»Ich kann Ihnen unseren Crémant empfehlen«, sagt der Kellner, und ich nicke einfach.

»Ich will einen klaren Kopf behalten«, erklärt Boyd. »Für das hier. Auch wenn ich zugeben muss, dass du es mir nicht ganz leicht machst.« Ich kann erkennen, dass er sich größte Mühe gibt, mir ins Gesicht zu sehen. »Nessa, ich will heute alle Karten auf den Tisch legen.«

»Was meinst du damit?«, frage ich.

Er zieht ein tatsächliches Kartendeck aus seiner Jacketttasche und legt es zwischen uns. Dann nimmt er die oberste Karte und dreht sie um. Es ist die Kreuz neun.

»Ich will …« Er räuspert sich. »Ich will, dass du Bescheid weißt.« Er sieht mich an, diesmal hat er keine Mühe, meinen Blick zu halten. Seine Augen sind klar, aufrichtig. Und mein Herz macht einen Satz.

Ich nicke. »Okay.«

Der Kellner bringt unsere Getränke, und Boyd erhebt sein Wasserglas.

»Auf dich, Nessa«, sagt er.

»Warum?«, frage ich.

»Weil du hier bist.«

»Dann müssen wir auch auf dich trinken. Du bist schließlich auch hier.«

»Ja, aber ich bin nicht du«, sagt Boyd.

»Also reicht es, ich und an einem bestimmten Ort zu sein?«

»In meiner Welt, ja.« Die Ernsthaftigkeit, mit der er das sagt, jagt mir einen Schauer über den Rücken.

»Dann habe ich gute Neuigkeiten für dich. Ich bin die Meisterin im Ich-an-Orten-Sein.«

»Ich Glückspilz«, sagt Boyd.

Wir bekommen unsere Speisekarten, und für einen Augenblick sind wir vertieft in die kleine, aber feine Auswahl an Gerichten. Wir bestellen – zur Vorspeise teilen wir uns Austern, und als Hauptgang essen wir unterschiedliche Fischgerichte.

Nachdem der Kellner wieder weg ist, blicke ich aus dem Fenster aufs Meer. Es ist so windig, dass sich hohe Wellen am Pier brechen.

»Boyd?«, frage ich. »Wie kann es sein, dass wir in den letzten Jahren … na ja … jede Menge Probleme damit hatten, dass ich ich selbst an Orten war? Ich meine, wie kann das plötzlich weg sein?«

»Ist es bei dir auch weg?« In seiner Stimme schwingt so etwas wie Hoffnung mit.

Ich denke einen Moment nach. »Karten auf den Tisch, ja?« Ich nehme die oberste Karte, drehe sie um. Die Karo sieben. »Ich glaube, das, was mich vorher wütend gemacht hat … macht mich jetzt auf eine sehr merkwürdige Weise an. Aber ich frage mich, ob das gesund sein kann.«

Boyd schluckt. Ich sehe, wie sein Adamsapfel hüpft. »Karten auf den Tisch«, wiederholt er, nimmt eine weitere Karte. »Es ist nicht so, dass ich erst vor ein paar Wochen gemerkt habe, dass … ich ziemlich hart auf dich stehe.« Er legt die Kreuz drei vor mich.

»Wie bitte?«

»Ja. Und es tut mir leid, dass ich keinen anderen Weg gefunden habe, dir das zu zeigen. Aber … Das ist auch so eine Karte, die auf den Tisch muss. Ich will, dass du Bescheid weißt. Über mich. Über meine … Absichten. Ich will, dass du dich sicher fühlst. Und deswegen …« Zögerlich legt er seine Hand auf den Kartenstapel. Doch dann zieht er sie wieder zurück, weil der Kellner mit unseren Austern kommt.

Wir träufeln jeder für sich Zitrone darauf. Meine Auster zieht sich zusammen, und ich schlürfe das salzig-saure, meerige Innere.

»Okay, pass auf«, sagt Boyd und fährt sich mit der Hand über seinen Fünftagebart. Dann deckt er den Pikkönig auf. »Wie passend.« Er atmet tief ein und aus. »Ich habe darüber nachgedacht.«

»Worüber genau?« Ich nehme mir eine weitere Auster.

»Über dich und mich. Über die Frage, warum …«

»… du so scheiße warst?«

»Jep.« Er blickt auf das Tischtuch und fegt mit der Hand imaginäre Krümel auf den Boden.

»Ich bin gespannt.«

Er tippt mit der Hand auf den Pikkönig, der zwischen uns liegt. »Ich war eifersüchtig. *Bin* eifersüchtig. Ich will es nicht schönreden.«

»Wie bitte?«

»Unsere Familie ist nach innen nicht das, was sie nach außen zu sein scheint.«

»Gilt das nicht für alle Familien?«, frage ich, denn schließlich habe ich jahrelang versucht, unser verkorkstes Fragment einer Familie hinter einem Vorhang der Normalität zu verstecken.

Boyd nimmt einen Schluck Wasser. Es fällt ihm tatsächlich schwer, darüber zu sprechen. »Ich habe mein Leben lang versucht, meinen Vater zu beeindrucken. Mit Leistung, mit Begeisterung, mit Ideen. Aber er – als mächtiger Patriarch einer ach so bedeutenden Familie – hat mich nicht wahrgenommen. Oder er hat mich wahrgenommen, hat es aber nie gezeigt. Er hat nur gesehen, was er sehen wollte. Und das waren meine Schwächen.« Boyds Stimme ist leiser geworden, und ich halte die Luft an, um nichts von dem, was er sagt, zu verpassen. »Ich war zu laut, wenn ich begeistert war. Zu zappelig, wenn ich Ideen hatte. Zu schlecht in allem, selbst wenn ich mein Bestes gegeben hatte. Ich eiferte ihm nach, arbeitete ohne Unterlass für die Destillerie, und dennoch hat es nicht gereicht. Und dann ...« Er blickt nun ebenfalls aufs Meer. »... kamst du.«

»Ich?«

Er lacht auf, aber es klingt bitter. »Du hast dieses Praktikum bei uns angefangen. Bist in der Destillerie aufgetaucht in deinen Gummistiefeln und dicken Pullovern, mit diesen

Sommersprossen und den unordentlichen roten Haaren. Und ich …« Er schluckt. »Ich fand dich atemberaubend. Und er …« Sein Blick findet zurück zu meinem Gesicht. »Er war beeindruckt von dir. Und ich habe ihn dafür gehasst.«

Ich weiß nicht, was ich sagen soll. Ich bin mit Bryson Tulloch gut zurechtgekommen, das stimmt. Ich habe während des Praktikums viel von ihm gelernt. Er hat mich in meiner Leidenschaft bestärkt. Aber ich hatte keine Ahnung, dass er tatsächlich viel von mir hielt. Hatte keine Ahnung, was zwischen ihm und seinem Sohn stand.

»Eines Tages kam er zu mir und sagte: ›Du wirst es nie so weit bringen wie Nessa Linklater. Die hat Ehrgeiz, die hat Mumm.‹ Und ich … fand dich immer noch atemberaubend und habe ihn einfach noch ein bisschen mehr gehasst.« Er nimmt noch einen Schluck Wasser und greift über die Tischdecke nach meiner Hand. »Doch dann ist etwas passiert und … Ich durfte ihn von einem Tag auf den anderen nicht mehr hassen. Aber die Wut, die ich auf ihn kanalisiert hatte, musste irgendwohin. Und da warst du. Und es tut mir leid.«

Ich bin völlig perplex. Von seiner Offenheit, diesem Geständnis. Ich muss an Marigolds Worte denken. *Er sucht Reibung.* Dennoch ist das Erste, was mir in den Sinn kommt: »Du fandest mich atemberaubend?«

»Zur Hölle, ja.« Er dreht eine weitere Karte um. Herz sechs. »Du warst meine heißeste erotische Fantasie. Die Praktikantin und der reiche Erbe oder so ähnlich.« Er sagt es lächelnd, ohne mit der Wimper zu zucken. Ohne dass es ihm in irgendeiner Weise peinlich ist. »Und wenn ich mir vorstelle, dass ich sechs Jahre gebraucht habe, um es zu verstehen, raste ich innerlich ein bisschen aus.«

»Ich weiß nicht, was ich sagen soll.« Wieder einmal.

»Du musst nichts sagen. Mir ist nur wichtig, dass du es weißt. Und vielleicht verstehst.«

»Ich verstehe es. Glaub mir, wenn jemand weiß, wie es sich anfühlt, um die Zuneigung des eigenen Vaters zu kämpfen, dann ich. Der Unterschied ist nur, dass ich früher begriffen habe, dass bei meinem nichts zu holen war. Und dass meine heißeste erotische Fantasie einfach nur beinhaltete, dass mich der reiche Erbe in Ruhe lässt.« Ich denke daran, wie alles begann. Diese Fehde zwischen Boyd und mir. Wie er anfing, auf dem Gelände der Tulloch Distillery spitze Kommentare in meine Richtung abzulassen, wie seine Blicke auf einmal abschätziger wurden. Wie ich anfangs einfach nur dachte, Boyd Tulloch sei ein arrogantes Reichensöhnchen, und erst sehr viel später merkte, dass es tatsächlich gegen mich ging.

»Dafür ist es jetzt zu spät.« Boyd lächelt. Er wirkt, als sei ihm eine Last von den starken Schultern genommen worden.

»Es war ohnehin unmöglich, diese Fantasie auszuleben, so penetrant, wie du warst«, sage ich und drücke seine Hand, die immer noch die meine hält. Es ist eine so unwahrscheinliche Geste zwischen uns, dass ich leise kichern muss. Aber im nächsten Moment ist da einfach nur Berührung. Und sie ist schön und fühlt sich richtig an.

Boyd deckt eine weitere Karte auf. »Der Abend neulich. Als wir unser kleines privates Whiskytasting hatten. Als ich mein erstes ... Nessa-Tasting hatte. Du hast meinen Vater erwähnt, und – da habe ich es zum ersten Mal verstanden, glaube ich.«

»Deswegen bist du so ausgetickt«, sage ich.

»Deswegen bin ich so ausgetickt. Ich konnte danach die ganze Nacht nicht schlafen.«

»Warum?«

»Weil ich gemerkt habe, dass ich mehr wollte. Mehr als

einen Whiskykuss. Mehr als Wut. Mehr als … Ich wollte dich. Und das hat mich erst noch wütender gemacht. Dann habe ich ungefähr hundert Nachrichten an dich geschrieben, die ich nicht abgeschickt habe. Und dann – nein, das ist privat.«

Ich decke eine Karte auf. Die Kreuz zehn. »Karten auf den Tisch!«

»Du hast es so gewollt.« Er beugt sich zu mir und flüstert: »Dann habe ich mir einen runtergeholt.«

Als er sich grinsend wieder zurücklehnt, glüht sein linkes Ohr, das, das ein bisschen weiter absteht, ebenso rot wie vermutlich mein gesamtes Gesicht.

In dieser elektrisierenden Stimmung zwischen uns, die meine Haare mit Sicherheit wieder aufladen würde, schlürfen wir die restlichen Austern und bekommen bald darauf unsere Hauptspeisen – und ich ein Glas von einem Weißwein, den der Kellner empfohlen hat.

»Ich habe auch noch eine Karte für den Tisch«, sage ich dann. »Du solltest mit deiner Schwester sprechen.«

»Mit Jamie? Warum?«

Ich schiebe mir eine Gabel Seelachs in den Mund. Er schmeckt nach zu Hause. »Sie ist ziemlich sauer.«

»Auf mich?«

»In erster Linie auf mich, glaube ich.«

»Kannst du die Karte vielleicht richtig aufdecken?«, fragt er kauend, und ich lege die Karo vier vor ihn.

»Sie hat mich während der Messevorbereitung gefragt, ob ich es auf dich abgesehen habe. Was ich vehement abgestritten habe. Und jetzt …«

»… hast du es auf mich abgesehen?« Er hebt eine Augenbraue.

»Das finden wir noch heraus, aber allein die Tatsache, dass wir heute Abend hier sind, hat sie ziemlich sauer gemacht. Ich habe sie neulich getroffen, und sagen wir – sie war ganz schön laut.«

»Das kleine Biest«, sagt Boyd, klingt aber nicht wirklich böse, sondern im Gegenteil ganz milde. »Ich rede mit ihr. Ich glaube, sie mag dich ziemlich gern.« Er dreht eine weitere Karte um. Den Herzbuben. »Nicht nur sie übrigens.« Seine Augen sehen mich ganz wach an. Forschend. Fragend.

Ich decke die Pikdame auf. »Und ich dich wohl auch, auf eine sehr verquere und überraschende Weise.«

Wir essen einen Augenblick schweigend, wundern uns über die Eintracht, die Friedlichkeit zwischen uns. Lassen etwas von der Vorsicht zurück. Mit jeder Karte, die wir aufdecken, etwas mehr.

»Wenn du alles probieren könntest, Nessa«, sagt Boyd. »Was für einen Whisky würdest du brennen?«

»Spionierst du etwa?«, frage ich mit gerunzelter Stirn.

»Karte« – er zeigt auf den Stapel – »Tisch« – er deutet auf den Tisch und legt die Herz fünf vor mich – »ich interessiere mich für *dich*. Lass mich dir erzählen, was ich mir wünschen würde. Ich würde gerne etwas Kleines, etwas Eigenes machen. Etwas, das ich mir überlegt habe. Etwas Besonderes. Etwas, über das die Leute sagen, ›das hat Boyd gemacht‹.«

Nun ist es an mir, zu schlucken. Denn das, was er beschreibt – ich kenne es. »Das Gefühl habe ich jeden Tag.« Noch. Solange Golden Plover ein Zuhause hat. Aber heute Abend ist nicht der richtige Zeitpunkt, um darüber nachzudenken. Heute muss ich Boyd Tulloch ansehen. Ihm zuhören. Mich ein bisschen zu sehr zu ihm hingezogen fühlen.

»Ich weiß.« Er lächelt.

»Was wurde aus ›Innovation schadet der Tradition‹?«, frage ich, um ihn ein bisschen zu ärgern.

»Was wurde aus ›Ich habe kein Interesse an Boyd Tulloch?‹«, fragt er, und ich lache. »Karte auf den Tisch« – er legt die Herz drei vor mich – »ich weiß, dass Innovation und Tradition Hand in Hand gehen können. Gehen *müssen,* wenn der schottische Whisky auf dem Weltmarkt konkurrenzfähig bleiben will.«

»Hört, hört«, sage ich und erhebe mein Weinglas auf diese überraschende Weisheit aus seinem Mund. »Also gut. Es gibt da diese Mezcal-Fässer, die ein Typ aus Barcelona zu horrenden Preisen verkauft. Die hätte ich gerne für ein neues Finishing. Es sind vier Stück, sodass man nur wenig Whisky herstellen könnte. Finanziell lohnt es sich also kaum. Und in meiner Situation, na ja, wir kalkulieren ziemlich eng.«

»Mezcal, hm?«, fragt Boyd. »Das könnte zu meiner Idee passen.«

»Erzähl mir davon.«

»Auf Muckle Roe gibt es diese verrückte Bäuerin.«

»Astrid!«, sage ich, weil ich sofort weiß, wen er meint.

»Du kennst sie.«

»Ja! Alles, was ich über verschiedene Gerstensorten weiß, habe ich von ihr.«

»Sie experimentiert mit Rückzüchtungen, und es ist ihr wohl gelungen, eine uralte Gerstensorte zu ziehen, die zwar nicht viel abwirft, aber geschmacklich perfekt für jungen Single Malt ist.«

»Ihre Heirloom-Gerste«, sage ich. »Mit Mezcal-Finishing.«

Boyd nickt. »Ein Anwärter auf den ersten Platz in der Kategorie Single Malts, würde ich sagen.«

Ich weiß nicht, ob er das ernst meint, aber es macht Spaß, gemeinsam herumzuspinnen.

Der Kellner räumt unsere Teller ab und preist den Chocolate-Lava-Cake an, sodass wir nicht anders können, als Nachtisch zu bestellen.

»Ich habe noch eine Karte«, sagt Boyd, als der heiße Kuchen vor uns gestellt wird, und deckt die Karo neun auf. »Ich wusste, dass es dein Whisky war.«

Ich sehe ihn einigermaßen verdutzt an, weiß nicht, worüber er spricht.

»Beim Blind Tasting«, erklärt er. »Ich würde deinen Whisky immer erkennen. Unter Tausenden.«

»Und du hast mir trotzdem neun Punkte gegeben?«, frage ich mit gerunzelter Stirn. »Wusstest du nicht, dass ich dann zu den Meisterschaften fahren würde?«

»Ich war zu stolz, um dir die zehn Punkte zu geben, die dein Whisky eigentlich verdient hat.« Er deckt eine weitere Karte auf. Pikass. »Dein Whisky ist herausragend, Nessa. Ein Zehn-Punkte-Whisky. Wie unser Kuss. Ein Zehn-Punkte-Kuss.« Herzdame. »Wie unsere Nacht in Edinburgh. Eine Zehn-Punkte-Nacht.« Kreuz zwei. »Wie du. Die Zehn-Punkte-Nessa. Seit Jahren. Und ich wünschte, es würde nicht bei diesem Date bleiben.« Er nimmt den Kartenstapel und dreht ihn um, breitet ihn mit einer Handbewegung auf dem Tisch aus. »Offene Karten. Ich will mit dir zusammen sein.«

Das Blut rauscht in meinen Ohren. Mein Herz schlägt schnell. Es schlägt für diesen Moment und in diesem Moment für Boyd, und in Boyd schlägt ein Herz für mich.

Wieder nimmt er meine Hand. »Willst du das auch?«

Ich bin von der Ernsthaftigkeit überrumpelt. Ernsthaftigkeit in Bezug auf Boyds Verhalten, Ernsthaftigkeit in Bezug auf uns. Und Ernsthaftigkeit in Bezug auf die Zukunft?

Aber ja, ich will es auch. Ein bisschen perplex schüttle ich den Kopf, weil mir der Gedanke so abwegig vorkommt, und sage: »Ich will es auch.«

Boyd lächelt. Lächelt so breit. Blickt mich an und lächelt breit und sieht dabei so anders aus als früher.

»Ich geh mich mal eben frisch machen«, sage ich schnell, weil ich überfordert bin von all den gewandelten Sinnen.

Auf der Toilette sehe ich in den Spiegel. Der unordentliche Pferdeschwanz hat sich beinahe vollkommen aufgelöst. Mein absolut unspektakulärer Baumwoll-BH blitzt unter der viel zu sexy Bluse hervor.

Das bin nicht ich. Ich gehe nicht auf fancy Dates in teuren Restaurants. Ich trage keine sexy Blusen. Ich habe keinen wütenden Sex in Hotels. Ich gewinne keine Preise. Ich bin doch einfach nur Nessa. Und dennoch glühen meine Wangen, und meine Augen leuchten. Ich habe das Gefühl zu schweben, während gleichzeitig mein Inneres in enormem Tempo um sich selbst kreist, sodass mir auf eine fast kitzelige Weise ein bisschen mulmig ist.

Vielleicht schätzt du dich falsch ein, sagt eine Stimme in meinem Kopf. Sie gehört zu jemandem, der bunte Anzüge trägt und das Wort »Mannigfaltigkeit« benutzt. *Meinst du nicht, die Möglichkeit besteht, dass das auch ein Teil von dir ist?*

Und dann denke ich an Fionas Worte. *Die Möglichkeit besteht, dass es wahnsinnig gut wird.* Das ist es, was mir Angst macht. Die Möglichkeiten. Denn eine positive Möglichkeit bedeutet auch eine negative. Und das kann ich mir nicht leisten. Dafür sind die Wellen, die stetig auf mich zurollen, zu hoch. Dafür habe ich keine Kraft.

Aber dennoch ... Was, wenn es gut wird? Was, wenn ich nicht nur Anker und Stütze und Fels in der Brandung sein kann, sondern in der Lage bin, mitzuschwimmen? Mich treiben zu lassen?

Ich will das.

Ich nicke.

Ich will Boyd.

Nicke erneut. Will ihn wirklich. Will mich so ausgelassen fühlen wie in dieser Nacht in Edinburgh. So lebendig. So schwerelos.

Ich will Boyd heute Nacht.

Ich lächle mir selbst zu, auch wenn ich das Bild von der Frau, die ich sehe, noch nicht mit demjenigen zusammenbringe, das ich von mir habe.

Als ich wieder zurück an den Tisch komme, hat Boyd dem Kellner soeben das Lederetui mit seiner Kreditkarte darin zurückgegeben.

»Boyd«, sage ich, »willst du mit zu mir kommen?«

»Jetzt?«, fragt er und sieht mich überrascht an.

»Ja, jetzt. Wir hätten das Haus für uns und ...«

»Lass uns gehen. Die Kreditkarte brauche ich nicht mehr.« Er macht Anstalten aufzuspringen, und ich lache. Lache laut und frei. Und als Boyd mir in meine Strickjacke hilft und dabei meinen Kopf streift, seine Hand an meine Wange legt und für einen kurzen Moment tief meinen Geruch einatmet, ist es, als würde ich *innerlich* lachen. Laut und frei.

27

»Lass mich dich bloß nicht küssen«, sagt Boyd, als er mit großen Schritten über den Parkplatz läuft.

»Wieso nicht?«

»Wenn ich jetzt damit anfange, höre ich nicht mehr auf. Und dieses leere Haus, von dem du gesprochen hast …«

Ich verstehe und jogge nun beinahe neben ihm her, weil er so schnell ist.

Er will mir erneut die Autotür öffnen, als er sich plötzlich an mich drängt. »Okay, nur ein kleiner Kuss«, sagt er und umfasst meinen Kopf mit beiden Händen.

Ich recke mich ihm entgegen, und unsere Lippen finden sich sofort. Der Kuss ist ebenso gierig, ebenso hungrig wie unsere vergangenen Küsse, und doch ist etwas anders. Er ist intensiver und gleichzeitig weicher. Die Wellen rauschen neben uns und werden nur übertönt von dem Rauschen in meinem Kopf, das von Boyds Berührungen ausgelöst wird.

Boyds Lippen sind so warm, so zärtlich, dass ich kaum atmen kann vor Verlangen. Seine Zunge sucht etwas in mir, und ich will es ihm geben. Will ihm in diesem Moment alles von mir geben. Meine Knie werden weich, und ich muss mich an Boyd festklammern, um genug Halt zu haben. Ich höre sein Schnaufen, höre mein Schnaufen, spüre, wie er sich zurückzieht.

»Ich hab dir gesagt, du sollst das nicht zulassen«, flüstert er leise lachend. »Sieh zu, dass du mich wieder abturnst, sonst kommen wir hier nie weg.«

»Du bist ein selbstgefälliger Mistkerl?«, schlage ich vor.

»Nee, das macht mich an«, sagt er und presst seine lächelnden Lippen erneut auf meine.

»Dein Vater ist *kein* selbstgefälliger Mistkerl?«, versuche ich es erneut, ein bisschen atemloser diesmal.

»Jep, okay, funktioniert. Jetzt aber schnell!« Er spurtet um das Auto herum, und noch im Einsteigen muss ich wieder lachen. Wie den ganzen Abend schon. Die Mischung aus Verblüffung und Schwerelosigkeit macht nicht nur absolut high, sie macht auch noch süchtig.

Mit quietschenden Reifen fährt Boyd vom Parkplatz, und ich lache und lache, und mein Kopf fühlt sich leicht an wie ein Heliumballon.

»Darfst du mich jetzt küssen?«, frage ich, als ich den Schlüssel in die Haustür stecke, und Boyd zögert keine Sekunde.

Während ich die Tür aufschließe, umfasst er mich, hebt mich hoch, und mit mir auf dem Arm stolpert er in den Flur. Er drückt mich an die Wand, küsst mein Schlüsselbein, meinen Hals, meine Lippen. Ich höre, wie ein Bild von der Wand auf den Teppich fällt, höre das Glas zerspringen, aber es ist egal.

»Wo ist dein Schlafzimmer?«, fragt er atemlos.

»Oben«, sage ich kichernd, und als wäre ich tatsächlich schwerelos, trägt Boyd mich die Stufen hinauf. Er vergräbt seine Nase in meinem Haar, atmet ein, atmet mich und ich ihn. Sein Parfüm, das ich früher unerträglich fand, duftet auf einmal betörend. Ich fahre durch seine Haare, ziehe leicht daran, viel leichter und sanfter als in Edinburgh. Und als wir am obersten Treppenabsatz angekommen sind, hält er kurz inne und sieht mich an.

»Lach mich aus, aber ich würde es diesmal gern ... sanfter machen?«, sagt er vorsichtig.

Und ich lache tatsächlich, aber nicht, weil ich ihn auslache, sondern weil ich wirklich high bin. High von Boyd. High vom Lachen.

»Ich will dich nicht einfach nur von vorn und hinten durchvögeln. Ich will, dass wir uns lieben. Uns richtig lieben.«

Ich zeige nur auf meine Schlafzimmertür, und schon trägt er mich über die Schwelle.

Boyd lässt mich sanft auf mein Bett sinken, schiebt Jacke und Bluse ein Stück nach oben und bedeckt meinen Bauch mit sanften Küssen. Er öffnet meine Jeans, fährt mit der Hand zwischen ihren Stoff und meine Unterwäsche, wo mein Inneres bereits pocht. Vor lauter Erregung kriege ich am ganzen Körper Gänsehaut.

»Es sei denn, du möchtest es wieder wütend?« Er sieht mich an. »Ich geb dir alles, was du willst.«

Doch statt einer Antwort entweicht mir nur ein Stöhnen, sodass Boyd nicht anders kann, als mich erneut mit seiner Zunge zu erobern. Sein Atem ist heiß auf meiner Wange, seine Bewegungen sind fließend, geschmeidig. Mit der Hand fährt er nun unter meine Schichten aus Klamotten, kommt bei meinen Brüsten an und stöhnt nun selbst.

»Hast du Kondome?«, fragt er, und ich nicke, löse mich für einen Augenblick von ihm und öffne eine kleine Schatulle auf meinem Nachttisch.

In Windeseile entledigen wir uns unserer Klamotten.

Boyd deckt uns zu, und dann spüren wir uns. Spüren unsere nackten Körper. Fassen uns an, überall. Küssen uns, überall. Haut an Haut, Lippen an Haut, Zungen an Haut, Zungen an Lippen, Zungen an Zungen. Es ist sanft. Es ist liebevoll. Es ist das Gegenteil von wütendem Edinburgh-Sex. Ich streife ihm ein Kondom über, und er dringt in mich ein, langsam, behutsam. Beinahe bedeutsam. Ich schließe meine Augen, genieße ihn, genieße alles. Statt wütend peitschender Wellen sind wir wie eine sanfte Brandung, die kommt und geht. Sie rollt nicht über uns hinweg, zieht uns nicht gewaltsam mit sich. Sie umspielt uns, und wir lassen sie. Aber dabei ist es nicht weniger intensiv, Boyd zu spüren, sein Stöhnen zu hören, das sich mit meinem mischt. Seine Berührungen in meinem Inneren und auf meinem Körper lassen mich erzittern. Immer weiter, immer tiefer kommt er in mich. Es ist, als würde es niemals enden, als dürfte es niemals enden.

»Mach die Augen auf, Nessa«, stöhnt er leise. »Sieh mich an.«

Und ich öffne die Augen, blicke in die seinen, sehe die Anstrengung, mit der er sich zurückhält, um mich weiter auszukosten. Sehe seine Muskeln in jeder Bewegung, betaste sie sanft, fast vorsichtig, streiche ihm durchs Haar.

»Ich will sehen, wie du kommst«, sagt er und erhöht sanft das Tempo.

»Ich will sehen, wie *du* kommst«, flüstere ich, weil meine Stimme mir ihren Dienst versagt. Und er kommt, und ich sehe ihn in diesem intimsten aller Momente. Dann widmet er sich nur noch mir, bis ich komme, und er sieht mich dabei an, als hätte er noch nie etwas Schöneres gesehen.

Eng umschlungen liegen wir nebeneinander, liebkosen uns weiter, schlafen erneut miteinander, hören nicht auf, uns anzufassen, können einfach nicht. Enemies to Lovers.

»Nessa?«, fragt Boyd in die Dunkelheit, die Stille hinein.

»Boyd?«

»Ich weiß, es geht schnell mit uns. Vielleicht ist es dir zu schnell. Aber mir ist es so ernst, dass ich nicht warten kann.«

Ich streiche ihm über die leicht verschwitzten Haare und nicke. »Ich will auch nicht warten.« Enemies to Lovers. Von null auf hundert.

Obwohl Wochenende ist, erwache ich früh mit den ersten Sonnenstrahlen. Boyd liegt neben mir, atmet regelmäßig. Sein nackter Rücken hebt und senkt sich sanft mit jedem Atemzug, die Decke bedeckt lediglich seinen Hintern und die Beine. Einen Moment lang liege ich da und betrachte ihn. Wie schon in Edinburgh. Sehe Boyd beim Schlafen zu und freue mich. Über das Gefühl, das ich habe, wenn ich mit ihm zusammen bin. Darüber, dass ich mit ihm meine, durch die höchsten Wellen schwimmen zu wollen, ohne Angst. Weil ich mich so leicht fühle.

Um ihn nicht zu wecken, schäle ich mich leise aus dem Bett und schleiche auf Zehenspitzen aus dem Zimmer. Ich schließe vorsichtig die Tür, gehe ins Bad, um mich zu duschen, auf den Lippen ein Lächeln, das nicht verschwinden will.

Unten setze ich Wasser auf, will es mir auf dem Sofa mit der neuesten Ausgabe von *The World of Whisky* bequem machen und einen starken, schwarzen Tee mit einem Schuss Milch trinken, während mir die Sonne durch die Terrassentür auf den Rücken scheint. Doch als ich ins Wohnzimmer trete, sitzt dort Effie und strickt.

»Du bist früh wach«, stelle ich mit gerunzelter Stirn fest.

»Selber«, gibt sie zurück.

»Solltest du nicht ausschlafen nach einer langen Nacht?«

»Solltest du nicht ausschlafen, nachdem Boyd dich *richtig geliebt hat?*«

Ich erstarre. »Was zur …«

»Ich hab mir diesmal Ohropax reingemacht, keine Sorge. Und ich habe die Scherben von dem Bilderrahmen im Flur aufgefegt. Ist ja lebensgefährlich, wenn ihr hier wild knutschend nach Hause kommt.«

Mir fällt das klirrende Geräusch ein, das Gefühl meines Rückens an der Wand, Boyds Hände um mich. »Wieso warst du überhaupt hier? Hättest du nicht bei Erwin sein sollen?«

»War ich ja. Aber auf einmal war mir nicht mehr danach.« Sie sagt es so leichthin, aber ich bin mir sicher, dass mehr dahintersteckt.

»Warum nicht?«

»Manchmal kann man halt nicht unter Leute.« Sie sieht mich an, lächelt. Die Bewegung ihrer Stricknadeln unterbricht sie keine Sekunde.

»Ist was passiert?« Ich merke, wie ich in eine beinahe mütterliche Sorge verfalle wie früher. Wie neulich bei Jamie. Obwohl Effie und ich dieses Stadium schon lange hinter uns gelassen haben. Spätestens ab dem Moment, als Fiona nach Bristol abgehauen ist, war sie erwachsen. Jetzt ist sie einundzwanzig und kriegt ihr Leben wunderbar ohne mich hin.

»Ich war auf einmal irgendwie allein«, sagt sie und zuckt mit den Schultern.

Ich weiß, dass sie sich zusammenreißt. Dass sie versucht, stark zu sein. Jeden Tag. Aber in ihr sieht es oft anders aus, auch wenn sie niemanden daran teilhaben lässt.

»Ich stand im Partykeller von Erwins Eltern, und alle um mich herum hatten irgendwie Spaß. Nur ich nicht. Erwin hat mich dann nach Hause gebracht. Er ist wirklich ein Guter.«

Nach einer kurzen Pause sagt sie: »Ich wünschte, ich wäre schlimm verknallt in ihn.«

»Ich glaube, das wünscht er sich auch«, gebe ich zurück.

»O weh, inzwischen glaube ich es fast auch.« Sie seufzt. »Lass uns frühstücken.« Niemand versteht es so gut, einen schnellen Themenwechsel zu vollziehen, wie Effie, und so machen wir uns daran, den Tisch zu decken. Toastbrot, hausgemachte Marmelade aus Marigolds Laden, Schafskäse von der Halcrow-Farm.

Gerade als wir uns setzen, steht Boyd in der Tür.

»Äh, guten Morgen«, sagt er. Seine Haare sind ganz strubbelig, und er sieht umwerfend aus. Männlich-verletzlich.

»Hi«, sage ich. »Tee?«

Er nickt und folgt mir in die Küche.

Ich hantiere geschäftig mit dem Wasserkocher, und Boyd stellt sich wie selbstverständlich hinter mich, legt die Arme um mich, küsst mich in die Halsbeuge. In seiner festen Umarmung wende ich mich um, sodass wir uns nun von Angesicht zu Angesicht gegenüberstehen. Er hebt mich auf die Anrichte und legt seine Stirn an meine.

»Letzte Nacht war schön«, flüstert er und küsst mich dann sanft auf den Mundwinkel.

»Weißt du, Nessa, es ist schon interessant, wie du hier mit zweierlei Maß misst«, sagt Effie, als wir ins Wohnzimmer zurückkehren.«

»Wovon redest du?«

»Na ja, als zur Debatte stand, dass ich mit Boyd ausgehe …«

»Wann stand das denn zur Debatte?«, fragt Boyd, der zu Recht ein bisschen erstaunt ist.

»Vor ein paar Monaten.«

»Sie hätte dich früh genug darüber informiert, keine Sorge«, sage ich.

»Gut zu wissen.«

»Äh, ja, das versteht sich von selbst. Du hättest es auf alle Fälle rechtzeitig gemerkt. Aber jedenfalls hat Nessa so was gesagt wie ›Das Letzte, was ich brauche, ist, dass Boyd Tulloch eines Morgens bei uns am Frühstückstisch sitzt‹.« Sie verstellt ihre Stimme und wedelt mit dem Zeigefinger in der Luft.

Und es stimmt. Das habe ich tatsächlich gesagt. Nachdem ich erfahren hatte, dass er mich aus dem Doppelinterview mit *The World of Whisky* gekickt hat.

»Aber ich hätte dich ohnehin nicht zum Frühstück eingeladen«, plappert Effie weiter. »Das zwischen uns wäre rein körperlich gewesen.«

»Okay?«, sagt Boyd.

»Wollen wir über was anderes reden?«, schlage ich vor.

»Warum denn?«, fragt Effie. »Ich wette, Boyd fühlt sich geschmeichelt.«

»Boyd fühlt sich tatsächlich ein bisschen unwohl«, sagt Boyd mit einem Glucksen in der Stimme.

»Weil ich dich für Sex benutzt hätte?«, fragt Effie. »Du hättest ja einen Scone für unterwegs mitnehmen können oder so.«

»Da fühle ich mich gleich viel wohler. Nahezu umsorgt«, sagt Boyd.

»Aber Nessa hätte vermutlich verhindert, dass du einen kriegst«, überlegt Effie laut. »Sie war echt sauer.«

»Wahrscheinlich hatte ich es verdient.«

»O ja, das hattest du«, sage ich und spüre, wie Boyd unter dem Tisch mit dem Fuß nach meinem tastet.

»Tut mir leid«, sagt er, und die Scherzhaftigkeit ist aus seinem Tonfall verschwunden.

»Aber meinst du nicht, dass das mit uns eine heiße Affäre geworden wäre?« Effie quasselt einfach weiter. »Ich glaube, das wäre gut geworden.«

Boyd sieht mich an, als wären es nur wir zwei.

»Ich meine, ernsthaft. Und wir hätten es ja auch vor Nessa geheim halten müssen, sonst hätte sie uns gekillt. Also dich ja eh schon. Aber mich dann auch.«

Seine Augen sind so blau, so ernst, sein Blick ist so sanft.

»Aber na ja, noch ist ja nicht aller Tage Abend. Vielleicht merkt ihr irgendwann, dass ihr euch doch nicht ausstehen könnt. Okay, ich muss los, Strickkreis.« Sie erhebt sich, nimmt noch einen Schluck Tee und ist im nächsten Moment verschwunden.

»Nessa?«, fragt Boyd.

»Hm?«

»Ist es okay, wenn ich keine Affäre mit deiner Schwester anfange? Sie ist sicher echt cool, aber ich glaube, mir ist das zu anstrengend.«

Ich lache. »Das ist okay«, sage ich.

»Und es tut mir wirklich leid, was auch immer ich gemacht habe.«

28

Die Garage von Emma Brodie ist zwar geräumig, aber leider immer noch zu klein für unsere Zwecke.

»Wenn wir nichts anderes finden, könnten wir unser Equipment aber vielleicht hier zwischenlagern«, schlägt Henry vor, und Emma nickt.

»Selbstverständlich, sagt uns einfach rechtzeitig Bescheid.«

Wir verabschieden uns und gehen Richtung *Drawing Room,* der auf dem Weg liegt, um bei Fiona noch einen Kaffee zu trinken. Außerdem will ich Henry überraschen.

»Wir können unsere Sachen nicht zwischenlagern«, sage ich. »Weißt du, was es kostet, eine ganze Destillerie umzuziehen? Auch wenn es eine kleine ist?«

»Aber vielleicht haben wir keine Wahl«, erwidert Henry.

»Vielleicht müssen wir dann eine Zeit lang etwas anderes machen.« Ich habe in letzter Zeit immer öfter darüber nachgedacht. Angefangen mit meinem halben Zusammenbruch in Edinburgh. Doch selbst jetzt, wo uns das Wasser bis zum Hals steht, klingt es falsch.

»Das ist nicht dein Ernst. Wir fangen doch gerade erst an.«

Die Empörung ist ihm anzusehen. Seine federnden Schritte werden auf einmal zu einem Stampfen.

»Von irgendwas müssen wir leben, Henry. Wenn wir nicht produzieren können …«

»Wir können erst mal alles abfüllen, was wir noch haben.«

»Und das werden wir. Aber dann haben wir einen Versand und keine Destillerie mehr. Wie sollen wir denn jemals schwarze Zahlen schreiben, wenn nichts nachkommt?«

»Nessa!« Er bleibt stehen. »Das lasse ich nicht zu. Golden Plover ist dein Traum. Ist unser Traum.«

»Wir werden alles versuchen, okay? Ich verspreche es dir. Aber wenn es nicht klappt …«

»Es *wird* aber klappen. Weil ich höchstpersönlich dafür sorge.«

Ich lache und halte Henry die Tür zum *Drawing Room* auf. »Das ist gut. Dann kann ich eine Sache von meiner To-do-Liste streichen.«

Und ich wünschte, es wäre tatsächlich so. Ich wünschte, ich könnte ein paar Dinge abgeben. Oder sein lassen. Oder aufschieben. Oder abhaken, ehe ich verschluckt werde. Aber da ist so vieles, das ich jonglieren muss. Golden Plover mit allen Implikationen, den Geldproblemen, der Suche nach einem neuen Zuhause, dem normalen Alltag, der weitergehen muss. Dann sind da noch die Menschen, die ich liebe, die sich auf mich verlassen. Die Gemeinschaft, die ich nicht hängen lassen will. Und dann ist da das, was sich mein Leben nennt. Nessas Leben. Irgendwo dazwischen muss es wohl auch noch stattfinden.

Bei Fiona bestelle ich zwei Stücke Apfelkuchen und Kaffee und kehre dann mit einem Tablett an den Tisch am Fenster zurück, den Henry für uns ausgesucht hat. Der Kaffee duftet, und der Kuchen schmeckt wunderbar – frisch, nicht zu süß, fruchtig.

Ich räuspere mich. »Henry.«

»Nessa.« Er sieht mich amüsiert an.

»Ich möchte dir etwas geben.«

Aus meiner Tasche ziehe ich einen Umschlag und lege ihn zwischen uns. Das Logo der Scotch Whisky Association prangt darauf.

»Was ist das?«

»Mein Geschenk an dich, Henry. Als Zeichen der Dankbarkeit für deine Unterstützung in den letzten Jahren.«

»Das klingt, als hättest du schon aufgegeben«, sagt er und macht keine Anstalten, den Brief zu öffnen.

»Nein, das habe ich nicht. Noch nicht. Keine Sorge. Aber ich hätte dir das hier auch ohne all die Schwierigkeiten gegeben. Weil ich weiß, was du für mich tust. Für mich und für Golden Plover.«

Zögerlich öffnet er den Umschlag. Er blickt hinein, nickt, schließt ihn wieder. »Nein«, sagt er dann ruhig, aber bestimmt.

»Doch, Henry.«

»Nein.«

»Aber …«

»Es ist mein letztes Wort, Nessa. Ich will das Geld nicht. Es steht dir zu.«

»Es steht *dir* zu«, beharre ich.

»Es steht uns beiden zu. Und ich entscheide, dass ich meinen Anteil in die Zukunft von Golden Plover stecke. Ich weiß, du denkst, du wärst mir etwas schuldig, weil du mir nicht viel bezahlen kannst. Aber das ist egal, Nessa, weil ich es liebe, wie es ist. Ich will es nicht anders haben, und deswegen lasse ich auch nicht zu, dass es vorbei ist.«

»Aber Henry …«

»Hör auf. Ich liebe Golden Plover. Ich liebe unsere Zusammenarbeit. Ich liebe dich.« Er zuckt mit den Schultern.

»Und ich dich«, sage ich kleinlaut, und das Gefühl, dass es nicht genug ist, wird ein bisschen abgeschwächt.

»Na, siehst du. Was anderes brauchen wir nicht.« Er streicht einmal über meine Hand. »Aber ich weiß die Geste sehr zu schätzen. Danke.«

Henrys Worte lösen etwas in mir. Es ist das zweite Mal innerhalb weniger Tage, dass ich mich weniger alleingelassen fühle mit allem. Mit Boyd will ich schwimmen. Mit der Strömung, gegen die Strömung, wo immer es uns hinbringt. Und mit Henry an meiner Seite sind die Wellen weniger hoch, weniger bedrohlich.

»Und jetzt, liebste Nessa, machen wir Feierabend«, sagt Henry.

»Ich muss erst noch …«

Er unterbricht mich: »Du musst gar nichts. Aber du *solltest* dir jetzt mal eine Pause gönnen.«

»Ja, wenn ich …«

»Abababababap«, macht er. »Ich finde, du könntest mir diesen einen kleinen Wunsch ruhig erfüllen, nach allem, was ich in den letzten Jahren für dich geleistet habe.« Er grinst.

»Dafür spielst du die Karte aus, aber ein paar Tausend Pfund willst du nicht?«, frage ich.

»So sieht's aus. Und jetzt entschuldige mich, ich bin zum Skypen verabredet.«

»Ooooh, mit Charlie?«

»Ja«, sagt er und senkt grinsend den Blick.

Nachdem Henry gegangen ist, sitze ich ein paar Minuten unentschlossen da und starre durchs leicht geöffnete Fenster nach draußen auf den Hafen. Die Wolkendecke ist aufgerissen, und funkelnde Sonnenstrahlen treffen aufs Wasser. Möwen umkreisen ein gerade einlaufendes Fischerboot. Man hört ihr Geschrei bis ins Café. Wellen plätschern rhythmisch gegen die Kaimauern. Die Fischerboote, die im Hafen angetäut sind, wiegen sich im leichten Wind.

Ich sollte in die Destillerie fahren, mit einer Bestandsaufnahme beginnen. Oder die neuesten Immobilienangebote durchgehen. Aber davor könnte ich ... weil es ohnehin fast auf dem Weg liegt ...

»Fiona? Kann ich einen von den Cookies mit Liebesperlen haben?«, frage ich.

Sie packt das zuckrige Ungetüm in ein Papiertütchen.

»Und hast du vielleicht einen Kugelschreiber für mich?«

Ich kritzle schnell etwas auf die Tüte.

»Hi, Jamielee«, rufe ich, als ich die Koppel erreiche, auf der sie mit Feather trainiert. Doch sie nimmt keine Notiz von mir, reitet betont desinteressiert an mir vorbei, dreht eine weitere Runde.

Beim nächsten Mal sage ich: »Ich hab was für dich«, und halte das Tütchen mit dem Cookie hoch. Doch wieder reitet sie einfach weiter.

»Dein Lieblingskeks«, versuche ich es, doch nach wie vor beachtet sie mich nicht.

»Kannst du mal stehen bleiben?«, frage ich, als sie zum vierten Mal an mir vorbeireitet. Sie verlangsamt den Gang ihres Ponys kaum merklich, hält jedoch nicht inne.

»Gib mir zwei Minuten. Dann kannst du weiter ...« Wieder habe ich kein Glück.

»... sauer auf mich sein, okay?«

»Ich geb *mir* zwei Minuten, um den Cookie zu essen, aber ich hör dir nicht zu.« Endlich bleibt sie stehen.

»Okay, aber ich würde trotzdem reden, wenn das für dich in Ordnung ist.«

»Ist ein freies Land, oder?«, sagt sie und streckt die Hand nach der Tüte mit dem Cookie aus.

»Es tut mir leid, Jamie«, beginne ich. »Ich weiß, dass ich gesagt habe, ich hätte kein Interesse an Boyd. Und das hat auch gestimmt. Aber manchmal verändern sich die Dinge.«

»Ja, wenn man eine Lügnerin ist«, sagt sie mit vollem Mund.

»Ich verspreche dir, ich habe dich nicht angelogen. Und ich bin mindestens genauso überrascht von der ganzen Sache wie du.«

»Ich bin nicht überrascht. Ich wusste von Anfang an, was Sache ist.«

»Nur dass da keine Sache war.«

»Ja sicher.« Sie verdreht genervt die Augen.

»Aber was ich eigentlich sagen wollte« – bevor Jamie den Cookie komplett hinuntergeschlungen hat und wieder losreitet – »es spielt keine Rolle, was zwischen mir und deinem Bruder ist. Für dich und mich zählt nur, was zwischen uns beiden ist. Und für mich hat sich nichts geändert. Ich würde mich freuen, deine Freundin zu sein. Ich *bin* deine Freundin und ...« Ich stelle mich auf Zehenspitzen und tippe auf die Papiertüte, die sie noch in der Hand hält, um sie aufzufordern, zu lesen, was ich geschrieben habe.

»... ich unterstütze dich. Das ist ein absoluter No-Brainer.« Sie sieht auf. »Hast du das nicht zu deiner Schwester gesagt?«

»Ja. Und dich unterstütze ich auch, egal, was mit deinem Bruder ist.«

»Hm.«

»Und vielleicht stellt sich ja sogar heraus, dass es ganz praktisch ist, mit der Freundin von deinem großen Bruder befreundet zu sein. Wer weiß, vielleicht habe ich ja Einfluss auf ihn oder so.«

Einen Moment lang ist nichts zu hören, abgesehen von Feathers Schnuppern an meiner Jacke und dem Knirschen der Liebesperlen zwischen Jamielees Zähnen.

»Willst du sehen, wie ich über das große Hindernis springe?«, fragt sie dann, und auf einmal fühle ich mich ein bisschen leichter. Atme ein bisschen freier. Wenn die großen Probleme überhandnehmen, lohnt es sich, die kleinen zu lösen.

»Ehrlich gesagt, bin ich vor allem deswegen gekommen«, erwidere ich.

»Von wegen. Aber ich zeig's dir trotzdem.«

Sie dreht um, trabt eine Runde, dann biegt sie in die Mitte der Koppel ab, treibt Feather an, springt über das eine Hindernis, das nächste. Vor dem höchsten bricht sie ab, lenkt Feather daran vorbei. Erneut lässt sie ihn Anlauf nehmen, meistert die niedrigeren Hindernisse ohne Probleme, reitet auf das letzte zu und – springt!

»Yay!«, rufe ich und applaudiere.

»Gut oder?«, fragt sie, als sie wieder vor mir steht.

»Richtig gut.«

»Nessa?«

»Hm?«

»Ich geb dir noch eine Chance.«

»Das freut mich sehr. Danke«, sage ich und streiche Feather über seine weiche Schnauze.

Doch sie hält den Zeigefinger hoch und bedeutet mir, zu schweigen. »Wenn du morgen zu uns zum Essen kommst. Ich muss Boyd sagen, dass ich Mathe verkackt habe. Und er hat gesagt, ich kriege das neue Handy nur, wenn ich in Mathe stabil bleibe.«

»Ich kann Boyd gern fragen, ob ich kommen kann …« Obwohl mir nicht ganz wohl dabei ist, einem Familienessen der Tullochs beizuwohnen. Aber wenn es nötig ist, um Jamielee davon zu überzeugen, dass wir Freundinnen sind …

»Danke, danke, danke«, sagt sie. »Ich frag ihn.«

Sie reitet noch eine Runde, springt erneut über alle Hindernisse, inklusive dem höchsten. Als sie beim nächsten Mal vor mir anhält, sagt sie: »Aber wehe, du vermasselst es noch mal. Und wehe, ihr knutscht beim Essen.«

29

Boyd war gestern Abend nicht mehr zu erreichen, weil er in einem langen Termin mit zwei Großkunden festsaß, lediglich Jamielee hat mir geschrieben, wie sehr sich alle darauf freuen, dass ich zum Essen komme. Dennoch fühlt es sich seltsam an, als ich nun kurz vor zwölf Uhr am Anwesen der Tullochs ankomme. Das schwarze Eisentor steht offen, die Kiesauffahrt zum Haus wird gesäumt von akkurat getrimmtem Rasen.

Das dunkelgraue gedrungene Herrenhaus ist einschüchternd. War es schon immer, doch heute, mit den mächtigen Wolken, die sich am Himmel auftürmen, wirkt es, als würde es durch die eigene Selbstverständlichkeit, mit der es seit Jahrhunderten den shetlandischen Witterungen trotzt, alles andere abwerten, klein machen. *Seht mich an,* scheint es sagen zu wollen. *Ich war schon lange vor euch hier, und ich werde noch hier sein, wenn ihr alle längst vergessen seid.*

Je weiter ich die Auffahrt hinauflaufe, desto lauter graben sich seine Gedanken in meine Gedanken, auch wenn das natürlich Blödsinn ist. *Ich vergesse euch, aber ich kenne all eure Geheimnisse.*

Und dann stehe ich vor der massiven Eingangstür und betätige mit leicht schwitzigen Händen die Klingel. Normalerweise wird man den Eltern des Freundes offiziell vorgestellt. Normalerweise ist man nicht die moralische Unterstützung für die kleine Schwester. Aber bei Boyd und mir war von Anfang an nichts normal, und der Moment heute ist so gut wie jeder andere, nehme ich an. Wer sagt denn, dass man nicht die Eltern kennenlernen und gleichzeitig moralische Stütze sein kann?

Die Tür öffnet sich. Behäbig. Langsam. So schwer ist sie. Und dann steht Jamielee in Skinny-Jeans und übergroßem Pulli vor mir und grinst. Doch es ist nicht das selbstbewusste, leicht überhebliche Grinsen, das ich von ihr kenne. Es ist ein ertapptes.

»Hi«, sagt sie ein bisschen gehetzt und zieht mich hinein.

Ich sehe nun zum ersten Mal das Haus von innen. Es ist ebenso dunkel, ebenso einschüchternd wie von außen. An den Wänden hängen Porträts der Tulloch-Dynastie, und eine breite Treppe führt nach oben auf eine Galerie, von der dunkle Türen in die Räume des ersten Stocks abgehen.

»Bin ich zu früh?«, frage ich, weil sie ein bisschen überfallen wirkt.

»Nein, nein, du bist perfekt pünktlich, Boyd hat gerade nach meinen Mathenoten gefragt. Jetzt musste er kurz telefonieren. Er muss andauernd telefonieren.«

»Ist alles in Ordnung?« Die Situation kommt mir absolut merkwürdig vor.

»Ja, alles gut, es ist nur ...«

Aber sie kommt nicht dazu, das »Nur« zu erläutern, weil in diesem Moment Isobel Tulloch, ihre Mutter, die Eingangshalle betritt. Sie hat die angegrauten Haare zu einem festen Dutt hochgesteckt. Ihr Gesicht ist streng, verkniffen, ihr Auftreten makellos, wenn auch ein wenig verhuscht. Zumindest erscheint es so. Doch als sie mich erblickt, entgleisen ihr die Züge einen Moment lang.

»Miss Linklater? Was machen Sie denn hier?«, fragt sie verwundert.

Ohne wirklich zu begreifen, was Isobel soeben gesagt hat, ohne die Implikation zu verstehen, spule ich meine zurechtgelegte Begrüßung ab. »Vielen Dank für die Einladung. Ich freue mich sehr ...«

»Einladung?«, unterbricht sie mich, und nun dämmert mir, dass hier irgendetwas ganz und gar nicht stimmt. Ihr Tonfall ist überrascht und kalt. Kalt wie dieses Haus.

»Ich hab Nessa eingeladen«, sagt Jamielee schnell und ein bisschen zu beiläufig. »Ich wollte es euch sagen, aber ihr wart so beschäftigt.«

»Äh«, mache ich und merke, wie mir ganz warm wird. Warm vor Peinlichkeit.

»Jamie!«, keucht ihre Mutter. Sie blickt von mir zu der Tür, aus der sie gerade gekommen ist, und dann nach oben zur Galerie.

»Ja, tut mir leid«, sagt Jamie lustlos und lässt keinen Zweifel daran, dass es ihr überhaupt nicht leidtut. »Wenn ihr mal zuhören würdet ...«

»Das ist jetzt nicht der Moment«, sagt Isobel mit hoher, alarmierter Stimme.

»Ich ... kann wieder gehen. Kein Problem. Das war dann wohl ein Missverständnis.« Die Situation ist derart unangenehm, dass mir Hitze den Hals hinaufkriecht. Meine Hände werden immer schwitziger, und ich wünschte, ich könnte mich einfach umdrehen und dieses Haus mit seiner düsteren Eingangshalle und seiner düsteren Stimmung verlassen.

»Nein, Nessa soll bleiben.« Jamie stampft mit dem Fuß auf und wirkt auf einmal ganz kindlich. »Es ist ja nicht so, als hätten wir nicht genug zu essen. Und es ist auch nicht so, als hätten wir so viel Spaß ohne Besuch.«

»Ich will mich wirklich nicht aufdrängen.« Ich werfe Jamie einen vernichtenden und Isobel einen entschuldigenden Blick zu.

»Wo ist dein Bruder?«, fragt Isobel. »Boyd soll das entscheiden.«

»*Ich* entscheide das. Nessa ist mein Gast.«

»Mir wäre es, ehrlich gesagt, auch lieber, wir würden es verschieben«, sage ich und mache präventiv einen Schritt Richtung Tür.

»Du hast es versprochen!« Jamielee sieht von mir zu ihrer Mutter.

»Ja, als ich dachte, du würdest deine Eltern fragen. Mrs Tulloch, es tut mir sehr leid, dass ich hier unangekündigt reingeplatzt bin. Ich hatte keine Ahnung ...«

»Dann sind wir jetzt wohl quitt«, sagt Jamielee mit einem vorsichtigen Grinsen. Es soll ein Witz sein, aber in diesem Moment kann ich weiß Gott nicht darüber lachen.

»Ich gehe Boyd holen.« Isobel dreht sich um und läuft die breite Treppe nach oben in den ersten Stock.

»Was hast du dir dabei gedacht?«, frage ich leise an Jamie gewandt. »Wieso bringst du mich in so eine Situation?«

»Es tut mir leid.« Sie senkt den Blick und lässt den Kopf hängen, wodurch sie noch kleiner, noch jünger wirkt. Diesmal klingt die Entschuldigung tatsächlich ernst gemeint. Aber es ändert nichts an der Tatsache, dass ich mich selten so gedemütigt gefühlt habe. So fehl am Platz. »Es ist schon in Ordnung. Glaub mir. Mum ist nur speziell.«

Das darf sie auch sein in ihren eigenen vier Wänden, will

ich sagen, doch in diesem Moment kommt Bryson Tulloch in die Eingangshalle. Wieder fällt mir auf, wie alt er geworden ist. Früher war er fast so groß wie sein Sohn. Breitschultrig. Stolz. Hatte eine natürliche Autorität, die ich während meines Praktikums so bewundert habe. Aber jetzt wirkt er beinahe eingefallen.

»Mr Tulloch, guten Tag«, sage ich. »Ich weiß nicht, ob Sie sich noch an mich erinnern ...« Ich mache Anstalten, auf ihn zuzugehen und ihm die Hand zu schütteln, doch Jamie hält mich aus unerfindlichen Gründen zurück. Bekommt Bryson nicht gern Besuch? Ist er der Grund, warum Isobel so panisch wirkt?

Bryson bleibt in der Mitte des Raums stehen und blinzelt. Er sieht mich an, doch es wirkt nicht, als würde er mich wahrnehmen. Damals hat er mich immer wahrgenommen. Hat mich gefordert, gefördert auf gewisse Weise. Er war einschüchternd, aber auf die Art, die mich über mich hinauswachsen ließ.

»Ich habe vor einigen Jahren bei Ihnen ein Praktikum absolviert«, sage ich, um die angespannte Stimmung aufzulockern. »Ich weiß nicht, was Boyd Ihnen gesagt hat« – oder ob er überhaupt etwas gesagt hat, wird mir jetzt auf schmerzhafte Weise bewusst.

»Ich erzähle gern die Geschichte«, sagt er und geht einfach über meinen Konversationsversuch hinweg, »als mein Sohn Boyd mit zwei Jahren eine Flasche Tulloch von meinem Barwagen im Arbeitszimmer stibitzt und in sein Zimmer geschleppt hat. Glücklicherweise war er als kleiner Stöpsel noch nicht stark genug, um ebenjenen zu öffnen.« Er macht eine kurze Pause, als warte er auf eine Reaktion. »Ein paar Monate später fand unsere Haushaltshilfe die Flasche in Boyds Spielzeugkiste. ›Im Kinderzimmer gereift‹, schrieb ich auf das Etikett. Die Flasche steht immer noch in meinem Arbeitszimmer. Bis heute ungeöffnet.«

Ich lache höflich, obwohl ich die Geschichte schon ein paarmal gehört habe. Zuletzt vor ein paar Wochen bei der Whiskymesse. »Eine sehr schöne Geschichte ist das. Man merkt, welche Bedeutung der Whisky für Ihre Familie hat.«

Jamie umkrampft meine Hand fester, als hätte sie Angst. Angst vor ihrem Vater? Angst, dass ich gehe und sie alleinlasse? Was ist das hier? Ist irgendwo eine versteckte Kamera, und ich bin Teil einer Show?

»Ich erzähle gern die Geschichte ...«, fährt Bryson fort, und mir fällt auf, dass es nicht wirkt, als würde er mit uns sprechen. Die Worte sind für jeden und niemanden. »... als mein Sohn Boyd mit zwei Jahren eine Flasche Tulloch von meinem Barwagen im Arbeitszimmer stibitzt und in sein Zimmer geschleppt hat.«

»Bryson!« Isobels Stimme hallt von oben durch den großen Raum. Sie klingt voller Sorge. Hektisch eilt sie die Treppe herunter.

Hinter ihr ertönt das Zuschlagen einer Tür, und im nächsten Moment schreitet Boyd energisch die Galerie entlang. Augenblicklich fühle ich mich ein bisschen weniger unwohl. Boyd wird alles aufklären. Oder?

»Bryson!« Isobel fasst ihren Mann am Arm. Nicht grob, jedoch auch nicht liebevoll. Streng, wie man ein Kind daran hindern würde, auf die Straße zu laufen. »Bryson, das ist Nessa Linklater. Unser Besuch.« Isobel wirft ihrer Tochter einen vernichtenden Blick zu, dann zwingt sie sich zu einem Lächeln in meine Richtung.

»Ich kann wirklich ...«, sage ich noch einmal und blicke von Bryson, der weitermurmelt, zu Isobel, von Isobel zu Boyd. Mit langen Schritten läuft der die Treppe herunter.

»Es tut mir leid, ich sollte gehen. Ich wollte mich nicht aufdrängen.«

»Bleib.« Boyd kommt auf mich zu, ein besorgtes, jedoch gleichzeitig freudiges Lächeln auf den Lippen.

Er ist der Einzige, der in diesem Haus nicht zwergenhaft wirkt. Selbst Bryson, der einst so stolze Patriarch, scheint wie eine bloße Hülle. Isobel ist ein Schatten ihrer selbst und Jamie – nun, ein normaler Teenager, der Regeln missachtet und nicht auf die Gefühle anderer Rücksicht nimmt, ist definitiv das Letzte, was man in diesem Gemäuer vermuten würde.

»Du bist hier immer willkommen. Ich hätte dich nur gern ... vorgewarnt.«

»Vorgewarnt?«, frage ich verwirrt. »Was geht hier vor?«

»Ich erzähle gern die Geschichte ...«, sagt Bryson.

»Was ist mit ihm?«, frage ich.

»Mutter, bring ihn ins Wohnzimmer«, weist Boyd an. »Jamie, sieh zu, dass du dir schon mal eine gute Entschuldigung für das Chaos überlegst.« Er schiebt sie sanft Richtung ihrer Eltern. »Nessa ...«

»Hast du ihnen nicht erzählt, dass wir zusammen sind?«, frage ich. Mein Inneres verkrampft sich. Bin ich ihm peinlich wie damals Andrew Haggan? Und was ist mit seinem Vater?

»Ich habe ihnen am Tag unserer Rückkehr aus Edinburgh alles erzählt«, erwidert er und zieht mich an sich. Ich lasse mich gegen ihn sinken, atme seinen bekannten Duft, der nicht einmal in diesem Haus etwas von seiner betörenden Wirkung auf mich einbüßt. »Ich konnte keine Sekunde nicht über dich sprechen.«

»Aber ...«

»Meine Mutter neigt zur Panik, wenn es um Bryson und die Außenwirkung der Familie geht. Und das macht unser aller Leben schwer. Jamies, meins, ihrs. Deswegen ist es vielleicht gut, dass Jamie sie einfach vor vollendete Tatsachen gestellt hat, auch wenn es dir gegenüber nicht fair war. Vielleicht …« Er zögert kurz. »… muss man manchmal Tatsachen schaffen.«

»Ich verstehe nicht …«

»Nessa, mein Vater …«

Mit nicht einmal sechzig Jahren hat Ihr Vater die Leitung der *Tulloch Distillery* an Sie abgegeben. Warum so früh?

Boyd Tulloch: Mein Vater … *(seufzt)* … ist schwer dement. In dem Moment, als er seine Diagnose bekam, begann er, Vorkehrungen zu treffen. Uns erzählte er erst einige Monate später davon, als klar wurde, dass sich sein Zustand schneller als angenommen verschlechtern würde. Von einem Tag auf den anderen zog er sich aus allen Geschäften und der Öffentlichkeit zurück und übertrug mir die gesamte Verantwortung. Sie können sich sicher vorstellen, dass die letzten Jahre für die Familie eine wahre Zerreißprobe waren.

Wie kommt es, dass Sie jetzt über die Erkrankung Ihres Vaters sprechen, während jahrelang nichts darüber bekannt war?

Boyd Tulloch: Wäre es nach mir gegangen, hätten wir von Anfang an mit offenen Karten gespielt. Ich bin kein Freund von Geheimnissen. Sie fressen Familien von innen auf, verseuchen das Klima. Meine Mutter glaubte, im Sinne der Firma zu handeln, indem sie Brysons Krankheit geheim hielt. Dieses Interview, die Tatsache, dass ich öffentlich darüber spreche, ist meine Art, damit umzugehen. Meine Art, die Familie Tulloch zu befreien. Die Gerüchte, die sich in den letzten Jahren um meinen Vater, unsere Familie und die Ehe meiner Eltern rankten, haben uns zu viel gekostet. Kraft, Freude, Energie, die wir dringend für Bryson und füreinander brauchen. Das ist der Grund, warum ich heute ehrlich bin. Ich schulde es unserer Familie, unserem Whisky und der schottischen Whiskywelt.

30

»… ist dement«, sagt Boyd und hält mich immer noch fest an sich gepresst. Er sagt es ohne jede Gefühlsregung in seiner Stimme. Es ist eine bloße Tatsache, die er in diesem Moment mit mir teilt.

»Ich hatte keine Ahnung«, erwidere ich, sehe zu ihm auf. »Tut mir leid.«

»Es ist okay. Wir haben uns damit arrangiert. Problematisch ist die Geheimnistuerei, auf der meine Mutter besteht. Weil es bedeutet, dass Jamie keine Freundinnen mit nach Hause bringen kann. Weil es bedeutet, dass sich das Leben meiner Mutter zu fast hundert Prozent in diesem Haus abspielt. Weil es bedeutet, dass ich allein für all diesen Scheiß verantwortlich bin.«

»Warum hast du nichts gesagt?«, frage ich.

»Der ewige Konflikt. Bin ich ein guter Sohn und respektiere den Wunsch meiner Mutter oder tue ich, was ich für richtig halte. Ich hätte es dir sehr bald gesagt. Aber ich wollte noch ein bisschen Unbeschwertheit. Danke, Jamie«, sagt er und lacht leise.

»Soll ich gehen?«

»Willst du mich wütend machen?«

»Das ist keine Antwort.«

»Bitte bleib«, sagt er und küsst mich sanft auf den Scheitel. »Wenn du möchtest. Es wäre schön, wenn meine Familie dich kennenlernen würde.«

»Dann bleibe ich.«

Er löst sich von mir, hilft mir aus der Jacke, die ich immer noch trage, und hängt sie in einen massiven antiken Schrank mit knarzenden Türen.

»Kannst du einen Moment warten?«, fragt er. »Dann machen wir das jetzt gleich richtig.«

Ich nicke, und Boyd entfernt sich von mir, geht ein paar Schritte rückwärts, um mich noch länger anzusehen, dann dreht er sich um und verschwindet in dem Raum, den ich für das Wohnzimmer halte.

»Mutter«, sagt er. Er gibt sich keine Mühe, leise zu sprechen, als wollte er, dass ich ihn höre. Das ändert jedoch nichts an der Tatsache, dass ich mich unwohl fühle, während ich allein in der großen Eingangshalle stehe, nun frierend ohne meine Jacke. »Weder Nessa noch ich hatten das so geplant. Aber da sie jetzt einmal hier ist, wäre es schön, ihr würdet sie kennenlernen. Sie ist meine Freundin, sie soll Teil dieser Familie sein.« Bei diesen Worten verzieht sich mein Mund unwillkürlich zu einem Lächeln – trotz der Seltsamkeit der Situation und der Kälte dieses Ortes.

»Aber dein Vater …«

»Was soll mit Bryson sein?«

»Seine Krankheit, ich möchte nicht …«

»Willst du damit sagen, meine Freundin kann nicht mit uns essen, weil dein Versteckspiel mit der Welt wichtiger ist? Dein Ernst, Mutter?«

»Es ist nur …«

»Was? Was ist nur?«

»Wenn wir vielleicht noch ein bisschen warten ...«

»Schluss damit«, sagt Boyd, seine Stimme nun energisch und autoritär. »Diese Scharade muss aufhören, Mutter. Nessa gehört zu mir. Und das bedeutet, sie gehört zu dieser Familie. Ich entscheide, wie ich auch sonst alles seit Jahren entscheiden muss. Und ich entscheide, dass sie bleibt. Sie. Ist. Hier. Willkommen.«

»Natürlich ist sie das«, erwidert Isobel nun. Ihre Stimme klingt nicht abweisend, eher besorgt.

Ich höre Schritte, und im nächsten Moment taucht Boyd in der Eingangshalle auf. »Kommst du?«, fragt er lächelnd.

Ich wische mir etwas unbeholfen die schwitzigen Hände an meiner Jeans ab und folge Boyds einladender Geste.

Das Wohnzimmer ist deutlich gemütlicher als das kalte Grau der Eingangshalle. Die Möbel sind zwar alt, aber im Kamin prasselt ein Feuer und erfüllt den gesamten Raum mit einer Wärme, die alles durchdringt.

»Herzlich willkommen, Nessa«, sagt Isobel und kommt auf mich zu. Sie schüttelt meine Hand, lächelt freundlich, wenn auch müde. »Ich freue mich, Sie endlich einmal richtig kennenzulernen. Boyd hat so viel von Ihnen erzählt. Meinen Mann kennen Sie bereits, glaube ich?«

Boyd winkt mich zu Bryson, der in einem Sessel sitzt und vor sich hin starrt. »Bryson, das ist Nessa, meine Freundin«, sagt er, und Bryson steht tatsächlich auf und schüttelt meine Hand. »Du hast sie früher schon einmal gekannt. Als sie hier ein Praktikum gemacht hat. Sie ist Whiskybrennerin.«

»›Im Kinderzimmer gereift‹, schrieb ich auf das Etikett. Die Flasche steht immer noch in meinem Arbeitszimmer. Bis heute ungeöffnet«, sagt Bryson, und Isobel tätschelt seine Hand.

»Ja, das tut sie.«

»Seid ihr noch sauer?« Jamielee steckt ihren Kopf zur Tür rein. »Dann würd ich wieder gehen.«

»Das wirst du unter keinen Umständen, junge Dame«, sagt Isobel. »Setz dich zu uns. Du hast schließlich einen Gast.« Sie lächelt mich erneut an.

»Aber nur, wenn ihr nicht schimpft.« Sie erinnert mich in diesem Moment so sehr an Effie, dass ich beinahe erschrecke. So muss es sich anfühlen, in die Vergangenheit zu sehen.

»Das hebe ich mir für später auf«, sagt Boyd. »Und glaub nicht, dass ich die Geschichte mit den Mathenoten vergessen habe. Dein Glück, dass wir einen guten Eindruck auf Nessa machen wollen.«

Jamie strahlt mich vollkommen zufrieden an, als wäre das von Anfang an ihr Plan gewesen.

Je weniger unwohl ich mich in der Gesellschaft von Boyds Eltern fühle, desto weniger bedrohlich wirkt auch das Anwesen. Es ist groß, es ist dunkel, es ist nahezu unmöglich zu heizen, ja. Aber überall stehen frische Blumen, es duftet nach Kamin, und Boyd serviert Whisky mit speziell gefiltertem schottischem Wasser als Aperitif.

»Erzählen Sie etwas über sich, Nessa«, fordert Isobel mich auf. Sie scheint sich ernsthaft Mühe zu geben.

»Ich ...« Kurz bin ich überrumpelt, aber dann entspanne ich mich. »Ich komme aus Lerwick. Geboren und aufgewachsen.«

»Was machen Ihre Eltern? Haben sie Boyd schon kennengelernt?«

»Mutter«, sagt Boyd. »Die Linklaters?«

»Ist schon in Ordnung«, sage ich, schließlich hat Isobel mich in ihrem Heim willkommen geheißen. »Meine Mutter ist bei der Geburt meiner jüngsten Schwester gestorben. Und mein Vater war sehr abwesend. Die Trauer hat ihn aufgefressen.«

»Wer hat sich um Sie und Ihre Schwester gekümmert?«

»Schwester*n*«, korrigiere ich. »Ich habe zwei von der Sorte. Fiona und Effie. Und, also, vor allem habe ich mich selbst um mich gekümmert.«

»Das ist sehr beachtlich, Nessa. Und jetzt haben Sie eine Destillerie und gewinnen Preise, erzählt mein Sohn.«

»Das ist richtig.«

»Glücklicherweise war er als kleiner Stöpsel noch nicht stark genug, um ebenjenen zu öffnen«, sagt Bryson, und Jamielee kichert.

»Jamie«, ermahnt Isobel sie.

»Ja, ja, man muss immer traurig sein, ich weiß schon. Aber manchmal lache ich halt. Das macht es einfacher.«

»Ich weiß, was du meinst«, sage ich, obwohl ich mir nicht sicher bin, ob es mir zusteht. »Wir mussten auch manchmal einfach lachen, weil die ewige Traurigkeit zu schwer zu ertragen war.«

Und tatsächlich, Isobel nickt und streicht ihrer Tochter einmal durchs Haar. Jamies überraschtem Gesichtsausdruck nach zu urteilen, ist das nichts, was regelmäßig passiert, und ich erinnere mich an Marigolds Worte. Daran, dass sie gesagt hat, Jamie hätte es nicht leicht, und man würde immer nur das Außen kennen.

Die Tapeten im Esszimmer zeigen bunte Vögel zwischen goldenen Ornamenten. Auf dem Tisch stehen fünf Gedecke. Irgendjemand muss also Bescheid gegeben haben, dass ich da bin. Isobel führt ihren Mann an das eine Kopfende, Boyd nimmt am anderen Platz. Jamie setzt sich ihrer Mutter gegenüber, sodass für mich der Platz zwischen ihr und Boyd bleibt.

Wie nicht anders zu erwarten, gibt es bei den Tullochs Hausangestellte. Eine junge Frau serviert uns zur Vorspeise Salat, während Boyd von seinen Terminen des gestrigen Abends berichtet.

Jamie stöhnt. »Das geht hier immer so. Boyd labert über die Geschäfte, Mum hört zu, Dad erzählt die gleiche Geschichte wieder und wieder. Wie soll man da in der Schule gut sein?«

»Weißt du, vielleicht kann Effie dir mit Mathe helfen«, sage ich. Schließlich macht sie das bei der Hausaufgabenbetreuung die ganze Zeit. Gleich nach dem Essen werde ich Jamielee Effies Nummer geben.

»Ist sie ein Genie, oder was?«

»Nein, sie ist eher wie du«, gebe ich zu. »Oder *war* wie du, besser gesagt.« Mit dem großen Unterschied, dass Effie in der Schule nie Probleme hatte. Das war die eine Sache, über die ich mir bei ihr keine Gedanken machen musste.

Als Hauptspeise gibt es einen richtigen Roast. Es ist Ewigkeiten her, seit ich ein so aufwendiges selbstgekochtes Essen genossen habe. Das letzte Mal vermutlich an Weihnachten. Das erste Weihnachten seit drei Jahren, an dem wir wieder zusammen waren, Effie, Fiona und ich. Ich blicke auf, sehe Boyd an, der seiner Mutter gerade auseinandersetzt, warum Astrids Heirloom-Gerste für kleine Batches Whisky interessant sein könnte, obwohl sie deutlich teurer ist. Und ich stelle fest, dass ich will, dass es nächstes Weihnachten Fiona, Connal, Effie, ich und Boyd sind. Weil ich maßlos verliebt in ihn bin.

»Ich erzähle gern die Geschichte«, sagt in diesem Moment Bryson, »als mein Sohn Boyd mit zwei Jahren eine Flasche Tulloch von meinem Barwagen im Arbeitszimmer stibitzt und in sein Zimmer geschleppt hat.«

Wir blicken ihn alle an, teils betroffen, teils peinlich berührt. Es ist schmerzhaft, zu sehen, wie ein Mensch immer weniger wird. Doch dann beginnt Isobel zu lachen. Zuerst ist es nur ein vorsichtiges hohes Kichern. Aber als Jamie mit einstimmt und schließlich auch Boyd, lässt sie einfach los und lacht laut und herzlich. Nicht über ihren Mann, sondern als Erleichterung. Als Ventil für die Traurigkeit, die manchmal nur durch ein Lachen erträglich ist. Und auch Bryson lächelt, als wäre er sehr zufrieden mit der Reaktion, die er auf seine Geschichte erhält.

Nach dem Essen gibt es Espresso aus winzigen filigranen Tässchen. Jamie behauptet, schon oft Espresso getrunken zu haben, bekommt aber trotzdem keinen. Eine Pflegerin bringt Bryson für seinen Mittagsschlaf nach oben ins Bett, und Jamie verabschiedet sich, um noch ein bisschen mit Feather zu trainieren.

»Danke, dass du da warst«, sagt sie und fällt mir zum Abschied um den Hals. »Entschuldige noch mal, dass ich es so blöd angestellt habe. Aber ich wusste, dass es besser wird, wenn du da bist.«

Ich bin so gerührt, dass ich nicht weiß, was ich darauf erwidern soll.

»Ich find's gut, dass du Boyds Freundin bist«, sagt sie noch, ehe sie nach draußen flitzt.

Boyd grinst. »Ich find's auch gut«, sagt er leise, während Isobel sich noch etwas Espresso nachschenkt. In diesem Moment vibriert sein Handy. Er blickt auf das Display, und seine Miene verändert sich. Die Entspannung ist auf einmal aus seinem Gesicht gewichen. Stattdessen ist da so etwas wie Sorge, Dringlichkeit. »Entschuldigt, das ist wichtig. Ich … bin gleich wieder da.« Mit diesen Worten erhebt er sich und verlässt eilig das Esszimmer.

»Er arbeitet zu viel«, sagt Isobel. »Er schaltet nie ab. Kennen Sie das?«

Ich kenne es ein bisschen zu gut, deswegen nicke ich. »Das bringt die Verantwortung mit sich, glaube ich.«

»Da haben Sie wohl recht. Es wäre mir lieber gewesen, er hätte nicht so früh erwachsen werden müssen. Aber mit Brysons Krankheit ...« Sie bricht ab. Dann erhebt sie sich ebenfalls. »Bitte, fühlen Sie sich wie zu Hause. Es hat mich gefreut. Es ist nur ...« Ich kann sehen, wie sie mit sich ringt. Die Tatsache, dass ich hier war, das Familienessen, die Sorge um ihren Mann, es ist zu viel für sie. Deswegen nicke ich, und sie verlässt den Raum.

Schließlich stehe auch ich auf. Allein im Esszimmer zu sitzen, um auf Boyd zu warten, fühlt sich falsch an. Nach Passivität und Hilflosigkeit. Deswegen gehe ich zurück in die Eingangshalle, betrachte die Porträts der Tulloch-Männer. Ein stolzer Shetlander nach dem anderen. Als ich am oberen Treppenabsatz angekommen bin, blicke ich in Brysons wache Augen. Auf dem Bild ist er nicht älter als Mitte dreißig. Die Ähnlichkeit zu Boyd und Jamielee ist frappierend. Und der Unterschied zu jetzt ... Der Nächste, der in dieser Reihe hängen wird, ist Boyd.

Leises Gemurmel dringt an mein Ohr. Boyd, der immer noch am Telefon ist. Ich folge seiner Stimme in den dunklen Flur. Sie wird lauter, bis ich vor einer angelehnten Tür zum Stehen komme.

»... Sie *müssen*«, sagt er gerade. »Ich trete von dem Vertrag zurück.«

Ich will gerade leise anklopfen, doch beim Klang seiner Stimme erstarre ich. Er klingt beinahe verzweifelt.

»Ich habe es mir anders überlegt. Ich möchte den Vertrag annullieren lassen ... Es *kann* nicht zu spät sein. Sie *müs-*

sen … Nein, Sie *müssen* … Natürlich weiß ich, dass Wochenende ist, für mich ist auch Wochenende. Seit Tagen versuche ich, Sie zu erreichen … Das ändert aber nichts an der Tatsache, dass … Hallo? Hallo??« Doch offensichtlich hat sein Gesprächspartner aufgelegt. »Fuck«, ruft er, und ich höre, wie er mit der Faust auf etwas schlägt. Auf einen Tisch vielleicht.

Nun klopfe ich doch zaghaft an die Tür. »Boyd?«

»Hm?«

Ich schiebe die Tür einen Spalt weiter auf, blicke ins Zimmer. »Ist alles in Ordnung?«

»Oh, hi, du bist es.« In zwei Schritten ist er bei mir und presst seine Lippen auf meine. Beinahe muss ich kichern, weil er offensichtlich vor seiner Familie die ganze Zeit gegen diesen Drang ankämpfen musste und es jetzt nicht mehr aushält. Für ein paar wunderbare Sekunden verlieren wir uns ineinander. Dann löse ich mich sanft von ihm, blicke mich um. Wir befinden uns im Arbeitszimmer. Schwere, massive Büromöbel, Regale voller Flaschen und Bücher, ein Aktenschrank.

»Ist etwas passiert?«, frage ich erneut, weil er am Telefon so drängend klang.

»Nein, nein. Nichts, worüber du dir Sorgen machen müsstest«, sagt er, doch ich sehe, wie er schluckt. »Ich habe alles unter Kontrolle.« Er lächelt, aber es erreicht seine Augen nicht. »Weißt du, was das ist?«, fragt er dann und zieht eine Flasche aus dem Regal.

Ich schüttle den Kopf, doch als er sie mir reicht, erkenne ich die feine Handschrift, und nun bin ich diejenige, die schluckt. Denn egal, wie wenig Boyd sich von seinem Vater geliebt gefühlt hat, egal, wie wenig Anerkennung er ihm gegeben hat, dies ist die Geschichte, die er noch immer erzählt. Die einzige Geschichte. Die Geschichte von seinem Sohn und dem Whisky. *Im Kinderzimmer gereift,* steht auf dem Etikett.

31

»Sagst du mir jetzt, wo wir hinfahren?«, frage ich und blicke hinüber zu Boyd, der auf dem Fahrersitz seines Sportwagens sitzt und sehr zufrieden in sich hineinlächelt.

Er hat mich am späten Vormittag an der Destillerie abgeholt, wo ich Henry mit der zickigen Abfüllanlage alleinlassen musste. Boyd und er haben sich offenbar gegen mich verschworen und ließen keine Widerrede zu. Nun fahren wir seit einer Viertelstunde gen Norden, und ich habe immer noch nicht den Hauch einer Ahnung, wo es hingehen soll.

»Warum so ungeduldig, Miss Linklater?«, gibt er zurück und legt seine Hand auf mein Bein, eine inzwischen so völlig normale Geste, obwohl sie vor ein paar Wochen noch abwegiger gewesen wäre als warme fünfzehn Grad Anfang Mai. Doch heute genieße ich beides. Am Himmel sind nur wenige Wolken zu sehen, die träge dahinziehen. Die Sonne glitzert auf dem Wasser des Ozeans zu unserer Rechten. Es ist ein friedlicher, wunderschöner Frühlingstag auf den Shetlands, und es kommt mir so vor, als hätte mein Leben die Unwirklichkeit zur Wirklichkeit werden lassen.

»Sag mal, hast du eigentlich immer noch *The World of Whisky* abonniert?«, fragt Boyd auf einmal.

»Ja, warum?«

»Ach, nur so.« Er winkt ab. Dann fügt er hinzu: »Ich habe die letzte Ausgabe nicht bekommen und wollte fragen, ob ich deine lesen kann, wenn du durch bist.«

»Klar, kein Problem«, erwidere ich, denn warum sollte er nicht meine Ausgabe leihen können? Und dann betrachte ich ihn für einen Moment aus dem Augenwinkel. Seine stolzen Züge, seine schönen Lippen. Die blauen Augen. All das war mir früher so zuwider. Und jetzt – scheint es die Erfüllung all meiner Sehnsüchte zu sein.

Schafe grasen am Rand der kurvigen Straße, und Boyd fährt langsam, beinahe gemächlich, als hätten wir alle Zeit der Welt. Weil wir sie uns heute nehmen. Wir lassen Girlsta hinter uns, bleiben jedoch auf der Hauptstraße. Auf der Höhe von Hillside sieht man die See nun zu unserer Linken, und in diesem Moment dämmert mir, was Boyd vorhat.

»Wir fahren nach Muckle Roe?«, frage ich, und tatsächlich, wenig später fahren wir über eine schmale Brücke auf die sanften grünen Hügel der kleinen Insel zu. Zwischen ihnen linsen vereinzelte Dächer und Schornsteine hervor. Nur etwas über hundert Menschen wohnen hier, die meisten leben von der Fischerei und der Landwirtschaft.

Die einspurige Straße wird eingerahmt von Schafweiden auf der einen und dem Meer auf der anderen Seite. Wilde Rosen blühen am Wegesrand. Die Welt ist hier so friedlich, so funkelnd, so schön, und alle Sorgen scheinen für den Moment vergessen.

Zwischen zwei Hügeln in einer Kuhle befindet sich Astrids kleine Farm. Boyd lenkt den Wagen an den Straßenrand, und wir steigen aus. Eine sanfte Brise spielt mit meinem Haar, die salzige Meeresluft macht meinen Geist ganz frei.

»Boyd Tulloch und Nessa Linklater in trauter Zweisamkeit.« Astrid hat ihre verfilzten Haare unter einem lila Turban versteckt. Ihre weiten Leinenklamotten, die sie in mehreren bunten Schichten übereinander trägt, sind von der Erde ganz fleckig. »Dass man das mal erleben darf.« Sie umarmt erst Boyd, dann mich.

»Ich hatte keine Ahnung, dass ihr euch so gut kennt«, sage ich, denn Astrids bunte Hippie-Aussteiger-Welt hat so gar nichts mit dem Sportwagen fahrenden, Sportsakko tragenden Boyd gemein.

»Boyd hätte fast in meine Familie eingeheiratet.« Astrid knufft ihn in die Schulter. »Aber dieser Kelch ist Gott sei Dank an dir vorübergegangen, was?«

Boyd reibt sich ein bisschen verlegen den Nacken. »Das mit Vicki und mir hat nicht gepasst.«

»Nein, wirklich nicht«, stimmt Astrid ihm zu. »Die Trennung war ein Happy End für euch beide. Sie lebt jetzt mit Mann und Kind in Inverness, und du ... Sieh dich an! So strahlend hat man dich ja noch nie gesehen. Und wenn wir schon bei ›strahlend‹ sind, was ist eigentlich mit dir passiert, Nessa? Ihr zwei scheint euch ja wirklich gutzutun!«

Sie winkt uns durch das quietschende Holzgatter auf ihren kleinen Hof. Mit dem Fuß hält sie eins ihrer Hühner, die sie aus einer Legebatterie gerettet hat, davon ab, auf die Straße zu entwischen.

»Bock?«, macht das Huhn, legt den Kopf schief und blinzelt in die Sonne.

»Nee, nichts ›bock‹«, erwidert Astrid. »Sonst muss ich dich von der Straße kratzen, und das ist immer so eine Sauerei.«

Wir gehen hinter Astrid her, um das kleine weiß getünchte Haus herum. Im Garten dahinter steht eine Sitzgruppe aus Eisenmöbeln inmitten von Hochbeeten und improvisierten Gewächshäusern.

Sie schenkt uns Tee ein und zündet sich selbst eine Pfeife an, die verdächtig riecht.

»Ihr wollt also meine Gerste«, sagt sie und stößt Rauch aus.

»Ihr?«, frage ich überrascht, denn sie muss etwas missverstanden haben. Ich habe ja demnächst nicht mal mehr eine Destillerie, wo soll ich dann mit der Gerste hin?

»Ich habe ja schon anklingen lassen, dass ich großes Interesse habe«, sagt Boyd. »Isobel ist zwar der Ansicht, dass die Menge zu gering und damit der Preis mit Sicherheit zu hoch ist und so weiter, aber ich wollte mir zumindest ein Bild von Menge und Preis machen.«

»Über Geld will ich nicht sprechen«, sagt Astrid.

»Wir müssen über Geld reden«, erwidert Boyd. »Es ist ein Geschäft, Astrid.«

»Ich mache keine Geschäfte«, erwidert sie und inhaliert erneut tief.

»Und was machst du dann?«, fragt Boyd.

Doch Astrid zuckt nur mit den Schultern, hebt ein Huhn auf ihren Schoß und beginnt, über das weiche Gefieder zu streichen.

»Gibt's keine Chance, dich umzustimmen?«, fragt Boyd. »Ich biete dir einen guten Preis.«

»Schhh«, macht Astrid. »Hör auf, darüber zu sprechen. Du verdirbst die Hühner mit deinem kapitalistischen Gerede.«

Boyd seufzt, aber ich muss lachen. Astrid ist einfach ein Unikat und gestaltet ihre Welt nach ihren eigenen Vorstellungen. Wie sie das genau finanziert, weiß ich nicht, aber es funktioniert. Und das seit inzwischen fast zwei Jahrzehnten, in denen sie allein auf Muckle Roe lebt. Mit zwanzig beschloss sie, dass das Stadtleben nichts für sie war, und baute sich hier auf der Insel ihre eigene kleine Insel.

»Also sind wir umsonst gekommen?«, fragt Boyd.

»Kommt darauf an, was du mit ›umsonst‹ meinst.« Sie blickt blinzelnd aufs Wasser und fährt fort, das Huhn zu streicheln. »Die Sonne scheint, es gibt Tee, kuschlige Hühner, mich, Nessa sitzt neben dir ...«

»Nichts davon ist umsonst«, sagt Boyd. »Im Gegenteil, es ist unbezahlbar.« Er nimmt meine Hand. »Ich hatte nur gehofft ...«

»Und du darfst weiter hoffen«, sagt Astrid. »Das ist doch auch etwas wert.«

Wenig später holt Boyd eine Decke und einen Picknickkorb aus seinem Kofferraum und schlägt einen kleinen Pfad zur Küste ein.

»Dass du mit Astrids Cousine zusammen warst, ist wirklich erstaunlich«, sage ich und laufe hinter ihm her.

»Vicki ist allerdings sehr anders.«

Fast will ich sagen, dass jeder anders ist als Astrid, doch dann helfe ich stattdessen Boyd, die Decke auszubreiten, und frage: »Inwiefern?«

»Sie hatte sehr genaue Vorstellungen von ihrem Leben. Verheiratet mit fünfundzwanzig, das erste Kind mit spätestens siebenundzwanzig, ein Ehemann, der die gleichen Prioritäten hat. Alles sehr klassisch, traditionell. Schön, aber definitiv nicht der richtige Zeitpunkt für mich.« Er sieht mich an. »Und definitiv nicht die richtige Frau.«

»Du musst das nicht sagen«, erwidere ich, weil ich ihm

nicht das Gefühl geben will, dass er mit mir nicht über seine Vergangenheit reden kann.

»Aber es stimmt.« Nacheinander deckt er Brot und Käse auf. Mit einem Messer schneidet er großzügige Scheiben von beidem ab. Es ist ein einfaches Picknick, aber perfekt für diesen wundervollen Tag. »Nessa, ich hatte bislang noch nie eine Partnerin, die so ... ebenbürtig war. Und damit meine ich nicht, dass Vicki mir unterlegen gewesen wäre. Aber sie hatte kein Verständnis für meine Arbeit. Dafür, dass es in meinem Leben eine Leidenschaft gab, die größer war als der Wunsch, jeden Abend um die gleiche Zeit miteinander zu essen.«

»Ich verstehe es«, sage ich und habe auf einmal einen Kloß im Hals. Denn so geht es mir auch.

»Und ich will, dass du weißt, dass ich für dich da bin. Deine Leidenschaft ist meine Leidenschaft. Und ich möchte, dass es *unsere* Leidenschaft bleibt.« Er zieht einen gefalteten Zettel aus der Hosentasche. »Ich habe den hier gefunden«, sagt er, und ich erkenne den Flyer mit meinem Gesuch. Er sieht mich mit einem merkwürdigen Blick an. Als forsche er nach etwas.

»Ich ... äh ...« Er fragt sich mit Sicherheit, warum ich ihm bislang nichts von meinen Problemen erzählt habe. Es ist nicht so, dass ich es vor ihm geheim halten *wollte.* »Mein Pachtvertrag läuft aus«, sage ich. »Und der neue Besitzer will den Vertrag nicht erneuern.«

Boyd schluckt. Nimmt meine Hand. Offensichtlich ist er nicht sauer.

»Ich weiß nicht, warum ich es dir nicht erzählt habe«, gebe ich zu und stecke mir, um Zeit zu gewinnen, ein Stück Käse in den Mund. Während ich das Gefühl habe, der Käse würde durch das Kauen eher an Masse zunehmen, hält Boyd weiterhin meine Hand. Als ich endlich geschluckt habe, sage ich: »Ich glaube, ich habe mein Leben lang einfach jedes Problem, das sich mir gestellt hat, allein gelöst. Ich bin so daran gewöhnt, dass ich gar nicht auf die Idee kam, dich damit zu belasten.«

»Du musst dich nicht erklären.« Er rutscht ein Stück näher zu mir, öffnet seine Arme. Und ich lasse mich einfach gegen ihn sinken. Gegen seine warme Brust und in seine Umarmung. »Aber Nessa, ich will, dass es *unsere* Probleme sind. Du sollst wissen, dass ich dir immer helfen werde.«

Eingehüllt in seine Wärme und seine Worte, schließe ich für einen Moment die Augen. Lausche der stetigen Brandung, den Schreien der Möwen, seinem regelmäßigen Atem, meinem regelmäßigen Atem.

»Ich glaube ...«, sage ich so leise, dass ich nicht einmal sicher bin, ob Boyd mich hören kann. Doch dann spüre ich, dass er die Luft anhält. »Ich glaube, sich auf jemanden zu verlassen, fällt mir schwer. Denn wenn alle Menschen, auf die man sich verlässt, verschwinden – erst plötzlich die Mutter, dann schleichend der Vater und schlussendlich die Schwester in genau dem Moment, in dem man gehofft hatte, die Last mit ihr zu teilen –, ist es sicherer, man verlässt sich nur auf sich selbst.« Man lernt, allein gegen die Wellen zu kämpfen, sonst wartet man vergeblich auf ein Rettungsboot.

Ich spüre, wie er nickt, wie er seine Arme noch fester um mich schlingt. »Ich lasse dich damit nicht allein, okay?«, sagt er und presst einen Kuss auf meinen Scheitel. »Ich will bleiben.«

»Ich auch«, erwidere ich. »Am liebsten genau hier.« In seinen Armen. Da fällt mir etwas ein. »Wenn meine Probleme unsere sind, gilt das doch auch für deine Probleme, oder?«

»Ja.«

»Erzählst du mir dann, mit wem du dich neulich am Telefon gestritten hast?«

Ich spüre, wie er sich versteift. »Das war nichts«, sagt er. »Eine Kleinigkeit, die ich wieder geradebiegen werde, wenn ich nächste Woche in Edinburgh bin.«

»Warum bist du nächste Woche in Edinburgh?«

»Um eine Kleinigkeit geradezubiegen.«

Ich lache leise, und auch wenn mir die Geheimnistuerei nicht gefällt, respektiere ich doch seinen Wunsch, nicht darüber zu sprechen. Ich will genauso verständnisvoll sein wie er. Schließlich habe ich meine Probleme auch vor ihm geheim gehalten. Und Boyd ist ebenso wie ich in seiner Familie derjenige, der die Probleme für alle löst. Also frage ich stattdessen: »Wie geht es dir mit der Krankheit deines Vaters?«

»Es ging mir schon schlechter damit. Aber es ging mir auch allgemein schon mal schlechter.« Er lacht.

»Wie meinst du das, es ging dir schon mal schlechter damit?«

»Als ich von heute auf morgen die Destillerie übernehmen sollte, beispielsweise.«

»Das wolltest du nicht?«

»Weißt du, wie viel Verantwortung das ist?«

»Äh, ja? Rein zufällig weiß ich das.«

»Siehst du.«

Jetzt müssen wir beide lachen.

»Und ich glaube, das Schwierigste war, dass ich ihn von einem Tag auf den anderen nicht mehr hassen konnte.« Er hält kurz inne. »Er war ein richtig mieser Vater, das habe ich dir ja erzählt. Und es tat so gut, erwachsen zu sein, ihm das alles vorzuhalten, ihn so richtig zu hassen.«

»Aber das konntest du nicht mehr.«

»Nein, ich musste auf einmal Mitleid haben. Verständnis.

Musste wieder seiner Vorstellung eines perfekten Sohnes entsprechen.«

»Und irgendwo dazwischen kam ich«, flüstere ich, weil jetzt alles Sinn ergibt. Das, was er bei unserem Date gesagt hat. *Die Wut, die ich auf ihn kanalisiert hatte, musste irgendwohin.*

»Irgendwo dazwischen kamst du«, sagt er. »Und ich wurde zu einem unerträglichen Arschloch.«

»Aber weißt du, was?«, sage ich beinahe triumphal, denn nicht nur er hat mich als Katalysator benutzt. Ich denke an den Abend vor zweieinhalb Monaten, als Effie, Fiona und Henry über meine Reaktion auf Boyd gesprochen haben. Wie sie sagten, ich würde lebendiger wirken, wenn ich auf ihn wütend wäre, dass er etwas in meinem Gehirn freisetzen würde. Etwas Spontanes. »Durch dein Dasein als unerträgliches Arschloch hast du mir beigebracht, den Nervenkitzel zu genießen.«

»Nein, das verwechselst du. Das habe ich in Edinburgh gesagt, damit du mich dich noch mal küssen lässt.«

»Das mag sein, aber ich habe schon viel früher angefangen, den Nervenkitzel zu genießen.«

»Heißt das, ich sollte mal wieder ein bisschen arschlochmäßiger sein? Nessa Linklater?«

»Untersteh dich, Boyd Tulloch, sonst beiße ich dich wieder.«

»Das klingt nach Win-win«, sagt er, und ich höre das breite Grinsen aus seiner Stimme heraus.

»Schhhh«, mache ich. »Du verdirbst die Möwen mit deinem kapitalistischen Gerede.«

Zurück im Auto, will Boyd gerade den Zündschlüssel umdrehen, da überlegt er es sich anders und sieht mich noch einmal an. »Ich meine es ernst, Nessa. Wir finden eine Lösung für Golden Plover. Und wenn ich eigenhändig die Maklerfirma bestechen muss.«

»Jetzt verdirbst du auch noch die Goldregenpfeifer«, sage ich, doch weil ich viel zu gerührt bin, kann ich über meinen eigenen Witz nicht einmal lachen. Stattdessen beuge ich mich zu Boyd und küsse ihn. Langsam und ausgiebig und so, als müsse ich seinen Geschmack so tief in mich aufsaugen, dass da nichts mehr ist als nur noch er. Nur noch Boyd.

32

Boyd war die letzten Tage in Edinburgh, um sich um die ominöse Kleinigkeit zu kümmern, und es ist das erste Mal in meinem Leben, dass mir jemand auf diese romantische Art und Weise fehlt. So richtig mit allem, was dazugehört. So, dass es in meinem Körper zieht, wenn ich an ihn denke. So, dass ich abends noch einmal die Nachrichten lese, die wir tagsüber ausgetauscht haben. Es sind nicht viele, weil Boyd einen Termin nach dem nächsten hat. Dennoch sauge ich sie auf wie ein Schwamm und fühle mich ein bisschen teenagermäßig dabei, wie ich Herzklopfen bekomme, wenn mein Handy vibriert. Mein letzter Gedanke vor dem Einschlafen gilt ihm und mein erster, wenn ich morgens aufwache, auch. Es ist albern, aber gleichzeitig ist es schön – und unausweichlich, sodass ich mich einfach in mein neues, sehr verliebtes Schicksal ergebe.

»Woran Nessa wohl denkt«, sagt Effie und nimmt sich die Brombeermarmelade von der Tischmitte.

Fiona grinst wissend, schlürft einen Schluck Tee.

»So offensichtlich?«, frage ich und werde mir erst jetzt bewusst, dass ich während der letzten Minuten ganz verträumt vor mich hin gestarrt habe. Auf den Frühstückstisch, auf dem die Sonne, die durch die Fensterfront fällt, ein herrliches Spiel mit den Schatten veranstaltet. Auf Effie und Fiona, auf mein gebuttertes Scone. Und dass ich dennoch nichts davon wirklich wahrgenommen habe.

»Offensichtlicher wäre es nur, wenn du ein Banner aufgehängt hättest, auf dem steht ›Ich habe unkeusche Gedanken an Boyd Tulloch‹«, sagt Effie. »Nein, halt, das hast du ja. Metaphorisch zumindest.«

»Sie waren gar nicht mal so unkeusch. Sie waren eher ...« Ich denke nach. »Erst allgemein-verblüfft und dann kapitulierend-pubertär.«

»Die beste Mischung.« Effie nickt, als wüsste sie, wovon ich spreche.

»Wann kommt er wieder?«, fragt Fiona mit vollem Mund.

»Heute irgendwann. Er meldet sich, wenn er im Flugzeug sitzt. Kann sein, dass sein letzter Termin länger dauert.«

Ich will wie automatisch nach meinem Handy greifen, da fällt mir auf, dass ich es oben auf meinem Nachttisch am Ladekabel gelassen habe. Ich spiele mit dem Gedanken, es sofort zu holen, doch dann entscheide ich, dass es Zeit hat. Dass ich lieber das Frühstück mit meinen Schwestern genießen will. Wir haben nicht mehr oft die Gelegenheit dazu. Unter der Woche muss immer mindestens eine von uns früh aus dem Haus – Fiona zur Frühschicht in den *Drawing Room,* Effie zu Dr Beattie oder in die Zentrale der Seenotrettung und ich an irgendeinen wenig versprechenden Ort für Golden Plover. Am Wochenende ist Fiona oft bei Connal. Und ich werde in Zukunft oft bei Boyd sein. Oder er bei mir. Wieder zieht es in meinem ganzen Körper auf diese wundersame, wunderbare Art. Frühlingsgefühle im Frühling. Ich fühle mich wie ein wandelndes, liebeskrankes Klischee.

»Und weg ist sie«, sagt Effie, und sie und Fiona lachen.

Erneut fühle ich mich ertappt und widme mich seltsam schuldbewusst meinem Frühstück. Wenn doch der heutige Morgen ein schöner Schwesternmoment ist, warum kann ich dann nicht in genau diesem Moment sein? Es kann doch nicht so schwer sein, meine Gedanken einmal von Boyd loszureißen.

Bevor meine Sehnsucht eine neue Boyd-Runde drehen kann, werde ich dankenswerterweise vom Klappern des Briefkastens ins Hier und Jetzt zurückgerissen. Magnus Tait beginnt seine tägliche Runde in Lerwick und arbeitet sich dann nach Norden vor.

»Oh, vielleicht sind meine neuen Strickmuster dabei.« Effie steht auf und hüpft beinahe in den Flur. »Meh. Leider nicht.« Sie kehrt zurück und legt zwei Briefe vor Fiona und die neueste Ausgabe von *The World of Whisky* neben meinen Teller.

Gerade will ich sie wegschieben, um nicht auch noch davon abgelenkt zu sein, da fällt mein Blick auf einen Namen auf dem Cover. *Boyd Tulloch.* So viel zu meinem Vorsatz, mich ganz und gar auf Fiona und Effie zu konzentrieren. Aber ich kann nun mal nichts gegen die alberne Verliebtheit tun.

»Ach, krass, das ist die Ausgabe mit Boyds Interview«, sage ich, und obwohl ich so sehr versuche, im Hier und Jetzt zu sein, hüpft mein Herz ebenso leicht wie Effie eben.

»Das, bei dem er dich rausgekickt hat?«, fragt Fiona.

»Ebenjenes.« Ich verdrehe die Augen, aber einen wirklichen Groll hege ich nicht mehr, jetzt, da ich weiß, was zwischen uns stand. »Eigentlich sollte es erst nächsten Monat erscheinen.« Mit gerunzelter Stirn gebe ich nun doch der Neugierde nach und blättere zu dem, wie auf dem Cover beschrieben wird, *großen Enthüllungsinterview mit Schottlands Shootingstar der Whiskyszene.*

»Was sagt er, was sagt er?«, fragt Effie, und ihre Ungeduld ist die perfekte Rechtfertigung, das Interview sofort zu lesen.

Von der ersten Seite blickt Boyd mir entgegen. Sie haben ihn toll in Szene gesetzt. Beinahe sieht er aus wie ein Model. Enger schwarzer Rollkragenpulli, darüber ein Sakko. Er sitzt auf einem schwarzen Würfel, die Fingerspitzen aneinandergelegt, das Gesicht ernst, grüblerisch. Neben ihm auf dem Boden stehen eine Flasche Tulloch und ein zwei Finger breit eingeschenktes Whiskyglas. Ohne dass ich so recht weiß, was ich tue, fahre ich mit dem Finger über sein Gesicht, sein linkes, leicht abstehendes Ohr.

»Dein Freund ist heiß«, sagt Effie, die auf einmal neben mir aufgetaucht ist, mit einem Kichern.

»Ist er.« Auch ich muss glucksen. Vor Freude, vor Aufregung, vor Verliebtheit.

Der Whisky hat uns als Familie über Generationen geformt, ist die Überschrift – in schnörkellosen schwarzen Lettern neben sein Bild gedruckt –, und ja, das beschreibt die Familie Tulloch ziemlich perfekt, wie ich finde.

Die ersten Fragen drehen sich allesamt um Boyd und seine Beziehung zum Whisky, zur Familie, zu seiner Herkunft. Er gibt kluge, reflektierte Antworten, und beinahe kann ich ihn hören, wenn er sagt: *Solange ich das Familienwohl im Blick behalte, treffe ich überlegte Entscheidungen.*

»Ooooh, hör mal, Fiona«, sagt Effie und liest vor. Dabei versucht sie, sexy oder verrucht zu klingen. *»Ein guter Whisky ist wie eine Reise für die Geschmacksnerven. Eine Achterbahnfahrt, ein Abenteuer.«* Sie seufzt theatralisch. »Es klingt beinahe versaut, wenn man sich vorstellt, wie er das sagt.«

»Effie«, ermahne ich sie, aber wenn ich ehrlich bin, macht es mich auch ein bisschen an, mir diese Worte aus Boyds Mund vorzustellen.

»So wie der Whisky meine Familie zu dem gemacht hat, was sie heute ist, so hat er auch mich zu dem Menschen gemacht, der ich heute bin. Hach! Nessa, das könnte man einfach auch genauso über dich sagen.«

»Na ja.« Ich winke ab. Denn mich hat vor allem alles andere zu dem Menschen gemacht, der ich heute bin. Der Whisky war eher eine Befreiung davon. Eine Befreiung, die sich manchmal, wenn die Hindernisse größer als die Erfüllung werden, wie eine Bürde anfühlt.

»Haha, hier, das ist wohl nicht mehr so ganz aktuell, schätze ich. *Das klingt, als wäre in Ihrem Leben kein Platz für eine Liebe neben dem Whisky.*« Jetzt verstellt Effie ihre Stimme, versucht, zu klingen wie Boyd. *»Sie haben recht, ich bin Single. Und ja, eventuell war meine Leidenschaft für den Whisky auch der Grund für das ein oder andere Scheitern einer Beziehung.«*

Ich denke daran, was Boyd mir über seine Beziehung mit Vicki erzählt hat. »Seine Ex-Freundin hatte wohl kein Verständnis für seine Whiskyleidenschaft.«

»Wie gut, dass er jetzt dich hat«, sagt Fiona, und im Stillen gebe ich ihr recht und füge hinzu: *Und wie gut, dass ich jetzt ihn habe.* Denn die Erfüllung einer Leidenschaft ist doppelt so schön, wenn man sie teilt.

»Haha, und schau mal, er hat dich halt schon vor Monaten als seine Traumfrau beschrieben.« Effie tippt mit dem Finger auf seine nächste Antwort, und ich lese gebannt.

Ich denke, zunächst einmal sollte eine Frau nicht mit dem Whisky konkurrieren, steht da. *Das wäre ein frustrierendes Unterfangen für sie. Wenn sie meine Begeisterung nicht teilt, sollte sie vermutlich wenigstens ein zeitintensives Hobby haben.*

»Gut, dass ihr in Edinburgh gerafft habt, dass ihr perfekt füreinander seid.« Und das stimmt wohl.

Auf den nächsten Seiten sind weitere Fotos aus der Reihe

abgebildet. Boyd, der beinahe erlöst lacht, Boyd, der leidenschaftlich gestikuliert, Boyd, der sehr ernsthaft nicht in die Kamera blickt.

Ich habe meinen Vater immer sehr bewundert, lese ich weiter. *Allerdings müssen Sie wissen, dass Bryson Tulloch sehr sparsam mit seiner Anerkennung ist.* Ich beginne, zu verstehen, warum dieses Interview als »Enthüllung« angekündigt wurde, und blicke erneut auf das ernste Bild von ihm. *Dieser Kampf um Anerkennung war für mich von Anfang an ein verlorener.*

Bei der Antwort auf die Frage nach einem besonders schmerzhaften Moment in der Beziehung zu seinem Vater schlucke ich. Denn hier geht es offensichtlich um mich. *Das war der Moment, in dem ich erlebte, dass der Mann, der für seinen Sohn kein einziges lobendes Wort übrig hatte, sehr wohl zu Wertschätzung und Anerkennung in der Lage war – nur eben nicht mir gegenüber. Denn damit sagte er mir unmissverständlich, dass ich für ihn wertlos war.* Mein Herz sticht. Für Boyd. Für die Jahre, in denen wir uns hassten. Hassen mussten. Weil das Gift, das das Patriarchat versprühte, es ihm unmöglich machte, mich als mich zu sehen.

Mein Blick fällt auf das Foto, auf dem er erleichtert lacht. Beinahe, als hätte er sich befreit. Dann lese ich die nächste Antwort, und es fällt mir wie Schuppen von den Augen. Denn er *hat* sich befreit. *Mein Vater ist schwer dement,* steht dort, und ich denke daran, was Boyd über die Geheimnistuerei seiner Mutter gesagt hat. Dass Jamie keine Freundinnen mit nach Hause bringen könne, dass seine Mutter das Haus nicht verlasse, dass er allein verantwortlich für alles sei. Und ich verstehe, dass dieser Schritt an die Öffentlichkeit zwar ein drastischer ist, aber gleichzeitig eine Chance. Weil seine Mutter vor vollendete Tatsachen gestellt wird, so wie Jamie sie neulich mit meinem Besuch vor vollendete Tatsachen stellte.

Weil die Hilflosigkeit manchmal in Drastisches umschlagen muss.

Im nächsten Absatz bestätigt er genau das, und mich überkommt ein warmes Gefühl des Stolzes. Er hat es getan. *Wäre es nach mir gegangen, hätten wir von Anfang an mit offenen Karten gespielt.* Und genau so hat er unsere Beziehung begonnen. Mit offenen Karten. *Ich bin kein Freund von Geheimnissen. Sie fressen Familien von innen auf, verseuchen das Klima.* Ich schlucke. *Dieses Interview, die Tatsache, dass ich öffentlich darüber spreche, ist meine Art, damit umzugehen. Meine Art, die Familie Tulloch zu befreien.*

Effie sieht mich an. Dann blickt sie wieder auf das Interview. Beinahe flüsternd liest sie: »*Die Gerüchte, die sich in den letzten Jahren um meinen Vater, unsere Familie, die Ehe meiner Eltern rankten, haben uns zu viel gekostet. Kraft, Freude, Energie, die wir dringend für Bryson und füreinander brauchen.* O Gott, ist das herzzerreißend!«

Ich nicke. Denn das ist es. Es ist herzzerreißend, dass ein Vater nicht in der Lage ist, seinem Sohn zu zeigen, dass er ihn liebt. Es ist herzzerreißend, dass ein Vater nicht mehr in der Lage ist, wiedergutzumachen, was er versäumt hat. Es ist herzzerreißend, dass eine Ehefrau lieber schmerzhafte Gerüchte erträgt, als eine traurige Wahrheit auszusprechen. Es ist herzzerreißend, dass eine Vierzehnjährige kein normales Leben führen kann. Und es ist herzzerreißend, dass Boyd all das alleine stemmen muss, ebenso wie es herzzerreißend ist, dass ich alles alleine stemmen muss. *Musste.* Vergangenheit. Denn während die Erfüllung einer Leidenschaft doppelt so schön ist, wenn man sie teilt, ist diese und jede andere Bürde auf einmal nur noch halb so schwer.

Ich blättere noch einmal um. Und das Bild, das mir von der letzten Seite des Interviews entgegenblickt, ist anders. Ist kälter. Ist … arroganter? Ich verstehe nicht, warum sie sich für dieses Bild entschieden haben, wo Boyd doch auf allen anderen so lebendig und schön aussieht. Beinahe meine ich, den alten Boyd auf dem Bild zu erkennen, und mir jagt ein Schauder über den Rücken.

Können Sie uns einen kurzen exklusiven Einblick in Ihre Pläne, in die Zukunft von Tulloch geben?

In diesem Moment klingelt Effies Handy. Sie verlässt ihren Platz neben mir, runzelt die Stirn. Ich lese. Lese, und in mir verknotet sich etwas. Ein dicker, fetter Kloß bildet sich in meinem Hals und wird größer und noch größer.

»Hä? Wieso ruft Boyd *mich* an?«, fragt Effie, doch ich nehme es kaum wahr, so laut rauscht das Blut in meinen Ohren. Ich lese. Und lese noch einmal. Und noch einmal. Und mit jedem Lesen klatscht mir eine neue eiskalte Welle ins Gesicht, die mir die Luft zum Atmen raubt.

Können Sie uns einen kurzen exklusiven Einblick in Ihre Pläne, in die Zukunft von Tulloch geben?

Boyd Tulloch: Ich möchte in Zukunft verstärkt Tradition und Moderne verbinden. Das bedeutet konkret, dass wir sowohl unsere altbekannten und bewährten Produkte weitervertreiben als auch Neues wagen. Es gibt in diesem Land so viele kleine Destillerien, die spannende Innovationen auf den Markt bringen, die Risiken eingehen, Experimente wagen. Das kann ein so traditioneller Betrieb wie die Tulloch Distillery erst einmal nur bedingt darstellen, weil unser Whisky bereits die Marke ist. Die Menschen haben Erwartungen an uns – und diese Erwartungen sind das Bekannte. Dennoch dürfen wir nicht stehen bleiben. Deswegen habe ich vor, eine eigene kleine Whiskylinie zu entwickeln. Kleine Batches, besondere Zutaten, besondere Reifung. Unter dem Label Tulloch Refined sollen in den nächsten Jahren verschiedene neue Whiskys auf den Markt kommen. Für dieses Vorhaben war ich lange auf der Suche nach dem perfekten Standort, um den neuen, jungen Spirit auch durch die Umgebung spürbar zu machen. Jetzt bin ich fündig geworden und kann stolz verkünden, dass ich die perfekte Immobilie dafür erworben habe. Am Rand von Lerwick und praktischerweise nicht weit entfernt vom Reitstall, in dem meine kleine Schwester trainiert. Die familiäre Nähe, der Zusammenhalt bleibt weiterhin zentral. Sie dürfen also gespannt sein.

33

Nein. Das ist unmöglich. Es muss sich um einen Zufall handeln. Es gibt jede Menge Hallen am Rand von Lerwick in der Nähe von Jamies Reitschule. Oder? Aber wie viele von ihnen standen in den letzten Monaten zum Verkauf? Ich kann es nicht glauben. Kann es nicht fassen. Will es nicht glauben, fasse es nicht. Mir ist schlecht. Richtig schlecht. So schlecht, dass ich mir den Bauch halte. Doch nicht einmal das ist mir richtig bewusst. Ich starre auf die Seite, auf das Bild von Boyd, das echte. Auf den echten Boyd. Auf die Worte, die aus seinem Mund kamen, die abgedruckt wurden, begreife langsam.

»Nessa?«, fragt Effie, und ich sehe auf. Wie in Zeitlupe.

Sie hat ihr Handy in der Hand. Sagte sie, Boyd würde anrufen? Ist sie drangegangen? Ich erinnere mich nicht. Alles, was ich weiß, ist, dass ich wissen muss, ob mein Verdacht der Wahrheit entspricht. Ob er … hat er … Aber wir haben die Karten auf den Tisch gelegt! Alle Karten?

»Ich mach den Lautsprecher an«, sagt Effie, und im nächsten Moment ertönt Boyds Stimme, leicht verzerrt, aber doch schmerzhaft real.

»Effie, hörst du mich? Nessa darf das Interview nicht lesen. Kannst du dafür sorgen? Ich erreiche sie nicht, sonst … verdammt. Kannst du diese beschissene Zeitschrift abfangen? Es ist wirklich wichtig.«

Es ist wirklich wichtig. Mein Kopf verarbeitet das Gehörte nicht. Er nimmt nur wahr, aber auch das nur gedämpft. Als wäre ich unter Wasser. Er will nicht, dass ich es lese. Er will nicht, dass ich die Schlüsse ziehe, die ich unweigerlich ziehen muss. Bedeutet das, es ist wahr?

»Effie, hörst du mich?« Beim Klang seiner Stimme gebe ich ein würgendes Geräusch von mir.

»Ich hör dich, Boyd«, sagt Effie. »Aber hier ist grad was passiert, glaube ich.«

»Was ist? Effie?«

»Ihr müsst das selbst klären, Boyd«, sagt sie, in der Stimme Überforderung und Hilflosigkeit. »Ich leg jetzt auf.«

»Nein, warte, Effie, kann ich mit Nessa …« Doch sie beendet den Anruf einfach.

»Nessa, was ist?«, fragt Fiona und setzt sich neben mich. Effie kommt auf die andere Seite.

Kraftlos schiebe ich das Interview von mir und lasse den Kopf auf meine Arme sinken. Mir ist so heiß. Und kalt gleichzeitig. Ich bin so müde. Und wach gleichzeitig. Ich sehe so klar. Und verstehe gleichzeitig nichts. Nichts. Da ist nichts. Und gleichzeitig, gleichzeitig ist da so viel, dass ich nicht weiß, wo ich anfangen soll. Mit Verstehen, mit Entwirren, mit … Aufraffen?

Wie mechanisch stehe ich auf. Ganz langsam, um mich nicht zu überfordern. Ich schlurfe die Treppe nach oben, ziehe mein Handy vom Ladekabel.

Vierzehn Anrufe in Abwesenheit, drei von Henry, elf von Boyd. Und jede Menge WhatsApp-Nachrichten.

Es ist was passiert, Nessa. Fuck, ich hab richtig Scheiße gebaut. Ruf mich bitte an.

Nessa, das ist wichtig. Bitte, ruf an, wenn du das liest.

Kannst du mir einen Gefallen tun und die neue Ausgabe von The World of Whisky *erst lesen, wenn wir geredet haben?*

Wieso bist du nicht erreichbar? Argh!

Es ist nicht, wie es aussieht, okay? Lass uns reden, bitte!

Ich rufe Effie an.

Ich habe Effies Nummer nicht.

Ich rufe Henry an.

Henry geht nicht an sein Handy. Was ist denn los bei euch?

Jamielee hat mir Effies Nummer gegeben, rufe Effie an.

Ich ignoriere all das. Stattdessen wähle ich die Nummer der Maklerfirma in Edinburgh. Ich brauche Gewissheit, auch wenn Boyds Reaktion eigentlich für sich spricht.

»Mein Name ist Nessa Linklater, und ich würde gerne eine Information über eine Immobilie einholen«, sage ich, und meine Stimme klingt belegt. Fremd. Ich nenne die Adresse, und die Frau am anderen Ende der Leitung verbindet mich mit dem zuständigen Makler.

»Mein Name ist Nessa Linklater, und ich würde gern eine Information über eine Immobilie einholen«, spule ich den Text noch einmal ab. »17 Cunningham Way.«

»Jep, das ist eine von meinen«, sagt der Kerl am anderen Ende der Leitung. »Im allseits beliebten Lerwitch.« Es klingt wie Ler*witch.*

»Können Sie mir sagen, wer die Immobilie gekauft hat?«

»Darf ich fragen, wer Sie sind?«

»Ich ... bin die Pächterin«, antworte ich und muss mich auf mein Bett setzen, weil sich meine Eingeweide so fest verknoten, dass ich Sorge habe, einfach umzukippen.

»Ich bin leider nicht befugt, Ihnen diese Information zu

geben. Aber der neue Besitzer wird sich bestimmt bald mit Ihnen in Verbindung setzen.«

»Es ist wirklich wichtig.« Ich klinge flehend. Schwach.

»So überzeugend das ist, aber ich kriege richtig Ärger, wenn das rauskommt.«

»Bitte?«, piepse ich, während Tränen in meine Augen treten. Aber ich darf nicht weinen. Weinen kostet zu viel Energie. Wenn ich anfange zu weinen, klappe ich einfach zusammen.

Am anderen Ende der Leitung herrscht Stille. Dann: »Von mir haben Sie das nicht.«

»Ich kenne ja nicht mal Ihren Namen.«

»Wenn ich Ihnen das jetzt sage, wird das auch so bleiben. Und dann verpassen Sie was. Ich habe einen echt schönen Namen.«

Für derartige Witze habe ich gerade keine Kapazitäten. Ich atme tief ein, kralle meine freie Hand in die Bettdecke.

»Also. Der Käufer von 17 Cunningham Way in Lerwitch, bla, bla, ja, uninteressant, wo haben wir's denn, ha. Bingo. Ein gewisser Boyd Tulloch.«

Das gesamte Innere meines Körpers tut einen harten Rums, als es nach unten sackt, und ich beginne zu zittern.

»Ich hoffe, das hilft Ihnen weiter, Nessa. Das sind doch Sie, oder? Die Pächterin? Wie gesagt, er wird sich sicher mit Ihnen ...«

Doch ich lasse ihn nicht ausreden. Mit einem geflüsterten »Danke« fällt mir das Handy aus der Hand.

»Ach du Scheiße«, sagt auf einmal Effies Stimme von der Tür.

Und auch Fiona gibt ein erschrockenes Keuchen von sich. »Das ist ja nicht zu fassen!«

Meine alte Kommode. Der graue Teppichboden. Sonnenstrahlen, in denen Staub tanzt. Mein Blick will sich an irgendetwas festhalten, springt jedoch nur wild hin und her.

»Hallo?«, fragt eine Stimme von unten. Es ist Henry. »Jemand da?«

»Wir sind hier oben«, antwortet Fiona, und obwohl es mir übermenschliche Anstrengung abverlangt, gelingt es mir, meinen Kopf zu heben.

»Ich hab's gelesen«, sagt Henry. »Also stimmt es wirklich?« Im nächsten Moment ist er neben mir und legt seinen Arm um mich. Er drückt mich fest an sich, und ich lasse den Kopf auf seine Schulter sinken. Zu müde, um ihn selbst zu halten.

»Ich kann das nicht glauben«, sagt Effie. »Das war der alte Boyd. Der fiese Boyd. Aber so ist er doch nicht mehr. So war er doch nicht. Nessa?«

Mit geschlossenen Augen schüttle ich kaum merklich den Kopf. Ich bin nicht in der Lage, darüber nachzudenken. Ich weiß nicht, was das alles zu bedeuten hat. Oder ich weiß es, kann es aber nicht verarbeiten. Meine Gedanken rasen und stehen gleichzeitig still.

Henry wiegt uns sanft hin und her. Doch selbst diese Bewegung ist eigentlich schon zu viel. Ich fühle mich seekrank. Seekrank unter Wasser.

Für einen Moment oder eine Ewigkeit – es verschwimmt alles in meinem Gedankenwust – schweigen wir. Manchmal hört man das Geräusch von Bewegung. Jemand verändert die Position. Jemand fährt sich durch die Haare. Jemand räuspert sich leise. Jemand schluchzt. Das bin ich.

»Nessa«, sagt Henry und klingt einigermaßen verzweifelt.

Es muss hart sein, wenn ich mich auflöse, kommt es mir in den Sinn. Schließlich bin ich sonst immer diejenige, die andere sich Auflösende auffängt.

»Das ist sicher ein Missverständnis. Das wird wieder.« Es ist Effie. »Ich weiß das.«

Ich öffne meine Augen, wische mir eine Träne von der Wange. Ich will keine Energie aufs Weinen verschwenden. Will nicht einfach umfallen. Aber das wird unweigerlich passieren.

Ich blicke in Effies große, hoffnungsvolle Augen, in Fionas sorgenvolle. Rutsche ein Stück von Henry weg, um auch ihn ansehen zu können. Dann atme ich einmal tief ein und sage mit rauer Stimme: »Es spielt keine Rolle.«

»Was spielt keine Rolle?« Effie kniet sich vor mich, legt erst eine Hand, dann ihren Kopf auf mein Knie.

»Ob es ein Missverständnis ist.« Ich schlucke. »Denn entweder ist er das Arschloch, von dem wir wussten, dass er's ist.« Ein weiterer Atemzug unterbricht mich. Es ist, als müsste ich mich sogar daran erinnern, dass ich Sauerstoff brauche. »Oder er hat mich bewusst im Dunkeln gelassen, obwohl wir gesagt haben ...« Einatmen, ausatmen. Und noch mal. »... dass wir mit offenen Karten spielen. Er wusste, dass er die Halle gekauft hat, in der sich meine Destillerie befindet. Und er hat es nicht gesagt.«

»Fuck. So hab ich's noch gar nicht gesehen«, sagt Effie und hebt ihren Kopf von meinem Knie.

»Ich muss mich hinlegen«, murmle ich. »Nein, halt, ich muss rüber nach Veensgart, ein leer stehendes Gebäude ... weil dieses ...« Ich möchte Arschloch sagen, aber es kommt mir nicht über die Lippen. Ich mache Anstalten, mich aufzurichten, sacke jedoch einfach wieder zurück auf mein Bett.

»Das kann ich erledigen«, sagt Henry. »Du rollst dich hier zusammen.«

»Ich rufe Edith an, sie übernimmt auf jeden Fall meine

Schicht heute Nachmittag.« Fiona erhebt sich, um im *Drawing Room* anzurufen.

»Ist nicht nötig«, sage ich, doch es ist so leise, dass niemand Notiz von mir nimmt.

»Ich muss heute Nachmittag in die Schule, aber nur für ein paar Stunden.« Effie streicht erneut über mein Knie.

»Bis dahin bin ich aus Veensgart zurück. Vielleicht mit guten Neuigkeiten.« Die Hoffnung in Henrys Stimme rührt mich, doch ich glaube nicht daran. Schon auf den Bildern, die mir der Vermieter zugeschickt hat, sah die Halle alles andere als vielversprechend aus.

»Ich kann allein sein«, versuche ich es noch mal.

»Das wissen wir. Aber du musst nicht allein sein. Das ist das Gute«, erwidert Effie.

Ich lasse mich einfach zur Seite sinken, und Effie deckt mich zu und steckt die Decke liebevoll um mich fest.

»Soll ich dich anrufen, wenn ich in Veensgart bin?«, fragt Henry. »Oder reicht dir meine Einschätzung?«

»Einschätzung reicht.«

Mein Handy vibriert, und Henry hebt es vom Boden auf. *»Nessa, ich glaube, du hast das Interview gelesen. Ich will das nicht per WhatsApp klären. Ich steige in den nächsten Flieger und komme direkt zu dir. Es wird alles gut, das verspreche ich«*, liest Henry.

»Er kommt«, würge ich hervor.

Mein ganzer Körper wummert auf eine sehr merkwürdige, irgendwie taube Art. Ich konzentriere mich aufs Atmen. Es muss mir gelingen, meine Gedanken zu ordnen. Für mich selbst brauche ich Ordnung. Ordnung im Kopf, weil Ordnung in meinem Herzen gerade nicht funktioniert.

Boyd hat dieses Grundstück und meine Halle gekauft. Das ist ein Fakt. Boyd hat mich belogen. Auch das ist ein Fakt. Boyd wusste, was er tat. Wieder ein Fakt. Er hatte die

Gelegenheit, ehrlich zu sein. Fakt. Er hat sich dazu entschieden, mich im Unklaren zu lassen. Fakt. Er hat noch heute Morgen versucht, mich davon abzuhalten, die Wahrheit zu erfahren. Fakt.

Boyd wollte mich zerstören – und will es noch? Spekulation, aber nicht unmöglich. Nichts von alldem, was seit Edinburgh geschehen ist, war real. Spekulation, verursacht unerträgliche Schmerzen überall in meinem Körper. Macht, dass ich mich übergeben will. Dass ich nicht mehr atmen kann. Er ist eine feige Sau. Das ist ein Fakt und gehört in die erste Kategorie. Die Frage ist nur, besteht die Feigheit darin, nicht mit mir konkurrieren zu wollen, oder mir nicht die Wahrheit sagen zu können?

Wie man es dreht und wendet, Boyd ist ... Ich kann mich nicht dazu durchringen, den Gedanken zu Ende zu denken. Aber ich muss. Muss mich zwingen. Boyd ist ... Boyd ist ... Boyd ist ... der letzte Mensch, den ich sehen will. Der letzte Mensch, dem ich vertrauen kann. Der letzte Mensch.

Ich würde gerne etwas Kleines, etwas Eigenes machen. Etwas, das ich mir überlegt habe. Etwas Besonderes. Etwas, über das die Leute sagen, »das hat Boyd gemacht«. Das waren seine Worte. Und ja, jetzt kann man tatsächlich sagen, das hat Boyd gemacht. Das hat Boyd mir angetan.

Deine Probleme sind meine Probleme, schießt es mir durch den Kopf. Ja, weil du mein Problem bist. Meine Probleme sind das, was sie immer waren. *Meine* Probleme. Und das größte, das lauteste von ihnen, ist Boyd Tulloch. Dieser so bekannte Gedanke lässt mich einen Moment lang einnicken.

Ich wate ins Wasser, ein Mädchen an der Hand. Ich wate immer weiter. Weiß nicht, warum, weiß nicht, wohin, weiß, ich muss ins Wasser. Meine Kleider sind nass, saugen sich voll mit Wasser. Sie werden schwer. Immer schwerer. Die kleine Hand klammert sich an meine Finger, ich umfasse sie fester. Alles ist nass. Alles ist so kalt. Mir ist kalt. Unter meinem Fuß ist ein Stein, er ist glatt, er ist glitschig, ich rutsche ab, fange mich gerade noch einmal, darf die Hand nicht loslassen, muss weiter. In der Ferne grollt ein Unwetter. Gewitterwolken ziehen am Himmel auf. Der Wind bläst mir ins Gesicht, fährt mir durch die Haare und in die Knochen. Wellen rollen auf uns zu. Sie wachsen an. Je weiter wir vorankommen, desto größer, unbezwingbarer scheinen sie. Sie reichen mir bis zum Hals, und das bedeutet, dass das Mädchen schon unter Wasser sein muss. Ich zerre an ihr, sie taucht hustend auf. Ich bin nicht schnell genug. Muss uns, muss sie in Sicherheit bringen. Doch ich bin zu schwach. Dort hinten sehe ich etwas. Ein Ruderboot. Ein Hoffnungsschimmer. Wenn wir nur dorthin gelangen könnten. Ich rufe, doch es kommt kein Ton aus meiner Kehle. Ich winke, aber der Mann, der im Boot sitzt, sieht mich nicht. Ich kneife die Augen zusammen, um besser sehen zu können. Ist das mein Dad? Es ist mein Dad! Er muss mich sehen. Er muss uns helfen. Doch er reagiert nicht. Im Gegenteil, er ist vollkommen unbeweglich, rudert nicht einmal, wird einfach von den Wellen weggetragen. Wieder will ich schreien. Ihn wachrütteln. Doch ich kriege es nicht hin. Wasser schwappt über mich, über das Mädchen. Erneut muss ich sie zurück an die Oberfläche ziehen. Ich kriege kaltes Salzwasser in den Mund, huste. Die Wellen werden höher. *Das ist ein Traum.* Werden höher und mächtiger. Ich bin wehrlos. *Das ist nur ein Traum. Du kennst diesen Traum.* Das Mädchen und ich werden von der nächsten Welle nach unten gezogen, auf den Meeresgrund. *Wach auf, Nessa. Du kannst einfach aufwachen.* Ich kämpfe mich wieder nach oben. Strample, werde nach unten gezogen, stoße mich vom Grund ab. *Wach auf, Nessa. Doch ich will nicht aufwachen. Denn was, wenn die Wirklichkeit noch schmerzhafter ist als ein Albtraum?* Die nächste Welle. Ich schlucke Wasser. Ich ergebe mich. Ich will nicht, aber ich muss die Hand loslassen. *Wach auf, Nessa.* Ich habe versagt, und der Schmerz über diese Erkenntnis paart sich mit dem Schmerz in meiner Lunge. *Wach auf, Nessa.*

»Wach auf, Nessa.«

34

»Nessa, wach auf.« Fiona rüttelt sanft an meiner Schulter. »Nessa? Boyd ist hier.«

»Aber duhastihnnichreingelassenoder?«, nuschle ich orientierungslos. Gerade noch bin ich in meinem Traum fast ertrunken. Jetzt bin ich schlaftrunken.

»Ich fürchte, er hat mit mir das schwächste Glied erwischt.« Sie sieht mich zerknirscht an und macht eine schuldbewusste Miene.

»Mh-mh«, mache ich leicht panisch und ziehe mir aus purer Hilflosigkeit die Decke über den Kopf. »Nein.« Mein Kopf ist noch nicht richtig wach, aber dass ich Boyd nicht sehen will, weiß ich. Weiß es besser als alles.

»Tut mir leid, Nessa.«

»Nessa!« Im nächsten Moment ist er da. Ich sehe ihn nicht, sehe nur das Dunkel unter meiner Bettdecke. Aber ich höre ihn, seine Stimme, seine lauten, energischen Schritte. »Nessa!«

»Sag ihm, er soll gehen«, wimmere ich unter der Decke. Ich will nicht auftauchen. Kann ihm nicht entgegentreten. Nicht nach all dem. Den Lügen, der Täuschung, den Gefühlen, den Karten auf dem Tisch, dem Problemeteilen.

»Boyd, ich glaube, es ist besser ...«

»Nein. Nein, ich gehe nicht. Ich muss mit dir sprechen, Nessa. Ich wollte nicht ... Also doch, ich wollte, aber dann doch nicht mehr. Ich wollte den Vertrag annullieren lassen, aber das ging nicht, und deswegen habe ich ...«

»Sag. Ihm. Er. Soll. Gehen.« Ich artikuliere jedes Wort so deutlich wie möglich, damit man es trotz der Bettdecke über meinem Kopf hört. Meine Hände umkrampfen den Deckenbezug.

»Boyd ... bitte ...« Fiona klingt viel zu flehend, viel zu unsicher. Sie soll ihn einfach die Treppe runterschubsen.

»Nessa, hör mir zu. Gib mir fünf Minuten. Ich ... kann das erklären.«

Mein Herz schlägt so schnell, dass ich meine, es müsse mir bald aus der Brust springen. Es rast. Und ich rase vor Wut. In einer plötzlichen Bewegung werfe ich die Decke von mir und setze mich auf.

»Den Teufel werde ich tun.« Ich spucke die Worte aus. Sehe ihn an. Er steht in der Mitte meines Zimmers, sein Gesicht blass, blutunterlaufene Augen, hängende Schultern. Er reibt sich hektisch über den Bart, über die Haare.

»Nessa ...« Er macht Anstalten, auf mich zuzukommen, doch ich hebe die Hand, weiche ans Kopfende meines Bettes zurück.

»Bleib, wo du bist, Boyd.« Die Verzweiflung, mit der ich es sage, lässt ihn innehalten.

»Okay, okay.« Er macht eine beschwichtigende Geste. »Es tut mir so leid, Nessa, aber ich ...«

»Ich will das nicht hören, okay? Ich kann das jetzt nicht hören.« Die Worte kommen gepresst, weil ich schon wieder gegen die Tränen ankämpfe. Jetzt nur nicht weinen. Stark sein. Stärker. Ich muss über mich hinauswachsen, wie ich es schon immer tue im Angesicht der höchsten Wellen, die das Leben mir entgegenschleudert.

»Ich bin nach Edinburgh gefahren, um …«

»Halt. Deinen. Mund«, sage ich und stelle überrascht fest, dass ich tatsächlich drohend klinge. Drohend ist gut. Drohend macht, dass er still ist. Drohend macht, dass er noch ein bisschen weiter in sich zusammensinkt. Und wenn er still ist, wenn er in sich zusammensinkt, kann ich sprechen. Kann ich mich aufrichten. »Du hast die Halle gekauft, um mich zu zerstören.«

Er macht Anstalten, etwas zu entgegnen. Aber dann schluckt er es hinunter, weil er weiß, dass er nichts sagen kann, um das hier besser zu machen.

»Dann hast du mit mir geschlafen. An dem Abend …« Mir entfährt ein entsetztes Lachen, als mir die gesamte Tragweite dessen bewusst wird, was ich im Begriff bin auszusprechen. »An dem Abend, als ich erfahren habe, dass die Halle verkauft wurde und meine Pacht nicht verlängert wird. Ich habe mit dir geschlafen, während du …« Ich muss schlucken, weil der Gedanke so unerträglich ist. »… all das wusstest. Weil du es geplant hast. Du hast mich eingelullt. Mit deinen bescheuerten Karten und deinen Dates und …«

Ich werde so wütend, dass ich aufstehen muss. Raum einnehmen muss. Meinen Raum einnehmen muss, in dem er steht. Als Eindringling.

»Du hast mich deiner verfluchten Familie vorgestellt. Während du mich die gesamte Zeit über belogen hast. Du … du … du …« Mit jedem »Du« gehe ich einen Schritt auf ihn zu, bis ich direkt vor ihm stehe. »Du elender Mistkerl!« Ich stoße ihn mit dem Finger in die Brust. »Du hast mich dazu gebracht, mich in dich zu verlieben, du verdammtes Arschloch.« Wieder stoße ich ihn, diesmal mit der ganzen Hand. Er wehrt sich nicht. Weicht einen Schritt zurück. »Obwohl du wusstest, dass du mich und meine Destillerie vor die Tür setzen würdest, du verfluchter Wichser.«

Ich kann mich nicht erinnern, jemals solche Ausdrücke in den Mund genommen zu haben. Wieder schubse ich ihn, wieder macht er einen Schritt zurück. Er lässt es einfach geschehen. Lässt mich einfach wüten. Und es tut gut. Es ist befreiend. Es ist schmerzhaft, aber es ist gerade alles, was ich habe.

»Du hast mir von deinem Vater erzählt und mich von meinem Vater erzählen lassen. Und währenddessen hast du mir das einzig Gute, was mein Vater je für mich gemacht hat, weggenommen? Weißt du eigentlich, wie schäbig das ist? Weißt du das, Boyd Tulloch?« Ich sage es, als würde ich ihm seinen Namen direkt vor die Füße kotzen. »Und dann hast du den Nerv, hier aufzutauchen. Gegen den Wunsch meiner kleinen Schwester in unser Haus einzudringen. Gegen meinen Wunsch in mein Zimmer.« Ich stoße ihn. Einmal, zweimal. »Ich will, dass du verschwindest, Boyd Tulloch. Aus meinem Zimmer, aus meinem Haus und aus meinem Leben. Ich will dich nicht mehr sehen.«

Er steht inzwischen in meiner Zimmertür. Schräg hinter ihm hat Fiona ihre Augen weit aufgerissen. Vermutlich ist sie ebenso überrascht von meinem Ausbruch wie ich. Aber war sie nicht diejenige, die gesagt hat, ich hätte ihr so richtig Angst gemacht in Gegenwart von Boyd? Jetzt gerade mache ich nicht nur ihr, sondern auch mir selbst Angst. Aber auf eine Art, die bewirkt, dass ich mich stärker fühle. Stärker als je zuvor, weil ich stärker sein muss, um das hier durchzustehen. Um Boyds Anblick zu ertragen.

»Okay«, sagt er leise. »Du hast recht.« Seine Stimme zittert. »Ich gehe.«

Mit hängendem Kopf und hängenden Schultern läuft er die Treppe hinunter. In der Mitte bleibt er noch einmal stehen, wendet sich um, sieht mich an mit roten Augen und zitternden Mundwinkeln. Er sieht schuldig aus. So elend schuldig.

»Fahr zur Hölle, Boyd, mit deinem Tulloch *Repulsive.*«

Wenige Sekunden später fällt die Tür hinter ihm ins Schloss und hinterlässt eine nahezu gespenstische Stille.

»Wow«, sagt Fiona. »Das war … beeindruckend.«

Doch ich bin so ausgelaugt, dass ich mich einfach an Ort und Stelle auf den Boden plumpsen lasse, die Knie an meine Brust ziehe und den Kopf auf die Knie lege. Vollkommen unkontrolliert beginnen meine Schultern, mein gesamter Körper, zu beben. Aus meiner Kehle kommen erstickte, hohe Schluchzer, gegen die ich absolut machtlos bin. Und mein einziger Gedanke ist: *Das hat Boyd gemacht.*

»Nessa!«, sagt Fiona und kauert im nächsten Moment neben mir. »Hey.« Sie schließt mich in ihre Arme und hält mich.

Irgendwann krabble ich zurück ins Bett und rolle mich wieder unter meiner Decke zusammen. Für einen Moment zerbrechen. Dann aufstehen, weitermachen. Ich kann mir keinen Liebeskummer erlauben. Ich kann mir nicht mal normalen Kummer erlauben. Zu viele Menschen zählen auf mich. Zu viel hängt davon ab, dass ich funktioniere. Auch wenn das für Golden Plover vermutlich nicht mehr gilt. Denn als Henry am Nachmittag zurückkehrt, hat er keine guten Nachrichten.

»Die Lage war nicht schlecht. Das ist aber auch schon das einzig Positive. Das Gebäude ist eine absolute Bruchbude. Es würde Monate dauern, das zu renovieren. Und die Kosten wären horrend.«

»Das war's«, höre ich mich selbst sagen, während Henry sich neben mich legt. »Ich kann nicht mehr.«

»Sag das nicht.« Henry legt seinen Arm um mich.

»Ich meine es ernst, Henry. Es ist zu hart. Ich brauche eine Pause. Von allem.«

»Aber du liebst Golden Plover. *Ich* liebe Golden Plover. Du und ich, das ist zu gut, um aufzuhören.«

»Manchmal reicht das nicht, Henry.«

»Okay, was, wenn ich doch Teilhaber werde? Dann kannst du das nicht allein entscheiden.«

»Henry ...«

»Ich meine es ernst, Nessa. Wenn du mich jetzt noch mal fragst, bin ich bereit. Du und ich. Gleichberechtigt. Geteilte Verantwortung. Und ich werd so was von ein Veto einlegen bei dieser Entscheidung! Das heftigste Veto in der Geschichte der Vetos.«

Mir entfährt ein kraftloses Lachen. »Ich weiß deine Begeisterung wirklich zu schätzen, Henry. Ich fürchte nur, es ist einfach zu spät.«

»Ach was. Das denkst du jetzt nur. Aber es ist nicht zu spät. Es ist sicher nicht zu spät. Ich bin bereit. Daran siehst du, dass es nicht zu spät ist. Im Gegenteil, es ist der perfekte Moment.«

Ich schüttle müde den Kopf an seiner Halsbeuge.

»Okay«, sagt Henry leise. »Du darfst das so sehen. Das ist in Ordnung. Aber die lebensverändernden Entscheidungen treffen wir erst, wenn du dich ausgeruht hast.«

»Man soll aufhören, wenn es am schönsten ist.« Es auszusprechen, gibt dem Kloß in meinem Hals neue Nahrung, und ich habe Schwierigkeiten, zu schlucken. »Und, Henry, es war wunderschön.«

Mit diesen Worten ziehe ich mir die Decke wieder über

den Kopf, um die Welt auszublenden. Um in all dem Chaos – Chaos im Herz und im Kopf – ein bisschen Energie zu tanken für das, was in den nächsten Wochen unweigerlich auf mich zukommt. Inklusive Herzchaos und Kopfchaos.

35

Die nächsten Tage und Wochen vergehen, ohne dass ich es richtig mitbekomme.

Nachts schlafe ich kaum, bin gefangen in einem Kreislauf aus schmerzhaften Wachphasen, in denen mein Herz sticht, und wiederkehrenden Träumen, aus denen ich nach Luft japsend erwache, weil sich im Schlaf meine Lunge mit Wasser gefüllt hat. Die Wellen ziehen mich immer tiefer, immer länger unter Wasser, sodass das Aufwachen jedes Mal ein Moment der Erleichterung ist, bis ich wieder an Boyd Tulloch denke und mir wünsche, erneut im Schlaf zu ertrinken.

Tagsüber bin ich so müde, dass ich mich fühle wie eine leere Hülle, die sich dem Wind ergibt. Hierhin und dorthin geweht wird. Einfach mitzieht, weil sie ohnehin nicht weiß, wohin mit sich.

Henry lässt erst nicht locker. Er übernimmt die Suche nach einem neuen Zuhause für Golden Plover, doch nachdem wir uns noch vier Immobilien angesehen haben, die allesamt nicht infrage kommen, sieht auch er ein, dass es keinen Sinn hat.

»Wir ziehen jetzt die Notbremse«, sage ich, zwei Wochen bevor wir die Halle räumen müssen.

»Und wenn du doch noch mal mit Boyd …«

Aber ich lasse ihn nicht ausreden. »Henry, man muss wissen, wann man verloren hat.« Boyd hat mich in den ersten Tagen ein paarmal versucht, anzurufen. Er hat mir Nachrichten geschickt, bis ich seine Nummer blockiert habe. Die Demütigung, die er mir angetan hat, war zu viel. Deswegen habe ich auch bei ihm die Notbremse gezogen.

Ich lehne meinen Kopf gegen die Wand und schließe die Augen. Wir sitzen auf der Wiese hinter unserer Halle, lassen uns die Sonne auf die Köpfe scheinen. Eine leichte Brise weht frische Meeresluft zu uns, und es ist ein so friedlicher Moment, und dennoch sind meine Gedanken so schwer. Schwer wie mein Kopf, den ich nicht halten will. Schwer wie meine Lider, die ich nicht mehr aufkriege. Schwer wie die Wellen, die heranrollen, meine Füße umspielen. Ich wate ins Wasser. Nicht allein, nein, eine kleine Mädchenhand liegt in meiner. Ich halte sie, ziehe sie mit.

»Nessa?«

»Hm?« Mir war gar nicht aufgefallen, dass ich einen kurzen Moment weggenickt war.

»Okay, das reicht jetzt«, sagt Henry. »Geh nach Hause und ins Bett. Ich übernehme ab hier.«

»Was? Nein, ich bin wach!«, erwidere ich. »Du musst das nicht …«

»Schluss jetzt!« Es ist das erste Mal, dass Henry mir gegenüber laut wird. Das erste Mal in beinahe zwanzig Jahren Freundschaft. »Ich schau mir das nicht länger an.«

»W-was meinst du?«

»Du machst dich kaputt. Du brauchst Ruhe und Schlaf, stattdessen arbeitest du jeden Tag. Aber das ist jetzt vorbei.

Wenn wir ohnehin nur noch die letzten Reste abfüllen und ansonsten unser Equipment verkaufen, kann ich das auch allein.«

»Henry, du musst nicht …«

»Ich *will* aber. Und dich will ich hier nicht mehr sehen. Hast du das verstanden?«

Ich sehe ihn mit weit aufgerissenen Augen an – oder jedenfalls fühlen sie sich weit aufgerissen an. Vermutlich hängen meine Lider trotzdem auf Halbmast.

»Ob du das verstanden hast, Nessa?«

»Ja«, sage ich kleinlaut.

»Sehr gut, dann können wir Freunde bleiben. Zumindest, solange du es dir gut gehen lässt in den nächsten Tagen.«

»Aber wenn du …«

»Abababababap«, macht er. »Ich bringe dich jetzt ins Bett, und da bleibst du.«

Doch zu Hause in meinem Bett ist nichts besser.

»Auf Nessa, auf Golden Plover – unseren Traum, den wir verwirklicht haben, auch wenn er jetzt ausgeträumt ist«, sagt Henry und hebt sein Glas.

»Auf Nessa und Golden Plover«, echot der gesamte Tisch, und mir wird wieder schwer ums Herz. Wobei das nicht stimmt. Mir ist seit zwei Wochen schwer ums Herz. Aber in diesem Moment wird sogar das Drumherum noch ein bisschen schwerer.

»Danke, Henry«, sage ich und nippe an unserer No 3, die wir heute ausnahmsweise im *Hideout* trinken dürfen.

»Wisst ihr schon, was ihr jetzt vorhabt?«, fragt Connal.

»Ich habe mir überlegt, mit meinem Anteil des Preisgelds vielleicht ein bisschen zu reisen«, sagt Henry.

»Wo geht's hin?«

Er grinst, blickt angestrengt auf die dunkle Oberfläche unseres Tischs. »Erst mal nach England.«

»Mein kleiner Bruder, der Abenteurer.« Ben lacht.

»Besuchst du dort zufällig einen gewissen Engländer?«, will Fiona wissen.

»Könnte sein.« Seine Ohren werden ein bisschen rot.

Ich freue mich für Henry. Es ist das Richtige. Für ihn, für mich. Wie er es gesagt hat, wir haben uns einen Traum erfüllt, aber es war eben kein Traum fürs gesamte Leben, sondern nur für ein paar Jahre. Es ist traurig, aber es ist okay, glaube ich. Und dass Henry sich jetzt ein bisschen Zeit nehmen kann, um Charlie wiederzusehen, bestätigt mich nur in meiner Entscheidung. Er hat in den letzten Jahren zu viel aufgegeben für mich und Golden Plover.

»Und du, Nessa?«, fragt Mia, Bens Frau.

»Ich kaufe mir neue Schlafzimmermöbel. Neues Bett, neuer Start.«

»Noch so eine Abenteurerin«, witzelt Ben. »Leute, euch steht die Welt offen, und der eine fährt nach England – ausgerechnet! –, und die andere kauft Möbel?«

Ich zucke mit den Schultern. »Ich wollte nie die Welt«, sage ich. Ich wollte immer nur in Ruhe meinen Whisky machen.

Henry drückt unter dem Tisch meine Hand. Für ihn waren die letzten Tage hart. Dass es auf der ganzen Insel keinen Ort für Golden Plover gibt, dass der Abschied tatsächlich real wird, hat ihn mehr mitgenommen, als ich erwartet hatte. Und dass er nun die gesamte Abwicklung allein stemmt, werde ich ihm nie vergessen. Doch ich sehe ihm an, dass auch er ein dünneres Nervenkostüm hat als sonst. Schon bald wird er allerdings merken, wie gut ihm die Freiheit tut. Und ich werde hoffentlich einfach in einen tiefen hundertjährigen Schlaf fallen. Wie Dornröschen. Nur ohne das alberne Wachküssen, vor allem, weil mein Leben noch nie weiter entfernt von einem Märchen war als jetzt.

In diesem Moment öffnet sich die Tür des *Hideout*, und Effie kommt herein. Ihre Wangen sind rosig, ihr Blick wach. Auf den Lippen liegt wie immer ein Lächeln.

»Entschuldigt die Verspätung«, sagt sie, als sie an unseren Tisch tritt. »Ich habe noch … Nachhilfe gegeben.« Die letzten beiden Wörter murmelt sie nur noch.

»Ist schon okay, Effie.« Denn ich weiß ohnehin, dass sie Jamielee heute gesehen hat. »Du kannst ihren Namen sagen.« Es sticht zwar jedes Mal, wenn ich an Boyd denke, aber ich habe die Hoffnung, dass ich mit der Zeit abstumpfe. Vielleicht bilden Herzen ja auch eine Art Hornhaut, wenn man oft genug in diese eine Stelle sticht.

»Okay gut. Weil … also … die ist echt 'ne harte Nuss.«

»Inwiefern?«, fragt Fiona und rutscht näher zu Connal, damit Effie noch einen Stuhl an unseren Tisch quetschen kann.

»Sie hat zwei Wutanfälle gekriegt, einmal das Buch durch den ganzen Raum geworfen. Und alles nur, weil sie nicht versteht, wie Gleichungen funktionieren. Dabei habe ich es ihr wieder und wieder erklärt. Pubertät ist ein Arsch!«

Ich verschlucke mich fast an meinem Bier, und auch Fiona grinst in sich hinein. »Amen«, sage ich und grinse sie an. »Aber wir hatten dich trotzdem lieb. Nur an manchen Tagen ein bisschen weniger.«

Effie macht Anstalten, etwas zu sagen, doch dann schluckt sie es hinunter.

Wir unterhalten uns eine Weile über dies und das. Mia, die den ganzen Abend schon an einem Ginger Ale nippt, verkündet irgendwann, dass sie mit dem zweiten Kind schwanger ist. Ben glüht beinahe vor Stolz. Mein Blick flackert zu Fiona und Connal, doch in ihren Augen lese ich nichts als ehrliche Freude. Da ist kein Gram, keine Traurigkeit. Und das ist gut, denn in mir ist genug Traurigkeit für den gesamten Pub, auch wenn ich versuche, mir nichts anmerken zu lassen. Doch als der Kloß in meinem Hals wieder wächst und sich meine Eingeweide einmal um sich selbst schlingen, um sich dann noch fester zu verknoten, stehe ich ungeschickt auf und entschuldige mich kurz.

Erst steuere ich auf die Toiletten zu, doch dann entscheide ich mich um und setze mich stattdessen auf einen Barhocker an den Tresen. »Schenkst du mir einen Whisky ein?«, frage ich Joseph.

»Ist eure Flasche schon leer?«

»Nee«, sage ich. »Aber ich brauche kurz einen Moment für mich.«

»Ich hab leider nur noch den Tulloch da, und den magst du ja nicht so gern.« Joseph zeigt entschuldigend auf die Flasche hinter der Bar.

Kloß im Hals und Druck hinter den Augen werden größer, aber es gelingt mir, gegen beides anzuatmen.

»Aber warte mal, ich hab mir doch auf der Messe ...« Für einen Augenblick verschwindet er nach hinten. Als er wieder kommt, hat er ebenfalls eine Flasche unserer No 3 dabei. »Hab ich mir für meine private Sammlung gekauft. Bin sozusagen ein Fan. Seit dein Dad mir eine Flasche zum Probieren geschenkt hat.«

Ich versuche mich an einem Lächeln.

»Na komm, ich trink einen mit dir.« Er schenkt uns je einen Fingerbreit ein und nimmt einen Schluck. »Menschenskinder, ist der gut! Vielleicht solltest du dir das mit dem Aufhören noch mal überlegen!«

»Ich fürchte, dafür ist es zu spät. Henry kümmert sich schon um die Auflösung der Destillerie.«

»Eine Schande«, sagt Joseph und schüttelt den Kopf.

»Kannst du mich einen Moment lang ablenken?«, frage ich. Denn ich will meine Gedanken wieder auf etwas anderes richten. Will nicht, dass sie festhängen.

»Na, dann lass mal sehen«, sagt er. »An genau diesem Platz saß dein alter Herr immer.« Und erst jetzt merke ich, dass ich mich nach ganz links außen gesetzt habe. »War ein Guter. Nicht nur wegen der Whiskygeschenke.«

»Na ja ...«

Kurz denke ich, dass mein Vater nicht unbedingt ein besseres Thema ist als meine Unbeteiligte-entfernte-Bekannte-to-Enemies-to-ein-Moment-der-ausgesprochenen-Seltsamkeit-back-to-Enemies-für-immer-ohne-auch-nur-die-leiseste-Ähnlichkeit-mit-einer-Romanze-dachten-wir-zumindest-bis-Nessa-uns-eines-Besseren-belehrt-hat-aber-dann-ging-alles-den-Bach-runter-und-hat-niemals-wieder-auch-nur-die-leiseste-Ähnlichkeit-mit-einer-Romanze.

»Nicht für euch. Das nicht. Aber für mich war er ein Freund. Und er war stolz auf euch.«

»Das kann ich mir kaum vorstellen. Er wusste ja nicht einmal richtig, wer wir sind.« Mir fällt auf, dass das Thema trotz aller Untertöne seinen Zweck erstaunlich gut erfüllt.

»Oh, täusch dich da mal nicht, Nessa. Er wusste, dass Effie ihn am dringendsten gebraucht hätte. Und es hat ihm das Herz gebrochen, dass er nicht in der Lage war, ein Vater zu sein. Manchmal hatte er so einen mottenzerfressenen, übel riechenden Pullover an, einfach nur, weil sie ihn gestrickt hatte. Er wusste, dass Fiona sich anders ausdrückte als du und Effie. Dass sie ihre Gefühle in ihre Kunst fließen ließ. Und er wusste, dass du die Starke bist, obwohl du es lieber nicht wärst. Auch das hat ihm das Herz gebrochen. Aber du weißt, wie das ist mit dem Alkohol und dem Kummer. Jedenfalls hat er immer wieder gesagt, dass du alles schaffen kannst, Nessa. Und das hast du bewiesen.« Er schwenkt sein Whiskyglas. »Schätze also, er kannte euch doch ein bisschen.«

»Danke, dass du sein Freund warst«, sage ich.

»Danke, dass du seinen Traum hast wahr werden lassen, Nessa. Das hat ihn sehr glücklich gemacht, auch wenn das Glück nicht gegen alles andere ankam.«

»Es war nicht nur *sein* Traum«, erwidere ich, nur dass ich im Unterschied zu ihm sehr wohl in der Lage bin, eine Notbremse zu ziehen, wenn es nötig ist. So schmerzhaft es auch sein mag, loszulassen – Menschen, Träume –, es ist vernünftig.

»Das weiß ich doch. Ich will dir nur sagen, dass er dich sehr wohl wahrgenommen hat.«

Diese Worte aus Josephs Mund lassen mein Herz für einen Moment etwas leichter werden. Auch wenn er es zu Lebzeiten nicht zeigen konnte, tut es dennoch gut, zu wissen, dass wir in seinen Gedanken waren.

»Wie viele Flaschen habt ihr noch von diesem Zeug?«, fragt Joseph.

»Schon noch ein paar Kisten voll, schätze ich. Aber da musst du Henry fragen«, sage ich.

»Was würdest du davon halten, wenn ich sie euch abnehme?«

»Aber ... ich dachte, du hast Verträge mit Tulloch und zwei anderen Destillerien.«

»Offiziell kann ich ihn nicht auf die Karte nehmen. Aber unter der Hand ...«

»Joseph, das wäre uns eine große Hilfe. Und eine große Ehre!«

»Andersrum wird ein Schuh draus, Nessa Linklater. Die Ehre ist ganz meinerseits.« Er schmunzelt. »Also haben wir einen Deal?«

»Wir haben einen Deal!« Ich beuge mich über den Tresen und schlinge meine Arme um Joseph. Vermutlich passiert ihm das nicht so oft, denn er weiß nicht richtig, wie er reagieren soll. Schließlich klopft er mir unbeholfen auf den Rücken und sagt: »Na, na.«

Wir bleiben, bis Joseph uns rauswirft. Henry verspricht ihm, unseren Bestand in den nächsten Tagen vorbeizubringen und eine Schätzung abzugeben, wie viel wir noch abfüllen können – wenn die Anlage mitmacht.

»Es war mir eine Ehre, mit dir zusammenzuarbeiten, Nessa Linklater«, sagt Henry draußen und drückt mich fest an sich.

»Andersrum wird ein Schuh draus«, wiederhole ich Josephs Worte.

»Meinst du, ich trage die Schuhe verkehrt?« Er streckt seinen Fuß nach oben. »Vielleicht gehe ich deswegen so merkwürdig.« Wir lachen. Ein wehmütiges Lachen, das dennoch befreit.

»Sag Bescheid, wenn ich dir doch noch helfen kann, ja?«

»Kannst du nicht.«

»Ich meine es ernst, Henry.«

»Ich meine es auch ernst, Nessa. Ich will das für dich machen.«

Ich umarme ihn noch mal, dann schlage ich mit Effie, Fiona und Connal den Weg nach Hause ein.

»Er hat deinen Pulli tatsächlich getragen, Effie.«

»Was?«

»Dad. Deinen löchrigen Pulli.«

»Ich wusste es!«, sagt sie triumphierend und hakt sich bei mir unter.

Als ich in meinem knarzenden Bett liege, warte ich erneut vergeblich auf etwas, das einem Dornröschenschlaf ähnelt. Aber er kommt nicht. Stattdessen muss ich erkennen, dass mein Herz seit dem Tag, an dem ich von Boyds Verrat erfahren habe, kein bisschen abgestumpft ist. Und dass sich der Abschied von Golden Plover doch nicht wie eine Befreiung anfühlt. Ganz im Gegenteil.

36

Seit ich nicht mehr arbeite, zwinge ich mich, wenigstens einmal am Tag aus dem Haus zu gehen. Ich passe ein regenfreies Zeitfenster ab, von denen es dieser Tage eine Menge gibt, und spaziere entweder mit Marigold an der Küste entlang oder mache ein paar Erledigungen in der Stadt. Heute habe ich mit Fiona und Effie in ihrer Mittagspause am Hafen Krabbensandwiches gegessen und sitze jetzt noch ein bisschen auf der leicht erwärmten Steinmauer, um auf die Fischerboote zu blicken, die sich im sanften Wind wiegen. Möwen kreischen, die Takelage knarzt, sanfte Wellen plätschern gegen den Kai. Es duftet nach Frühling und Meer, die Sonne scheint mir auf den Kopf, und alles könnte so schön sein, wären nicht überall Unsicherheiten und Fragezeichen. Wenigstens geht es dem Herz einigermaßen okay, wenn ich meine Gedanken in Richtung der Unsicherheiten und Fragezeichen lenke statt auf Boyd Tulloch.

Mehr aus Langeweile als aus genuinem Interesse checke ich mein Handy und sehe, dass ich eine Nachricht bezüglich meiner Schlafzimmermöbelbestellung erhalten habe. Das Lieferfenster wurde eingegrenzt auf heute Nachmittag.

Ich strecke mich einmal und erhebe mich von meinem Sonnenplatz, um den Heimweg anzutreten. Ich klopfe mir den Staub von meinem Cordrock und drehe mich um und ...

Da steht er. Boyd. Boyd Tulloch, den ich aus meinen Gedanken verbanne, so oft ich kann. Ich habe ihn nicht mehr gesehen, seit ich ihn aus dem Haus geworfen habe. Ich habe nicht mehr an ihn gedacht, seit ich vorhin das Haus verlassen habe. Ich habe nichts mehr für ihn gefühlt, seit ... Aber das ist wohl eine Lüge. Denn jetzt, da er ein paar Meter von mir entfernt steht, die Hand zum Gruß erhoben, meldet sich mein Herz, das alles andere als einigermaßen okay ist.

»Hi«, sagt er tonlos, doch ich starre ihn nur an. Ich würde gern weglaufen, aber ich verstehe jetzt Rehe, die vom Scheinwerferlicht gelähmt sind. Boyds Anwesenheit ist mein Scheinwerferlicht, und meine Beine sind wie festgewachsen.

Er kommt langsam auf mich zu, und ich kann nichts anderes tun, als meine Lippen aufeinanderzupressen und den Kopf zu schütteln.

»Hi, Nessa.« Diesmal mit Stimme.

Ich schüttle weiter den Kopf. Hin und her.

»Schön, dich zu sehen.«

Er bleibt ungefähr zwei Meter entfernt von mir stehen, fährt sich über die Haare. Und ich hasse es, dass meine Finger sich an diese Haare erinnern. Und dass sie sich sehnen.

»Ich lasse dich gleich in Ruhe«, sagt er, und während mein Gehirn erleichtert ist, rebelliert mein Herz. »Ich gebe dir den Abstand, den du brauchst. Das ist das Mindeste. Ich will dir nur sagen, dass ich es wiedergutmachen werde. Alles. Du musst es mir nicht glauben. Das ist okay. Aber ich ... arbeite daran. Ich ... werde es dir beweisen. Weil ...«

Doch bevor er noch etwas sagen kann, bewegt sich mein Mund und Worte kommen heraus. »Hör auf, zu sprechen.«

»Alles, was du willst«, sagt er und sieht dabei traurig aus. »Es war mir nur wichtig, dass du es weißt.«

Ich will es nicht wissen, möchte ich ihm am liebsten entgegenbrüllen, aber der Kloß in meinem Hals ist so groß, dass kein Laut mehr daran vorbeikommt.

Ohne sich umzudrehen, weicht er ein paar Schritte zurück. Er sieht mich unverwandt an mit diesem Blick, der macht, dass ich gleich in Tränen ausbrechen werde. »Es war mir nur wichtig, dass du es weißt«, sagt er wieder und geht noch ein paar Schritte. »War mir nur wichtig, dass ...« Dann dreht er sich um und läuft Richtung Landungssteg.

Ich stehe einfach da. Spüre nicht die Sonne, spüre nicht den Wind. Spüre meinen Herzschlag, der sich nicht mehr beruhigen will, spüre die Traurigkeit aus Boyds Gesicht in meinem Körper. Ich stecke meine Hände in die Rocktaschen, einfach, um irgendwas zu tun. Und in meiner rechten Tasche ist etwas. Etwas Kleines. Meine Finger kriegen es zu fassen. Ich ziehe es heraus, blicke auf meine Handfläche, sehe ...

Ich sehe den kleinen Perlmuttknopf, den ich nach unserer Nacht in Edinburgh eingesteckt habe. Diesen winzigen, unbedeutenden beschissenen Knopf, und ich kann mich nicht mehr halten. Meine Beine sacken unter mir weg. Die Erinnerung ist zu viel. Ich gehe in die Knie, meine Schultern beben, ein tiefer Schluchzer entfährt mir. Warum musste er alles kaputt machen? Und warum kann er mich jetzt nicht in Frieden lassen? Warum ist er sogar in meiner Rocktasche? Warum sagt er diese Dinge?

»Hey!« Eine sanfte Stimme dringt an mein Ohr, und im nächsten Moment helfen mir zwei Hände auf. »Was ist denn passiert?«

Es ist Henry, der mich festhält. »Boyd.« Mehr bringe ich nicht über die Lippen.

»Na komm, ich bringe dich nach Hause«, sagt Henry.

Und auf dem gesamten Heimweg fühle ich den Knopf in meiner Rocktasche. Höre Boyds Worte. *Ich will dir nur sagen, dass ich es wiedergutmachen werde.* Mein Herz wünscht sich nichts mehr. Das weiß ich. Aber ich kann es nicht glauben. Weil ich auf dieser Welt offensichtlich nur mir selbst glauben kann.

»Was hast du überhaupt am Hafen gemacht?«, frage ich Henry, als wir in die Bruce Crescent einbiegen und es mir komisch vorkommt, dass wir den gesamten Weg über nicht gesprochen haben.

»Ist nicht wichtig«, sagt er. »Jetzt geht es um dich.«

37

Heute ist es so weit. Ab heute ist Golden Plover Geschichte. In den letzten Tagen hat Henry sich kaum noch gemeldet. Aber auf meine Nachfrage, ob ich ihm nicht doch helfen solle, kam ein wütendes Emoji zurück, sodass ich mich einfach weiter zu Hause verkroch und immer noch verkrieche. Seit der Begegnung mit Boyd habe ich das Haus nicht mehr verlassen. Der Schlafanzug ist meine Alltagskleidung geworden, Netflix-Serienfiguren meine Freunde. Effie und Fiona haben das Gefühl, mich babysitten zu müssen, und versuchen, so viel wie möglich zu Hause zu sein, aber mir ist nicht danach, gebabysittet zu werden. Mir ist nach Ruhe und Schlaf. Doch beides gestattet mir mein Kopf nicht.

Gerade will ich die nächste Folge von irgendeiner sehr mittelmäßigen Teenie-Serie anfangen, die man auch versteht, wenn man nur halb abwesend ist, um nicht darüber nachzudenken, dass es nun endgültig vorbei ist, da klopft es an der Tür. Normalerweise ist sie nicht verschlossen, sodass es weder Effie noch Fiona sein kann, die ihren Schlüssel vergessen hat. Ich beschließe, einfach zu ignorieren, dass da jemand ist, und starte die Folge. An einem normalen Tag wäre schließlich auch niemand zu Hause. *Normal.* Was ist schon *normal?* Sicherlich nicht die perfekten Augenbrauen von Fünfzehnjährigen auf Netflix. Schlafanzüge tagsüber schon eher. Ja, das ist das neue *normal.*

Es klopft erneut, und ich mache zur Sicherheit den Sound meines Laptops leiser. Nicht dass wer auch immer durch die Tür hören kann, dass sehr wohl jemand zu Hause ist. Wieder klopft es. Und wieder. Lauter diesmal. Dann ...

»Nessa? Nessa, bist du da?«

Ist das Jamielee?

»Wenn du zu Hause bist, mach bitte auf. Ich brauch Hilfe!«

Ich stehe etwas zu schnell von der Couch auf, und weil mein Kreislauf im Eimer ist, wird mir einen Augenblick lang schwarz vor Augen, sodass ich mich an der Wand abstützen muss. Deutlich vorsichtiger gehe ich in den Flur und öffne die Tür.

»Gut, dass du da bist!« Jamie fällt mir um den Hals.

»Was ist los?«

»Feather ist weg!«

»Wie weg?«

»Ich hab das Gatter offen gelassen.« Sie lässt den Kopf hängen. »Und jetzt ist er weg. Und wenn Boyd davon Wind bekommt, krieg ich richtig Ärger!« Sie sieht mich flehend an. In ihrem großen Pulli und den schwarzen Leggins wirkt sie so zerbrechlich. Wenn meine Seele eine Gestalt hätte, sähe sie wohl ungefähr so aus. »Hilfst du mir, ihn zu suchen?«

»Äääh«, mache ich und blicke an meinem Schlafanzug hinab. »Ich fürchte, ich bin nicht angezogen.«

»Das macht nichts.«

»Dir vielleicht nicht«, erwidere ich.

»Du hast gesagt, ich soll mich melden, wenn ich Hilfe

brauche. Also. Kannst du bitte kommen, Nessa? Je länger wir warten, desto weiter kann er weg sein!«

»Darf ich mir wenigstens eine Hose ...« Doch Jamie zieht an meiner Hand.

Ich schlüpfe in meine Gummistiefel, weil das am schnellsten geht, und ziehe mir eine Strickjacke über.

»Hast du ein Rad?«, fragt Jamie und richtet ihrs auf, das sie achtlos vors Haus auf den Boden hat fallen lassen.

Ich hole mein Fahrrad aus der Garage und folge Jamie die Straße hinunter. Dann biegt sie rechts ab. Es ist der Weg, den ich früher immer zur Destillerie genommen habe. Ausgerechnet heute.

»Meinst du nicht, er kommt einfach zum Stall zurück, wenn er genug von seinem Abenteuer hat?« Ich lenke mein Rad neben Jamie, um mit ihr sprechen zu können. Denn ich bin wirklich nicht scharf darauf, meinen ehemaligen Traum im neuen Tulloch-Gewand zu sehen.

»Ich weiß es nicht«, sagt sie und tritt fester in die Pedale, sodass ich nach der letzten Zeit, die ich in der Horizontalen auf dem Sofa verbracht habe, Schwierigkeiten habe, mitzuhalten.

Als wir am Reitstall ankommen, checkt Jamie Feathers Box, zeigt mir das Gatter, das sie nicht richtig verschlossen hat. Sie sieht mich unglücklich an.

»Wir finden ihn, okay?«, sage ich. »Boyd wird nichts davon erfahren.« Seinen Namen auszusprechen, verursacht nach wie vor ein Übelkeitsgefühl in meinem Magen. »Sollen wir uns trennen, um effizienter zu sein? Ich könnte nach Westen ...« Hauptsache, nicht in Richtung Destillerie.

»Können wir nicht zusammenbleiben?«

Verdammt! »Meinetwegen.« Auch wenn sich alles in mir sträubt, kann ich verstehen, dass man nicht allein sein will, wenn das eigene Pony gerade Reißaus genommen hat.

»Schau mal, das sieht aus wie frische Spuren, oder?«, fragt Jamie und zeigt auf einen Abdruck in der Erde neben dem Weg. »Dann ist er wohl in diese Richtung gegangen.«

Richtung Destillerie. Na großartig!

Jamie schwingt sich wieder auf den Sattel, und ich tue es ihr nach. Widerwillig, weil ich nicht sehen möchte, was aus Golden Plover geworden ist.

Über uns braut sich ein Unwetter zusammen wie der perfekte Spiegel meines Inneren. Wütende Wolken ziehen vom Meer herauf, türmen sich zu einer dunkelgrauen Wand auf. In ein paar Minuten werden wir völlig durchnässt sein. Selbst der Wind verändert sich. Fährt tiefer ins Gras, als versuche er, die Welt zu warnen. Jamie trampelt noch etwas schneller, und ich folge ihr.

»Feather hasst Gewitter«, ruft sie mir zu. »Ich hab solche Angst, Nessa!«

»Ihm passiert schon nichts.« Doch ich weiß nicht einmal, ob ich selbst daran glaube.

Meine ehemalige Destillerie kommt in Sichtweite, und Jamie findet erneut frische Spuren. Ich kann sie nicht wirklich erkennen, aber Jamie ist überzeugt. Und sie ist hier die Expertin, sodass ich ihr einfach weiter folge.

In der Ferne ertönt ein Donnergrollen, und die ersten großen, schweren Tropfen platzen auf die Erde.

»Da ist sein Halfter!«, ruft Jamie. Und tatsächlich, im Gras vor der Destillerie liegt ein rotes Halfter.

»Wie hat er sich das abgestreift?«, frage ich und lege mein Rad neben Jamies ins Gras.

»Keine Ahnung. Vielleicht hab ich es nicht richtig zugemacht?«

»Das ist so was wie deine Spezialität, oder?«, sage ich, um mein Unwohlsein zu überspielen. Ich sollte nicht hier sein.

Ich sollte zu Hause auf der Couch liegen. Aber zu meiner Überraschung lacht Jamie leise.

»Ich muss wirklich besser aufpassen, ja.«

Während die Regentropfen zahlreicher werden und das Donnergrollen lauter, laufen wir aufs Gelände der Destillerie. Jamie findet weitere Spuren, die offensichtlich zur Halle führen, und ich blicke mich verdutzt um. Hier hat sich auf den ersten Blick rein gar nichts verändert. Unser Logo ziert immer noch die Tür, an der Wand stapeln sich Paletten.

»Vielleicht hat er drinnen Schutz gesucht!«, schlägt sie vor.

»Kann er Türen öffnen?« Ich sehe mich weiter um. Es ist, als wäre die Zeit stehen geblieben. Was hat Henry in den letzten Wochen gemacht? Ich hatte mich auf ihn verlassen! Das Letzte, was ich brauchen kann, ist eine Rechnung von Boyd Tulloch über die Kosten für die Entsorgung unserer Paletten.

»Vielleicht stand sie offen?«, fragt Jamie.

Gerade will ich fragen, ob sie auch für die Tür der Destillerie verantwortlich war, da sehe ich, dass sie tatsächlich einen Spalt offen steht.

»Jamie, warte«, rufe ich gegen den Wind und die schweren Regentropfen an. »Was, wenn dein Bruder hier ist?«

Doch Jamie ignoriert mich und schlüpft durch die Tür.

In diesem Moment geht das Unwetter richtig los. Hektisch sehe ich mich nach einer Möglichkeit um, mich unterzustellen. Aber hier ist nichts als die Halle. Ehemals meine Halle.

»Jamie!«, rufe ich erneut. Lieber bin ich bis auf die Unterwäsche durchnässt, als das leer geräumte Innere zu sehen.

Doch sie bleibt verschwunden. Ob Feather tatsächlich hineingegangen ist? Wie absurd wäre das? Was für ein bescheuerter Zufall?

Es blitzt, und im nächsten Augenblick donnert es so laut, dass der Boden unter meinen Füßen bebt. In Ermangelung einer Alternative renne ich nun doch auf die Tür zu. Ich reiße sie auf, springe hinein und – erstarre.

»Was zur Hölle, Henry ...« Ich sehe mich um. Hier hat sich nichts verändert! Alles ist noch da! Unser Destillationskessel, die Fässer an der Rückwand, die Küchenzeile. Sogar unsere altersschwache Abfüllanlage. »Willst du mich verarschen!«, entfährt es mir. Ich bin entsetzt. Wirklich entsetzt. Ich hatte mich auf ihn verlassen.

»Hab ihn«, sagt Jamie und führt ihr Pony an einem Strick in die Mitte des Raums. Doch ich bin zu perplex, um mich zu freuen. Oder zu wundern, dass Feather ein Halfter trägt.

Ein Räuspern ertönt, und Henry tritt neben Jamie und Feather.

»Was ist das?«, frage ich keuchend und stütze mich an der Wand ab, weil ich Angst habe, dass mir schon wieder schwarz vor Augen wird.

»Nessa«, sagt Henry und kommt auf mich zu. Er lächelt. Entschuldigend.

»Was geht hier vor, Henry?« Meine Stimme zittert vor Panik. »Was ist das?«

»Es tut mir leid, Nessa«, sagt er.

»Es tut dir ... Henry, ich kann das nicht.«

Er kommt noch etwas näher und hebt langsam die Hände in einem Versuch, mich zu beruhigen.

»Es tut mir leid, dass ich dir nichts sagen konnte.«

»Nichts sagen konntest ...« Ich wiederhole einfach seine Worte. Und nun sehe ich, dass er sich *H + N* auf seine Handflächen geschrieben hat. Ich schlucke. Henry und Nessa. Wir beide in der ersten Klasse. Wir beide an unserem ersten Tag in der Destillerie.

»Wärst du vor einer Woche hier gewesen, hättest du eine fast leere Halle vorgefunden.«

Ich kann ihn nur anstarren. Bin wie gelähmt.

»Ich habe zusammen mit Ben, Connal und Erwin fast alles ausgeräumt. Das Equipment sollte abgeholt werden. Wir wären nicht reich geworden, aber sogar die alberne Abfüllanlage hätte einen Abnehmer gefunden.«

»Aber was ist das hier?« Meine Beine zittern. Vor Kälte, vor etwas, das einer Panikattacke sehr nahe kommt. Regenwasser tropft von meinen Haaren und von meinen Klamotten. Nur meine Füße sind dank der Gummistiefel trocken geblieben.

»Wie gesagt, vor einer Woche waren wir beinahe fertig. Und dann kam ...«

38

»… ich.«

Boyd Tulloch tritt hinter der Brennblase hervor, und meine Beine sacken für einen Moment weg. Es ist zu viel. Das alles. Mein Kreislauf ist ohnehin im Keller, mein Herz ist so schwer, dass es mich nach unten zieht. Im nächsten Augenblick gelingt es mir, mich wieder zu fangen, und ich lehne mich gegen die Wand, um ein bisschen Halt zu finden.

»Nessa«, sagt er und macht einen Schritt in meine Richtung. Seine Stimme zittert leicht, klingt warm, klingt sehnsüchtig. Seine Mundwinkel zucken vorsichtig nach oben.

Ich presse mich gegen die Wand, als wollte ich mit ihr verschmelzen. Und vielleicht will ich das auch, denn als Wand muss man sich mit all diesem Kram, dem Herzschmerz, dem Abschied vom Lebenstraum, dem Kreislauf und dem großen Fragezeichen, das Zukunft heißt, nicht mehr herumschlagen. Als Wand findet man sich nicht plötzlich einem Mistkerl von Ex-Freund gegenüber, dessen Gegenwart an dem mühsam errichteten Gerüst aus Verdrängung und Wut rüttelt.

Mein Blick wandert zu Jamie, die neben Feather steht. »Du wusstest …«, entfährt es mir. »Das war geplant.«

Sie zuckt mit den Schultern, grinst leicht. »Sorry.«

»Und du!« Ich zeige auf Henry. »Du!« Mir bleiben die Worte im Hals stecken.

»Du solltest ihm zuhören.«

»Du Verräter!« Ein Verräter mit unseren Initialen auf der Hand.

»Nessa«, sagt Henry beschwichtigend. Aber ich will nicht beschwichtigt werden. »Als Boyd zu mir kam …«

»Als Boyd was?«

»Ich habe Henry aufgesucht und ihn um Hilfe gebeten«, sagt Boyd.

»Hör auf, zu sprechen.« Meine Stimme ist hoch, beinahe panisch. Atemlos. Ich kann nicht glauben, dass Jamie und vor allem Henry gemeinsame Sache mit ihm gemacht haben.

»Darf ich?«, fragt Henry, und ich starre ihn einfach nur an. »Boyd hat mir alles erzählt. Alles. Alles alles. Und er hat mich davon überzeugt, dass es ihm leidtut.«

»Dass es ihm … Ha!« Mir entfährt ein kaltes Lachen.

»Und ich denke, Nessa, du solltest hören, was er zu sagen hat.«

Mir ist schlecht. Meine Beine zittern, und mir ist schlecht.

Boyd zieht etwas aus seiner Hosentasche. Er ist zu weit weg, als dass ich den kleinen Gegenstand erkennen könnte. »Was ich getan habe, tut mir von Herzen leid«, sagt er leise und nimmt … die oberste Karte von einem Kartendeck. Er lässt sie achtlos zu Boden segeln. Dann geht er noch einen Schritt in die Mitte des Raums, und ich will ihn nicht ansehen. Will auf den Boden starren. Doch mein Blick hebt sich leicht. Er trägt ein offenes hellblaues Hemd, darunter ein T-Shirt. Eine dunkle Jeans und braune Lederschuhe. Er sieht gut aus, und es ärgert mich. Dass böse Menschen schön sein dürfen, ist eine absolute Frechheit. »Es war das Allerletzte. Nicht nur, dass ich deine Halle gekauft habe.« Eine weitere Karte segelt zu Boden. »Sondern vor allem auch, dass ich es verschwiegen habe, aus Angst, alles kaputt zu machen. Das war feige und dumm und hatte genau den gegenteiligen Effekt, das weiß ich. Aber ich dachte, ich hätte mehr Zeit. Mehr Zeit, dir zu erklären, was ich getan habe und warum. Dass das der alte Boyd war, aber dass ich eine Lösung finden würde. Dass ich eine Lösung gefunden habe. Deswegen war ich doch überhaupt erst in Edinburgh.« Er lässt eine dritte Karte hinter sich fallen. »Es war völlig nachvollziehbar, dass du mich rausgeschmissen hast. Dass du mich nie wieder sehen wolltest. Das war dein gutes Recht. Aber ich ... habe einen Weg gefunden, um es wiedergutzumachen.« Karte. »Zumindest hoffe ich das. Es hat ein bisschen gedauert, und ich brauchte Henrys Hilfe, aber ich habe es versucht. Weil ... Weil ... Nessa, ich ertrage nicht, was ich getan habe.« Karte. »Nicht, weil es bedeutet, dass ich ein schlechter Mensch bin. Das ist okay. Damit kann ich leben.« Karte. »Aber ich ertrage den Gedanken nicht, dass ich dich unglücklich gemacht habe.« Karte.

Er hält inne, als erwarte er, dass ich etwas beizusteuern hätte. Aber was soll ich sagen? Er wusste genau, was er mir antat. *Das hat Boyd gemacht.*

Er zieht eine weitere Karte und wirft sie zu Boden. »Ich wollte dir schaden. Natürlich wollte ich das. Weil ich ein verfluchter Dummkopf war.« Karte. »Aber dann habe ich mich so schlimm in dich verliebt, Nessa, dass ich nichts lieber wollte, als alles zurückzunehmen. Alles, was ich in den letzten Jahren gesagt oder getan habe, das dich verletzt hat. Alles alles, wie Henry sagen würde. Und ich habe es versucht.« Karte. »Ich habe versucht, vom Kaufvertrag zurückzutreten. Doch das ging nicht mehr. Ich bin zu der Maklerfirma gegangen, um ...« Karte. »Ich hätte es dir gesagt, Nessa. In dem

Moment, als ich eine Lösung hatte, wollte ich es dir sofort sagen, aber von Angesicht zu Angesicht. Und dann haben sie das blöde Interview vorgezogen, ohne mir Bescheid zu geben, und ...« Er reibt sich mit den Handflächen übers Gesicht, eine weitere Karte fällt zu Boden. »Es war alles eine Riesenscheiße von vorne bis hinten. Von mir verursacht.« Wieder hält er inne. Zieht eine Karte. Lässt sie los. »Es tut mir so leid.« Er geht einen weiteren Schritt. »Glaubst du mir das? Dass es mir leidtut?«

Regen prasselt aufs Dach, Feather schnaubt, der Rest der Halle hält die Luft an.

Ich weiß es nicht. Es sieht so aus. Aber da ist so viel kaputt. All das Vertrauen, all die Leichtigkeit. Und selbst wenn, macht eine ernst gemeinte Entschuldigung nicht alles ungeschehen. Macht es nicht wieder gut.

Er stößt hörbar die Luft aus. »Lass es mich dir beweisen«, sagt er mit einem Flehen in der Stimme. »Weißt du, was das ist, Nessa?« Er zupft an seinem offenen Hemd, und ich schüttle den Kopf, ziehe die Strickjacke enger um mich und verschränke die Arme, wie um mich zu schützen. Karte. »Das ist das Hemd, das ich an dem Abend in Edinburgh getragen habe. Das Hemd, das du ...« Er blickt zu seiner Schwester. »Halt dir bitte mal kurz die Ohren zu, Jamie.«

»Sicher nicht«, entgegnet sie und reckt selbstbewusst das Kinn.

»Ich mein's ernst.«

»Ich auch.«

Einen Moment lang starren sie sich an, doch keiner gibt nach. Ich nutze die paar Sekunden, in denen der Fokus nicht auf mir liegt, um mich zu sammeln.

»Ohne mich wär sie gar nicht hier«, sagt Jamie. »Ich halte mir nicht die Ohren zu.«

»Soweit ich mich erinnere, hast du mich damit schon genug erpresst«, erwidert Boyd.

»Haha, ja!« Jamie sieht mich triumphierend an. »Ich krieg das neue Handy.«

»Du hast mich für ein Handy verraten?«, gebe ich durch zusammengebissene Zähne zurück. »Tolle Freundschaft.«

Sie zuckt mit den Schultern und legt sich dann lustlos die Hände auf die Ohren, sodass sie natürlich trotzdem jedes Wort hören kann.

»Das ist das Hemd, das du in Edinburgh aufgerissen hast«, fährt Boyd nun fort. »Erst wollte ich es wegwerfen. Ich war schon dabei, es zu deiner Strumpfhose in den Mülleimer zu stopfen. Aber dann dachte ich, dass das eine gute Erinnerung an den Abend ist, an dem ich mit Nessa Linklater geschlafen habe. Und dass ich eine Erinnerung an diesen Abend haben möchte, *weil* ich mit Nessa Linklater geschlafen habe.« Er kommt einen weiteren Schritt auf mich zu und wirft eine weitere Karte zu Boden. »Weil ich nichts davon je vergessen will. Weil du alles für mich bist und es schon lange davor warst.«

»Das hast du sehr deutlich gezeigt, ja«, sage ich mit einem Schnauben, denke aber an den albernen kleinen Perlmuttknopf, der mich neulich am Hafen so tieftraurig gemacht hat. Ich sehe Boyd an, der heute ein völlig anderer für mich ist als damals in Edinburgh. Sehe ihn an, wie er um Verzeihung bittet, und ich wünschte, ich könnte es. Ich wünschte, es wäre nicht alles gesagt, alles zu spät. Ich wünschte, wir könnten unser Happy End bekommen wie Fiona und Connal.

Boyd zieht eine weitere Karte. Sie segelt zu Boden, während er weiterspricht. »Du bist *die Frau* für mich, Nessa.« Seine Stimme ist rau, leicht brüchig, sein Gesichtsausdruck flehend. »Du. Nur du. Schon immer nur du.«

»Na ja, außer als du scheiße zu ihr warst«, sagt Jamielee und nimmt die Hände von den Ohren.

»Auch als ich scheiße zu dir war«, korrigiert Boyd und lässt noch eine Karte fallen. »Vor allem dann.« Er blickt beschämt zu Boden, fährt sich über den Hinterkopf. »Nenn es pubertär.«

»Hey«, macht Jamie.

Ich mache mir nicht die Mühe, ihr zu sagen, dass es das ganz gut trifft. Schließlich hat sie sich mir gegenüber auch schäbig benommen. Und wo wir schon dabei sind, für Henry gilt das auch.

»Die Wochen mit dir, Nessa, waren lebensverändernd schön. Alles, was ich mir je erträumt habe. Alles, was ich mir je wünschen könnte. Und ich weiß, dass ich es kaputt gemacht habe.« Karte. »Wenn ich darüber nachdenke, könnte ich sofort losheulen. Hier und jetzt.«

»Von wegen *könnte*«, sagt Jamie.

»Kennst du Snake, Jamie?«

»Was?«

»Das einzige Spiel, zu dem dein neues Handy in der Lage sein wird.«

Henry grinst, und ich wehre mich vehement dagegen, Boyd lustig zu finden.

Mir fällt ein, wie Fiona und ich Witze darüber gerissen haben, dass Boyd Tulloch nur weint, wenn man einen Kratzer in seinen Sportwagen macht oder wenn ihm jemand sagt, dass Sportsakkos out sind. Aber offenbar haben wir ihn unterschätzt.

»Ich habe jede Sekunde von uns beiden zusammen geliebt. Und selbst wenn es das war, kann ich nicht damit leben, dass du mir nicht verzeihst. Es ist viel verlangt, das weiß ich. Aber wenn du mich lässt, will ich es wiedergutmachen.«

Er sieht mich erwartungsvoll an. Und ich blicke zurück und … ich weiß nicht einmal, warum, nicke kaum merklich.

»Okay, gut. Das ist gut. Das ist …« Er fährt sich wieder übers Gesicht. »Ich habe etwas für dich.« Er wirft eine Karte zu Boden und zeigt in die Ecke links neben mir. Mein Blick folgt seinem Finger. »Ich habe die Fässer gekauft. Nicht weil ich mich freikaufen will, sondern weil ich möchte, dass du deinen Whisky machst. Den Whisky mit Mezcal-Finish.« Karte. »Ich war noch mal auf Muckle Roe bei Astrid und habe sie überzeugt, dass ich die Heirloom-Gerste brauche. Aber nicht für mich, nicht für Profit, sondern für den Whisky, den wir gemeinsam entwickelt haben.« Karte. »Ich habe Henry aufgesucht und mich anschreien lassen. Ziemlich lange.« Er sieht Henry an. »Du hast echt eine bemerkenswerte Ausdauer.« Henry zuckt grinsend mit den Schultern. »Ich habe ihm von meinem Plan erzählt. So lange, bis er mir geglaubt hat.«

»Boyd hat auch eine bemerkenswerte Ausdauer«, sagt Henry anerkennend. »Verdammt, Effie sollte jetzt hier sein. Dann könnte man ihr endlich diese blöden Witze erklären.«

»Welche Witze?«, fragt Jamielee, aber keiner nimmt Notiz von ihr.

Boyd zieht noch eine Karte. »Ich habe mit Joseph gesprochen und unseren Vertrag mit ihm neu verhandelt. Wenn du möchtest, nimmt er Golden Plover mit in sein Sortiment auf.« Karte. »Ich habe mit all den Leuten telefoniert, die euer Equipment bereits gekauft hatten, habe ihnen das Geld zurücküberwiesen, habe mit Henry und ein paar Leuten zusammen die Halle wieder in ihren alten Zustand gebracht.« Karte. »Ich will sie nicht.« Karte. »Ich brauche sie nicht.«

So richtig sinken seine Worte nicht ein. Ich sehe die Fässer, sehe ihn, sehe Henry. Sehe Golden Plover.

»Was ist mit Tulloch Repulsive?«, frage ich.

»Ich hab ihn überzeugt, dass er mit dem Namen ohnehin nie eine Chance auf dem Markt hätte.« Henry feixt.

»Und auch mit keinem anderen Namen.« Karte. »Nicht, solange es Leute wie dich gibt.«

»Aber …« Ich spreche ganz leise. »Mich gibt es doch gar nicht mehr.«

»Sag das nicht. Bitte, sag das nie wieder.« Boyd macht ein paar Schritte zur Seite, nimmt etwas von der Küchenzeile. Es ist ein Magazin. »Hier. Lies das.«

Er nähert sich vorsichtig, als hätte er Angst, ich könnte weglaufen. Auf den zweiten Blick erkenne ich, dass es sich um die neueste Ausgabe von *The World of Whisky* handelt, die allerdings erst in ein paar Tagen erscheint. Boyd blättert, während er immer näher kommt. Dann bleibt er in ungefähr zwei Metern Entfernung stehen, als wolle er nicht in meinen persönlichen Bereich eindringen, und reicht mir die aufgeschlagene Zeitschrift. Zögerlich nehme ich sie und blicke auf eine Anzeige.

~ GESUCHT ~

Whiskybrennerin mit der richtigen Schuhgröße in Lerwick

Für das Gebäude einer Mikro-Destillerie suche ich ab sofort und auf unbegrenzte Zeit eine Whiskybrennerin im Raum Lerwick. Auf den ca. 100 Quadratmetern wurde bereits jahrelang erfolgreich der beste Whisky der Insel – oder wie wir hier sagen »Shetlands ganzer Stolz« – hergestellt. Nach einer geistigen Verirrung meinerseits möchte ich die Destillerie nun zurück in talentierten Händen wissen.

Monatliche Pacht: gratis (nicht verhandelbar)

Name der Destillerie: derzeit Tulloch Repulsive, allerdings werden andere Vorschläge gerne angenommen. Mein Favorit: Golden Plover

Bedingung: Dieser Schuh muss passen. Und dass Nessa mich wieder ansieht. Mehr nicht.

39

Ich lese. Und dann lese ich noch mal. Und noch mal. Ich betrachte das Bild von meinem Stiefel unter der Anzeige, blicke auf und sehe, dass Boyd nun ebendiesen Stiefel in der Hand hat. Den, den ich an dem Morgen in Edinburgh in seinem Hotelzimmer nicht finden konnte. Den, den ich dann vergessen hatte, weil das Wetter schöner wurde.

»Du hast natürlich schon sehr elegante Schuhe an«, sagt er mit Blick auf meine Gummistiefel. »Sowieso bist du sehr schön zurechtgemacht.« Er sagt es vorsichtig, als müsse er erst einmal abstecken, wie weit er gehen kann.

»Hat halt nicht jeder ein zerfetztes Hemd, das vor dem Müll gerettet wurde«, gebe ich leise zurück, und Boyds Mundwinkel heben sich.

»Wollen wir schauen, ob er passt?«, fragt Boyd. »Nur, um sicherzugehen?« Er geht in die Hocke, kniet sich vor mich.

Weil ich vollkommen überrumpelt von allem bin, strecke ich meinen Fuß aus. Jamie hüpft und klatscht neben mir, verstummt jedoch sofort, als Boyd ihr einen warnenden Blick zuwirft.

Ich betrachte ihn, wie er mir behutsam den Gummistiefel auszieht, wie er aufblickt, reuig, beinahe demütig. Wie er meinen nackten Fuß in seiner Hand hält, einen kurzen Moment zögert, dann einen Kuss daraufhaucht. Mein Inneres sticht und zieht. Er löst die Schnürsenkel meines Stiefels, weitet den Schuh und stülpt ihn über meinen Fuß.

»Passt«, sagt er.

»Aber …« Ich verstehe immer noch nicht so ganz. Oder vielleicht verstehe ich, aber ich kann es nicht glauben.

»Er schenkt dir die Halle«, entfährt es Henry, der sich sofort die Hände vor den Mund schlägt.

»Aber …«

»Ich schenke dir die Halle«, sagt Boyd. »Ich war in Edinburgh und habe einen Pachtvertrag aufsetzen lassen. Der komische Kerl im Maklerbüro hat ganz schön geschaut, als ich ihm gesagt habe, dass die Pacht genau nichts beträgt. Und ich knüpfe keine Bedingungen daran. Ich wünsche mir einfach nur, dass du mir wieder in die Augen sehen kannst.«

»Und vielleicht verstehst du jetzt, warum ich ihm geholfen habe.« Henry gesellt sich zu Jamielee und Feather. »Er ist einfach viel zu umwerfend.«

Jamie verdreht die Augen. »Fang du nicht auch noch damit an.«

»Wir sollten jetzt gehen«, flüstert Henry ihr zu. »Unsere Arbeit hier ist getan.« Dann sagt er lauter zu mir: »Und dich sehe ich Montagmorgen, Boss.«

Mit diesen Worten verlassen die beiden die Halle, Feather im Schlepptau.

Einen Moment lang schweigen wir. Boyd kniet immer noch vor mir, blickt mich erwartungsvoll an.

»Was sagst du?«, fragt er nach einer Weile.

»Ich … weiß es nicht.« Ich bin zu überwältigt. Von all dem. Zu viel geht mir durch den Kopf. Boyds Verrat, Boyds Reue,

Boyds Wiedergutmachung. Ich blicke auf die Straße aus Spielkarten, die von der Mitte der Halle bis zu Boyd reicht.

»Du hast Zeit. Du kannst darüber nachdenken. Ich warte. Wann immer du bereit bist.«

Ich ringe mit mir. Ich will ihm so dringend glauben. Will nichts mehr, als mich in seine Arme zu werfen. Aber die Unsicherheit lähmt mich. Die Angst sitzt tief. Man sollte meine Liebe nicht enttäuschen. So hat Marigold es ausgedrückt.

»Du bist nicht zufällig jetzt bereit?«, fragt er.

Ich sehe in seine blauen Augen und muss lächeln. Er hat Henry überzeugt. Es ist, als würde ein unsichtbares Gewicht von mir genommen. Das Lächeln macht, dass alles ganz leicht wird. Und je leichter alles wird, desto breiter wird mein Lächeln, und desto leichter wird alles, und desto breiter wird mein Lächeln.

»Wie ist es mit jetzt?«

Ein Glucksen versucht sich den Weg aus mir herauszubahnen. Nach all den Wochen der Traurigkeit, der Unsicherheit ist dies der erste Moment, in dem ich das Gefühl habe, ich könnte wieder ich sein.

»Jetzt würde passen. Oder wann auch immer.«

»Okay«, sage ich ein wenig gepresst, weil es nach allem, was war, dennoch schwierig ist. »Ich versuche es.«

Mit einer schnellen, beinahe hektischen Bewegung wirft er die restlichen Spielkarten hinter sich und zieht mich an sich. Seine Arme sind um meine Beine geschlungen, sein Kopf ist auf der Höhe meines Bauchs. Und er hält mich so fest, dass ich meine, keine Luft mehr zu bekommen.

Eine gefühlte Ewigkeit bleiben wir in dieser Position. Er auf Knien, ich stehend, seine Arme um meine Mitte gelegt.

»Es tut mir so leid«, sagt er mit dem Gesicht in meiner Strickjacke. »Es tut mir so unendlich leid.«

Ganz langsam lasse ich meine Hände auf seine Haare sinken. Streiche darüber. Ich weiß nicht, was es zu bedeuten hat. Aber ich weiß, dass meine Finger sich nach ihm sehnen. Dass ich mich nach ihm sehne, obwohl ich erst einmal verarbeiten muss, was heute geschehen ist.

Ich höre ihn seufzen, sehnsüchtig, fast verzweifelt, als wäre da zu viel Gefühl in ihm und zwischen uns.

Dann schweigen wir wieder, bis er sich irgendwann räuspert. »Meinst du ... wenn ich aufstehe ... darf ich dich trotzdem noch umarmen? Mein Bein ist ganz taub ...«

Ich lache leise. »Ja.«

»Puh«, macht er, erhebt sich, steht kurz etwas wackelig auf nur einem Bein. Und dann zieht er mich wieder an sich, und ich lasse es geschehen. Er streicht über meinen Rücken, fährt mir durchs Haar. Er hält mich, und ich fühle sein Herz an meiner Brust. Ein schnelles, kräftiges Schlagen, das mir gilt.

»Wir haben Zeit, ja?«, frage ich und atme seinen Geruch, der macht, dass sich meine Eingeweide verknoten.

»Alle Zeit der Welt. Solange du mich irgendwann wieder ansehen kannst.«

Ich mache mich von ihm los und blicke ihm in die Augen. »So?«

Er nickt.

»Wenn wir Zeit haben, würde ich mir gern etwas anderes anziehen«, sage ich. Und vielleicht eine warme Dusche nehmen, denn durch den Regen ist mein Schlafanzug nach wie vor nass, und ich spüre, wie ich trotz Boyds Berührungen – oder wegen Boyds Berührungen – zittere.

»Ich fahr dich.«

»Wo ist dein Auto?«, frage ich, denn ich habe es draußen nirgends gesehen.

»Ich habe es hinter der Halle geparkt. Hatte Angst, du würdest sofort abhauen, wenn du es siehst.«

»Gewieft«, sage ich.

»Aus schierer Notwendigkeit«, fügt er hinzu.

Boyd stellt die Autoheizung auf die höchste Stufe ein. Doch bevor er den Wagen vom Gelände lenkt, sieht er mich noch einmal an.

»Nessa?«

»Hm?«

»Denkst du ... also ... besteht die Möglichkeit, dass wir ... dass du ... vielleicht wieder mit mir zusammen sein kannst? Eines Tages?«

»Alle Zeit der Welt, hm?«

»Es ist nur ... Ich bin so verliebt in dich.«

»Boyd?«

»Ja?«

Ich spreche es einfach aus, ohne darüber nachzudenken. Weil es stimmt. Weil ich es wusste, als ich ihn rausgeschmissen habe. Weil ich es am Pier wusste. Weil ich es wusste, als er hinter der Brennblase hervortrat. »Ich bin auch verliebt in dich.«

Er stöhnt auf. Vor Erleichterung lässt er seinen Kopf gegen das Kopfteil sinken.

»Aber ...«

»Geschenkt!«, unterbricht er mich. »Ich nehme liebend gern jedes Aber dieser Welt. Du musst nicht mal weitersprechen.« Er setzt den Blinker und fährt auf die Straße. »Ich schwöre dir, dass ich von heute an für egal wie lange nur daran arbeiten werde, dass alles wieder so wird, wie es war.«

»Wie es wann war?«, frage ich, denn wenn es um Boyd und mich geht, sollte das definitiv präzisiert werden.

»Wie es zwischen Edinburgh und meinem gigantischen Fuck-up war.«

Ohne den Blick von der Straße zu nehmen, greift er nach meiner Hand und presst seine Lippen darauf.

»Willst du noch mit reinkommen?«, frage ich, als er vor unserer Tür Anstalten macht, sich mit einem unbeholfenen Winken zu verabschieden.

»Echt jetzt?«

Ich zucke mit den Schultern. Nicke. »Vielleicht kannst du mir helfen, ein paar Sachen zu verstehen.«

»Alles. Alles, was du willst.«

»Zum Beispiel«, sage ich und öffne die Tür, »kannst du mir nicht einfach meine Halle schenken.«

»Äh, doch. Ich hab sie zufällig gekauft, ich kann damit machen, was ich will.«

»Aber es kommt mir nicht richtig vor.« Sondern als wäre ich ihm etwas schuldig. Und das ist das Letzte, was ich will.

»Würde es helfen, wenn ...« Er bricht ab, als wage er es nicht, weiterzusprechen. »Okay, hör zu. Ich stelle keine Bedingungen, das habe ich schon gesagt. Aber falls du eines Tages bereit sein solltest, könnten wir ja vielleicht unseren gemeinsamen Whisky dort brennen. Damit wir in drei Jahren zusammen den ersten Platz bei den Whiskymeisterschaften holen. Golden Plover featuring Tulloch Repulsive oder so.«

»Ich glaub, Henry hat recht. Der Name könnte wirklich abschrecken.«

»Dann denken wir darüber noch einmal nach. Wir nennen ihn ›Boyds Läuterung‹ oder ›Katharsis‹ oder einfach ›Nessa‹, weil niemand diesem Namen widerstehen kann.« Er grinst. »Was meinst du? So grundsätzlich?«

Ich gehe ein paar Stufen nach oben, weil ich mir wirklich dringend etwas anderes anziehen muss. Boyd bleibt im Flur stehen.

»Es war unsere gemeinsame Idee. Also sollten wir ihn zusammen machen.«

Boyd strahlt mich an.

»Kommst du?«, frage ich.

»Mit nach oben?« Seine Augen werden immer größer.

»Die Unterhaltung ist noch nicht beendet.«

Beinahe springt er die Stufen hinter mir hoch, nimmt immer zwei auf einmal.

»Sophie hätte übrigens großes Interesse an einem gemeinsamen Interview, sollten wir den Whisky wirklich zusammen machen. Ich hab sie schon überzeugt. *Whisky- und Shetland-Liebe* oder so ähnlich.«

»Shetland-Liebe?«

»Liebe *zu* Shetland. Natürlich.«

»Natürlich«, sage ich, doch sein Blick spricht eine andere Sprache.

Ich schiebe die Tür zu meinem Schlafzimmer auf. Der Regen hat inzwischen aufgehört, aber die Regentropfen laufen immer noch die Fensterscheiben hinunter.

»Kommst du?«

»In dein Schlafzimmer?«, fragt er.

»Die Unterhaltung ist noch nicht beendet«, wiederhole ich. »Du hast also wirklich Astrid überzeugt, uns die Gerste zu geben?«

»Gegen eine beachtliche Spende für einen guten Zweck und eine herzzerreißende Geschichte, ja. Meinen Ruf als knallharter Kerl kann ich auf Muckle Roe jetzt zwar nicht mehr aufrechterhalten, aber das war es wert.«

»Und die Fässer?«

»Henry hat mir die Kontaktdaten von diesem Ariel gegeben.« Boyd setzt sich in Ermangelung einer Alternative auf mein neues Bett. Er wippt leicht, weil die Matratze so schön weich und federnd ist. Auch wenn ich bislang noch keine Nacht darauf durchgeschlafen habe, liebt mein Rücken die neuen Anschaffungen definitiv.

»Und wie hast du Henry ...« Ich ziehe mir die Strickjacke aus, und Boyd wendet sich ab. Mein Herz schlägt schnell, und mein Magen macht Purzelbäume. »Du hast das alles schon gesehen«, sage ich leise und merke, wie mir Röte ins Gesicht schießt.

Beinahe schüchtern sieht er mich wieder an, und mir gefällt sein Blick auf mir.

»Wie hast du Henry auf deine Seite gezogen?« Ich ziehe mir das Schlafanzugoberteil aus.

»Äh«, macht er. Und ich liebe es, dass sein Gehirn für den Moment zu sehr mit mir in Unterwäsche beschäftigt ist. »Also ...«

Erst als ich mich in meinen Bademantel gehüllt und mich zu ihm gesetzt habe, spricht er weiter. »Henry war eine echt harte Nuss. Und ich kann nur hoffen, dass er demnächst auch nach Muckle Roe zieht, damit die Leute, die mich am Tiefpunkt kennen, alle zusammen auf einer Insel sind. Dann reißen wir die Brücke ein und arbeiten wieder an meinem Ruf. Wenn wir schon dabei sind, Jamie sollte ich vielleicht auch nach Muckle Roe abschieben.«

»Weil sie merken wird, dass Handys, auf denen man Snake spielen kann, kein Internet haben?«

»Genau. Nur deswegen.« Er lächelt. Lächelt mich an. Und in diesem Moment kann ich nicht anders. Ich beuge mich vor und küsse ihn ganz vorsichtig auf den Mund. Spüre, wie seine Lippen zittern, wie er seine Hand an meine Wange legt, um zu verhindern, dass ich mich wieder zurückziehe. Es ist ein unschuldiger Kuss. Ein Herantasten. Und vom Herantasten wird es in nächster Zeit noch so einiges geben. Ich will ihm verzeihen. Ich will ihm vertrauen. Ich will, dass wir ein Team sind. Er hat versprochen, daran zu arbeiten, dass alles wieder so wird, wie es war. Und ich werde es mir erst einmal ansehen müssen. Aus der Nähe.

Ich muss das einfach fragen. Sie sind ein Paar, richtig? Aber gleichzeitig konkurrieren Sie in gewisser Weise. Wie funktioniert das?

Boyd Tulloch: Ich sehe Nessa nicht als Konkurrentin. Denn wenn wir ehrlich sind, hätte ich gegen sie niemals auch nur den Hauch einer Chance. Haben Sie Golden Plover mal probiert?

Nessa Linklater: *(lacht)* Jetzt willst du mir schmeicheln. Ich glaube, dass gegenseitiger Respekt die Hauptsache ist. Ich schätze die Tulloch Distillery kolossal für die Tradition und die Qualität des Whiskys.

Boyd Tulloch: Und ich bewundere Nessas Innovationen.

Nessa Linklater: Er muss das sagen.

Boyd Tulloch: Ich habe Wiedergutmachung zu leisten. Aber das ändert nichts am Wahrheitsgehalt meiner Aussage.

Was meinen Sie damit?

Nessa Linklater: Im weitesten Sinne ist es dieses »Funktionieren«, das Sie oben angesprochen haben.

Boyd Tulloch: Und ich will, dass es funktioniert. Will das mehr als alles andere. *(Nimmt ihre Hand)* Können wir das vielleicht nicht abdrucken? Sonst hat Muckle Roe bald ein ernsthaftes Problem mit Überbevölkerung.

40

Man sollte deine Liebe nicht enttäuschen. Denn dann dauert es, bis sie sich wieder hervortraut. So hat Marigold es ausgedrückt. Und nach ein paar Wochen, in denen ich mir Boyds Absichten aus der Nähe angesehen habe, ist es nun so weit.

Der Ausflug nach Edinburgh in die Redaktion von *The World of Whisky* hat mir einmal mehr gezeigt, wie ernst es ihm ist. Und ich bin bereit. Bin bereit für unsere Unbeteiligte-entfernte-Bekannte-to-Enemies-to-ein-Moment-der-ausgesprochenen-Seltsamkeit-back-to-Enemies-für-immer-ohne-auch-nur-die-leisteste-Ähnlichkeit-mit-einer-Romanze-dachten-wir-zumindest-bis-Nessa-uns-eines-Besseren-belehrt-hat-aber-dann-ging-alles-den-Bach-runter-und-hat-niemals-wieder-auch-nur-die-leiseste-Ähnlichkeit-mit-einer-Romanze-doch-dann-hat-Boyd-Tulloch-die-Kurve-gekriegt-Romanze.

»Komm noch mit rein«, sage ich, als er sich vor der Tür verabschieden will. »Bleib über Nacht.«

Er nickt, lächelt, zieht mich an sich und küsst mich, sodass sich glühendes Glück in meinem gesamten Körper ausbreitet.

Die letzten Wochen waren eine Aneinanderreihung aus glühenden Glücksmomenten. Henry und ich haben unsere

Arbeit wiederaufgenommen, und ich habe ihn überzeugt, endlich gleichberechtigter Partner zu werden. Denn Golden Plover ist unser gemeinsamer Traum. Nicht der meines Dads. Nicht nur meiner, es ist Henrys und mein Traum. Die Verträge unterschreiben wir, sobald er aus England zurück ist, wo er gerade dabei ist, das Fernbeziehungspotenzial mit Charlie zu evaluieren – und einen Termin mit dem Geschäftsführer von Oddbinns hat, um ihn zu überzeugen, unseren Whisky in ausgewählten Läden im gesamten Königreich zu vertreiben. Zusammen mit Boyd haben wir angefangen, an unserem neuen Spezialwhisky zu arbeiten, den wir inzwischen »Tears of Muckle Roe« nennen. Boyd denkt, wir machen Witze, aber Henry hat den Namen bereits schützen lassen und arbeitet an einem Label mit knopfförmigen Tränen darauf. Ich war offiziell bei den Tullochs eingeladen, wo die Stimmung deutlich gelöster ist, seit Brysons Krankheit kein Geheimnis mehr ist. Das Verhältnis zu seiner Mutter war zwar kurzzeitig angespannt, aber inzwischen weiß sie, dass sich nichts durch die Wahrheit verändert hat. Das Interview mit Sophie war nun die Krönung all dieser Glücksmomente, und heute bin ich bereit, Boyd wieder zu vertrauen.

»Kommt schnell rein«, sagt Effie und zieht an meiner Jacke, noch bevor wir das Haus betreten haben. »Im Schuppen passiert gerade etwas!«

»Was?«, frage ich.

»Schhhhh«, macht sie und legt sich den Finger auf die Lippen.

Leise schleichen wir hinter Effie her auf die Terrasse, wo wir in der Dunkelheit stehen bleiben. Die Schuppentür steht offen, sodass wir Fiona und Connal nicht nur sehen, sondern auch hören können, was gesprochen wird.

»... schon an Weihnachten fragen«, sagt Fiona gerade.

Im schwachen Lichtschein der funzeligen Deckenlampe sieht man Fiona an der Töpferscheibe sitzen, Connal hat mit einem Buch in der Hand auf einem alten Klappstuhl Platz genommen. Es ist ein genaues Abbild von früher. Doch nun erhebt sie sich und geht vor Connal auf die Knie. Sofort weiß ich, was passiert. Effie entfährt ein leises Quietschen, und sie nimmt meine Hand.

»Connal Halcrow, du bist der Mann für mich. Du warst es immer. Als wir zusammen waren, als wir nicht zusammen waren, jetzt, da wir wieder zusammen sind. Ich will jede Sekunde meines Lebens mit dir verbringen.«

»Gut, dass wir ihn mögen«, flüstert Effie. »Das wäre sonst echt lästig.«

Ich kichere leise und spüre, wie Boyd seine Arme von hinten um mich legt, sein Kinn auf meinen Scheitel stützt.

»Connal, du bist das größte Glück in meinem Leben, und wenn du mich lässt, will ich es bis in alle Ewigkeit in deinem sein.«

Connal beugt sich vor, und ihm entfährt ein Geräusch, das man nicht so richtig zuordnen kann. Ein Glucksen, ein Schluchzen, irgendetwas, das er selbst nicht unter Kontrolle hat jedenfalls.

»Connal Halcrow, willst du mich heiraten?«

Jetzt kann auch ich nicht mehr an mich halten und gebe einen hohen Laut von mir. Doch die beiden nehmen keine Notiz von uns. Sie sind zu sehr mit sich beschäftigt. So waren sie immer, wenn sie zusammen waren. Es gab nur noch sie.

»Das ist keine sehr schwierige Frage«, sagt Connal, und man hört das breite Lächeln auf seinen Lippen in seiner Stimme.

»Weil es nur zwei mögliche Antworten gibt?«, fragt Fiona.

»Weil es nur eine mögliche Antwort gibt.«

»Und die heißt Ja!«, entfährt es Effie. Sie schlägt sich die Hände vor den Mund. »Verdammt!«

Aus dem Schuppen hört man ein Lachen. Dann: »Und die heißt Ja.«

»Seht ihr? *That's what he said*«, sagt Effie, als würde es damit keine Rolle spielen, dass sie Connals Antwort vorweggenommen hat.

Doch niemand nimmt mehr Notiz von Effie. Fiona und Connal liegen sich in den Armen. Ich stürme zu ihnen in den Schuppen, um sie ebenfalls beide zu umarmen, und Effie quetscht sich noch irgendwo dazwischen. Wir jubeln, und Effie hüpft auf und ab.

»Herzlichen Glückwunsch«, sagt Boyd und klopft Connal auf den Rücken.

Und dann küssen sich Connal und Fiona innig.

Ich möchte Boyd küssen, aber in diesem Moment wirkt Effie so jung und einsam, dass ich mich lieber neben sie stelle und meinen Arm um ihre Schultern lege.

»Ich mag es, wenn alle glücklich sind«, sagt sie.

»Ich auch«, erwidere ich.

Fiona holt eine Flasche Sekt aus dem Kühlschrank, der sich als echter Champagner herausstellt.

»Joseph hat ihn mir zu meiner Ausstellungseröffnung geschenkt. Nur dass er bei ihm ›Schampanjer‹ hieß«, erzählt Fiona, und wir stoßen alle mit Josephs Schampanjer an.

Während Effie anfängt, Fragen zu stellen – Wird es ein großes Fest? Wo wollen sie feiern? Wird sie Brautjungfer? Darf sie die Kleiderfarbe auswählen? Trägt Connal einen Kilt? Wird ein Schaf die Ringe bringen? –, gehe ich doch zu Boyd und nehme seine Hand.

»Ihr seid einfach toll zusammen«, sagt er. »Ihr drei Schwestern.«

»Aus der Not heraus«, erwidere ich, aber aus der Not kann eben manchmal etwas Wunderbares wachsen. Und jetzt gehört Connal auch dazu. Connal und Henry und auf gewisse Weise Boyd, auch wenn es noch früh ist. Je mehr wir werden, desto schöner. Desto sicherer.

Wenig später verabschieden wir uns ins Bett. Edinburgh war anstrengend, und mir fallen die Augen zu. Eine tiefe Müdigkeit, wie ich sie schon lange nicht mehr empfunden habe, ergreift von mir Besitz. Eine heilsame Müdigkeit, die nicht nur den Körper, sondern auch den Geist einlullt.

Auf meiner neuen Matratze schlafen wir miteinander. Langsam und zärtlich und müde, auch wenn ich es mir nicht nehmen lasse, Boyd einmal in die Schulter zu beißen. Einfach, weil er es verdient hat, ab und zu gebissen zu werden. Er zuckt nicht einmal, hält nur kurz in der Bewegung inne und streicht mir die roten Haare aus dem Gesicht. Dann küsst er mich auf die Stirn, auf die Nasenspitze, die rechte Schläfe, die linke, das Kinn, den Mund. Er bedeckt mich vollkommen mit Küssen, während wir den langsamen Rhythmus wiederaufnehmen.

Ich habe diesen wiederkehrenden Traum. In diesem Traum wate ich ins Wasser, ein Mädchen an der Hand. Doch heute ist die Hand zu groß, um die eines Mädchens zu sein. Sie ist stark und hält mich. Wir müssen einem Ziel entgegenwaten, das ich nicht kenne. Aber ich weiß, wir müssen es erreichen. Ich blicke zu dem Mann, dem die Hand gehört. Auf seinen Lippen liegt ein Lächeln, und er nickt mir zu. Das Wasser umspielt meine nackten Füße. Bald werden die Wellen kommen. Hohe Wellen, sie werden mir bis zur Hüfte, dann bis zur Brust, schließlich bis zu den Schultern reichen. Wir müssen los. Müssen schnell sein. Ich mache einen Schritt, und *er* kommt mit. Leichter Wind umweht meine Haare. Das Unwetter nähert sich, wir haben keine Zeit. Wir waten ein paar Schritte, bis das kalte Wasser mir bis zur Taille geht. Dort hinten ist ein Boot. Es wird uns retten, wenn wir es nur erreichen. Das Boot, in dem mein Vater sitzt. Ich will rufen, doch er hört uns nicht. Meine Kleider saugen sich mit Wasser voll, ziehen an meinem Körper. Wir müssen weiter. Doch nun schüttelt *er* den Kopf. Hält mich zurück. Aber das Unwetter! Weiß er nicht, dass es kommen wird? Dass wir hier nicht bleiben können, wenn wir eine Chance haben wollen? In diesem Moment zieht er mich zu sich und hebt mich hoch. Er hebt mich einfach auf seine Arme, steht im Wasser, trotzt den Fluten, die auf einmal gar nicht mehr bedrohlich sind. Im Gegenteil, die Wolkendecke bricht auf, und feine Sonnenstrahlen glitzern auf dem Wasser.

Ich schlafe die ganze Nacht in Boyds Armen. Schlafe durch. Es ist der Dornröschenschlaf, den ich so sehr herbeigesehnt habe. Es gibt keine Träume, aus denen ich mich selbst wecken muss. Keine beängstigenden Gedanken, die mich zwischen Albträumen wachhalten. Es gibt nur Geborgenheit. Und am nächsten Morgen, als die Sonne bereits hoch am Himmel steht, werde ich von Boyds Lippen auf meinen Lippen geweckt. Und ich weiß, das alberne Wachküssen will ich zur Gewohnheit machen. Denn zum ersten Mal in meinem Leben kommt mir meine Wirklichkeit tatsächlich vor wie ein Märchen. Auch wenn ich weder Cinderella noch Dornröschen bin, sondern einfach Nessa.

ENDE

Danksagung

Vor jeder Danksagung sitze ich da und denke, o boy, es gibt gar keine Worte dafür, wie dankbar ich bin. Dann stottere ich immer was zusammen und frage mich, wie überhaupt Bücher entstehen können, wenn die Sprache doch so unzulänglich ist. Aber here we go, mit den Worten, die es gibt.

Danke. Danke, danke, danke. Danke fürs Lesen meiner Geschichten. Danke fürs Lesen von Nessas und Boyds Geschichte. Danke fürs Rezensionenschreiben, fürs Bilderposten, fürs Begeistertsein. Bücher ohne Leser*innen sind ungefähr so sinnvoll wie Katzenbäuche, die nicht gestreichelt werden. Deswegen: Ich danke euch von Herzen. Erst durch euch haben meine Geschichten überhaupt Bedeutung.

Danke, liebster Piper Verlag mit deinen großartigen Mitarbeiter*innen. Danke an die, mit denen ich in ständigem Austausch bin, danke an die, die im Hintergrund sind. Einfach danke.

Danke, liebe Greta, meine wunderbare Lektorin. Danke für deinen Glauben an mich und meine Geschichten, danke für deine Ideen, danke fürs Motivieren, danke fürs Dasein.

Danke, lieber Niclas, famosester Agent der Welt. Ich sag's immer wieder, aber manche Dinge kann man nicht oft genug sagen – so wie man auch nicht oft genug zusammen Wein trinken kann. Ohne dich wär das alles niemals möglich gewesen. Deinetwegen muss ich mich manchmal kneifen, weil ich nicht glauben kann, dass das wirklich mein Leben ist.

Danke, liebe Michelle, beste Redakteurin, die ich mir vorstellen kann mit der umfassendsten Whiskyknowledge. Wenn es passt mit einem Projekt und einer Redakteurin, dann passt es. Mit dir an meinen Texten zu arbeiten, ist wie Wellness. Selten macht Arbeit so viel Spaß. I really wanna keep you! (Und ja, hier darf ich englisch.)

Danke, liebe Sabine, Ina, Nini, Isi, Becca, Ramona, Laura fürs Testlesen. Ich bin euch so unendlich dankbar für euer Feedback, für die wunderbaren Kommentare am Rand, dafür, dass ich durch euch meinen Text mit Leser*innenaugen sehen kann.

Danke liebe alle, die ihr in meinem Leben seid und mich unterstützt. Mit Kuchen, Frühstück, Sekt, tibetischen Teigtaschen, Arschtritten, TED-Talks, Memes, Sprachnachrichten. Danke für euren Input und danke auch dafür, dass ihr euch meinen Output anhört.

Danke, liebe Julia, Kira, Kyra, Leonie, Sarah, Sophie für eure In-der-Bubble-Freundschaft. Danke liebe Nikola für deinen wunderschönen Leseeindruck auf dem Buchrücken. Man hört immer Haifischbecken und Neid und Missgunst. Aber solange ich euch höre, glaub ich nicht dran.

Danke, lieber Maxi. Fürs Komfortzonesein, fürs *Friends*-Bingen, fürs Whiskyprobieren, fürs Katzenadoptieren, für … für alles alles, wie Henry sagen würde.